LE ROMAN
DES HAUTS DE SAINT-JEAN

Yves Courrière

LE ROMAN DES HAUTS DE SAINT-JEAN

Sélectionné par le CLUB POUR VOUS - HACHETTE

A Estelle.

« Qu'y a-t-il de plus précieux au monde ? C'est de ne pas participer aux injustices. Elles sont plus fortes que nous. Elles ont existé dans le passé et continueront à exister dans l'avenir. Mais ne leur permettons pas de passer à travers nous. »

SOLJENITSYNE.

« Laissons les messages aux prophètes et aux facteurs. »

R. VAILLAND.

CHAPITRE PREMIER

Rigueur, goût, raffinement. Thomas Desvignes-Benettes eut un soupir de satisfaction en entrant dans son bureau où flottait encore une légère odeur de peinture.

Le tabac de la moquette s'alliait subtilement au daim blond du canapé qui occupait un angle de la vaste pièce. Un profond fauteuil et une table basse de Giacometti complétaient le coin salon. Une merveille, cette table. Desvignes-Benettes éprouvait un plaisir sans cesse renouvelé à la contempler. L'épaisse dalle de verre brut encastrée dans un piétement de bronze torturé lui apportait une jouissance d'autant plus intense qu'il la convoitait depuis plusieurs années. Une grave maladie assortie d'une récente catastrophe boursière avait vaincu la résistance de ses anciens propriétaires, de petites relations d'affaires qu'il cultivait dans cet unique dessein. Une fois encore la persévérance et l'opiniâtreté avaient payé.

« Je n'aurais jamais fait tant d'efforts pour une femme », pensa-t-il. Mais aucune femme au monde n'aurait su garder — et pendant si longtemps — la mystérieuse fascination que cette sculpture-objet exerçait sur l'avocat.

Au-dessus du canapé, sur le mur blanc cassé, le portrait — par Chabaud — d'une jeune prostituée figée dans l'attente renvoyait au regard celui, tragique, de ses yeux soulignés d'un fard monstrueux. Les carreaux noirs et blancs de la robe à bretelles, qui offrait de fragiles épaules et une poitrine à peine formée, émouvante, se détachaient sur la tenture rouge et vert du bordel.

Ces détails, Thomas Desvignes-Benettes ne les donnait qu'aux très jeunes femmes qui l'interrogeaient sur l'origine de cette étrange créature aux yeux noirs. Encore fallait-il que ses visiteuses lui parussent — l'espace d'un instant — désirables pour qu'il consentît à révéler la condition de sa « protégée ». Il en éprouvait un plaisir trouble. Parfois partagé. Certaines de ses brèves aventures avaient ainsi commencé, aux pieds d'une fille publique qu'un « fauve » amoureux avait sublimée au début du siècle.

Derrière son bureau — une large table Louis XIII — un seul tableau : *La Danse de vie,* d'Edvard Munch. L' « ancêtre des expressionnistes », aimait-il à dire. Le thème de la femme — naïve jeune femme, amante amoureuse et comblée, maîtresse solitaire et déçue —, choisi par le peintre norvégien, avait inspiré à Desvignes-Benettes quelques-unes des brillantes envolées qui en faisaient une des vedettes incontestées des dîners parisiens.

L'éclatement ensoleillé de Collioure, tel que l'avait ressenti Derain, illuminait le dernier mur sur lequel s'appuyait un bahut massif en ébène et chêne haute époque.

L'apparent dépouillement de l'ensemble apportait à l'avocat une austère jouissance de l'esprit qui le stimulait, tout en lui rappelant sa réussite, dont chaque tableau, chaque meuble de prix marquait une étape. Il avait abandonné au décorateur le soin d'aménager son cabinet sauf cette pièce, son bureau, le décor de sa vie. Il n'avait rien changé à la disposition des meubles et des toiles qui lui étaient chers, mais il les avait débarrassés de la gangue des souvenirs amassés en vingt ans. Depuis ce jour de décembre 1944 où il avait succédé à Mᵉ Bapaume, le ténor des avocats d'affaires de l'avant-guerre devenu le conseiller « éclairé » d'un Tout-Paris financier que l'occupation n'avait pas empêché — au contraire — de poursuivre de fructueuses tractations.

La vie professionnelle de Thomas Desvignes-Benettes s'était tout entière déroulée dans cet immeuble de l'avenue

Marceau, une de ces constructions opulentes qui suent l'argent. Il se souvenait de son émoi en franchissant pour la première fois, au printemps de 1934, la lourde porte jaune à poignées de fonte noire, encadrée de guirlandes de pierre. Une porte qui cadenassait l'immeuble bourgeois comme une chambre forte. La chance de sa vie. Il avait vingt-deux ans et Me Bapaume, qui l'avait remarqué à la conférence du stage dont le jeune homme était premier secrétaire, lui avait proposé d'entrer dans son cabinet... Trente ans déjà !

Me Desvignes-Benettes posa ses mains, qu'il avait fines et soignées, à plat sur le bureau de chêne et s'étira sur son fauteuil. Comblé. Puis il choisit un « Rey del Mundo », fin et léger — un cigare du matin —, dans un coffret de thuya qui, avec le cadre d'argent guilloché et la garniture de bureau florentine en cuir bleu foncé, était le seul objet qu'il acceptât sur sa table de travail. Pas un dossier, pas un papier. Toujours le dépouillement. Le meuble téléphone était placé à sa gauche ; en équerre avec le bureau. Un téléphone de ministre, aussi compliqué qu'un tableau de bord, avec de multiples touches et des voyants lumineux qui lui permettaient d'appeler chacune des six personnes constituant son « équipe » : deux jeunes avocats, qui lui avaient vendu leur talent, préférant la sécurité de son cabinet et un salaire important aux aléas de la chasse aux clients ; deux secrétaires ; la réceptionniste ; enfin, Stéphanie, sa collaboratrice, peut-être la seule confidente qu'il ait eue depuis dix ans.

Car ce n'était pas, ce n'était plus à Sylvie — qui trônait, dans le cadre d'argent, auprès de Xavier, leur fils, devant la façade de l'hôtel particulier de la rue Payenne — qu'il pouvait encore se confier. Ni l'un ni l'autre n'en éprouvait la moindre envie.

Xavier, lui, terminait, à vingt-trois ans, sa médecine après des études éblouissantes qui avaient flatté l'orgueil paternel. Thomas aurait souhaité en faire le confident qui parfois lui manquait. Mais il n'avait jamais su établir un climat de confiance, d'abandon, avec ce fils unique, adolescent renfermé et déroutant, que la crise qui avait éclaté entre ses parents, sept ans auparavant, avait muré dans une apparente indifférence dont seule la médecine l'avait fait sortir. Interne des hôpitaux, Xavier se consacrait à son métier comme à un sacerdoce. Thomas rêvait déjà pour lui d'une carrière de grand patron, que sa situation sociale, sa fortune personnelle faciliteraient, quand le jeune homme lui avait annoncé sa décision : seule la recherche le passionnait. Ni cabinet ni clientèle mondaine. L'hôpital. Quand Thomas avait voulu le « raisonner », lui montrer les immenses avantages que ses études exceptionnelles — qu'il devait, certes, poursuivre jusqu'à la fin de sa spécialisation —, alliées aux moyens puissants qu'il mettrait à sa disposition, pouvaient lui procurer, Xavier avait répondu d'une phrase terrible : « Je connais votre monde, je connais votre vie, laissez-moi réussir la mienne. »

Dans la splendide demeure de la rue Payenne, au Marais — un de ces hôtels dont Balzac célébra le luxe dans *La Duchesse de Langeais* —, chacun vivait de son côté, Xavier dans ses livres, Sylvie dans ses plaisirs, Thomas dans ses affaires, indifférents les uns aux autres mais offrant à la « société » le visage apparemment serein d'une famille riche et unie, symbole de la réussite parisienne.

Desvignes-Benettes sonna Stéphanie par le téléphone intérieur. La porte de communication s'ouvrit aussitôt.

— Bonjour, maître.

— Bonjour, Stéphanie. Le programme, aujourd'hui ?

— Ce matin, à 11 heures, M. Lamarck. Déjeuner libre. Vous devez appeler vers 16 h 30 M. Des Essarts-Galibert, à la mairie de Saint-Jean, ainsi que M. Vaugondran à son bureau. A 17 heures, le professeur Perrault et les docteurs Salis et Philip seront ici.

— Combien apportent-ils ?

— Cent cinquante millions.

— Vous ne vous habituerez jamais à parler en francs

lourds, ma petite Stéphanie. Cela fait pourtant quatre ans que nous avons changé !

— Un million cinq cent mille, corrigea Stéphanie en souriant.

— Placement ou prêts « amicaux » ?

— Prêts amicaux. En liquide.

Avec Stéphanie, les conversations professionnelles avaient la rigueur, la brièveté et la précision qu'un chirurgien en opération exige de ses assistants. Efficace, la jeune femme l'était jusqu'au bout des ongles et Thomas, en dix ans, avait pu éprouver sa discrétion.

Il avait peine à se souvenir de la petite étudiante timide, rondelette et mal fagotée qu'il avait engagée à sa sortie de la Fac de droit. Très vite, elle s'était transformée à son contact et lui était devenue indispensable. Cette élégance stricte, ce chignon bas qui réunissait la masse des cheveux châtains, cette aisance dans les mouvements, ce maquillage léger, c'était lui. Tout comme il lui avait fait aimer les chemisiers de fin lainage et les jupes de tweed ou de jersey ceinturées de cuir dont elle avait fait un uniforme. Changeant les matières et les couleurs selon les saisons. Mais il n'y avait rien à modifier aux structures de son cerveau et, au-delà de l'apparence physique, c'étaient les qualités d'organisation, de compréhension des affaires, rares chez une jeune fille, qui l'avaient séduit. Qui continuaient à le séduire.

— Je vous apporte les dossiers Lamarck ?

— Oui, uniquement l'immobilier.

Elle sortit en roulant légèrement des hanches, rondes et pleines, que la jupe bronze moulait sans provocation. Thomas tira une bouffée de son « Rey del Mundo », pensif.

— Voilà, maître.

Elle disposa trois volumineux dossiers sur une petite table à droite du bureau.

— Stéphanie.

— Oui ?

Elle s'immobilisa, la cuisse appuyée contre le bras du fauteuil de l'avocat. Une statue. Seuls, dans l'ovale de son visage, les yeux vivaient. Des yeux verts, magnifiques, profonds. De l'index, Desvignes-Benettes caressa légèrement la tempe transparente ombrée de petits cheveux fous, suivit la ligne des pommettes hautes et larges, cerna les lèvres ourlées qu'un rouge pâle soulignait discrètement, puis descendit la courbure délicate du cou. De l'ongle, cette fois, il traça l'échancrure du chemisier brun. Sans le quitter des yeux, Stéphanie inclina le buste en creusant la poitrine pour permettre à la main de pénétrer dans le soutien-gorge. Elle vit la petite flamme s'allumer dans le bleu de l'iris tandis que la paupière gauche était agitée d'un frémissement nerveux, incontrôlable. Ses lèvres se crispèrent imperceptiblement quand la main froissa sans ménagement le sein rond et ferme. Elle serra violemment les cuisses. Thomas relâcha son étreinte et tenta de déchiffrer ce visage impassible. En vain. Il n'exprimait rien. Ni plaisir ni dégoût. La docilité parfaite. Il retira sa main. Stéphanie, d'un geste féminin, rajusta le bonnet sur son sein et remit en place la bretelle du soutien-gorge. Dans l'œil, la flamme était éteinte ; la paupière gauche calmée. Me Desvignes-Benettes n'en demanderait pas plus.

Etait-il d'ailleurs plus exigeant avec les très jeunes femmes qui seules, aujourd'hui, semblaient l'intéresser ? Ses maîtresses — mais l'étaient-elles vraiment ? — se succédaient, de plus en plus jeunes, à une vitesse vertigineuse.

Stéphanie n'en éprouvait aucune jalousie. Elle en était incapable depuis ce jour affreux où, sept ans auparavant, écartelée sur ce même bureau Louis XIII, Thomas ahanant sur elle, elle avait vu le visage souriant et mutin de Sylvie Desvignes-Benettes passer le battant de la porte matelassée. Et le désarroi, la stupéfaction, l'horreur se succéder en un éclair sur ses traits fragiles.

Le soir même, Sylvie avait fait chambre à part, s'était refusée à toute explication et n'avait toléré avec son mari d'autres rapports que ceux — strictement extérieurs et mondains — que leur imposaient la famille et la société.

Alors, Stéphanie avait offert sa démission, qu'il avait

refusée. « J'ai besoin de vous ici. Restez. » Son importance au sein du cabinet, ses responsabilités n'avaient fait qu'augmenter, mais jamais Desvignes-Benettes n'avait repris avec elle une liaison commencée quelques semaines après son arrivée, à l'époque où il la « formait ». Stéphanie avait beaucoup souffert. Thomas avait été son premier amant et jamais elle n'avait pu retrouver, dans les bras d'autres hommes, l'explosion merveilleuse et inattendue qu'il avait si bien su provoquer et qu'il renouvelait à chaque étreinte. Multipliant en vain les aventures à la recherche du « grand soleil » dont elle gardait un souvenir ébloui, elle avait dû convenir qu'elle était incapable d'être amoureuse. Pas même de Thomas. Avec lui, elle avait confondu amour et plaisir, attachement et admiration. Ce constat d'échec l'avait curieusement rassurée. Elle avait décidé que, désormais, son travail lui servirait d'exutoire, qu'elle serait une femme libre, indépendante, convoitée et maîtresse de son destin. Elle ne se livrerait jamais. Jamais plus.

Stéphanie avait réussi. Sa fidélité professionnelle était sans faille. Son avenir lié à celui de Thomas, dont elle savait tout. Elle n'avait manifesté aucun étonnement lorsqu'il s'était livré, quelques mois auparavant, à ses premières « fantaisies ». Ils n'avaient pas échangé un mot. Elle avait seulement remarqué, dans ces instants, la nervosité de la paupière, qui semblait maintenant mener sa propre vie, et, au fond de l'œil, une flamme nouvelle, une flamme qu'elle n'avait jamais connue. C'était un lien supplémentaire. Elle tirait même de ces brèves étreintes un certain plaisir qu'elle dissimulait soigneusement et surtout une impression de domination qui la comblait.

— Puis-je aérer, maître ?

— La fumée du cigare vous gêne-t-elle ? Depuis quand ?

— J'y suis habituée et j'ai même appris à l'aimer, mais M. Lamarck va arriver d'un instant à l'autre.

— C'est vrai, ce vieux grigou ne supporte pas la fumée !

Précieuse Stéphanie qui n'oubliait jamais rien.

Libéré de la tension qu'il ressentait quelques instants plus tôt, Desvignes-Benettes se leva tandis que Stéphanie ouvrait la double fenêtre sur le brouhaha de la circulation avenue Marceau. L'air était doux, les arbres de la contre-allée se paraient d'un nuage vert impalpable. Les bourgeons éclataient, révélant les pointes de milliers de feuilles tendres.

L'avocat brossa d'un revers de main la traînée de cendre qui maculait le revers de son costume bleu marine et rectifia le nœud de sa cravate d'alpaga noir sur la chemise rayée. Il apportait le même raffinement dépouillé, le même souci du détail à son vêtement qu'au décor qui l'entourait. Le cadre d'argent, le coffret à cigares, la garniture de bureau venaient d'un fournisseur de haut luxe londonien, le costume, d'un grand tailleur de la rue Royale, la montre de platine d'une minceur irréelle, de chez Cartier. C'était le seul bijou qu'il supportât. Il ne tolérait ni bague ni alliance.

— Serait-ce le printemps, Stéphanie ? Je me sens dans une forme exceptionnelle. Et je vous trouve en beauté. Je devrais être moins avare de compliments.

Elle sourit sans répondre. A cinquante-deux ans, Thomas Desvignes-Benettes, grand, mince, le cheveu blond à peine voilé de blanc, débordait de vitalité virile. Stéphanie aurait été bien en peine de l'expliquer mais, à cet instant, elle se sentit fière du rôle qu'elle jouait auprès de lui. Elle était peut-être la seule personne au monde à connaître et l'homme et l'extraordinaire complexité de ses affaires. La seule à savoir le poids et le prix — tous deux considérables — de ses interventions. La seule qui fût tout à la fois témoin et complice de ses faiblesses.

Fleuron du Tout-Paris politique et financier, Thomas Desvignes-Benettes était inconnu du grand public. Son nom n'apparaissait ni dans les chroniques judiciaires de *France-Soir* ou du *Monde* ni même à l'annuaire. Il ne plaidait jamais de ces belles histoires de crimes passionnels. Il ne défendait jamais la tête de ces splendides crapules dont les aventures passionnent les foules. Il n'avait jamais l'occasion d'employer la redoutable logique de son cerveau dans les prétoires bondés des Assises. Son talent était exclusivement au service de l'argent qui, comme chacun sait, aime l'ombre et la discrétion.

Il n'était pas une entreprise importante ni un P.-D.G. de classe qui ignorât la redoutable influence de cet homme dont le secret faisait la puissance et qui n'avait pas plaidé soixante fois en vingt ans, préférant à la justice les arrangements à l'amiable. Des fortunes s'étaient développées sur ses conseils. D'autres s'étaient faites ou s'édifiaient avec une rapidité inexplicable pour celui qui commettait la faute de négliger son influence. Ses honoraires étaient fabuleux. A la hauteur des relations dont il jouait dans tous les milieux avec une efficacité éblouissante.

Thomas Desvignes-Benettes était un des hommes les mieux informés de France et, en cette année 1964, gérait, « conseillait », influait sur les destinées de dizaines de groupes industriels et financiers de tout premier plan. Si on l'avait cotée en Bourse, la valeur Desvignes-Benettes aurait atteint des sommets difficilement accessibles.

— Voilà M. Lamarck, dit Stéphanie.

Dans la contre-allée, une Bentley noire aux glaces fumées glissait silencieusement. Elle s'arrêta devant le porche. Le chauffeur en fit le tour sans hâte, ouvrit la portière et avec précaution aida une silhouette noire, mal assurée, à descendre.

— Fermez la fenêtre, Stéphanie. Et montez le chauffage. Au maximum.

Desvignes-Benettes s'assit à son bureau et par téléphone prévint la réceptionniste.

— Mademoiselle, vous introduirez immédiatement M. Lamarck.

Edouard Lamarck « pesait » à lui seul une bonne centaine de milliards. Son nom se retrouvait sur des millions de paires de chaussettes et de vêtements en tout genre vendus en série dans les magasins à succursales multiples, sur les paquets de sucre des épiciers, sur les sacs de ciment des chantiers. Dans ses filatures, ses raffineries, ses cimenteries, des milliers d'ouvriers travaillaient pour le plus grand renom du label Lamarck. Il dirigeait les conseils d'administration d'une foule d'entreprises plus modestes et possédait une partie non négligeable du groupe financier franco-belgo-hollandais De Vanves. Il avait présidé, avant et après la guerre, aux destinées du grand patronat français où son influence, trente ans après, restait prépondérante.

Dans les années 1930, son nom figurait dans le peloton de tête des « deux cents familles ». La casaque rose à trèfles d'or de ses jockeys avait fait vibrer bien des turfistes à Auteuil. Son journal avait donné naissance à une nouvelle presse, plus aérée, plus joyeuse, plus scandaleuse aussi. Des reporters partout. Et toujours des réponses aux quatre questions dont il avait fait sa devise journalistique : « Où ? Quand ? Comment ? Pourquoi ? » A n'importe qui. A n'importe quel prix. L'écho des fêtes qu'il donnait dans le somptueux hôtel de l'avenue du Maréchal-Maunoury résonnait encore sous les marronniers du bois de Boulogne. Edmée, sa femme, qui avait apporté en dot les sucreries de Lille et des milliers d'hectares de lourdes terres à betteraves, figurait régulièrement parmi les dix femmes les mieux habillées du monde. « Lamarck ? Il a des mains d'or. Tout ce qu'il touche lui réussit. » Des dizaines de familles riches et titrées préparaient des pièges machiavéliques pour faire tomber dans les bras de leurs filles l'unique héritier d'Edouard Lamarck.

La guerre avait failli abattre le géant. Benoît tué à la tête de sa section en résistant à l'invasion allemande ; sa femme morte de chagrin quelques mois après, Edouard Lamarck s'était réfugié dans l'austère hôtel de famille, à Lille, ne répondant à aucune lettre, ne recevant aucune visite. Nul ne le vit à Paris pendant les quatre années de l'occupation. Pas même Me Bapaume, qui, en son absence, géra sa fortune, comme il avait toujours fait, avec rigueur et efficacité. Sauf dans le domaine de la presse, où l'avocat d'affaires s'abandonna à son délire politique. Le journal, qu'Edouard Lamarck avait déserté, devint sous sa direction l'un des plus solides soutiens de la presse collaborationniste et fut confisqué à la Libération, tandis que Bapaume fuyait en Espagne. Lamarck ne fit rien pour le reprendre. Mais le son des cloches de la Victoire s'était à peine éteint qu'il sortit de sa retraite lilloise et se lança avec une rage forcenée dans le monde des affaires, où il reprit bientôt une place essentielle.

Desvignes-Benettes, qui avait succédé à Me Bapaume, trouva en l'industriel l'amorce d'une clientèle de choix. A sa première visite, il ne le reconnut pas. Le colosse brillant, tonitruant, toujours en action, était devenu un long vieillard voûté, aux gestes mesurés et à la voix chuintante, mais ses petits yeux sombres en amande avaient percé le jeune avocat, l'avaient jaugé. Après une demi-heure de conversation, Lamarck avait prononcé son verdict :

— Trente-deux ans. Vous êtes bien jeune, mais je sais ce que vous avez fait à Londres. Et puis vous ressemblez à mon fils. Je vous fais confiance et je vous jugerai sur pièces. Vous connaissez les dossiers de Bapaume, inutile qu'ils aillent traîner ailleurs. Deux conditions à notre collaboration : ne jouez jamais, car vous serez responsable de sommes considérables, n'écrivez jamais vos Mémoires. Et ensemble nous ferons de grandes choses.

Il lui avait tendu deux doigts secs et glacés. Pour Desvignes-Benettes, c'était le signe de la fortune. Edouard Lamarck, lui, n'avait jamais regretté sa décision.

— Alors, mon petit Thomas, qu'est-ce que c'est que tous ces changements ? Je ne m'y retrouve plus chez vous. A peine entré j'ai failli ressortir.

— Il faut bien rénover, changer de cadre, mon cher président.

— Ouais. Vous vous intéressez encore à ces choses. Il est vrai que vous êtes jeune, vous !

Lamarck, soutenu par son chauffeur, entra dans le bureau.

Desvignes-Benettes prit le relais du domestique, qui s'éclipsa, et conduisit son client vers le profond fauteuil près de la table Giacometti.

— Non, pas de fauteuil, je n'arrive plus à m'en sortir. La banquette !

Il se posa sans souplesse sur le canapé, croisa frileusement le grand manteau noir qui l'emmitouflait, ajusta son foulard de mohair, noir aussi, et enleva son chapeau, découvrant un crâne rose où folâtraient quelques cheveux blancs fins comme un duvet de bébé.

— Quel magnifique printemps !... commença Desvignes-Benettes.

Le vieillard le coupa brusquement.

— A quatre-vingts ans on a toujours froid !

Il émit un curieux bruit, crr..., crr..., et renifla violemment, pinçant les énormes narines de son nez violacé. Un nouveau tic, pensa Desvignes-Benettes.

— Et puis, à mon âge, on n'a plus le temps de parler de la pluie et du beau temps. Voyons plutôt nos affaires. Mes minutes sont précieuses, je repars pour Lille tout à l'heure.

Desvignes-Benettes apporta les dossiers sur la table de verre, faillit allumer une cigarette, se retint à temps. Depuis qu'il avait renoncé au tabac, Lamarck ne supportait pas que l'on fumât près de lui.

— C'est surtout de l'affaire Heming que je voudrais vous parler.

— Heming, c'est encore des terrains, dit le vieillard en chaussant de petites lunettes d'écaille blonde. Mon petit Thomas..., crr... crr..., vous ne pensez plus qu'à cela.

— Mon cher président, y a-t-il un domaine où, depuis cinq ans, nous ayons fait de pareils bénéfices ?

— C'est vrai. C'est vrai. On a déjà une opération en cours sur ce terrain Heming ?

— Sur une parcelle seulement. Une broutille comparée au vaste projet que nous pourrions mettre en œuvre.

— Parlez, je vous écoute.

Lamarck, l'attention en éveil, passa une grosse langue veineuse sur ses lèvres desséchées et prit une pastille au miel qu'il se mit à sucer avec de petits sifflements. Comme chez tous les vieillards, son esprit se concentrait sur ce qui avait été le but essentiel de sa vie : l'argent.

— Et d'abord, reprit-il, cette opération ira chercher dans les combien ?

— Construction comprise, dans les quatre-vingts millions. Avec quarante pour cent de bénéfice assuré si l'on va vite et si tout va bien.

— Quatre-vingts millions ! Vous voulez dire huit milliards anciens ?

— Bien sûr.

— Ou...i. Oui. Rappelez-moi où est situé ce terrain.

— Dans le Rhône-Maritime, aux portes de Saint-Jean. Cinquante hectares, un éperon rocheux entre l'étang de Litri et la mer.

— Et l'heureux propriétaire n'a rien fait construire sur cette mine d'or !

— Sans nous, il ne peut rien, la zone est protégée. Mais cela peut s'arranger. Je m'y emploie. Je suis bien implanté dans le pays et, sur le plan ministériel, je crois pouvoir obtenir à Paris certaines dérogations. Les contacts sont en cours.

Sous ses lourdes paupières à demi fermées, Lamarck laissa filtrer un regard qui n'était pas dénué d'admiration.

— Cela me semble intéressant, dit-il en avalant la pastille, qui, sous sa langue patiente, était devenue un mince disque de sucre translucide. Des détails, maintenant, mon petit Thomas.

— C'est Albert Vaugondran, notre promoteur des Hauts de Saint-Jean...

— Une belle affaire, ça ! interrompit Lamarck. Une belle affaire, que vous avez menée de main de maître. Nos amis de la De Vanves me le disaient encore récemment.

— Donc, Albert Vaugondran, qui prospecte systématiquement toute la région de Saint-Jean, poursuivit Desvignes-Benettes, et qui entretient là-bas une armée de rabatteurs et d'informateurs, m'a signalé, il y a trois ans, l'existence d'un terrain immense, et quasiment vierge, de cinquante hectares. Il s'agit en réalité de trente-cinq hectares de rochers, de pins, de mimosas, de garrigue et d'un étang de quinze hectares, l'étang de Litri, le tout situé entre la route nationale et la mer. La propriété forme un éperon, une petite presqu'île à l'est de Saint-Jean. Elle appartient, depuis le XIXe siècle, à la même famille de la petite bourgeoisie terrienne de Saint-Jean : les Heming. L'actuel propriétaire est le Dr Marc Heming, un généraliste très apprécié. Or, en 1906, le grand-père du médecin, le général Heming, « loua » pour une bonne somme ce terrain, avec un bail emphytéotique de quatre-vingt-dix-neuf ans, au ministère de la Guerre, qui le transforma en champ de manœuvres. A cette époque, le brave général ne trouvait aucun intérêt à cette côte que seuls quelques originaux, une majorité d'Anglais et des « artistes » français amoureux de solitude, découvraient. Depuis 1956, le camp de Litri a servi à l'entraînement des soldats du contingent en instance de départ pour l'Algérie. Le bail venant à expiration en 2005, le docteur Heming en avait fait son deuil quand, à la fin de l'année 1961, alors qu'il était devenu inutile d'envoyer des troupes en Algérie d'où l'on rapatriait déjà certaines unités, le ministère des Armées résilia son bail et rendit la jouissance du terrain à son véritable propriétaire.

— Et depuis trois ans le docteur Heming n'a rien fait ?

— Non, et pour cause. Ayant récupéré ses droits sur ce véritable gisement touristique, Heming établit un projet de lotissement. Mais devant la construction anarchique, qui dressait un véritable « mur de la Méditerranée » entre la Camargue et la frontière italienne, souvenez-vous, le gouvernement nomma une commission interministérielle pour protéger ce qui restait de terrains libres sur la côte méditerranéenne. Heming, qui se voyait déjà milliardaire, protesta. En vain. On « protégeait » son terrain ! Bien mieux, un des membres de la commission, un de ces hauts fonctionnaires qui se toquent d'environnement — ils appellent cela écologie — découvrit que cette pointe de terre qui s'enfonce dans la mer abritait un véritable microclimat. Il fit un rapport d'où il ressortait que l'équilibre mer-étang de

Litri convenait particulièrement à certaines espèces d'oiseaux et d'insectes qui n'avaient pas souffert de la fréquentation des militaires mais risquaient d'être détruites si de « petits margoulins » — c'était son terme — bouleversaient le précieux équilibre écologique.

— Incroyable ! chuinta Lamarck. Et le respect de la propriété, qu'est-ce qu'ils en font, ces technocrates à la manque ? C'est précieux, ça, le respect de la propriété ! Où va-t-on sans cela ? Il est communiste votre bonhomme ?

— Même pas. Je vous l'ai dit, un toqué. Du style grand bourgeois libéral, membre du Conseil d'Etat, je crois bien. Enfin, très bien introduit, un des champions de la lutte contre la pollution qui semble devenir un cheval de bataille à la mode.

— Je connais cela. On nous embête actuellement dans une de nos usines du Nord. Il paraît que nous salissons l'eau d'une rivière ! On parle même d'un projet de loi sur la pollution de l'eau. Ça n'ira pas loin. Quelle époque ! Vos amis du gouvernement n'ont pas d'autres chats à fouetter, mon petit Thomas ?

— Ne vous faites pas de souci. Même si la loi est votée, les décrets d'application dormiront encore quelques années !

— Je l'espère bien car, rien que pour moi, la modification des processus de fabrication... crr... crr... me coûterait des centaines de millions. Revenons à votre Don Quichotte.

— Cambon — c'est son nom — a fait tant et si bien qu'à l'intérieur de la commission il a été chargé de veiller particulièrement sur le domaine de Litri et d'établir un plan de protection. Ce qui est tout à fait exceptionnel pour un si petit terrain. Mais, paraît-il, tel était l'intérêt écologique. Comme si la Camargue n'était pas suffisante ! Bref, il est parvenu à convaincre le conseil général du Rhône-Maritime.

— Votre beau-père n'a rien pu faire ?

— Des Essarts a beau en être le président, il a été forcé de suivre la majorité. Cela se passait à la session d'avril 1962. Le conseil général a approuvé le plan protecteur. Le gouvernement l'a adopté et a interdit de construire sur la presqu'île. Vous imaginez la fureur de Heming. Sans constructions, son terrain vaut à peine deux cents millions. Et qui voudrait acheter un terrain déclaré *non aedificandi* ? Dans le cas contraire, il vaut au bas mot deux milliards non viabilisé. C'est à ce moment que Vaugondran l'a contacté. Et m'a alerté.

Cambon avait tenu une conférence de presse.

« On doit garder Litri intact, avait-il dit. L'Etat devrait même racheter le terrain à son propriétaire. Où, sur la côte, dans ce mur de béton que des margoulins *(il tenait à son terme)* édifient pour le plus grand bonheur de privilégiés qui " achètent " le droit à la mer et en privent la collectivité, trouve-t-on encore ce merveilleux équilibre ? Nulle part. Le hasard a fait que Litri reste le témoin de ce que fut jadis la véritable nature sur notre côte. Préservons-le. On ne peut poursuivre cette politique ou plutôt cette absence de politique qui saccage la France et cette région en particulier. Litri doit demeurer un poumon de Saint-Jean où les citadins puissent se retremper dans la nature. L'espace vierge, les sentiers dans les pins, les étangs deviennent un luxe. Ne les bradons pas à ces promoteurs qui, parfois avec l'aide de l'Etat, construisent n'importe quoi n'importe comment et pillent sans vergogne un capital qui s'amenuise de jour en jour. Notre environnement devient sans cesse plus laid, plus triste, plus nocif. Nous avons réussi à convaincre le conseil général, les autorités, le gouvernement. Je représente une commission interministérielle qui ne doit pas œuvrer dans le silence. Il faut que le public sache les périls que courent encore des havres de paix, de plus en plus rares. Il faut que des opérations comme celle de Litri se multiplient, que l'on crée des zones de lutte contre la pollution de l'air, de l'eau, de la mer. Et vous, les journalistes, vous pouvez nous y aider en sensibilisant le public. »

Les reporters présents, les correspondants des quotidiens de Paris, les agenciers avaient répercuté son appel. Mais, dans la capitale, seuls les journaux « à gauche » en avaient reproduit des extraits. L'un des administrateurs de *L'Echo de Saint-Jean,* Hervé Des Essarts-Galibert, prévenu par son gendre, avait arrêté l'article qui devait paraître le lendemain. Furieux d'avoir eu la main forcée au conseil général, le député maire de Saint-Jean mûrissait une vengeance dont il ne donnait que le prologue et que Desvignes-Benettes devait mettre en scène à Paris.

— L'important, mon cher président, poursuivit l'avocat, c'est de ne pas aller trop vite dans des affaires délicates comme celle-ci. Il ne faut pas brusquer, les remous doivent s'apaiser.

Lamarck approuva de la tête, en reniflant.

— ... On connaît votre sens de la mesure.

La discrétion, l'opiniâtreté et la persévérance de Desvignes-Benettes étaient sans borne. Pour tout autre que lui, l'affaire de Litri eût été une cause perdue d'avance. Mais plus la difficulté était grande, plus l'avocat se piquait au jeu. Surtout si celui-ci offrait pour l'avenir de « grandes espérances ». Tisser sa toile, creuser ses galeries, jouer, auprès de ses innombrables relations, de toute la gamme de son pouvoir occulte lui procurait une jouissance incomparable dont l'appât du gain immédiat était exclu. Il avait besoin — en bon mécanicien — d'éprouver périodiquement la solidité des leviers qui constituaient l'essentiel de sa puissance.

Dans le cas des terrains Heming, le candide Cambon en avait fait les frais sans savoir d'où venait l'orage. Desvignes-Benettes avait fait exercer une délicate mais ferme pression par le sous-secrétaire d'Etat au Logement, Félix Judicaël, ami de longue date et député de la deuxième circonscription de Saint-Jean, sur le président de la commission interministérielle qui, tenant son « fromage » du gouvernement, ne souhaitait pas s'y faire un ennemi de poids.

« Ce Cambon est un utopiste, lui dit-on en " haut lieu ", et il coupe les jambes à beaucoup de gens... »

Témoin de la toute-puissance des forces dominantes que constituaient — à cette époque — les promoteurs immobiliers et les industriels, le président de la commission avait renchéri :

« Ce Cambon coupe peut-être les jambes à beaucoup de gens, mais moi, je vais lui couper la tête. »

Le mot parut plaisant. Son exécution valut à cet opportuniste un crédit qu'il se promit d'exploiter à brève échéance. Cambon fut prié de retourner à son cher Conseil d'Etat. Et l'on ne parla plus du plan de sauvegarde jusqu'à la session suivante du conseil général, au cours de laquelle, cette fois, Des Essarts-Galibert défendit avec talent — et beaucoup d'émotion — les intérêts des habitants des deux villages qui encadraient la presqu'île de Litri.

« De pauvres gens dont le développement a été oublié par l'administration, expliqua le député maire, et dont les petits commerces, si leur environnement se peuplait de vacanciers aisés, prendraient une extension considérable. Voilà un environnement qui compte autrement que celui de ces technocrates qui ignorent tout des réalités sociales profondes de notre région. »

— C'est ainsi, mon cher président, expliqua Desvignes-Benettes, que j'ai obtenu de notre ami Henri Chypre, préfet du Rhône-Maritime, le permis de construire sur une parcelle de deux hectares en bordure de l'étang de Litri. Avec la bénédiction du ministre et du conseil général. Nous avons ouvert une brèche dans la forteresse. Il faut maintenant qu'elle tombe. Il est temps que les cent dix maisons de Litrica — c'est le nom que notre architecte François Galli, un garçon de grand talent qui nous a fait des merveilles, a donné à l'opération — fassent des petits.

— Vous envisagez donc l'achat de l'ensemble de la propriété Heming ?

— Oui. Vaugondran, le promoteur, a acheté à bon prix les deux hectares sur lesquels nous avons réalisé Litrica. Et le docteur Heming, impressionné par ce premier succès, lui a donné une option sur le reste de ses cinquante hectares.

— Pourquoi acheter l'étang ?

— Dans ses projets, très séduisants, François Galli, le jeune architecte, joue avec l'eau d'une façon extraordinaire. Cela constitue un argument de vente qui n'est pas à négliger. L'étang sera un pôle attractif pour les acheteurs de villas qui n'auront pas vue sur la mer. En outre, nous avons la possibilité de construire, grâce à une pente naturelle sur le côté ouest de la presqu'île, en direction de Saint-Jean, un port artificiel qui pourrait être d'un rapport fantastique.

— Comment cela ? En général, un port, cela coûte très cher et ce n'est pas rentable. Et les propriétaires de yacht ne se comptent pas par milliers.

— Détrompez-vous, cher président, les ports avoisinants sur la côte sont saturés. A tel point qu'à Litri, depuis le départ de l'armée et malgré le plan protecteur, s'est formé un mouillage forain sur lequel les autorités ferment les yeux en été. Même Cambon, à l'époque, n'a pas protesté. Cela a donné à Vaugondran l'idée de développer cet état de fait. A notre profit.

— Très bien, très bien ce Vaugondran.

— L'architecte a établi un projet très sérieux mais qui implique une mise de fonds importante dont je voulais vous entretenir. Jamais l'Etat ni la chambre de commerce de Saint-Jean ne voudront financer la construction d'un vrai port en utilisant les deniers des contribuables pour servir au bien-être de quelques privilégiés, mais nous, nous pouvons le faire.

— Avec notre argent ? Mais, mon petit Thomas, vous devenez fou ! La rentabilité, je ne vois que cela. Mes amis et moi nous voulons bien avancer de l'argent à condition que les bénéfices justifient les risques encourus. Le reste ne nous intéresse pas.

— Monsieur le président...

Desvignes-Benettes s'était fait solennel. Lamarck prit une nouvelle pastille qu'il suçota avec agacement.

— Monsieur le président, je n'ai pas l'habitude de parler d'argent avec légèreté. La précédente opération que je vous ai proposée a coûté huit milliards anciens.

— Huit milliards sept cent trente-quatre millions, mon ami. Ma mémoire est encore bonne.

— Alors, elle n'a pu oublier que l'opération des Hauts

de Saint-Jean s'est soldée par un bénéfice de près de quatre milliards, que se sont partagés les commanditaires. Dont un milliard et demi pour notre groupe.

— J'en suis convenu tout à l'heure en vous rapportant la satisfaction du groupe De Vanves, s'emporta le vieillard. Ce n'est pas une raison pour se lancer dans des folies. La mégalomanie, ce n'est pas pour nous. Nous avons trop de mal à gagner notre argent pour le risquer dans des affaires farfelues.

Desvignes pensa que le temps n'était pas si loin — quinze ans à peine — où Lamarck, fou de jalousie en visitant la splendide propriété du président de la banque De Vanves, sur les bords de l'Oise, avait pénétré, à l'heure du déjeuner, dans un domaine voisin, encore plus imposant, faisant une offre d'achat aux propriétaires médusés. Il s'était présenté et, devant le refus de ses hôtes, avait triplé sa proposition déjà considérable. Il achetait tout, la maison, le parc, la berge, les meubles ; il faisait le chèque... à condition d'entrer immédiatement en possession de son bien. Devant l'énormité du chiffre, les gens, ahuris, s'étaient levés de table et, rassemblant en hâte leurs affaires personnelles, avaient quitté le domaine. Lamarck, satisfait, était revenu déjeuner chez le président de la De Vanves, stupéfait d'entendre l'industriel lui dire : « Maintenant, je suis votre voisin. » La semaine suivante, il s'était empressé de faire élever un véritable mur de prison le long de la charmante berge de l'Oise. Il avait horreur de l'eau !...

Egayé par ce souvenir, Desvignes-Benettes repartit à l'attaque.

— Mon cher président, je vous garantis un bénéfice encore supérieur. Voici notre projet.

Vaugondran et son architecte, François Galli, prévoyaient non seulement la construction de quais artificiels, mais l'implantation de milliers de tonnes de rochers permettant de construire sur la mer.

— Une fois débarrassés du plan protecteur, expliqua l'avocat, nous pourrons construire les trente-cinq hectares de Litri et gagner encore au moins cent cinquante maisons qui non seulement auront vue sur la mer, mais seront construites directement sur l'eau ! Venezia dans le Rhône-Maritime ! Sans compter les deux cents places de bateaux qui, ainsi, deviendraient singulièrement rentables.

— Et pourra-t-on bénéficier du Crédit foncier ?

Desvignes-Benettes leva les bras au ciel.

— Cher ami, on ne peut renouveler trop souvent les miracles ! Et je considère qu'avoir obtenu le Crédit foncier pour une opération aussi luxueuse que les Hauts de Saint-Jean tient du miracle. Un miracle un peu « arrangé », mais un miracle tout de même.

— Récapitulons, dit l'industriel en comptant sur ses doigts. Un : il faut faire lever cette stupide mesure de protection et acheter les terrains du docteur Heming.

— Je m'y emploie auprès du ministre.

— Deux : il faut obtenir la concession des Domaines pour construire en mer. Trois : obtenir de l'administration une dérogation, car je suppose que, libérés, les terrains de Litri vont être couverts par le plan d'urbanisme de Saint-Jean.

— Notre ami le préfet Chypre vous est très reconnaissant d'avoir pris un de ses protégés comme commissaire aux comptes dans le conseil d'administration des Hauts de Saint-Jean. Et puis le cher homme pense à sa retraite. Les présidences ne manquent pas dans les affaires du groupe. Quant à mon beau-père, il nous est tout acquis. Les élections approchent... les caisses de son parti sont insatiables...

Pour la première fois depuis le début de la conversation une grimace qui pouvait passer pour un sourire éclaira le visage ridé du vieillard. La pensée de manipuler les consciences comme les fils de marionnettes dociles, d'influer par son argent sur le destin de partis politiques, était, au crépuscule de sa vie, la seule chose qui l'excitât encore.

— Qui prévoyez-vous pour financer l'affaire ? demanda-t-il, l'œil attentif.

— Dès que nous aurons obtenu l'annulation du plan

protecteur, Vaugondran, qui, comme dans les Hauts de Saint-Jean, sera notre promoteur, commencera ses tours de table. Vous serez — si vous êtes intéressé...

— Mais bien sûr, mon petit Thomas, que je suis intéressé !

— Vous serez donc sollicité personnellement. Puis le groupe De Vanves...

— J'en fais mon affaire.

— Le groupe Steiner...

— Ah ! ceux-là vous les mettez encore dans le coup ?

— Sans Des Essarts pas de dérogations. Et mon beau-père a lui aussi des beaux-frères. La banque Steiner est obligatoirement dans l'affaire. Vaugondran et Lebrun, qui seront les constructeurs principaux, prendront certainement une participation...

— Avec ce qu'ils ont gagné avec les Hauts de Saint-Jean, ils le peuvent.

— Des miettes, mon cher président, des miettes. Et pour ma part, j'ai quelques clients désireux de me faire gracieusement des « prêts amicaux » dont ils souhaitent que les intérêts échappent au fisc !

— Si vous obtenez toutes les dérogations, c'est une affaire qui doit rapporter combien ?

— En construisant sur la totalité du terrain et en travaillant par tranches de dépenses de huit milliards par an, le bénéfice approcherait des dix-neuf milliards en cinq ans. Sans compter le port.

Lamarck se leva pesamment.

— Eh bien, mon petit Thomas, vous avez carte blanche pour ma participation et celle de la De Vanves. Mais l'essentiel est d'obtenir l'annulation du plan de protection. Vous êtes sûr de Judicaël ? Un ministre, c'est changeant comme une jolie femme.

— Il verra l'intérêt de son parti pour lequel nous avons toujours été très généreux, tant localement, à Saint-Jean, que sur le plan national. Et puis nous y ajouterons un « petit chocolat » pour son compte personnel !

— Vos « petits chocolats » sont au prix du platine, mon bon Thomas. Et votre Judicaël va s'en donner une indigestion !

— Il a le foie solide. Tout au moins je l'espère pour nous !

L'industriel tendit sa main parcheminée, marquée de taches brunes et dont les doigts étaient déformés par l'arthrite. Desvignes-Benettes la serra avec précaution comme s'il craignait qu'elle ne se brisât comme verre.

— Faites pour le mieux en cette affaire. Et attention ! pas de scandales ! Achetez qui vous voulez, mais discrètement. Et sans preuves.

— Comptez sur moi, cher président. Je n'achète que des gens absolument sûrs. C'est-à-dire ceux que je tiens. Peu importe la manière. Aux autres, je ne demande que des services.

A peine le vieillard eut-il passé la porte que Desvignes-Benettes alluma une cigarette dont il aspira la fumée avec volupté.

« Je suis plus intoxiqué que je ne le pensais », remarqua-t-il.

Puis il sonna sa collaboratrice.

— Stéphanie, appelez-moi Félix Judicaël, au Logement. C'est urgent.

Il était temps que le sous-secrétaire d'Etat prît une décision. Une décision favorable...

CHAPITRE II

C'était le 23 mars 1934. Thomas Desvignes était arrivé à pied. Il avait suivi les quais de la Seine depuis la place Saint-Michel, puis, par le pont Alexandre-III, avait gagné la rive droite.

Il faisait encore frais — un temps frisquet, comme disait le docteur Desvignes — mais le ciel était radieux et le soleil dorait les façades opulentes des immeubles bourgeois de la place de l'Alma. C'était la première journée de printemps. La terrasse de « Chez Francis », encore protégée des vents coulis par d'épaisses glaces, flamboyait. Derrière cet éclatement ensoleillé, Giraudoux et Jouvet se livraient-ils à de longues conversations sur le théâtre ? Les échos parisiens — Thomas les lisait parfois dans les journaux du soir — signalaient ce café luxueux comme l'annexe du proche Théâtre des Champs-Elysées où l'auteur et l'acteur de génie triomphaient depuis six ans. L'année précédente, le jeune avocat, qui terminait son doctorat, avait été tenté d'aller y prendre un verre après la représentation d'*Intermezzo,* puis y avait renoncé. Le luxe du grand café l'avait effrayé. Non qu'il redoutât de se plonger dans un milieu dont il avait depuis longtemps décidé de faire la conquête, mais l'état de ses finances déjà grevées par la location d'un fauteuil de balcon ne le lui permettait pas. Son père subvenait à ses besoins et il répugnait à lui demander trop souvent de garnir sa bourse. Le docteur avait déjà bien du mal à « joindre les deux bouts ».

Thomas, sa licence en poche, n'avait pas voulu prendre un emploi tout en préparant son doctorat. Il avait préféré s'inscrire à l'Ecole libre des sciences politiques et acquérir un diplôme supplémentaire avant de se lancer dans une vie professionnelle dont il attendait tout.

Une réplique d'*Intermezzo* lui revint à l'esprit tandis qu'il vérifiait le numéro de l'immeuble de l'avenue Marceau où Me Bapaume avait son cabinet :

Le district est en ordre. L'argent y va de nouveau aux riches, le bonheur aux heureux, la femme au séducteur... Et fini l'intermède !

Foulant l'épaisse moquette qui recouvrait les marches du large escalier à la rampe de bois ouvragé, Thomas Desvignes décida qu'il serait un jour et riche, et heureux, et séducteur. Il ferait tout pour y parvenir.

Il savait déjà, en répondant à l'offre de collaboration de l'avocat d'affaires, qu'il sacrifiait ses espoirs de jeunesse. Il ne serait jamais une des gloires du barreau parisien dont les plaidoiries soulèvent d'enthousiasme le public des Assises mais la proposition de Bapaume lui permettait de sortir sans délai de l'atmosphère de médiocrité de la rue Saint-André-des-Arts. Et c'était l'essentiel.

Introduit auprès du maître, il ne devait jamais oublier le regard de son futur patron pour le costume bleu marine lustré, trop souvent repassé et brossé par sa mère, pour les chaussures défraîchies et la cravate en simili soie.

Ni les compliments de Me Bapaume pour ses études brillantes et sa réussite à la conférence du stage ni les émoluments — à ses yeux considérables — qu'il lui proposait pour se l'attacher ne devaient effacer l'humiliation qu'il dissimula soigneusement en acceptant les conditions de l'avocat.

— Vous verrez, Desvignes, dit Me Bapaume, chez moi, on ne plaide que quand on a épuisé toutes les solutions de conciliation. Bien sûr, le travail souterrain est moins spectaculaire qu'en correctionnelle ou aux Assises, mais il ne manque pas d'intérêt. Et puis, mon petit...

L'avocat, qui s'était fait paternel devant ce gamin de vingt-deux ans, avait pris le ton de la confidence :

— ... vous constaterez que le véritable pouvoir se trouve dans la coulisse et non sur le devant éclairé de la scène. C'est un passeport pour ce monde clos que je vous offre. Je suis sûr que votre intelligence brillante fera merveille.

En retrouvant le soleil de l'avenue Marceau, Thomas Desvignes eut l'impression d'une nouvelle naissance. Il avait changé de monde. Un chapitre de sa vie s'achevait. Désormais, son univers serait cet immeuble bourgeois, cossu, ce luxe de bon aloi auquel il aspirait.

Au bout d'un mois il rompit les amarres qui le rattachaient encore à son enfance et quitta sans regret la maison familiale, son escalier plein d'odeurs lourdes et cet appartement grisâtre où son père soignait une humble clientèle de quartier. Il choisit un immense studio au dernier étage d'un immeuble du boulevard Murat, séduit à l'idée d'y entrer directement par un ascenseur qui ouvrait sur la vaste pièce.

— Puisses-tu y être aussi heureux que nous l'avons été, ta mère et moi, à ton âge, dans notre rue Saint-André-des-Arts, souhaita le docteur Desvignes.

Thomas n'avait pas la même conception du bonheur. Maintes fois il avait entendu ses parents évoquer gaiement leurs débuts difficiles dans les deux pièces — un bureau, un salon d'attente — où, dès qu'un client se présentait, Marie-Thérèse devait s'enfermer dans la minuscule cuisine. Elle avait vingt et un ans et André vingt-cinq. Elle avait abandonné ses études de médecine dès que Thomas était né en 1912. Pendant deux ans, André avait travaillé comme un forcené, devenant bien vite populaire dans le petit monde d'étudiants, de commerçants modestes, d'ouvriers qui constituaient l'essentiel de sa clientèle. Il allait louer un appartement plus confortable quand la guerre avait éclaté. Son mari au front, Marie-Thérèse avait dû prendre un emploi d'infirmière à la Salpêtrière, confiant, la journée durant, le petit

Thomas à une épicière de la rue Saint-André-des-Arts. Le docteur Desvignes était revenu gazé du front et n'avait pu reprendre son métier qu'en 1919. A nouveau, le ménage était reparti de zéro. Mais la guerre avait brisé l'élan du jeune médecin, qui abandonna ses rêves de spécialisation, se contenta de reconstituer la clientèle sans éclat de ses débuts et reporta sur son fils tous ses espoirs déçus. Malgré les difficultés quotidiennes, jamais la moindre ombre ne vint ternir le simple bonheur du couple que les succès scolaires du petit Thomas emplissaient de fierté.

En 1923, la famille Desvignes emménagea au deuxième étage d'un hôtel particulier, toujours dans la rue Saint-André-des-Arts — « pour ne pas perdre la clientèle », disait Marie-Thérèse —, dont l'étage noble était occupé par un grossiste en boutons. L'hôtel avait connu des temps meilleurs mais la rampe de fer forgé Louis XV et le large escalier de pierre dont les murs s'écaillaient avaient fort impressionné Thomas, qui ne se lassait pas d'en dévaler les degrés. Pourtant, au fil des années, cet escalier, où flottaient en permanence des odeurs de cuisine mêlées à celle de l'urine des chats de la concierge, devint pour l'adolescent le symbole d'une existence médiocre dont il souffrait d'autant plus qu'il voyait son père s'en contenter. Dès lors, il poursuivit avec acharnement les études brillantes qu'il avait menées jusque-là avec une aimable négligence. Elles seules lui permettraient d'atteindre le niveau de ses ambitions.

Et voilà qu'à l'heure où, enfin, il volait de ses propres ailes — gagnant chez Me Bapaume plus que son père en un mois d'épuisantes visites à domicile —, celui-ci ne trouvait rien de mieux à lui souhaiter qu'une existence à l'image de la sienne !

La bénédiction du vieil homme gâcha la joie que s'était promise Thomas à l'idée de passer sa première nuit chez lui, enfin seul, libéré de toute attache.

Quittant à tout jamais, pensait-il, la rue Saint-André-des-Arts, il ne vit ni les yeux trop brillants de sa mère ni le visage contraint du médecin. Il n'était attentif qu'à la seule chose qui l'intéressât par-dessus tout : la conduite d'un destin qu'il entendait mener, sans entraves, au plus haut sommet.

***

Sa carrière chez Me Bapaume fut éblouissante et décevante à la fois. Déférent, acharné au travail, d'une souplesse à toute épreuve, sachant exécuter modestement les instructions du patron concernant des affaires dont il avait établi lui-même les dossiers, il s'acquit rapidement les faveurs de l'avocat et la haine des deux confrères qui travaillaient avec lui. Il lui fallut deux ans à peine pour les éliminer et devenir le bras droit de Me Bapaume, qui lui adjoignit deux « assistants », soigneusement choisis par Thomas. Dès lors, il n'y eut pas une affaire traitée par le cabinet Bapaume dont le jeune homme ne sût tous les détails.

Son goût du secret, sa discrétion, sa dissimulation même firent merveille auprès de l'avocat d'affaires, qui l'introduisit dans les coulisses du pouvoir où lui-même œuvrait depuis si longtemps. Il lui fit toucher du doigt sa puissance en le faisant réformer pour insuffisance cardiaque sans que Thomas eût même à se déplacer.

« Avec Pierre à la présidence, il serait malheureux que vous dussiez me quitter, mon petit Thomas, à l'heure où justement mon enseignement porte ses fruits et où vous pouvez enfin me seconder avec efficacité. »

Pierre, c'était Pierre Laval, un ami de toujours. Bapaume avait eu l'occasion de lui rendre certains services d'importance et, fervent admirateur de sa politique, de lui faciliter les contacts avec quelques-uns des membres les plus représentatifs du patronat français. Les éditoriaux du quotidien d'Edouard Lamarck — son principal client — avaient considérablement contribué à établir une image de marque favorable de Pierre Laval, ministre des Affaires étrangères. Et en juin 1935, lorsqu'il accéda à Matignon, l'homme politique put compter sur le soutien inconditionnel du grand quotidien. A Bapaume qui se félicitait des heureuses dispositions du puissant journal à l'égard de son ami — faisant négligemment remarquer qu'il n'était pas étranger à la chose —, Laval avait laissé tomber avec dédain :

— Je reconnais que ton Lamarck m'a aidé quand j'étais au Quai, mais maintenant que je suis à Matignon, il ne peut faire autrement. Ces gens-là sont toujours du côté du manche ! La nature de leurs affaires l'exige. Je dois avouer pourtant que tu les conseilles à merveille dans cette direction.

Thomas se frotta ainsi au monde financier et politique, et ajouta à son habileté dans l'emploi des articles du code et des lois, l'expérience irremplaçable que donne la connaissance intime des intérêts des hommes au pouvoir.

A l'aube de l'été de 1939, il savait tout des secrets du premier cabinet d'affaires de Paris. Bapaume, plus lié que jamais avec son ami Laval, bien que celui-ci, balayé par le Front populaire, n'eût, depuis, retrouvé aucun poste de premier plan, se consacrait presque exclusivement à des études prospectives sur l'avenir de la France, une France liée à l'Allemagne. Il s'était déchargé sur son adjoint de la quasi-totalité de ses affaires sur le plan des recherches, des constitutions de dossier, des discussions avec l'adversaire. Thomas était passé maître dans le débrouillage des cas les plus compliqués, il avait voyagé dans toute l'Europe, en Angleterre et même aux Etats-Unis. La période du Front populaire lui avait été bénéfique, les gros clients de Me Bapaume n'ayant alors qu'une hâte : placer leur argent à l'étranger. Le réseau de ses relations s'était considérablement étendu. Et pourtant, lorsque la France déclara la guerre à l'Allemagne, en septembre 1939, et qu'il fit le bilan de sa collaboration au cabinet de l'avenue Marceau, il ne fut pas loin de succomber à une détresse sans fond à laquelle la situation de son pays était totalement étrangère.

Il était évident que Me Bapaume, malgré sa confiance, malgré les honoraires décuplés en cinq ans, ne laissait en aucun cas à son collaborateur la possibilité de contacts sérieux avec ses principaux clients. Préparer et débrouiller les affaires, soit, les mener jusqu'au bout, jamais.

Thomas, un instant grisé par le monde nouveau qu'il avait découvert, familier des cabinets ministériels et brillant dans les salons où Bapaume l'avait introduit, habitué à un train de vie de plus en plus élevé, ne pouvait se leurrer : il serait toujours un excellent second, l'ombre de Bapaume.

Et celui-ci n'avait même pas de fille qui pût lui donner un ultime espoir de conquête !

En cinq ans, Thomas avait pris goût aux arcanes compliqués des affaires importantes et perdu celui de la plaidoirie. Déjà intoxiqué par la fréquentation des hommes qui détenaient le pouvoir il ne pouvait envisager de quitter ce monde puissant pour se consacrer — à son propre compte — à de minables affaires de divorce ou d'escroqueries. Et jamais il n'aurait les fonds nécessaires — même s'il en avait les capacités — pour ouvrir le cabinet d'affaires qui en ferait un jour le concurrent de Bapaume. Désespéré par son analyse de la situation, il en conclut que seul un riche mariage lui permettrait de se libérer de la tutelle amicale mais ferme du grand avocat.

Jusque-là, le jeune homme avait accumulé les bonnes fortunes sans fortune, soucieux de son seul plaisir, sans que la pensée de rompre un jour un agréable célibat l'effleurât. Il n'était que temps de réviser ces stupides positions. Dans la chasse à l'héritière, le cabinet Bapaume était un affût de choix. L'entrée en guerre de la France et la mobilisation générale facilitèrent singulièrement la tâche du « réformé » en éliminant de son chemin les concurrents les plus sérieux. Thomas n'en souffrit pas. Son orgueil, immense, ne s'embarrassait pas de ces sentiments de midinette. Chacun ne faisait que suivre sa destinée. La sienne était de vivre à Paris tandis que d'autres tenaient leur rôle au front. D'ailleurs, qu'était-ce que le front ? Un immense ennui rompu par de trop rares escarmouches. On parlait déjà de « drôle de guerre ». Thomas n'avait aucun scrupule à ne pas jouer sa partie dans un jeu périmé dont les règles désuètes étaient l'œuvre de politiciens dépassés. Bapaume n'avait pas tort de défendre la thèse de son ami Pierre Laval et de ses principaux clients, encore terrorisés par le spectre du Front populaire de 1936 : inutile de faire la guerre à l'Allemagne ; plutôt Hitler que les « Rouges » !

Au printemps de 1940, Thomas jeta son dévolu sur Sabine Who, une petite brunette d'une vingtaine d'années, un peu trop potelée à son goût, mais qui avait l'immense avantage d'être la fille d'Alfred Who, l'un des principaux producteurs de champagne d'Epernay et client de Bapaume.

Depuis la déclaration de guerre, Sabine vivait avec sa mère et de nombreux domestiques dans un immense appartement du boulevard Flandrin. Alfred Who n'avait pas voulu qu'elles demeurassent à Epernay sur le chemin d'une invasion qui lui semblait inévitable. Il avait confié à son vieil ami Bapaume le soin de veiller sur « son bien le plus précieux » et de guider les deux femmes dans le monde parisien. « Vous savez, mon cher, j'ai toujours vécu en ermite à Epernay et les chères enfants risquent d'être un peu perdues dans ce grand Paris. » Bapaume s'était contenté d'organiser un dîner où les « chères enfants » firent quelques connaissances et s'était débarrassé sur Thomas du soin de les chaperonner dans le « monde ».

Bien que la guerre en eût considérablement atténué l'éclat, la vie parisienne, qui avait connu, avec l'été de 1939, une de ses saisons les plus brillantes, parut aux deux femmes, habituées aux austères réjouissances d'Epernay, parée de toutes les séductions. Pour Thomas, la « mission » que lui avait confiée Bapaume était un signe du destin. Il mena son offensive avec toute l'habileté qu'il mettait d'ordinaire à débrouiller les affaires compliquées du cabinet. Mme Who, qui avait à peine dépassé la quarantaine et conservé, dans son éteignoir d'Epernay, le teint frais des bourgeoises aux sens endormis, ne fut pas insensible aux charmes déployés par le jeune homme. Thomas sut séduire discrètement la mère avant de s'attaquer à la fille. Il lui suffit de quelques attentions auxquelles la pauvre femme n'avait jamais été habituée par son ours de mari pour qu'elle lui accordât sa confiance absolue. L'idée d'une aventure ne l'avait pas même effleurée. Et ce fut elle qui demanda à Thomas de bien vouloir veiller sur sa fille.

— Sortez, mes enfants, c'est de votre âge. Je sais, cher monsieur Desvignes, qu'avec vous ma petite Sabine est en toute sécurité. Et elle est tellement heureuse de voir d'autres horizons. Qu'elle en profite puisque vous voulez bien accepter d'être son ange gardien. Elle a l'âge de ne plus sortir avec sa vieille mère.

Thomas se récria et aligna quelques platitudes sur les sentiments qu'une femme aussi charmante pouvait inspirer. Mme Who les accueillit avec plaisir, le rose de la confusion plaqué sur ses joues fraîches, et poussa « ses enfants » dehors. En réalité, elle était lasse de ce monde parisien qu'on lui débitait par tranches et regrettait déjà la vie calme d'Epernay. Thomas avait le champ libre.

Sabine se révéla comme une riche nature encore en friche qu'il résolut de ne point brusquer. Plus de conquête à la hussarde, mais le charme discret de promenades au bois de Boulogne, d'une main furtivement effleurée, de baisers sur les cheveux. Pour ne pas l'effaroucher, il lui parla de ses sentiments, du grand amour qui se dessinait dans son cœur, avec la prudence d'un homéopathe. A sa grande surprise, ce fut la jeune fille qui le pressa, comme si son intuition féminine la prévenait que son beau roman, pour une raison encore inconnue, courait de graves dangers. Sabine exigea un soir, à l'improviste — alors que le concert où il l'avait emmenée commençait à peine —, de « connaître le décor dans lequel il vivait ». Depuis longtemps Thomas préparait les détails d'une soirée à laquelle la vertu de sa « victime » ne résisterait pas. Dîner aux chandelles, en tête à tête, dans son studio avec le magnifique spectacle de Paris à leurs pieds. C'est dans une garçonnière où la femme de ménage n'était pas venue depuis trois jours qu'il dut faire entrer la jeune fille ! Il faillit en perdre ses moyens. Mais Sabine lui montra immédiatement qu'elle se souciait bien peu du décor et des cendriers remplis de mégots. Quant au lit défait, ce fut elle qui l'y entraîna.

— Qu'allez-vous penser de moi, mon amour, murmura-t-elle avec un délicieux sourire, mais je n'ai pas l'habitude et j'avais tant envie que ce soit vous !

Leur liaison n'avait pas une semaine que Thomas parla de la « régulariser ».

— Il faut que vous parliez à votre mère, Sabine. Et moi, j'irai à Epernay.

La jeune fille — la jeune femme — était radieuse.

— J'irai avec vous, Thomas. Père n'est pas un homme commode mais il m'adore. Et même s'il avait pour moi des projets de mariage, je saurais le convaincre de mon bonheur.

Thomas se rembrunit, piqué au vif.

— Il est vrai que je n'ai pas de fortune personnelle, Sabine chérie, mais j'ai une solide situation. Et un avenir intact et brillant.

Surtout si cette union lui apportait les moyens de le réaliser à sa guise.

— J'ai confiance en vous, dit-elle en lui tendant son visage éclairé par la joie.

Ce fut le dernier souvenir que Thomas garda de Sabine Who.

Le lendemain matin, à son arrivée avenue Marceau, Me Bapaume l'informa de l'urgence d'une affaire à régler à Londres.

— Lamarck a un différend avec l'un de ses associés britanniques : la Scottish C^o^ Inc., expliqua-t-il. La conjoncture exige qu'il soit très vite aplani. J'ai réussi à obtenir un passage par avion. C'est exceptionnel en ce moment. Vous partez à 14 heures.

— Mais, maître, c'est que je ne peux absolument pas quitter Paris.

— Mon petit Thomas, cette affaire est pour nous d'une importance capitale. Lamarck est notre plus gros client et il ne supporte aucun retard. Et puis vous n'avez pas d'attache à Paris.

— C'est que, justement...

Thomas Desvignes hésita un instant, puis décida de se taire. Il téléphonerait à Sabine.

— Bien, je pars. J'en aurai pour longtemps ?

— Une quinzaine. Trois semaines tout au plus. Cela dépendra de vos talents de négociateur. Mais ne brusquez rien. Ces Ecossais sont retors. Et Lamarck n'est pas décidé à céder. Vous avez tous les détails dans ce dossier. Ma secrétaire vous a retenu un appartement au Savoy. Et vous avez un crédit important à la Barclays. Vous trouverez les documents sur votre bureau.

Me Bapaume se leva et tendit la main à son collaborateur.

— Bonne chance, mon petit Thomas. Cette affaire ne devrait pas vous poser de gros problèmes. De mon côté, si je sentais la situation évoluer dangereusement avec les Allemands, je vous ferais rentrer d'urgence. Les différends entre Lamarck et la Scottish n'auraient plus guère d'importance.

Il parut réfléchir, puis ajouta :

— Si le gouvernement de cet imbécile de Reynaud avait appelé Laval, on aurait pu tout arranger avec l'Allemagne. Enfin... l'espoir n'est pas encore perdu.

Thomas Desvignes prit l'avion le 10 mai à 14 heures. La mort dans l'âme. Il n'avait pu joindre Sabine. Personne ne répondait au téléphone de l'appartement du boulevard Flandrin. Pas même une femme de chambre.

***

Bapaume était-il au courant de sa liaison avec Sabine Who ? L'avait-il éloigné sur ordre du viticulteur d'Epernay ? Thomas se reprocha d'avoir été trop vite et trop fort en brûlant les étapes. Pourtant, la veille encore, Sabine paraissait sincèrement éprise et prête à devenir Mme Desvignes.

Dès son arrivée au Savoy, Thomas téléphona de nouveau boulevard Flandrin. Il eut beaucoup de difficulté à obtenir une ligne avec le continent.

— *It's the war, sir,* dit la téléphoniste.

Oui, c'était la guerre mais, pour l'instant, elle était loin des préoccupations du jeune homme.

La communication enfin établie, la sonnerie résonna longuement dans le vaste appartement. En vain. Thomas raccrocha, désespéré. Un vendredi, en fin d'après-midi, il n'était pas possible que personne ne décrochât. A moins que Mme Who n'eût quitté le boulevard Flandrin sans crier gare, sans prévenir sa fille de leur départ imminent. Il fallait pour cela une cause grave. Sabine se serait-elle moquée de lui ? C'était impossible. Tant de rouerie chez une jeune fille sans expérience une semaine auparavant lui paraissait dépasser l'imagination. Non. Cela ne pouvait venir que de Bapaume ou bien du vieux Who, qui aurait fait surveiller sa fille. Sabine avait-elle parlé à sa mère de ses intentions ? Peut-être, mais il voyait mal l'aimable femme s'emporter contre ce projet au point de décider de quitter Paris sur-le-champ. Alors, un accident ?

Thomas étudiait le « cas Sabine Who » avec la même minutie qu'un dossier du cabinet Bapaume. Ne s'agissait-il pas, d'ailleurs, dans son esprit, d'une affaire ? Mais une affaire qui l'intéressait plus que toute autre puisque de sa réussite dépendait son avenir !

Il n'eut pas plus de chance avec le standard de la Scottish C° Inc. qu'avec le boulevard Flandrin. Le week-end avait commencé et les bureaux étaient déjà fermés.

Mais voilà ! C'était aussi bête que cela ! Sabine et sa mère étaient, elles aussi, parties pour la fin de semaine et la jeune fille avait oublié de le prévenir, ou bien Mme Who ne l'avait pas tenue au courant de ses engagements.

Thomas avait besoin d'être rassuré. Il se raccrocha à son explication, puis sonna et commanda un whisky au sommelier.

— Un Savoy, précisa-t-il en connaisseur.

Le whisky, qui portait la marque de l'hôtel et que l'on ne trouvait que dans quelques bars de grand luxe des capitales étrangères, avait une couleur jaune pâle, transparente, qui lui plaisait particulièrement. Il défit ses valises, rangea machinalement ses vêtements dans les larges placards de la chambre, choisit un costume de flanelle grise et une chemise rayée qu'il avait achetée chez Burberry's lors de son précédent voyage. Il hésita longuement devant le miroir entre une cravate de tricot bleu et une régate de soie verte. Il se décida enfin pour la bleue.

Le garçon d'étage apporta le whisky qu'il versa avec précaution dans le verre de cristal au chiffre de l'hôtel et disposa une carafe d'eau, un soda-water et un seau à glace en argent. Le raffinement du service et la discrétion du gros garçon roux, qui se retira sans attendre de pourboire, rappelèrent Thomas à la réalité.

« Le Savoy est l'un des meilleurs hôtels du monde », remarqua-t-il en savourant l'alcool glacé.

En six ans, cette atmosphère de luxe quotidien lui était devenue indispensable. Sa situation chez Bapaume la lui assurait. Mais pour combien de temps ? Il devait penser sérieusement à l'avenir. Et l'avenir, c'était Sabine. Si tout allait bien. Il était indispensable de mener rondement les négociations avec la Scottish et de rentrer en France avant que la situation se dégradât.

Douché, rasé de frais, à l'aise dans le souple costume de flanelle, il sortit du Savoy pour « renifler » la ville, en reprendre les distances et l'atmosphère.

Préoccupé par les conditions de son départ précipité, Thomas n'avait pas jeté un regard par la portière du taxi qui l'emmenait de l'aéroport au Savoy. Dès qu'il foula le trottoir du Strand, il s'aperçut à quel point la ville avait changé depuis sa dernière visite. C'était la guerre. Et Londres s'y apprêtait avec un sérieux que l'on ignorait à Paris. Les vitrines du Strand, puis celles de Pall Mall, étaient barrées de larges bandes de papier collant. Le long des façades, des sacs de sable s'entassaient à intervalles réguliers. A Trafalgar Square, les vendeurs de journaux annonçaient le remplacement de Neville Chamberlain, le pacifiste, par Winston Churchill, dont la photo s'étalait à la « une » de tous les quotidiens du soir. Un Churchill-Al Capone. Le melon vissé sur la tête, le cigare planté de travers dans une bouche au rictus menaçant, Churchill, en costume rayé, pochette blanche et papillon à pois, posait, une mitraillette « à camembert » à la main ! Le nouveau premier ministre s'était installé au 10, Downing street, mais on annonçait déjà la construction d'un abri personnel, au coin de St. James Park, sous le building d'angle de Storey's Gate. Les commentateurs politiques préconisaient la création d'un corps de *Local Defence Volunteers* où les civils participeraient à la défense des villes et des villages. La patrie était en danger et l'Allemand, l'ennemi dont on attendait de pied ferme l'invasion. Des employés de la voirie enlevaient les poteaux de signalisation. L'air était particulièrement doux, la nuit tombait mais nul réverbère ne s'alluma. C'était évident, Londres ne partageait pas le relatif espoir qu'entretenaient les milieux d'affaires parisiens. Du moins ceux que fréquentait Thomas. Ici, on ne se berçait d'aucune illusion.

Ces préparatifs assombrirent encore l'humeur de l'avocat. Il se promit d'alerter Me Bapaume dès qu'il aurait pris contact avec la Scottish. Le gouvernement français s'entendrait peut-être *in extremis* avec l'Allemagne, mais l'Angleterre n'y semblait pas décidée. Bien au contraire. Voilà qui n'arrangeait pas sa situation. Thomas maudit l'obstination de Lamarck qui l'avait entraîné dans cette galère. Quelques millions à gagner pour l'industriel risquaient de le séparer de son pays, de Sabine, de réduire à néant le plan qu'il avait si soigneusement peaufiné.

Thomas fit demi-tour et décida de dîner au Rules dans Maiden Lane. Les lourdes boiseries, l'argenterie éclatante et le service compassé du vieux restaurant londonien convenaient aux sombres pensées qu'il remâchait.

⁂

Cinq semaines plus tard, Thomas Desvignes se trouvait toujours à Londres. Et les Allemands étaient à Paris ! Le dimanche précédent, le maréchal Pétain avait remplacé Paul

Reynaud à la tête du nouveau gouvernement. Des bruits d'armistice couraient en France. Les échos de la débâcle secouaient Londres, qui, plus que jamais, se préparait à affronter l'ennemi.

Depuis son départ de Paris, Thomas avait réussi à établir deux contacts téléphoniques avec Mᵉ Bapaume. Il l'avait tenu au courant de l'évolution de ses discussions avec la Scottish Cᵒ Inc. La situation de la France envahie n'incitait pas ses partenaires britanniques à lâcher du lest. L'avocat d'affaires avait pourtant exigé qu'il poursuivît ses négociations.

Thomas avait également appris que Mme Who et sa fille avaient quitté Paris. Non pour Epernay, mais pour la Suisse, où le fabricant de champagne les avait rejointes.

— Partout c'est la débâcle, mon petit Thomas, raison de plus pour tenir.

La communication s'était brusquement interrompue sur cet avis sibyllin. Prudent, Thomas s'était présenté à l'ambassade de France et avait expliqué les raisons de sa présence à Londres. Dans l'atmosphère de vigilance exacerbée qui régnait dans la capitale anglaise, il ne tenait pas à ce que ses communications avec Paris fussent mal interprétées par d'éventuelles écoutes téléphoniques. Rassuré sur ce point, il avait ensuite décidé de retirer la totalité du crédit considérable que Mᵉ Bapaume avait mis à sa disposition à la Barclays et de déposer les liasses de bank-notes dans le coffre de son hôtel.

Le 14 juin, à l'annonce de l'entrée des Allemands à Paris, les administrateurs de la Scottish mirent fin sans ménagement aux conversations qui traînaient depuis un mois. Pour Thomas, c'était l'échec sur toute la ligne. Professionnel et sentimental. Sabine avait disparu de son horizon. Quand il la retrouverait, Dieu sait quand, il serait trop tard. Curieusement, Thomas n'en ressentit aucun regret. Il se laissait ballotter par les événements avec un soulagement un peu lâche. Comme il lui arrivait, étant enfant, de décider, un matin, sous les couvertures, de sécher un cours en se prétendant malade. Il s'accorda un long week-end, mettant à profit le temps exceptionnel qui baignait Londres d'une lumière inhabituelle, pour flâner dans les rues. Il canota sur la Serpentine, dans Hyde Park, où les filles, en robes légères, étaient le plus souvent accompagnées de soldats.

Le mardi, après avoir vainement tenté de joindre Me Bapaume à Paris, il se décida à demander à l'ambassade son rapatriement en France. Un instant, il avait hésité. N'était-ce pas l'occasion de commencer une nouvelle vie ? Mais pour quoi faire ? Trouver un autre patron, anglais celui-là, auprès duquel il ne disposerait jamais du capital de confiance que lui témoignait Bapaume ? Non ! Mieux valait regagner Paris. Même occupé.

Il mettait la dernière main à son rapport sur l'issue du différend Lamarck-Scottish Co Inc. en écoutant un programme de la B.B.C. quand le téléphone sonna.

— On vous demande de Paris, dit la standardiste sur un ton réprobateur.

Un appel de la Terre de Feu l'aurait moins étonnée.

Une fiche qu'on enfonce et la voix lui parvint, lointaine mais distincte.

— Allô ! mon petit Thomas... c'est Bapaume. Comment allez-vous ?

— Plutôt mal. L'affaire Lamarck a échoué.

— Tout cela n'a plus aucune importance. Il faut que vous rentriez d'urgence.

— J'ai demandé un passage à l'ambassade.

— Vous partirez samedi, dans quatre jours, le 22 juin. Des ordres seront donnés à l'attaché militaire pour vous rapatrier avec les rescapés de Dunkerque. J'ai eu Laval à Bordeaux. Le maréchal lui a offert la Justice dans le nouveau ministère. Il a refusé mais il a confiance. Il s'est retiré chez lui, à Clermont-Ferrand. Je vais le rejoindre. C'est grâce à lui que j'ai pu obtenir cette communication. Ne vous faites pas de souci, mon petit Thomas, vous savez ce que je pense... Revenez vite, j'ai besoin de vous. Dans cette tourmente, nous parviendrons à éviter la catastrophe. Pierre y réussira. Quant au Maréchal, ici, il fait l'unanimité. Et chez vous, qu'en pense-t-on ? Que se passe-t-il ?...

A ce moment, la conversation fut brusquement coupée.

— Service de sécurité, dit laconiquement la standardiste avant de raccrocher.

Bapaume était inconscient ! Il risquait de lui faire avoir de sérieux ennuis avec le contre-espionnage anglais. Heureusement qu'il s'était couvert auprès de l'ambassade !

Ainsi, c'en était fait. Les événements avaient parlé par la voix de Bapaume. Dans quatre jours, six tout au plus, il retrouverait un nouveau Paris.

Thomas se promit de s'offrir le soir même un bon dîner chez Prunier's à St. James street et de l'arroser d'un de ces bordeaux sublimes qui font la célébrité du grand restaurant. Paris occupé ne lui permettrait sans doute pas de sitôt un pareil plaisir.

En attendant l'heure de se changer pour le dîner, Thomas Desvignes s'étendit sur son lit en sirotant un Savoy dont le verre était délicatement embué. La B.B.C. donnait un programme de musique douce qui convenait à sa réflexion. A nouveau, la voie était tracée. Toute droite. Sans surprise. Les conditions de travail changeraient peut-être du fait de l'occupation mais il savait trop les opinions de la majorité des clients du cabinet pour douter de la réussite d'un accord avec les autorités allemandes. Les affaires continueraient. Surtout si, comme Bapaume semblait le croire, Pierre Laval venait au gouvernement Pétain. Depuis le temps qu'il préconisait un accord avec l'Allemagne...

Thomas se souleva sur un coude pour boire une gorgée de whisky. Plongé dans sa rêverie, il ne s'était pas aperçu qu'à la radio la musique s'était interrompue et qu'une voix parlait. En français.

Il regarda l'heure. 18 heures. Il monta le son :

... *Le dernier mot est-il dit ? L'espérance doit-elle disparaître ? La défaite est-elle définitive ? Non !*

La voix était froide, peu entraînante, métallique.

« Ils auraient pu trouver un meilleur speaker pour leur propagande », pensa Thomas.

Foudroyés aujourd'hui par la force mécanique, poursuivait la voix, *nous pourrons vaincre dans l'avenir par une force mécanique supérieure. Le destin du monde est là...*

— Rien que cela ! murmura Thomas. Mais pourquoi la B.B.C. fait-elle sa propagande en français ?

La réponse vint immédiatement :

Moi, général de Gaulle, actuellement à Londres, j'invite les officiers et les soldats français qui se trouvent en territoire britannique ou qui viendraient à s'y trouver, avec leurs armes ou sans leurs armes, j'invite les ingénieurs et les ouvriers spécialistes des industries d'armement qui se trouvent en territoire britannique ou qui viendraient à s'y trouver, à se mettre en rapport avec moi. Quoi qu'il arrive la flamme de la résistance française ne doit pas s'éteindre et ne s'éteindra pas !

Thomas identifia immédiatement ce général : l'ancien sous-secrétaire d'Etat à la Guerre, qu'il avait rencontré une seule fois au cours d'une réception. Un échalas. Assez jeune pour un général. Pas rigolo. Au micro, il avait la voix de sa gueule. Froide, austère et compassée. Rien d'un meneur d'hommes. Et il parlait de résistance... Thomas eut un haussement d'épaules. Ce type était ridicule. Et puis que représentait-il ? La France avait un gouvernement à Bordeaux. Et — Bapaume venait de le lui dire — Pétain faisait l'unanimité. Toutes les périodes troublées ont leurs hurluberlus qui se prennent pour Jeanne d'Arc.

A la radio, la musique avait repris. Thomas termina son Savoy. Il était temps de s'habiller.

Il ne pensa plus à l'intervention stupide du général, que les journaux anglais n'avaient pratiquement pas relevée — quelques lignes dans le *Times* et trois phrases à la page huit du *Daily Express* — jusqu'au surlendemain. Il réglait les modalités de son rapatriement avec un commandant du cabinet militaire de l'ambassade de France — qui s'était révélé une relation mondaine de Me Bapaume — lorsque la conversation vint sur ce que l'officier appela « l'appel de ce de Gaulle ».

— Il nous en provoque des ennuis ! expliqua-t-il à l'avocat. Il n'a pas qualité pour faire des déclarations publiques. Il n'est plus membre du gouvernement. Nous avons reçu l'ordre du ministère de la Guerre de le faire rentrer en France sans délai. Peut-être voyagerez-vous ensemble !

— On n'aurait pas grand-chose à se dire, mon cher commandant !

— Je me demande, d'ailleurs, s'il va obéir. Il se démène comme un beau diable. Ce qui m'inquiète le plus, c'est qu'il a l'air d'avoir ses entrées auprès du premier ministre. D'après mes renseignements, c'est Churchill lui-même qui lui a permis de parler à la B.B.C. et il lui a fait attribuer un bureau. Oh ! pas grand-chose, un petit appartement à St. Stephen's House.

— Où est-ce ?

— Sur l'*embankment* de la Tamise. J'ai placé un observateur dans les parages. C'est un véritable va-et-vient.

Le commandant eut une inspiration subite.

— Dites-moi, maître, je sais que notre ami Bapaume vous accorde une confiance absolue. Ne voudriez-vous pas me rendre un service avant de quitter Londres ?

— Pourquoi pas ? Cela dépend de ce que vous me demanderez. Si cela est compatible avec ma charge...

— Tout à fait. Allez à St. Stephen's House. Vous êtes avocat, coincé à Londres, vous avez entendu l'appel de ce de Gaulle et vous venez aux nouvelles...

— Mais, mon commandant, c'est de l'espionnage que vous me demandez de faire. Non... je plaisante. Si vous croyez que cela peut vous être utile, j'irai bien volontiers.

— Je vous remercie. D'autant que, confidentiellement *(l'officier baissa la voix),* je peux vous dire que cette initiative fâcheuse met le gouvernement du Maréchal dans une position difficile.

— Vous n'allez pas me faire croire que le cabinet de Bordeaux craint ce petit général.

— Il ne s'agit pas de cela, mais le Maréchal a établi des contacts secrets avec le Führer par l'entremise de l'Espagne pour négocier une cessation des hostilités. Et cette satanée émission de la B.B.C. peut tout faire capoter. Tous les renseignements sur ce qui se passe dans l'entourage du général seront vivement appréciés à Bordeaux, où l'on veut éviter la catastrophe. La ville a été bombardée cette nuit par les Allemands. Il faut obtenir le cessez-le-feu avant que le gouvernement soit fait prisonnier. S'il l'était, c'en serait fait de sa crédibilité. Je ne peux envoyer à St. Stephen's House aucun de mes collaborateurs, ils sont tous connus de la petite équipe de ce de Gaulle.

— Je vais y aller en sortant d'ici.

— Merci, mon cher maître. Ainsi, vous servez la France qui en a bien besoin...

Thomas sourit modestement. En réalité, il pensait déjà que les éventuelles informations recueillies seraient vivement appréciées de Bapaume, qui trouverait là une nouvelle façon de se faire valoir auprès de Laval. Et si celui-ci obtenait le poste convoité auprès de Pétain...

La mécanique de l'intérêt était à nouveau en marche.

Le 20 juin 1940, à 17 heures, Thomas Desvignes, le cœur serré, passa le porche de St. Stephen's House sur l'*embankment* de la Tamise.

La pièce dans laquelle il entra avait le délabrement des appartements longtemps inoccupés. Une table en bois blanc, une demi-douzaine de chaises dépareillées, un meuble classeur jaune, à volet articulé, composaient tout l'ameublement du premier bureau.

Une silhouette massive était penchée sur la table et semblait trier du courrier. L'homme, qui tournait le dos à la porte, n'avait pas entendu Thomas entrer. Celui-ci toussa. L'homme se retourna brusquement. Surpris.

— Maître Desvignes ! s'écria-t-il.

Un gouffre s'ouvrit sous les pieds de Thomas. Gilles Schweik, les reins cambrés, dressait devant lui sa petite taille, sans perdre un centimètre.

L'avocat se reprit.

— Monsieur Schweik, quelle surprise ! dit-il sur un ton qu'il espéra dégagé.

Gilles Schweik était une des personnalités du spectacle parisien. Responsable de plusieurs music-halls, sa taille lilliputienne, ses épaules de lutteur, la mousse blanche qui garnissait le pourtour de sa calvitie et ses reparties à l'emporte-pièce faisaient la joie des échotiers et des photographes de presse de la capitale. Les doigts en éventail autour de sa grosse tête bronzée, il s'avança, volubile, vers l'avocat.

— Cher maître, que je suis heureux de vous revoir en ces tristes circonstances !

Schweik était l'un des rares clients du cabinet de l'avenue Marceau que Me Bapaume eût abandonnés à Thomas Desvignes. « Je ne veux pas traiter avec ce juif, mon petit Thomas. Vous débrouillerez très bien ses affaires sordides. » L'antisémitisme de l'avocat n'allait tout de même pas jusqu'à refuser le dossier ! Et Thomas avait eu l'occasion de régler à son avantage quelques différends qui opposaient Schweik à des entrepreneurs de spectacle américains, ce dont le petit homme lui avait été fort reconnaissant. Depuis, Thomas était de toutes ses générales.

— J'étais à cent lieues de penser à vous, cher maître. Alors, vous nous rejoignez ? C'est admirable ! Vous avez été évacué lors de l'affaire de Dunkerque, je suppose ? Peu importe. Ce qui est essentiel, c'est que vous soyez ici. Moi, j'étais à Londres pour négocier avec Gloria Wend. La chanteuse. Elle est admirable. Un talent ! J'ignorais que tout irait si vite. Quand j'ai vu les Allemands entrer en France, j'ai décidé de rester. Un coup de tête ! Et la prudence aussi. Je sais depuis longtemps le sort que Hitler réserve aux juifs. Et ce Pétain !... Vous savez qu'il veut l'armistice ? Bien sûr, il est du même bord. Le pauvre Mandel n'avait pas quitté le ministère de l'Intérieur depuis vingt-quatre heures qu'il l'a fait arrêter. L'immonde vieillard ! Mandel déjeunait avec ma chère Béatrice Bretty quand les sbires de Pétain l'ont arrêté. Ils étaient à Bordeaux, au « Chapon fin ». Un admirable restaurant. Ici, on sait tout. J'ai la chance de très bien connaître l'un des proches du Général. Je l'ai rencontré par hasard dans la rue, ici, à Londres...

Il disait « le Général » avec la voix au garde-à-vous, sans que, pourtant, ses petites mains grassouillettes cessassent de s'agiter.

— Il m'a dit que le combat continuait, poursuivit-il avec excitation. Alors, hop ! vous me connaissez, hein ? Je n'hésite jamais. Dans la vie comme dans les affaires. Je lui ai dit : je suis avec vous. Il m'a présenté au Général, qui défaisait ses bagages dans un petit appartement de Seamore place que lui a prêté un ami. Je ne l'avais jamais rencontré. Eh bien, vous me croirez si vous voulez, moi qui connais toutes les vedettes de la terre, il m'a impressionné. Pourtant, il ne m'a rien dit. Seulement « Merci », en me serrant la main. Et me voilà ici. Je n'avais plus l'âge d'aller faire le guignol sur la ligne Maginot, mais avec le Général je peux encore servir.

Thomas ouvrit plusieurs fois la bouche pour tenter d'endiguer le flot de paroles, mais Schweik, tout à son récit, n'y prit pas garde.

— Bien sûr, le Général n'a besoin ni de danseuses ni de chanteurs... Alors, je sers de garçon de bureau. Je trie le courrier. Je fais le ménage. Mal. Je reçois les gens. Vous ne pouvez savoir ce qui a défilé ici depuis l'Appel. Ah ! il est entendu !

Lui aussi disait l'Appel, tout comme le commandant de l'ambassade de France. Mais cette fois, il y avait de l'enthousiasme dans le ton.

— Ah ! quelle aventure, mon cher maître ! En quelques jours j'ai rajeuni de dix ans. Tout lâché. Une autre vie. Pas d'attache sentimentale à Paris. Je suis ici avec ce costume. Un autre à l'hôtel. Et un smoking. Vous pensez, j'étais là pour trois jours maximum. Heureusement, j'avais un peu d'argent à Londres pour les avances sur contrat. Mais je vous ennuie avec mes histoires. Et vous ? Vous voilà à nos côtés. Merveilleux !

— C'est-à-dire, j'ai entendu l'Appel...

Il se surprit à dire l'Appel, comme les autres.

— Et je suis venu aux nouvelles. Si je peux...

— Bien sûr que vous pouvez, mon cher Desvignes. Vous permettez que je vous appelle Desvignes, n'est-ce pas ? Tout va se jouer ici. Le Général a besoin de toutes les bonnes volontés. Et un juriste comme vous, c'est de l'or. Le ciel vous envoie. Oh ! le Général !...

Une longue silhouette kaki traversa en trombe le bureau, suivie de trois officiers, et s'engouffra dans la deuxième pièce, dont la porte se referma avec violence. Le général n'avait pas eu un regard pour les deux hommes.

Thomas vit avec surprise Gilles Schweik figé dans son impeccable costume d'alpaga, le visage incliné sur ses coûteuses chaussures de crocodile, dans une attitude de respect. L'homme dont tout Paris quémandait les invitations !

— Vous avez vu, hein ? Avec lui, ça va tambour battant ! Ah ! l'Espoir, mon cher Desvignes, quand tout fout le camp, il n'y a que ça de vrai ! Rien n'est encore perdu. Grâce à lui.

— Permettez tout de même que je m'interroge. J'étais en affaires pour Me Bapaume et je dois regagner la France samedi.

Le visage mobile de Schweik exprima une intense réflexion. Il respira profondément et prit l'avocat par le bras. Sa grosse tête atteignait à peine l'épaule de Thomas.

— Ecoutez-moi bien, maître Desvignes. Votre présence sera utile parmi nous. Très utile. Mais pas indispensable. Vous allez rejoindre ce Bapaume. Je sais que vous lui êtes attaché et qu'il vous considère à juste titre comme son bras droit. Mais je connais Bapaume. Je sais ce qu'il vaut. C'est un vieil opportuniste. Ce n'est pas de gaieté de cœur que j'ai fait appel à lui pour mes affaires. Je sais ses sentiments pour mes coreligionnaires. Mais j'avais besoin du plus grand cabinet d'affaires de Paris pour défendre mes intérêts. Tout comme des ministres veulent figurer à mes générales. Question de standing. Cela m'a permis de vous connaître et je m'en réjouis. Réfléchissez, vous allez rejoindre des gens qui, sans aucun doute, s'entendront avec l'occupant. Les hommes politiques, les dignitaires religieux, les affairistes ne vont pas manquer pour mettre sous leur coupe notre pauvre pays. Mais cela ne durera pas. Pensez à l'avenir, mon cher Desvignes, vous êtes jeune et brillant. Votre intérêt...

— Mais il ne s'agit pas d'intérêt ! protesta Desvignes.

Il n'était question que de cela !

Schweik changea de registre.

— Alors si vous préférez, parlons patriotisme, résistance, espoir, liberté. Voilà l'occasion, Desvignes, de donner votre mesure. Et ni dans l'ombre ni dans la trahison. Il y a des instants privilégiés dans la vie d'un homme où toute sa vie peut être remise en question. L'Histoire vous fournit celui-là. Moi, j'ai choisi. J'ai eu l'occasion de vous estimer, je voudrais que vous ne le laissiez pas passer.

Ce vieux clown triste lisait-il en lui comme dans un livre ouvert ? Thomas eut un vertige. En un éclair, il revécut ses doutes, son désespoir, ses misérables plans pour se dégager de l'emprise de Bapaume. Le visage de Sabine...

— J'ai quelque argent dans le coffre du Savoy, commença-t-il.

Les rides de Schweik s'étirèrent en un sourire épanoui.

— Gardez-le précieusement. Il pourra servir. Mais c'est de vos connaissances, de votre intelligence, de votre volonté que nous avons besoin.

Thomas hésita encore un instant, puis il se décida.

— Elles sont à vous, mon cher Schweik. C'est entendu. Je reste.

— Venez. Je vais vous présenter à l'aide de camp.

Ce fut comme une libération. Thomas eut l'impression de voler. En quelques minutes et en quatre mots, il venait de jouer son existence. Sur un coup de poker. Il se sentit soudain étrangement calme, soulagé. Il avait brûlé ses vaisseaux et se retrouvait dans cet appartement misérable face à l'aventure. Lui qui n'avait jamais agi qu'avec la plus extrême prudence !

Ce sentiment inconnu le réconforta comme un alcool rare.

CHAPITRE III

Le 22 juin, tandis que le monde apprenait l'armistice entre la France et l'Allemagne, et qu'un caboteur frété par l'ambassade de France quittait Douvres après avoir en vain attendu le passager annoncé par l'attaché militaire, Thomas Desvignes paya sa note au Savoy, retira l'argent de Bapaume du coffre de l'hôtel pour le confier à une banque, où il ouvrit un compte à son nom, et s'installa dans un petit appartement douillet d'un immeuble de briques rouges à St. James place, juste derrière Prunier's. L'aventure londonienne commençait dans le confort.

A St. Stephen's House il n'en était pas de même. Il n'y avait rien. Ni organisation ni équipe. Seulement une poignée d'officiers, la plupart de réserve, qui entouraient le Général. L'un d'eux, Hervé Galibert, prit le jeune avocat sous sa coupe. Après un interrogatoire serré sur sa vie à Paris, les circonstances de sa présence à Londres et les raisons de son ralliement à de Gaulle — interrogatoire auquel Thomas répondit avec une franchise presque absolue, il lui suffit de gommer son adhésion aux idées de Me Bapaume, adhésion qui, pensait-il déjà, était parfaitement opportuniste —, le capitaine Galibert s'attacha le jeune homme pour improviser les premières relations avec le Foreign Office et l'administration des services civils.

Les « nombreux Français qui répondaient à l'Appel » n'existaient que dans la cervelle de cet incorrigible optimiste de Schweik. Une semaine après l'émission de la B.B.C., il y avait à peine quelques centaines de soldats parqués dans la salle de l'Olympia auxquels s'ajoutait l'embryon des Français libres avec le minuscule noyau de St. Stephen's House, des directeurs commerciaux, des avocats, des journalistes, quelques militaires de carrière, mais aucune de ces brillantes personnalités politiques ou littéraires qui eussent pu donner au groupe un éclat dont il avait fort besoin.

Malgré ce dénuement, Thomas Desvignes vécut à St. Stephen's House, puis à Carlton Gardens, dans l'immeuble mis à la disposition des Français libres par le gouvernement anglais, les mois les plus exaltants de sa vie. Il retrouvait l'enthousiasme de la conférence du stage, à l'époque où il espérait encore devenir un maître du barreau. Engagé par hasard, sur une décision où n'entrait pas une once de patriotisme, il montra un acharnement au travail, un dévouement qui émurent Hervé Galibert, sous les ordres duquel il ne cessa d'œuvrer à la constitution d'un cabinet charpenté. Les deux hommes formèrent rapidement un tandem des plus efficaces qui au cours des mois vit défiler devant lui tout ce que le gaullisme naissant ralliait comme personnages de valeur. Et d'avenir. La brillante mécanique intellectuelle et les connaissances juridiques du sérieux Thomas s'allièrent à merveille avec l'intelligence fulgurante et la faconde méridionale d'Hervé Galibert. Malgré les intrigues qui — dès que les Français libres représentèrent une force et qu'il fut évident que de Gaulle était le seul interlocuteur du gouvernement anglais — ne manquèrent pas de se nouer à Londres, personne ne parvint à glisser le moindre élément de discorde entre les deux hommes. Une formation semblable n'avait fait que cimenter une sympathie qui se transformait en amitié.

Hervé Galibert avait douze ans de plus que Thomas. Il était né avec le siècle à Saint-Jean, avait fait son droit à Marseille et s'apprêtait à s'inscrire au barreau quand il avait épousé Mima Steiner, la fille du banquier Jacob Steiner, propriétaire-fondateur des Cotonnières d'Afrique. Il avait vingt et un ans, elle dix-neuf. La jeune fille avait été séduite par l'extraordinaire impression de vitalité qui émanait d'Hervé Galibert. Non seulement il était intelligent et ambitieux, mais il l'amusait. Lorsqu'ils se marièrent à la mairie de Saint-Jean, en septembre 1921, Mima était radieuse... et enceinte de trois mois. Les trois mois nécessaires à convaincre le banquier de la sincérité du jeune avocat sans le sou. Les portes de la banque Steiner ne purent résister longtemps à un tel amour. Et Hervé y fit, auprès de ses beaux-frères David et André, une carrière brillante qui effaça bientôt le courroux de Jacob Steiner à l'égard du « jeune ambitieux ». En 1937, Hervé Galibert, poussé par son beau-père, devint conseiller technique au ministère des Finances, puis, en mars 1940, à la présidence du Conseil.

Mobilisé sur place, c'est là qu'il avait eu l'occasion de rencontrer à plusieurs reprises le colonel, puis général de Gaulle. Ecœuré par la débâcle et les atermoiements du gouvernement, il décida — après une dernière conversation, à Bordeaux, avec le Général — de gagner Londres avec sa femme et sa fille Sylvie tandis que son beau-père et ses beaux-frères préparaient un repli sur les Etats-Unis, où le vieux banquier, prévoyant, avait transféré une grande partie de sa fortune.

Dès l'été de 1940, Thomas Desvignes devint un familier de l'appartement de Park Lane où, autour d'un whisky ou d'un dry que Sylvie préparait avec l'habileté d'une barmaid chevronnée, Hervé Galibert continuait d'agiter les problèmes qui les assaillaient. Il y régnait une atmosphère de quiétude familiale, d'entente et de complicité de tous les instants que, jusque-là, Thomas n'avait jamais eu l'occasion de goûter. Le capitaine semblait heureux de voir son adjoint l'apprécier et s'y intégrer avec tant d'aisance.

Mima Galibert, qui se piquait de décoration, fut conquise par le goût inné du jeune avocat, dont les conseils judicieux la ravissaient. Lorsqu'il lui offrit deux splendides chiens de porcelaine du XIXe dénichés chez un antiquaire de Charing Cross, il acquit définitivement droit de cité à Park Lane.

Seule Sylvie ne semblait pas partager l'engouement de

ses parents pour Thomas Desvignes. Mais il entrait beaucoup de dépit dans l'attitude de la jeune fille. Elle avait été immédiatement séduite par le visage hardi, la distinction virile, l'élégance discrète de l'adjoint de son père. Enfin autre chose que ces militaires balourds qui s'empiffraient à la table familiale et bouffaient du Boche à chaque repas sans apporter à ses dix-huit printemps toute l'attention qu'ils requéraient ! Pourtant, elle se lassa vite des compliments de Thomas, si bien tournés fussent-ils, sur son art du bouquet ou du dry-Martini, ou encore sur la façon gracieuse et originale qu'elle avait de nouer ses longs cheveux blonds. Jamais un mot qui pût lui faire penser que sa passion était partagée ! Elle se réfugia alors dans une attitude d'hostilité à peine polie que Thomas ne tenta point de forcer, se contentant de sourire, amusé, lorsqu'elle lui décochait une flèche acide, comme on fait à l'égard d'un enfant capricieux.

A sa mère qui lui reprochait affectueusement de se montrer désagréable envers le jeune homme, elle répondit :

— Oh ! il ne s'en aperçoit même pas. Il me prend pour une gamine. Il oublie que j'ai dix-huit ans et qu'il a à peine dix ans de plus que moi.

Elle baptisa Thomas « la Perle » ou « le Petit Génie », et n'en parla plus à son père que sous ces noms.

Thomas, qui, quelques mois auparavant, avait formé tant de plans pour séduire la riche héritière, gage de sa liberté professionnelle, ne semblait s'apercevoir de rien. Les problèmes de plus en plus complexes qui fondaient sur son service l'absorbaient presque totalement. A part de brèves et rares aventures « hygiéniques » avec quelques filles de rencontre, ses seuls moments de détente c'est à Park Lane qu'il les savourait, dans l'ambiance chaleureuse, amicale et luxueuse que dispensaient Hervé et Mima Galibert. Il s'était installé dans son rôle d'ami de la famille et s'y trouvait bien.

Il fallut une soirée d'octobre pour que le précieux équilibre auquel il tenait tant fût rompu.

Depuis le mois d'août, Londres vivait, sous les bombes, la terrible « bataille d'Angleterre ». Chaque citoyen — engagé ou non dans la Home Guard — se tenait sur le pied de guerre, s'attendant d'un jour à l'autre à l'invasion allemande. Dans cette ambiance de tension nerveuse extrême, les Anglais montrèrent un sang-froid admirable, tenant par-dessus tout à préserver un semblant de vie normale. C'est ainsi que, malgré les risques de bombardement, les cinémas continuèrent de fonctionner. A la moindre alerte les séances s'interrompaient et le flot des spectateurs se déversait dans les abris les plus proches.

Le 15 octobre au soir, Thomas, qui regagnait St. James place, fut surpris par le hurlement des sirènes. Il n'était plus très loin de son domicile et se mit à courir pour gagner à temps l'abri de sa maison. Au coin de Piccadilly et de St. James street, emporté par son élan, il bouscula une jeune fille qui sortait précipitamment d'un cinéma. Avant qu'il eût pu esquisser un geste pour la retenir, elle perdit l'équilibre et tomba en arrière sur le trottoir.

— Imbécile ! cria-t-elle en français.

— Oh ! Sylvie ! Excusez-moi.

Les sirènes hululaient de plus belle. L'heure n'était pas aux politesses. Thomas aida la jeune fille à se relever.

— Avez-vous mal ?

Elle fit signe que non.

— Venez vite. On est à deux pas de chez moi.

Par la main, il l'entraîna en courant le long de St. James street et, arrivés sur la place, la fit entrer dans l'abri aménagé au sous-sol de son immeuble. Miss Vaughan, la vieille fille du rez-de-chaussée qui entretenait amoureusement ses géraniums, était déjà là, ainsi que Mrs. Davis et ses quatre enfants à moitié endormis. Depuis les premiers bombardements du mois d'août, chacun avait eu le temps de prendre ses habitudes. Déjà les places étaient immuables. Miss Vaughan dans un vieux fauteuil défoncé près de l'entrée, Mrs. Davis et ses enfants sur des caisses garnies de couvertures le long de l'étroit boyau qu'une faible ampoule éclairait chichement.

— Pardon, pardon, excusez-moi.

Thomas guida Sylvie au fond de l'abri, après un coude ; là, il disposait d'une autre caisse elle aussi recouverte d'une vieille couverture de l'armée.

— C'est ma place, expliqua-t-il à mi-voix. Il n'y a que trois appartements dans ce petit immeuble. Arrivé le dernier, on m'a mis au coin !

La jeune fille frissonna. L'automne avait enveloppé la ville d'une brume glaciale qui pénétrait dans l'abri par le soupirail mal calfeutré. Elle croisa son manteau sur sa poitrine.

— Ne bougez pas, Sylvie. Je monte vous chercher quelque chose.

— Fichez-moi donc la paix ! Je n'ai pas le temps de dire ouf que je suis renversée par un ouragan qui m'entraîne dans une cave glaciale sans me demander mon avis. Et maman qui va se faire un sang d'encre !

Son petit visage était crispé de colère.

— Ne vous fâchez pas, Sylvie, dit Thomas. Je vais la prévenir.

Quelques minutes plus tard il était de retour, un plaid écossais sur le bras et un thermos à la main.

— J'ai eu votre père au téléphone. Ils allaient descendre à la cave. Les voilà rassurés. Et vous aussi.

Elle ne répondit pas, murée dans un silence hostile. Thomas déboucha le thermos et emplit le gobelet.

— Buvez un peu de café. Ma femme de ménage m'en prépare toujours pour le soir.

Elle accepta tandis qu'il drapait le plaid sur ses épaules.

— Et vous ? dit-elle, un peu apprivoisée.

Thomas sourit dans l'ombre.

— Voilà le premier mot gentil de la soirée. Alors, ce film, comment était-il ?

— Pftt ! Complètement idiot. Une petite dinde américaine frisée, pomponnée et harnachée comme une mule un jour de procession, amoureuse d'un bellâtre mexicain. Le tout sur fond de piscine bleue et de palmiers aseptisés.

Avec l'admirable versatilité de l'enfance encore toute

proche, Sylvie avait chassé de son visage l'expression d'hostilité qui l'envahissait l'instant d'avant pour n'être plus qu'une gamine charmante et spontanée.

— Il est bon votre café. Vous en voulez un peu ?

— Oui, merci. Je vais y ajouter un peu de cognac.

Il sortit de sa poche une flasque d'argent martelé.

— Je vous en verse un dé ?

— Pourquoi pas ? Je ne suis plus un bébé, quoique vous ne donniez guère l'impression de vous en apercevoir !

Elle voulut avaler d'un coup le contenu du minuscule gobelet et s'étrangla dans une quinte de toux.

Thomas éclata de rire.

— Un peu de discrétion, monsieur Desvignes, chuinta Miss Vaughan du fond de son fauteuil. Laissez dormir les enfants de Mrs. Davis.

Thomas passa la tête au coin du mur.

— Je vous prie de m'excuser, mesdames.

Puis il disparut dans son recoin. Les Anglaises entendirent des rires étouffés et des chuchotements.

— Il ne faut pas leur en vouloir, murmura Thomas en se penchant vers la jeune fille. Depuis que Mr. Davis a été mobilisé, Miss Vaughan est persuadé qu'il ne reviendra pas. Elle a un sens inné de la catastrophe mais veille sur la famille Davis avec des attentions de mère poule.

Sa voix résonna délicieusement aux oreilles de Sylvie. Enfin Thomas s'occupait d'elle ! Elle oublia instantanément son ressentiment pour « le Petit Génie » mais n'eut pas le loisir d'analyser comme elle l'aurait voulu les raisons profondes de cette volte-face. Une violente explosion fit vibrer les murs. La lampe s'éteignit, plongeant la cave dans l'obscurité. Un des enfants de Mrs. Davis se mit à hurler. On entendait maintenant dans le ciel le ronronnement menaçant des bombardiers. Deux nouvelles explosions secouèrent le quartier, puis, à travers les fissures du soupirail, une lueur orangée pénétra dans l'abri.

Sylvie se serra contre Thomas qui l'entoura de son bras.

— Qu'est-ce que c'est ? Le feu ? dit-elle d'une voix étranglée.

— Je ne sais pas. N'ayez pas peur.

Pour la première fois, Londres faisait connaissance avec la nouvelle arme allemande : la bombe incendiaire.

Le silence était revenu, troublé de loin en loin par les sirènes des ambulances. La lueur venue de l'extérieur éclairait la cave mieux que la faible ampoule. Thomas sentit l'épaule de la jeune fille trembler d'énervement. Il l'étreignit longuement.

— Voilà, c'est fini.

Sylvie écarta les longs cheveux blonds qui cachaient son visage et regarda Thomas. Il fut ému de l'angoisse qui se peignait sur les traits fins et délicats. A la hauteur de la tempe, la peau était transparente et une veine bleutée battait doucement. Les lèvres roses, entrouvertes, laissaient voir de petites dents blanches, lisses et humides, comme des dents d'enfant. Les yeux émeraude étaient pleins d'eau claire. Une petite fille apeurée qui demandait qu'on la consolât.

Une explosion, très proche celle-là, la jeta contre lui tandis que, dans l'autre partie du boyau, les enfants mêlaient leurs cris aux prières des deux femmes.

— Thomas ! Oh ! Thomas !

Sylvie sanglotait comme les gamins d'à côté. Elle se serra convulsivement contre le jeune homme, levant vers lui des pommettes humides barbouillées du fard délayé de ses paupières. Il lui prit la nuque et, à travers l'épaisseur soyeuse des cheveux, la massa doucement jusqu'à ce qu'elle se calmât. Puis il l'embrassa légèrement sur les lèvres. En frère.

A travers la brume de ses paupières elle vit ce visage long et mat, aux traits réguliers, ces yeux clairs pleins de tendresse attentive penchés sur elle. Une odeur inconnue de lavande et de tabac blond l'étourdit. Elle caressa la joue râpeuse, puis croisa ses mains sur un cou dont elle sentait les muscles tendus. A son tour, elle l'attira vers ses lèvres et lui fouilla la bouche d'un baiser sucré auquel se mêlait le goût salé de ses larmes. Thomas y répondit avec une violence inattendue qui la combla.

***

C'est Mima Galibert qui, la première, s'aperçut du changement de sa fille à l'égard de Thomas. Lors des visites du jeune homme, Sylvie n'en faisait plus la cible de ses sarcasmes. Elle continuait à l'appeler « la Perle » ou « le Petit Génie » dans ses conversations avec ses parents, mais avec une nuance de tendresse qui n'échappa pas à sa mère.

— Ta fille est amoureuse, dit-elle un soir à Hervé Galibert.

— Et de qui, grand Dieu ? Elle n'a eu le temps de se lier avec personne, et ici, c'est un tel va-et-vient...

— De Thomas.

— Thomas ?

— Vous, les hommes, ne voyez jamais rien. Tu n'as pas remarqué qu'elle ne refuse plus systématiquement ses invitations ? Qu'ils vont au cinéma, qu'elle a même dîné plusieurs fois avec lui comme ce soir. Et que lors de ces sorties elle rentre de plus en plus tard !

— Eh bien, Thomas me plairait comme gendre.

— Mais tu es extraordinaire ! D'abord s'il avait demandé la petite en mariage, elle nous l'aurait dit ! Sylvie est encore une enfant. Et puis on est en guerre et ce garçon n'a pas le sou. Et pas de situation.

— Je n'en avais pas plus que lui quand nous nous sommes mariés. Et tu avais l'âge de Sylvie quand je t'ai rencontrée. T'ai-je rendue malheureuse ?

Mima enveloppa son mari d'un long regard affectueux et passa sa main sur son crâne poncé.

— Pas une seconde, mon chéri.

— Alors tu vois ! Thomas est un garçon remarquable. Non seulement c'est un grand juriste, mais il a l'avantage de ne pas planer dans les abstractions. Je le vois arranger des affaires à longueur de journée. C'est la conciliation faite homme. Ce n'est pas qu'il manque de caractère ; au contraire, il a une sûreté de jugement étonnante mais il a su en quelques mois se faire des amis partout. Jusque chez les Anglais. Et il s'en sert. Il n'a pas son pareil pour aplanir les difficultés qui ne manquent pas avec certains de nos compatriotes ! Ces Français libres, « personnages sympathiques mais passablement contrariants », comme dit le Général, qui a le goût des euphémismes !

Hervé Galibert s'était totalement débarrassé de ses fonctions juridiques et financières sur Thomas Desvignes pour participer, avec un petit groupe d'officiers ralliés en juillet à la France libre, à la constitution d'un service de renseignements que l'afflux des volontaires et les informations provenant de France et d'Afrique du Nord rendaient indispensable. A ce nouveau poste, on le connaissait sous le pseudonyme de Des Essarts, qu'Hervé avait choisi en souvenir d'un petit village de haute Provence où, enfant, il passait des vacances de sauvageon. Pour n'inquiéter ni sa femme ni sa fille et pour éviter les indiscrétions, il avait décidé de leur cacher cette nomination et avait demandé à Thomas d'observer le secret le plus absolu. « Un mouvement de résistance semble se dessiner en France, avait-il confié à son adjoint. Des étudiants ont manifesté à Paris à l'Arc de Triomphe en chantant *la Marseillaise* et en brandissant deux gaules. Le calembour a-t-il été compris ? En tout cas, il y a eu un mort et six blessés. L'université a été bouclée par les Allemands. Nos bons amis anglais font leur boulot et l'Intelligence Service reconstitue ses réseaux. Nous ne devons pas être à la traîne. Déjà des missions de contact ont été envoyées en Bretagne et en Normandie. Si je dois partir un jour, je veux que ni Mima ni Sylvie ne soient au courant. C'est à vous, Thomas, que je les confierai. Vous veillerez sur elles. » Si Mima voyait juste dans les sentiments de sa fille et que cet amour fût partagé par Thomas, Hervé se sentirait libéré d'un grand poids.

— Oui, conclut-il à l'adresse de sa femme, Thomas me plairait beaucoup.

Il se promit de sonder le jeune homme à la première occasion.

— Surtout, ne t'en mêle pas ! dit Mima en agitant le doigt d'un geste grondeur.

— Mais non. Mais non. Je ne suis pas fou. C'est à ces enfants de régler leurs problèmes.

Comment Mima faisait-elle pour le deviner ainsi ? Bougon, il se leva et se servit un whisky.

— Donne-m'en un aussi. Très léger. Avec beaucoup de soda.

Il versa l'alcool, l'étendit largement d'eau et l'apporta à sa femme. D'un geste spontané, avec beaucoup de douceur, Mima effleura des lèvres la large main qui tendait le verre.

— C'est vrai qu'il est tard et qu'ils ne sont pas rentrés, dit Hervé d'une voix moins assurée qu'il ne l'eût voulu.

***

Les historiens qui, dans trente ou quarante ans, auront les moyens d'étudier les coulisses du pouvoir politique et financier en France durant le quart de siècle qui suivit la Libération ne pourront négliger l'influence capitale de Thomas Desvignes-Benettes et devront convenir que trois dates essentielles marquèrent son extraordinaire ascension sociale.

La première fut le 20 juin 1940, lorsque Thomas rallia — avec combien d'hésitation et, il faut bien le dire, par hasard — la France libre, qui n'en avait pas encore le nom. Les chercheurs trouveront-ils trace de ces hésitations ? On peut en douter. L'adjoint de l'attaché militaire de l'ambassade de France disparut en mer alors qu'il regagnait la France pour rejoindre l'administration Pétain, et le bon Schweik fut terrassé par une crise cardiaque en 1945, à la veille de redevenir le roi du music-hall parisien.

La seconde fut le mariage, en décembre 1940, de Thomas avec Sylvie Galibert. Par elle-même cette date serait sans importance si cette union — d'où naquit un petit Xavier en juillet 1941 — n'avait renforcé la confiance qu'Hervé Galibert avait en Thomas et ne lui avait fait prendre en octobre 1943 une décision capitale pour la vie future de l'avocat.

C'est en effet le 13 octobre 1943 — troisième date essentielle — qu'Hervé Galibert, devenu Hervé Des Essarts dans les Services spéciaux, reçut la redoutable mission d'en gérer les finances. Le même jour il proposa le nom de son adjoint : Thomas Desvignes. Ce choix fut approuvé à l'unanimité par ses supérieurs. En trois ans, le « gendre de Des Essarts » avait su se faire apprécier. Les circonstances exceptionnelles et les « services rendus » avaient même valu à ce réformé à titre définitif le grade de lieutenant. Les « services » qu'il rendra entre ce 13 octobre 1943 et la fin de la guerre seront d'une autre envergure.

En trois ans, Thomas avait vu défiler dans son bureau de Carlton Gardens la plupart de ceux que, plus tard, dans le monde politique français, on appellerait les anciens de Londres. Il avait été au courant de toutes les rivalités de groupes, des ambitions personnelles, des « espoirs » que certains mettaient dans leur engagement. Il avait su, sans arrière-pensée, aplanir pour beaucoup d'entre eux mille difficultés. Très vite on avait pris l'habitude, devant un ennui quelconque, de dire : « Oh ! le petit Desvignes va bien nous arranger cela. » En effet, Desvignes « arrangeait ». Et fort habilement. Qu'il s'agît d'un poste, d'un grade, d'une affectation, d'une subvention plus importante. Suprême habileté : jamais Me Desvignes, devenu le lieutenant Desvignes, ne s'était mis en avant. Jamais il n'avait réclamé d'avantages personnels. Jamais non plus il ne se les était attribués. A un poste où il ne prenait aucun des risques physiques que les combattants de la France libre couraient quotidiennement, il avait réussi cette gageure de se faire aimer des plus baroudeurs par son empressement et par la diligence qu'il mettait à régler leurs problèmes les plus compliqués. Lorsque la plupart des services de la France libre s'établirent en Algérie à la suite du général de Gaulle, à partir de juillet 1943, bien rares étaient les hommes qui allaient constituer le personnel politique d'Alger, puis, la Libération venue, de la nouvelle

République qui ne fussent pas, d'une façon ou d'une autre, les obligés de Thomas Desvignes.

Jusque-là Thomas avait servi avec sincérité, et sans ménager son temps ni ses efforts, une cause choisie sans une once de patriotisme. Dès que son beau-père fut nommé à la tête des finances des Services spéciaux, le vieux démon de l'intérêt resurgit et Thomas, avec tout le courage de l'ambition, entreprit de jeter les bases de son futur empire occulte.

La dernière mission d'Hervé Des Essarts en France eut lieu en août 1943. Depuis son premier parachutage en janvier 1941, la situation avait bien changé. Les organisations de résistance s'étaient développées et structurées. Les communistes étaient entrés dans la lutte le 22 juin 1941 et le Service du travail obligatoire avait peuplé les maquis. Des Essarts, rapatrié à Alger par sous-marin à la fin du mois de septembre 1943, rapportait d'une tournée qui l'avait mené de Lyon à Saint-Jean — sa ville natale —, en passant par Grenoble, un bilan général réconfortant et une impression personnelle défavorable. Malgré les efforts d'unification des mouvements de résistance, il était évident à ses yeux que les communistes, qui se battaient dans les maquis et dans les réseaux urbains avec un courage indéniable, formeraient, à l'heure de la victoire, une force armée redoutable avec laquelle on devrait compter. Des Essarts pensait : contre laquelle il faudrait lutter sans perdre un instant.

Quelques jours après son retour et sa nomination à la tête du service financier, Hervé Des Essarts eut une longue conversation avec son gendre.

— J'ai mis mes supérieurs au courant des contacts que je viens d'avoir en France. La situation y est inquiétante. La victoire sur les Allemands ne fait plus de doute mais l'importance prise dans la Résistance par les groupes communistes me fait mal augurer de l'avenir. A tout prix il faut éviter qu'après le conflit une nouvelle guerre n'éclate dans notre pays. Une guerre civile.

— C'est à ce point, Hervé ?

Dans l'intimité, Thomas avait pris l'habitude d'appeler son beau-père par son prénom. Douze ans à peine les séparaient et un « papy » familier ou un « père » solennel eussent été ridicules.

— Oui, c'est à ce point. Le pouvoir ne doit pas échapper à ceux qui, sans attendre les prises de position de tel ou tel pays étranger, ont été les premiers à rallier Londres et la France libre. C'est-à-dire nous. Depuis trois ans, nous avons pensé National, il est temps de penser Politique. Et cet appareil, cette organisation qui nous permettra de nous emparer « légitimement » du pouvoir, c'est maintenant qu'il faut le forger.

— L'Assemblée consultative dont on annonce la création jouera, à mon avis, un rôle considérable dans l'organisation de la nouvelle République, remarqua Thomas.

— C'est le juriste qui parle, Thomas. Moi, je vous parle politique. Dans cette assemblée, les hommes de notre bord seront littéralement « phagocytés » par les représentants des anciens partis. Et la France voudra des hommes neufs. A nous de savoir si on doit la laisser aux mains des communistes qui bouleverseront l'ordre et les intérêts privés que vous et moi avons passé notre vie à défendre, ou bien si nous devons lui offrir les hommes nouveaux qu'elle désire. Bien sûr, il y aura le Général..., mais il faut voir plus loin. Même le Général n'aura pas partie gagnée. Je vous le dis tout net, il faudra se débarrasser des politiciens, y compris ceux de la nouvelle Assemblée consultative. Et faire face à tous les risques. Et pour cela, il faudra de l'argent. Beaucoup d'argent.

Le maître mot était lâché. Il fit sur Thomas l'effet d'un révélateur. Après trois ans d'une vie nouvelle, il retrouvait sa véritable nature et le milieu d'intrigues fructueuses pour lequel il se sentait fait.

— Ce n'est pas un hasard, poursuivit Des Essarts, si j'ai été nommé à ce poste et si j'ai si facilement réussi à vous faire admettre dans ce service financier. Nous portons les espoirs de nombre d'hommes bien placés. Très haut placés.

Et je ne parle pas uniquement de nos supérieurs et de nos amis politiques, mais aussi de groupes financiers importants qui rêvent aussi de reprendre leur influence dès la guerre terminée. Et pour eux, le véritable ennemi c'est l'extrême gauche. Si nous jouons bien, Thomas, tous les espoirs nous seront permis. Vous n'avez certainement pas l'intention, la guerre terminée, de vous retrouver en second dans un cabinet d'affaires. Pas plus que je n'ai, moi, l'intention de rester dans la dépendance de ma belle-famille, si agréable soit-elle. J'ai fait quelques séjours dans des cabinets ministériels mais toujours en technicien. Après la guerre, je ne vous le cache pas, j'ai l'intention de mener une carrière politique. Il est temps de préparer l'avenir de la démocratie. Et aussi le nôtre.

Hervé pensait pouvoir immédiat et Thomas influence indirecte.

L'un n'empêchait pas l'autre. Au contraire.

Pendant les dix mois qui séparèrent cette conversation de la libération de la France, le commandant Des Essarts — il avait été nommé à son retour de mission —, le capitaine Desvignes — lui aussi avait bénéficié d'une nouvelle promotion —, aidés du capitaine Félix Judicaël, membre important des Services spéciaux, et du capitaine Maison — leur correspondant à Londres —, édifièrent un véritable trésor de guerre dont moins de vingt personnes eurent connaissance. Encore ignoraient-elles les détails de sa constitution.

Le génie de Thomas Desvignes atteignit son apogée dans le dédale inextricable de la comptabilité des services. Avec la complicité du capitaine Judicaël, du Service Action, il multiplia les missions fictives où s'engloutirent un nombre impressionnant de millions provenant des services anglais. Les sommes non parachutées en France constituèrent également une part importante du « trésor » qu'Hervé Des Essarts dissémina chez des particuliers en Angleterre, où le capitaine Maison s'occupait de la réception. Ce dernier établit même des dépôts clandestins dans deux des plus grosses banques anglaises ! Le coup de maître de Thomas Desvignes fut cependant de « faire travailler » les subventions énormes accordées au Service. Pendant dix mois, il « géra » une partie du budget confié à Des Essarts comme il aurait fait des capitaux d'un groupe financier dont il aurait eu à défendre les intérêts ! Profitant de la situation d'Alger, où les milieux les plus divers se côtoyaient — trafiquants d'armes et « gros bonnets » du marché noir, industriels d'Afrique du Nord, représentants de firmes américaines —, il mit au point un système infaillible qui lui permit même — comble du raffinement — de ne pas truquer, pour ces opérations, la comptabilité dont Des Essarts était responsable. Grâce à une complicité importante à l'Office des changes, il transformait les francs français en devises étrangères. Au cours légal. Puis il les faisait revendre au marché noir à une valeur triple de l'officielle. Il n'avait plus alors qu'à reverser dans la caisse du Service les sommes initiales qui en avaient été distraites ! Le « trésor » se gonflait du « bénéfice ».

En bon gestionnaire, Desvignes établit une comptabilité parallèle qui tenait en une liasse de feuillets. Ce fut sa seule erreur car ce dossier disparut mystérieusement lorsque, la Libération venue, le Service fut transféré en France. A l'annonce de cette catastrophe, Des Essarts soupçonna le capitaine Maison d'être à l'origine de la fuite. La joyeuse vie que l'officier menait à Londres exigeait des rentrées bien supérieures à sa solde. Avait-il appliqué au second degré la technique mise au point par Desvignes et fait à nouveau travailler l'argent reçu en dépôt ? Toujours est-il que, dès le mois de novembre 1944, il rapatria l'argent londonien des Services spéciaux et remit à Des Essarts des comptes parfaitement en règle.

Quand, à la fin de l'année 1944, la dissolution des groupes armés « illégaux » en France eut éloigné le « péril » communiste que redoutaient Des Essarts et les siens, le « trésor de guerre » devint inutile pour la « sauvegarde de la démocratie ». D'un commun accord et après avoir remis la comptabilité officielle du Service à leurs successeurs, Des Essarts, Thomas Desvignes et Félix Judicaël décidèrent de garder le « trésor » et d'employer cet argent à des « fins personnelles de politique intérieure ». Les trois hommes ne jugèrent pas opportun d'informer le capitaine Maison de cette décision. Ils le perdirent de vue jusqu'à ce jour de 1947 où la Sécurité militaire l'arrêta à la suite d'une histoire de mœurs compliquée d'escroquerie à laquelle était mêlée la fille d'un ministre anglais. Appelé à la rescousse, Thomas Desvignes le visita en prison et promit d'arranger l'affaire « à la mesure de ses possibilités ». Le surlendemain, Maison eut la bonne idée de se pendre dans sa cellule sans avoir soufflé mot du trafic financier auquel il avait participé. Des Essarts apprit plus tard par son gendre que, la veille du suicide, deux officiers en uniforme, se prétendant agents des Services spéciaux, s'étaient présentés au fort où Maison était placé aux arrêts de forteresse et avaient exigé qu'on leur remît le capitaine. Le directeur de la prison militaire avait refusé. L'authenticité des papiers qui accréditaient les deux officiers lui avait paru douteuse. La disparition de Maison rassura définitivement les trois « inventeurs » du trésor, qui purent l'utiliser au mieux de leurs intérêts.

Nommé commissaire de la République à Saint-Jean, le commandant Hervé Des Essarts-Galibert, officier de la Légion d'honneur, médaille de la Résistance avec rosette, D.S.O. *(Distinguished Service Order),* fut élu député du Mouvement centriste de gauche (M.C.G.) à la première Assemblée nationale et porté avec enthousiasme à la mairie de Saint-Jean. Il n'avait eu aucun souci financier pour mener ses deux campagnes électorales !...

Plus discret et peu tenté par la politique au grand jour, le capitaine Thomas Desvignes n'eut aucun mal à prendre la succession de Me Bapaume, avenue Marceau. Celui-ci, recherché par le Comité d'épuration, avait fui en Espagne. Jouant pour la première fois de ses relations de guerre pour son compte personnel, Thomas se fit aisément attribuer le cabinet sur lequel les scellés étaient encore apposés. Un tour de passe-passe administratif, une vente fictive, et il devint propriétaire en titre de l'ex-cabinet Bapaume. Appartement et dossiers compris. Edouard Lamarck fut le premier à lui faire confiance. Les autres clients de l'avenue Marceau suivirent, trop contents de savoir leurs secrets financiers préservés et rassurés d'apprendre que le successeur de Mᵉ Bapaume était le petit Desvignes qu'ils connaissaient bien. Nombre d'entre eux dont l'attitude pendant la guerre pouvait paraître douteuse furent ravis de confier leurs affaires à un héros de la guerre secrète, engagé du 20 juin 1940, proche collaborateur du Général, ami de la plupart des hommes politiques dont les partis nouveaux ou hâtivement reconstitués se déchiraient déjà à belles dents.

Dans cet océan de félicités une triste nouvelle atteignit Thomas plus qu'il ne l'eût pensé. La bienséance voulait qu'il présentât sa femme et son fils rue Saint-André-des-Arts. Il apprit alors que le docteur Desvignes, convaincu d'avoir hébergé des aviateurs alliés, avait été fusillé avec sa femme en juin 1943. Sur la tombe de ses parents — au lugubre cimetière de Thiais —, Thomas décida d'adjoindre à son patronyme celui de sa mère, qu'il n'avait pas revue depuis près de dix ans !...

Son bref chagrin ne résista pas à la joie de Sylvie devant le somptueux appartement du boulevard de Courcelles qu'il avait aménagé sans lésiner.

L'avenir s'annonçait sous d'heureux auspices. Mᵉ Thomas Desvignes-Benettes, chevalier de la Légion d'honneur, médaille de la Résistance, était bien décidé à tirer les plus gros intérêts des quatre années capitalisées à Londres et à Alger.

« Les quatre plus belles années de ma vie », pensa-t-il en se carrant en vainqueur dans le fauteuil d'acajou de Mᵉ Bapaume.

CHAPITRE IV

Saint-Germain éclatait d'une joie printanière. Le clocher de la vieille église, débarrassé de sa crasse séculaire, avait retrouvé une nouvelle jeunesse et sa masse blanche se détachait sur un ciel tropézien. Les terrasses des cafés débordaient sur les trottoirs et la clientèle affichait, elle aussi, un air de vacances. Les femmes n'avaient pas résisté à l'attrait des robes légères et de nombreux consommateurs avaient « tombé » la veste. Sur les guéridons de marbre des « Deux-Magots », les pastis et les demis mousseux avaient remplacé les grogs et les chocolats chauds des matinées d'hiver. A l'angle du boulevard Saint-Germain, le marchand de marrons avait troqué son chaudron noirâtre contre une charrette repeinte de couleurs vives. Le temps des glaces était revenu. Thomas découvrait avec un plaisir insoupçonné le spectacle de la rue. Depuis des mois il ne prenait pas assez d'exercice. Absorbé par ses affaires, il avait même abandonné le tennis.

« Un homme-tronc, voilà ce que je suis devenu », remarqua-t-il. Assis derrière son bureau, avenue Marceau, assis aux tables d'une dizaine de restaurants de luxe ou de quelques dîners parisiens — corvées obligatoires —, assis au volant de la Jaguar qui le conduisait des uns aux autres, avec de brèves incursions — lorsqu'il ne pouvait faire autrement — dans l'agitation fébrile de quelque boîte à la mode où la maîtresse d'une semaine ou d'un mois le traînait avec tout l'enthousiasme de sa jeunesse.

Ce jour-là, Thomas avait décidé d'abandonner sa voiture et de gagner à pied Saint-Germain-des-Prés. Il ne le regrettait pas. Cette promenade impromptu lui avait fait du bien. Le talon attaquait fermement le macadam sonore, les muscles jouaient à l'aise sous le léger prince-de-galles et la silhouette que lui renvoyaient les vitrines du boulevard Saint-Germain était celle d'un jeune homme. Il traversa la place et croisa le regard d'une étudiante bronzée que sa cinquantaine fringante semblait intéresser. Il s'en montra tout ragaillardi et c'est en sifflotant qu'il se dirigea vers la terrasse de Lipp. Il dut se frayer un passage parmi les groupes bariolés qui stationnaient sur le trottoir et parlaient dans toutes les langues.

Thomas avait été contrarié lorsque Christine — qu'il avait invitée à déjeuner — avait proposé Lipp. L'endroit convenait mal à ce qu'il avait à lui dire. Il aurait préféré un de ces restaurants raffinés, coûteux et discrets du 7ᵉ arrondissement, cantines de luxe pour éditeurs, où personne ne se soucie de la conversation de son voisin s'il ne fait pas partie de la « boutique ». Mais la jeune femme, dont les papiers politiques publiés par *L'Univers*, le plus sérieux des grands hebdomadaires parisiens, étaient de plus en plus remarqués, souhaitait se montrer. Si le personnel ministériel du nouveau régime boudait un peu l'antique brasserie, temple de la IVᵉ, les députés, les journalistes, les écrivains et les acteurs lui restaient fidèles. Lipp demeurait à Paris le baromètre de la célébrité que Roger Cazes, propriétaire-cerbère, sentinelle inflexible plantée à l'entrée du restaurant, tantôt souriant, tantôt sévère, traduisait en dispensant d'un geste sans appel une table au rez-de-chaussée. Plus ou moins bien placée. Les meilleures étant celles d'où l'on pouvait voir tout en étant vu. Dans le meilleur des cas, les inconnus et les curieux étaient relégués au premier étage.

Après tout, Christine avait eu une bonne idée. L'atmosphère à la fois bon enfant et sophistiquée, les murs de céramique criards, le ballet bougon des garçons au long tablier 1900 convenaient parfaitement à son humeur. En passant la porte à tambour, il fut saisi par l'odeur de choucroute, de bière et d'anis mêlée à celle des cigares et des parfums les plus coûteux. L'odeur de Lipp. Près de l'escalier, Roger Cazes refoulait un quarteron de jeunes cadres pleins d'assurance.

— C'est complet. Revenez d'ici une heure, disait-il près de six tables outrageusement libres. Bonjour, maître, il y a longtemps qu'on ne vous a vu. Vous avez une table, là.

Thomas s'installa sur la banquette en cuir du centre de la première salle et commanda un « sérieux » à un garçon aux pieds plats qui devait avoir l'âge des peintures du plafond.

Sa promenade l'avait assoiffé. Il savoura la bière blonde et légère et, des yeux, fit le tour de la salle.

Un journaliste célèbre, une actrice déjà mûre que la télévision sortait d'un trop long anonymat, un présentateur de cette même télévision qui se tenait les coudes au corps comme devant une caméra, sans un regard pour sa jolie compagne mais quêtant sur les visages des nouveaux arrivants les signes éloquents de sa toute jeune gloire. Un peu à l'écart, seul devant une bouteille de Vichy et deux œufs à la coque, qu'il s'efforçait maladroitement de décapiter, n'était-ce pas le président Collot ? Tassé sur la banquette, sa petite tête toute ridée rentrée dans les épaules, les paupières plissées, il ressemblait à une tortue. Oui, c'était bien lui. Thomas le salua de la tête, l'autre fit mine de ne pas le voir. Ainsi le roi de la « combinazione », le grand viveur de la IVᵉ République était devenu ce petit vieillard qui mâchait interminablement ses mouillettes ! Dix ans auparavant, alors que Lamarck et ses amis avaient fait de Thomas le tout-puissant bailleur de fonds du patronat français, Collot, qui ne rêvait que de la présidence du Conseil, était le plus assidu aux réceptions du boulevard de Courcelles et entourait l'avocat de mille prévenances. Encore un qui n'avait pas su prendre le virage de 1958 ! Ne plus être ministre lui avait paru une infamie. Aujourd'hui, il n'était même plus député. Peut-être encore conseiller général. En tout cas un homme fini, sénile, avec une petite tache de jaune d'œuf sur le menton. L'éloignement du pouvoir lui avait été fatal.

« Et si cela m'arrivait ? pensa Thomas. Si moi aussi je perdais ma puissance ? » Il balaya cette hypothèse stupide. Le « renouveau » de mai 1958, auquel il avait participé sans compter, avait porté au pouvoir tous ses amis de la guerre. Il n'y avait pas un cabinet, pas une administration où il n'eût ses entrées. Les clients qui bénéficiaient de ses « conseils » éclairés ne regrettaient plus l'argent investi ni les postes généreusement attribués dans leurs entreprises aux membres de cette glorieuse cohorte pendant les années difficiles de la « traversée du désert ». Et pourtant, Thomas avait eu bien des difficultés à les décider. Ils n'acceptaient, à cette époque, de verser leurs « subventions » qu'en échange d'assurances politiques immédiates. Les investissements à longue durée, ils ne les concevaient que dans leurs sociétés ! Ils voulaient voir les ministres, les présidents du Conseil leur garantir de vive voix un programme conforme à leurs intérêts. Pendant treize ans, Desvignes-Benettes avait joué les « Maître Jacques », ménageant les entrevues, distribuant les enveloppes. Les temps avaient changé. Autre régime, autres mœurs. On ne faisait plus les gouvernements chez Lipp... Le jeu était plus subtil et... plus excitant.

Thomas but une gorgée de bière qui lui parut tiède. Christine se faisait attendre. Lui qui ne supportait pas l'inexactitude était pourtant plein d'indulgence à son égard. Non parce qu'elle était la maîtresse de Félix Judicaël, mais parce que la jeune femme faisait montre d'une ambition tranquille qui lui rappelait sa jeunesse. Il y avait du Desvignes-Benettes dans Christine Vaugondran. Une origine un peu plus humble, certes, mais le petit maçon Vaugondran avait fait une autre carrière que le docteur Desvignes !

Lorsque Thomas l'avait rencontrée, quatre ans auparavant, elle avait vingt-deux ans et avait quitté Saint-Jean après son baccalauréat pour faire son droit à Paris. Elle était en dernière année et avait suivi en même temps les cours de Sciences po car — lui avait-elle dit avec son charmant sourire — la politique la passionnait.

« Mon père m'a conseillé de vous voir, vous le connaissez bien, je crois... »

Thomas avait eu l'occasion de sortir Vaugondran d'un mauvais pas à la Libération. Depuis, le maçon avait fait fortune et son entreprise de construction travaillait très souvent pour Hervé Des Essarts-Galibert, grand dispensateur des travaux communaux de Saint-Jean. Thomas avait trouvé pour la jeune fille un emploi au service de presse d'un ministère secondaire d'où elle avait su très vite sortir pour occuper un poste administratif au sous-secrétariat au Logement. Intelligence, beauté, ambition, Christine connaissait ses atouts et les employait à merveille, prête à tout pour réussir.

— A tout, sauf entamer sa réputation, avait dit Desvignes-Benettes en présentant la jeune fille à Félix Judicaël lors de la pendaison de crémaillère de son hôtel particulier, rue Payenne. Tu as une pareille perle dans tes services et il faut que ce soit moi qui te la présente !

— J'ai eu l'occasion de remettre quelques dossiers à M. le ministre...

— Oui. Oui. Je me le rappelle très bien.

Judicaël ne se souvenait de rien du tout mais il était bien décidé à se rattraper.

L'occasion s'était présentée lorsque, quelques jours plus tard, le ministre avait exposé à la jeune femme, promue au rang de « collaboratrice », les grandes lignes de l'important programme de logement qu'il avait l'intention de soumettre au conseil, puis à l'Assemblée.

— Ces idées sont tout à fait neuves, s'était exclamée Christine avec enthousiasme, je dirai même, si vous le permettez, révolutionnaires. Vous devriez en faire un livre. Il ferait beaucoup de bruit.

— Mais, ma pauvre enfant, un ministre n'a pas le temps d'écrire. Je serais aux Beaux-Arts, passe encore, mais au Logement !

— Vous pourriez m'exposer vos idées, je les développerais et vous corrigeriez ma version chapitre par chapitre.

Six mois plus tard, *Une certaine politique du logement* paraissait en librairie et Christine ne quittait plus Judicaël. Leur liaison rendant difficile la présence de Mlle Vaugondran au ministère, elle était entrée à la rédaction de *L'Univers,* dont le directeur, sensible à la tenue et à l'intérêt du livre, en avait publié les bonnes feuilles. Après un bref stage à la page féminine, Christine avait laissé entendre fort habilement qu'elle était l'auteur de l'ouvrage. Quelques discrètes mais brillantes interventions lors de la conférence de rédaction du lundi lui avaient alors suffi pour franchir les portes jalousement défendues du service politique de *L'Univers.* Son talent, son charme et ses relations avaient fait le reste. Elle avait réussi la gageure d'être la maîtresse d'un ministre influent et de faire reconnaître sa valeur par ses confrères. A vingt-six ans, Christine Vaugondran jouait avec brio sa partition dans la grande symphonie de la politique parisienne.

— Alors, cher Thomas, vous rêvez ? Ce n'est pas dans vos habitudes.

Desvignes-Benettes se leva vivement et baisa la main que lui tendait la jeune femme.

— Christine, je pensais à vous.

— C'est gentil, c'est galant, c'est flatteur, mais je n'en crois pas un mot.

Aux regards braqués sur eux, Christine avait dû faire une entrée remarquée. Elle était adorable. De courtes mèches cendrées sortaient d'un léger chapeau de manille crème aux bords rabattus sur les yeux, agrémenté d'un ruban marron glacé. Elle portait un ensemble de soie sauvage du même ton que le chapeau, veste courte nervurée, jupe à larges plis sur les côtés. Un simple collier d'agates, d'ambre et d'or en accord avec la couleur du ruban, apportait une note plus sombre à ce chef-d'œuvre d'élégance printanière que sa silhouette longue et charpentée servait admirablement.

— Vous êtes une des rares jeunes femmes que je connaisse

à porter encore le chapeau, dit l'avocat. Celui-là vous va divinement.

En s'asseyant sur la banquette, Christine enveloppa Thomas d'un parfum léger et frais qui, mêlé à son odeur personnelle, évoquait un matin en forêt. Il sentit un léger frémissement le long de la colonne vertébrale.

— J'ai une faim de loup, dit-elle en se tournant vers Thomas. Elle ajouta en souriant : J'ai toujours faim.

Il émanait de son visage plein et doré, des maxillaires larges qui effaçaient un nez un peu trop long mais retroussé, une impression de santé vigoureuse et de gourmandise que confirmaient les lèvres épaisses soulignées d'un rouge orangé.

Le maître d'hôtel en costume noir s'approcha, son carnet à la main.

— Qu'allez-vous prendre, Thomas ? dit Christine dont les yeux marron s'éclairaient de lueurs dorées en parcourant la carte.

— Une salade Lipp et une sole.

— Moi, il me faut des nourritures plus solides. Un cervelas et un gigot. Non ! Un pied farci.

— Et vous boirez ? interrogea le maître d'hôtel.

— Que préférez-vous, Christine ? Beaujolais ? Bourgogne ?

— Vous avez choisi du poisson, Thomas, peut-être un vin blanc. A moins que vous ne continuiez à la bière ?

— C'était mon apéritif, s'excusa Desvignes-Benettes, je mourais de soif.

— Alors, un sancerre ou un muscadet. Cela ira avec votre sole et mon humeur. Je trouve que ce printemps invite au vin blanc !

Le maître d'hôtel s'éloigna avec la commande.

— Votre vitalité fait plaisir à voir, chère Christine.

— J'avoue que je n'ai rien de commun avec ces créatures désincarnées qui suivent les critères de la mode d'aujourd'hui. Cela m'est égal. Je suis bien comme je suis.

Elle rompit un morceau de pain, le couvrit d'une épaisse couche de moutarde et ajouta :

— Le journal me donne assez de travail pour que je n'aie pas encore de soucis pour ma ligne. Pour *L'Univers,* la campagne électorale est déjà commencée. Ils sont fous. Trois mois à l'avance !

— Très bon, votre portrait de mon beau-père !

Christine avait choisi Hervé Des Essarts-Galibert comme thème de son papier qui occupait une pleine page de *L'Univers.* Député, maire de Saint-Jean et surtout président du groupe M.C.G. à l'Assemblée, Des Essarts œuvrait depuis des mois pour rallier ses amis politiques à la majorité. Sa réussite était le grand sujet de la semaine. Christine avait retracé la brillante carrière du député et l'essor prodigieux qu'il avait donné à Saint-Jean, devenu le rival de Marseille, sans oublier d'évoquer son passé prestigieux à Londres et le rôle d'unificateur des maquis du Midi aux côtés de Félix Judicaël.

— Merci de ne pas m'avoir cité, dit Thomas.

— Pardonnez-moi, mais je sais votre goût du mystère.

— Vous avez bien fait. Pourtant, il ne s'agit pas de mystère mais de discrétion. J'exerce un métier où l'on n'aime pas voir son nom dans les journaux.

— C'est bien le seul ! Vous ne pouvez pas savoir les bassesses que font les collègues de Judi pour que l'on parle d'eux ! Tout est bon, de l'article politique à l'écho « bien parisien ». Certains des membres de leurs cabinets nous les fournissent tout rédigés. Les attachés de presse du show business sont plus discrets !

Tout en parlant, Christine attaquait le cervelas rémoulade d'une fourchette conquérante. Thomas, lui, pliait distraitement les feuilles de sa salade. Il était temps d'amener la conversation sur Judicaël.

— Comment va Félix ?

— Eh bien, pour être franche, Judi n'est pas en très grande forme.

Christine détestait le prénom de Judicaël et, dès que leur

intimité l'avait permis, elle lui avait donné ce diminutif.

— Je le trouve distrait et préoccupé, poursuivit-elle. Il traverse des périodes d'intense excitation, puis, tout à coup, sans raison, le voilà abattu. Je fais mon possible pour le remonter. Mais je n'y réussis guère.

Elle eut un sourire un peu penaud. Après deux ans de liaison, peut-être Félix se lassait-il de la jeune femme. Christine devina la pensée de Desvignes-Benettes.

— Ce n'est pas ce que vous croyez.

— Mais je ne crois rien, chère Christine...

— Judi est toujours aussi amoureux. D'ailleurs, il vient de m'offrir un merveilleux appartement, rue Elzévir, un bijou ! Dans ma cour, on se croirait sur une place du XVIIe siècle ! Au fait, nous voilà voisins. Il faudra que vous veniez boire un verre avec nous, un de ces soirs. J'ai un Chivas de vingt ans d'âge qui ne vous laissera pas indifférent !

Desvignes-Benettes fut agacé du ton mondain que prenait soudain Christine. Mais ce n'était pas le moment de le faire sentir. Pour la première fois depuis que Judicaël occupait ses fonctions de sous-secrétaire d'Etat au Logement, Thomas l'avait senti réticent devant le service qu'il lui demandait. Il fallait pourtant qu'il prononçât l'annulation du plan de protection de Litri. Des milliards en dépendaient. Et Thomas comptait sur Christine pour le décider en douceur. Il joua donc le jeu de la jeune femme et la conversation tourna autour de leurs relations communes, de la campagne électorale qui approchait, des derniers films, de la pièce d'avant-garde à la générale de laquelle ils s'étaient aperçus la semaine précédente.

Thomas préférait que les tables voisines se libérassent des oreilles indiscrètes avant d'aborder le sujet épineux qui le préoccupait.

Christine termina son déjeuner par une mousse au chocolat tandis que Thomas commandait un cigare — un « Montecristo n° 1 », précisa-t-il — et une framboise.

— Oh ! oui, une framboise ! s'écria-t-elle. Vous me permettrez d'y tremper les lèvres ?

— Vous en voulez une ?

— Non. Non. Le parfum me suffira.

— Et vous connaîtrez mes pensées...

— Ça, je le voudrais bien. Si vous me disiez, mon cher Thomas, pourquoi vous m'avez invitée à déjeuner en dehors du plaisir que vous avez à me voir ?...

— Vous me l'enlevez de la bouche... Moi aussi je voulais vous parler de Félix. Je l'ai trouvé bizarre ces derniers temps et cela m'inquiète car, outre l'amitié que je lui porte, nous sommes en affaires. Une affaire sérieuse, importante qu'il n'a pas l'air décidé à régler. On croirait qu'il souffre de désintérêt.

— Je l'ai constaté aussi, comme je vous le disais tout à l'heure. Et, entre nous...

Christine se pencha vers Thomas, qui, de nouveau, ressentit — en même temps qu'une bouffée de son parfum — ce délicieux picotement de la colonne vertébrale.

— ... il est si fatigué que, lorsque nous nous retrouvons, il a plus besoin de tendresse affectueuse que d'amour. Cela m'inquiète d'autant plus que Judi a toujours été un amant parfait.

Chaque fois, Desvignes-Benettes était surpris de la tranquille impudeur de certaines femmes. En d'autres temps, et avec une autre fille plus jeune — encore que Christine lui parût fort désirable —, cette occasion lui aurait permis de développer de brillantes théories sur le renouveau sexuel qu'apporte une brève aventure dans les liens d'un couple qui se connaît trop. Et sa paupière se serait mise à clignoter sans qu'il pût la maîtriser. Machinalement, il porta la main à son œil gauche.

— Il doit se surmener, poursuivit Christine sans prêter attention à son geste. Je voudrais tant pouvoir l'aider ! Il ne peut compter que sur moi. Sa femme lui mène une vie infernale à tel point qu'il redoute d'aller dans leur maison de Seine-et-Marne d'où elle ne veut pas sortir. Il le fait uniquement pour ses enfants. Et chaque fois ce sont des scènes affreuses. Elle sait que j'existe et exige sans cesse plus d'argent, plus de cadeaux, pour prix de son silence. « Sinon, je fais un scandale, dit-elle, je raconte tout aux journaux. Et pfuitt !... plus de ministre. »

— Ne cherchez pas plus loin, Christine, Félix a des soucis d'argent. Outre ceux de sa charge. Et il est en train de nous préparer une bonne dépression.

— J'ai pensé à cela. J'ai même refusé qu'il m'achète l'appartement de la rue Elzévir, mais il a insisté.

L'affaire ne se présentait pas mal. Desvignes-Benettes ne pensait pas que Judicaël en fût là. En 1945, grâce à sa part du « trésor de guerre », il avait monté une maison de placement qu'il avait transformée, ces dernières années, en agence de personnel intérimaire. Elle figurait maintenant parmi les plus importantes de la place. Ce n'était qu'après le coup d'Etat d'Alger, en 1958 — auquel il avait activement participé —, que Judicaël s'était lancer dans la politique, et sa campagne à Saint-Jean, dont il était député dans la deuxième circonscription, ne lui avait pas coûté très cher. Thomas et son beau-père y avaient veillé. Bien que ne faisant pas encore partie de la majorité, à laquelle il n'était pas hostile, Des Essarts, aux législatives de 1958, avait préféré partager la ville avec un ami de toujours plutôt que de voir un « étranger » mettre le nez dans son fief.

Thomas récapitula rapidement : un appartement avenue Hoche, la propriété de Seine-et-Marne, le « bijou » de la rue Elzévir, la luxueuse villa des collines de Saint-Jean — mais celle-là, il ne l'avait pas payée —, deux foyers à entretenir, Judicaël vivait sur un trop grand pied. Son indemnité ministérielle et les revenus de son entreprise devaient à peine suffire à boucler son budget. Il y avait, bien sûr, les « petits chocolats ». Pourquoi diable faisait-il la fine bouche devant celui que lui vaudrait l'affaire de Litri ? Il fallait le décider à tout prix. Christine pouvait y parvenir. Mais avec elle, Thomas devait jouer cartes sur table.

— Vous pouvez aider Félix.

— Je le voudrais bien, mais comment ?

— Vous a-t-il parlé du projet de Port-Litri ?

— Vaguement. Et il ne semblait pas très enthousiaste.

— Il a tort. Voici ce dont il s'agit. Votre père a une option sur un terrain merveilleusement placé, près de Saint-Jean, entre l'étang de Litri et la mer.

— Mon père ? Mais pourquoi ne m'en a-t-il pas parlé ?

— Il a peut-être des scrupules en raison des liens qui vous unissent à Félix.

— Tandis que vous...

— Nos intérêts sont mêlés, ma petite Christine, ceux de votre père, les miens, ceux de Félix et, par conséquent, les vôtres... Alors, il ne s'agit pas de tourner autour du pot et de s'embarrasser de préjugés ridicules. Ces terrains sont gelés par un stupide plan de protection qui remonte à plusieurs années. Seul Félix est en mesure d'annuler cette décision. Et cela peut se faire très discrètement. Là-bas, tout le monde est acquis au projet : le préfet, le conseil général et mon beau-père. Cette opération sera encore plus importante que celle des Hauts de Saint-Jean. Et Félix n'a pas eu lieu de s'en plaindre !

— Je comprends mieux, maintenant. Justement, Judi est inquiet des échos qui ont paru dans certains hebdomadaires à propos des Hauts de Saint-Jean.

— On n'a pas parlé de lui.

— Peut-être, mais les allusions sont transparentes.

— On ne peut rien reprocher à Félix et l'opération est parfaitement saine.

— Et la villa ?

— Ça n'a pas empêché trois des collègues, parmi les plus importants du gouvernement, de votre cher Judi d'assister à la réception qu'il y a donnée cet été. Et s'il fallait faire l'inventaire de tous les ministres et de tous les députés de tous les régimes qui ont démarré dans un petit deux-pièces dans le XVe arrondissement et sont aujourd'hui propriétaires de 250 m² à l'Etoile ou dans notre cher Marais, on n'en sortirait plus ! Vous voulez la mort de la démocratie ! En outre, vous savez bien que, dans ces opérations, tout est justifié. Je suis là pour ça ! Et puis les élections approchent.

— Je crois bien, en réalité, que c'est dans cette perspective que ces échos malveillants inquiètent Judi.

— Parlons net, Christine. Que Félix fasse la sourde oreille pour le projet Litri ne me facilitera pas la tâche. Vous devez lui faire comprendre que ma proposition ne peut que le servir. Lui et son parti.

— Comment cela ?

— Ce n'est pas à vous que je vais expliquer combien coûte une campagne électorale. Le parti de Félix a beau être dans la majorité, il va lui falloir beaucoup d'argent pour aller à la victoire. Or, si le plan de protection est levé, les bailleurs de fonds auxquels votre père va s'adresser lors de ses premiers tours de table seront tout prêts à se montrer généreux. Je vous l'ai dit, c'est une affaire énorme. Et Félix y trouvera tous les avantages. Sur le plan de son parti et sur un plan personnel. Je m'y engage.

— A quel titre ?

— Disons que, directement ou en raison de mes attaches familiales avec Des Essarts, donc avec le groupe Steiner, je représente la quasi-totalité des capitaux qui seront investis.

Christine, un poudrier d'argent à la main, passa sur ses lèvres un léger trait orangé qu'elle égalisa ensuite avec un soin tout particulier. En réalité elle réfléchissait et pesait le pour et le contre de la proposition que lui faisait Thomas. Car il s'agissait bien d'une proposition. C'était la première fois que l'avocat intervenait auprès d'elle. Quelles étaient ses intentions profondes ? Pourquoi Judi se montrait-il réticent dans cette affaire ? Thomas n'avait aucun intérêt à le mettre dans une situation délicate. Encore moins à l'enfoncer. Leurs intérêts étaient étroitement liés. Et pourtant, malgré ou peut-être à cause de son poste ministériel, Judi était plus vulnérable que Thomas, qui tirait sa puissance d'un nombre incalculable de relations ! Tandis que Judi, s'il ne faisait plus partie du gouvernement, redeviendrait simple député. A condition que son suppléant voulût bien démissionner et qu'il fût réélu.

Que Desvignes-Benettes et son beau-père, tout-puissant à Saint-Jean, en décident autrement et c'en serait fait de la carrière politique de ce pauvre Judi.

Sans autant d'argent, sans pouvoir et avec le double de son âge, l'intéresserait-il encore ? Maîtresse d'un ministre, soit, mais d'un directeur d'agence de placement, jamais ! Le rôle de consolatrice qu'il lui faisait jouer depuis quelques semaines l'agaçait déjà. Elle devait le forcer à réagir. Il ne pouvait refuser le service que Desvignes-Benettes lui demandait. Sous peine de se couler lui-même. N'était-ce pas cela, cette menace sous-jacente que Thomas avait voulu lui faire comprendre ?

Elle referma son poudrier d'un coup sec.

— En somme, vous voudriez que j'influence Judi ?

Desvignes-Benettes fit de la main un geste de modération.

— Que vous le conseilliez, au moins.

— Croyez-vous qu'il serait heureux d'apprendre votre intervention ?

— J'agis dans son intérêt.

— Et dans le vôtre.

— Disons dans le nôtre. Vous êtes assez intelligente, vous l'aimez assez, pour le faire sans le lui dire. Et vous savez l'amitié que j'ai pour lui. Elle remonte loin, cette amitié. Aux heures difficiles que vous n'avez heureusement pas connues. Des liens comme ceux-là vous unissent mieux que ceux du sang.

Judi restait toujours très discret sur son activité pendant la guerre mais Christine savait que l'avocat disait vrai.

— Je crois que vous avez raison, Thomas. Je vais essayer de le convaincre. Comme vous dites, c'est notre intérêt à tous. Et je voudrais tant qu'il redevienne le Judi d'avant !

— Vous pouvez faire beaucoup pour lui. C'est pourquoi je n'ai pas hésité à vous parler franchement.

Maintenant qu'elle s'était décidée à intervenir dans cette affaire, Christine se sentait tout autre. Elle n'était plus simple spectatrice mais devenait un rouage de cette machine à faire de l'argent dont Desvignes-Benettes était le cerveau. Etait-ce compatible avec son métier de journaliste ? Mais les portes de *L'Univers* se seraient-elles si facilement ouvertes si elle n'avait pas été la maîtresse de Judi ? Son directeur lui-même profitait des informations exclusives, des tuyaux boursiers que sa position sociale lui procurait. Et pas seulement pour ses lecteurs. Comme disait le vieux rubricard des informations générales, s'il fallait exiger un certificat de moralité de la plupart des directeurs de journal, le métier de journaliste serait impraticable.

— Il faut que je retourne au journal. On boucle ce soir et j'ai un papier à terminer. Merci pour ce déjeuner, je vous tiendrai au courant des intentions de Judi, s'il ne le fait lui-même.

— C'est moi qui vous remercie. Je vous promets que vous ne le regretterez pas. Et lui non plus.

— Je l'espère. Et je vous fais confiance.

Thomas hésita un instant, puis :

— Pardonnez-moi d'être indiscret, Christine, n'avez-vous jamais songé à vous marier ?

— J'aime trop ma liberté. Et puis il faudrait que j'admire l'homme en plus du plaisir qu'il me donnerait.

Elle se leva, ajusta son chapeau devant la glace, puis, plongeant son regard dans celui de Desvignes-Benettes, elle ajouta :

— Et cet homme, je ne l'ai encore jamais rencontré.

CHAPITRE V

La Jaguar avala en se jouant la sévère côte de La Chapelle. Une légère pression du pied et les lourds camions qui haletaient en rejetant à chaque changement de vitesse une haleine fétide de gas-oil n'étaient plus qu'une mince tache sombre dans le rétroviseur panoramique.

Albert Vaugondran possédait cette voiture depuis six mois et elle l'impressionnait toujours. Ce n'était pas sa première grosse voiture mais sa première « belle » voiture. Jusque-là, il s'était contenté de lourdes automobiles cossues, françaises d'abord — du costaud, du solide —, puis allemandes encore plus massives avec des chromes étincelants et des feux de position considérables. Lorsqu'il s'arrêtait sur la route, dans un relais ou une auberge de campagne devant laquelle stationnait une voiture de la même marque, il savait reconnaître du premier coup d'œil son propriétaire parmi les dîneurs. En général, il lui ressemblait : grand, gros, énergique, volontiers râleur, sûr de l'importance que lui donnait son argent ; bon vivant, mangeant bien, buvant sec, mais recomptant soigneusement son addition, qu'il payait en sortant d'un gros portefeuille un peu usé un billet détaché d'une liasse. Le genre de type avec lequel Albert aimait engager la conversation à l'heure du café et de la fine, garagiste, industriel, représentant prospère, entrepreneur comme lui, avec les mêmes préoccupations, les mêmes soucis, le même contentement un peu enfantin devant sa propre réussite.

Il avait fallu l'insistance de Desvignes-Benettes pour qu'Albert osât s'approcher de ces monstres italiens ou anglais, nerveux, puissants, capricieux.

— Vous ne vous êtes jamais dit, cher ami, lorsque vous étiez enfant : « Quand je serai grand, j'aurai une Alfa Romeo ou une Jaguar comme celle-ci » ? avait demandé l'avocat. Maintenant que je vous connais mieux, je suis sûr que votre caractère s'accommoderait merveilleusement d'une pareille machine.

Et Desvignes-Benettes lui avait proposé de prendre le volant de la sienne. Albert l'avait abordée avec timidité comme lorsque au bal de sa jeunesse il devait se faire violence pour inviter une jeune fille dont la beauté le paralysait. Il préférait les cavalières plus ternes, moins séduisantes mais qu'il captivait et dominait sans mal. Comme Marguerite.

— Et avec votre situation, c'est une voiture qui vous classe, avait ajouté Desvignes-Benettes.

Plus que la perfection de la ligne, le parfum subtil du cuir anglais, la luisance de la ronce de noyer, la puissance redoutable du moteur, c'est la vanité qui l'avait emporté.

Malgré les 314 CV tournant 6 200 tr/mn, Vaugondran n'avait jamais osé pousser sa belle anglaise dans ses derniers retranchements.

« Elle atteint 230 chrono », avait dit le vendeur.

— A quoi cela va-t-il te servir ? Tu ne roules jamais à plus de 150. Et cinq millions, c'est une somme !

Marguerite avait raison. Elle avait toujours raison. Elle en était agaçante. Au fond, ce qu'il lui aurait fallu, c'est qu'il fût resté le petit maçon qu'elle avait épousé avant la guerre. Un peu d'aisance lui suffisait.

Elle n'avait pas plus apprécié la Jaguar marron glacé métallisée qu'elle n'avait montré d'enthousiasme à quitter l'appartement triste de la rue Merlot, dans le centre de Saint-Jean, pour la belle maison qu'il avait construite à La Chapelle. Elle ne comprenait pas la revanche sur la vie que représentaient pour lui ces signes extérieurs de réussite. Elle détestait « paraître ».

« A quoi ça sert ? » était son leitmotiv.

Albert Vaugondran hésita devant la double manœuvre que lui demandait l'entrée dans le garage, laissa la Jaguar au soleil le long du trottoir et, la veste sur le bras, escalada d'un pas étonnamment souple pour un quinquagénaire de sa corpulence le chemin dallé qui menait à la villa. Au passage, il redressa soigneusement deux dahlias que le vent avait couchés.

« Il faudra que je place des tuteurs », pensa-t-il.

De la maison, surélevée, à la route s'étendait un magnifique jardin de rocaille où, dans un savant désordre coloré, rampaient des massifs de campanules, de marguerites et de lavandes. Les dahlias multicolores — Albert préférait les rouges à feuillage noir — bordaient l'allée de pierres disjointes cimentées de gazon nain qui conduisait à la terrasse d'où l'on découvrait toute la ville de Saint-Jean écrasée de soleil et, au loin, le métal en fusion de la Méditerranée.

Les stores vénitiens des portes-fenêtres étaient tirés et lorsque Albert Vaugondran entra dans la salle de séjour, il dut s'arrêter un instant pour permettre à ses yeux de s'habituer à la pénombre. Le salon, tout comme la salle à manger dont il était séparé par une délicate grille en fer forgé, était meublé de merisier massif qu'un astiquage quotidien faisait luire doucement. Les rais de soleil qui filtraient à travers les lamelles des stores vibraient d'une poussière impalpable et faisaient chanter les couleurs des tableaux et des reliures dont le mur principal était couvert.

Une bonne odeur de cuisine se mêlait à celle de la cire qui en permanence flottait dans l'air. Albert l'identifia immédiatement.

— Un lapin à la moutarde...

Marguerite avait su donner à cette grande maison moderne, un peu froide, une atmosphère de tranquillité, de quiétude bourgeoise que soulignait le tic-tac lent et régulier d'une vieille horloge provençale, seul souvenir du mobilier de la rue Merlot.

Albert eut une brusque bouffée de reconnaissance pour sa femme. Il regrettait souvent de la sentir si loin de ses préoccupations professionnelles, si craintive devant l'action, si inquiète devant l'extraordinaire développement de son entreprise. Mais, à sa façon, elle le protégeait, lui apportait ces instants de paix profonde dont il avait tant besoin dans le tumulte de sa vie d'affaires. Et si elle s'inquiétait parfois de projets qu'elle jugeait démesurés, d'une prodigalité qui l'effrayait, d'un train de vie qui la dépassait, c'était toujours en fonction des charges qui pesaient sans cesse plus lourdement sur les épaules de son mari. Il ne la changerait pas. Elle était inquiète de nature et sans autre ambition que d'avoir sa famille autour d'elle.

En vingt-sept ans de vie commune, il ne l'avait connue calme et sereine que pendant les années noires du début de leur mariage, entre 1937 et 1942. Dès qu'Albert s'était associé avec son beau-père, Joanny Chilpéric, dans cette affaire de ferraille qui les avait conduits à trafiquer avec les Allemands, puis avec les Américains, dont ils écoulaient les surplus de guerre, elle l'avait mis en garde.

— Papa est fou. Ne te mêle pas de ces affaires. Tu as un bon métier, une petite affaire tranquille, on est bien entre nous.

Une petite affaire tranquille ! Trop tranquille. Et la maçonnerie héritée de son père n'aurait pas suffi, pendant ces années de guerre où l'on construisait peu, à faire vivre les cinq personnes qu'il avait à charge. Car à Christine et Charles, nés à deux ans d'intervalle, étaient venus s'ajouter la grand-mère, Marie-Anne, et maman Joséphine, qu'Albert n'avait pas eu le cœur de laisser seules à la mort de son père.

Marguerite n'avait pas protesté. Au contraire. Si elle avait mal supporté la présence de la grand-mère de son mari — qui n'avait jamais pu s'accorder avec personne —, elle s'était prise d'affection pour sa belle-mère. Maman Joséphine était timide, craintive et dure à la tâche. Comme elle. Jamais un mot. Jamais une plainte. Vingt ans après, les deux femmes s'entendaient toujours aussi bien. Et toutes deux regrettaient leur petit univers de la rue Merlot avec ses commerçants, ses marchandes des quatre-saisons, les voisines avec lesquelles elles bavardaient interminablement, échangeant nouvelles et recettes.

— Tu sais, mon fils, disait maman Joséphine, je comprends Marguerite. Moi aussi je me sens comme étrangère dans cette belle maison.

Albert avait dû parlementer interminablement avec « ses » femmes pour leur faire accepter la présence de deux domestiques, un jardinier italien et une petite bonne, Josette, que Marguerite et maman Joséphine trouvaient sournoise et paresseuse car elle n'apportait pas à l'entretien de la maison le soin méticuleux qu'elles en exigeaient.

Aussi loin qu'il remontât dans sa mémoire, il n'avait jamais connu sa mère — puis sa femme — que frottant et astiquant. Une manie. Il avait renoncé à les en débarrasser. Elles avaient trop compté dans leur vie pour savoir profiter d'une prospérité qui les effrayait.

Albert déposa sa veste sur un fauteuil, puis se dirigea vers la cuisine qui était vaste et aussi bien équipée qu'un laboratoire.

— Te voilà déjà ? s'étonna Marguerite. Je ne t'attendais pas si tôt. Je t'ai fait...

— ... un lapin à la moutarde. Il embaume toute la maison.

— Et des nouilles fraîches !

Devant sa cuisinière, Marguerite avait les joues en feu. Albert l'embrassa, puis caressa d'un geste affectueux les cheveux blancs de sa mère qui préparait une salade niçoise.

— Beaucoup de fenouil, maman Joséphine. Et plein d'olives.

— Comme si je ne connaissais pas tes goûts, mon fils. Depuis le temps !

A soixante-seize ans, maman Joséphine avait le visage

ridé mais la peau douce et fine des femmes qui ne se sont jamais maquillées.

— On déjeune à la cuisine ? demanda Marguerite, les enfants sont à la plage et c'est le jour de repos de Josette. On n'est que tous les trois.

— Si cela te fait plaisir, céda Albert, qui aussitôt regretta la fraîche pénombre de la salle à manger.

— Le déjeuner ne sera prêt que dans une demi-heure. Tu n'es pas trop pressé ?

— J'ai un conseil à 3 heures.

— Des ennuis ?

— Mais non, pas d'ennuis. Pourquoi t'inquiètes-tu tout le temps ? Sois tranquille. Je vais boire un pastis dans le salon.

— Un seul pastis, recommanda maman Joséphine.

— Tu oublies qu'on a fêté mes cinquante ans en avril dernier, maman !

— Ça n'empêche pas que tu es mon fils et que je prends soin de ta santé. Avec Marguerite nous le disions hier encore : tu bois trop !

Vaugondran éclata de rire et déposa un gros baiser sonore sur la joue de sa mère.

— Allons ! une bonne nouvelle pour vous rassurer : l'affaire est en faillite et j'ai une cirrhose ! Voilà de quoi alimenter vos potins de cuisine ! Appelez-moi quand ce sera prêt.

Il sortit en faisant le gros dos sous le regard courroucé de sa mère. Sans cesser de touiller sa sauce, Marguerite lui sourit tendrement. Pleine d'indulgence.

Si les deux cent cinquante ouvriers et employés de l'entreprise le voyaient ainsi ! Le grand, le dur, l'implacable Vaugondran qui les faisait marcher à la baguette, exigeant autant de lui que des autres et que tout le monde craignait et admirait à la fois. Vaugondran le bulldozer, qui ne tolérait aucune entrave à ses projets !

Albert pêcha une bouteille sur une table basse encombrée

de flacons, troubla l'anis d'un trait d'eau et s'étendit dans l'ombre sur un canapé.

Il savoura ce moment de détente. Dans quelques heures, il aurait une dure partie à jouer au conseil d'administration des Hauts de Saint-Jean. Faire approuver la rallonge qu'il s'apprêtait à demander aux souscripteurs d'appartements allait soulever encore les protestations du colonel ! Si seulement Christine était là ! Il pourrait se confier, raconter ses soucis, ses préoccupations, sans craindre d'interminables jérémiades. Elle lui ressemblait, Christine. Ambitieuse, orgueilleuse, passionnée, fière de sa réussite. Chantal et Christophe étaient encore trop jeunes. Deux lionceaux affamés que le lycée et la plage absorbaient totalement. Quant à Charles !... A vingt-quatre ans, ce fruit sec n'était capable que de critiquer un monde dont il profitait largement. Albert le balaya de sa pensée.

Il but une gorgée de pastis, se débarrassa de ses mocassins et, creusant sa place dans les coussins du canapé, il ferma les yeux. Un somme d'un quart d'heure pour « regonfler les accus » et il serait prêt à repartir à l'attaque. C'était son secret. « Avec moi, faut que ça tourne ! »

Albert s'assoupit, plein d'admiration pour cette force de la nature qu'il sentait bouillonner au plus profond de lui-même.

***

Maître de l'ouvrage : Albert Vaugondran...

Entrepreneurs : Lebrun et Vaugondran...

Vaugondran travaille pour vous...

Albert VAUGONDRAN S.A...

Dans deux ans, sur cet emplacement, deux cents appartements, du studio au cinq pièces. Promoteur : Albert Vaugondran...

Sur les chantiers, sur les grues, les bulls, les pelleteuses, son nom s'étalait noir sur fond jaune accompagné des flèches stylisées, dessinées par François Galli, et qui étaient la marque de fabrique Vaugondran. On la retrouvait sur les portières de ses camions, le casque protecteur de ses ouvriers, l'en-tête de son papier à lettres. Elle servait de poignées aux portes de glace épaisse de l'immeuble où il avait regroupé les services administratifs et commerciaux de l'entreprise de construction, quai du Port, et le siège social des différentes sociétés civiles immobilières créées à chaque nouvelle opération de promotion.

Il ne restait sur l'ancien terrain de La Chapelle que les réserves de matériel, les hangars et les baraquements où Vaugondran logeait ses manœuvres immigrés. Trois pour les Nord-Africains, deux pour les Espagnols, un pour les Portugais qui commençaient à affluer à Saint-Jean et qu'Albert avait été le premier à engager comme ouvriers sans spécialisation.

Trois mondes à part, confinés dans leurs traditions, leur nourriture, leurs mœurs.

Les Espagnols n'aimaient guère les Portugais, dans lesquels ils voyaient des concurrents dangereux, mais les deux groupes s'entendaient pour tenir les Algériens dans un solide mépris que Gabin, ancien chef de chantier promu responsable des manœuvres immigrés, entretenait à plaisir.

— Bande de feignants, disait-il aux Nord-Africains, regardez les Espingos et les Portugais. Ils travaillent deux fois plus que vous ! Et vous gagnez la même chose ! Z'avez qu'à bouffer un peu plus au lieu de tout envoyer dans votre putain de bled. Ça vous fera des muscles.

Pour lui, il n'y avait que des « ratons », des « Espingos »... Il n'avait pas encore trouvé le mot traduisant le peu de considération qu'il avait pour les Portugais. Dans son vocabulaire, ils restaient donc des Portugais. Mais il trouverait. Tout comme il avait trouvé le moyen de faire exécuter le travail de quatre « ratons » par trois « Espingos » en flattant leur orgueil et vantant leurs muscles d'acier et leurs *cojones*...

Papa Joseph n'aurait pas reconnu la modeste maçonnerie de La Chapelle où Albert avait commencé à travailler sitôt passé — et raté — son certificat d'études. Pauvre papa Joseph, qui n'avait jamais réussi à être un véritable patron et jusqu'à sa mort était resté le copain de ses cinq compagnons.

« Ah ! c'était une autre époque, soupirait parfois maman Joséphine. Mon pauvre Joseph les aimait, ses compagnons. Et ils le lui rendaient bien. »

Oui, mais Joseph Vaugondran construisait à la petite semaine, une bicoque par-ci, un hangar à bestiaux, une grange ou un corps de ferme par-là. Et quand la guerre était arrivée, que les deux cadets s'étaient enfuis pour combattre dans la Résistance, que Joseph n'avait pas survécu à la mort de Serge abattu par une patrouille de miliciens, Albert avait dû se débrouiller pour faire bouillir la marmite. Le père de Marguerite, Joanny Chilperic, l'y avait bien aidé. Et c'est grâce à l'argent amassé, après les ennuis de la Libération, dans l'affaire de ferraille et métaux de son beau-père qu'Albert avait pu réveiller la petite maçonnerie et participer, de plus en plus largement, à la course au trésor dont la fièvre, dans les années 50, avait saisi le « bâtiment ».

C'est en 1955 que commença l'âge d'or d'Albert Vaugondran comme celui de tous les constructeurs, entrepreneurs et promoteurs du Rhône-Maritime et des départements limitrophes, Bouches-du-Rhône, Var et Vaucluse. Dix ans avaient suffi à une France exsangue pour relever ses ruines et reprendre son souffle. On s'était remis des horreurs de la guerre, on avait reconstruit avec l'aide de l'Etat et si la recherche d'un logement restait l'obsession de tous les jeunes couples sans fortune, une partie importante de la société se découvrait des besoins nouveaux.

Le mythe de la consommation américaine avait traversé l'Atlantique et le Français aisé ou simplement économe voyait s'ouvrir à ses yeux émerveillés des possibilités insoupçonnées dix ans auparavant. Dès 1955, on se mit à penser mer, soleil, résidences secondaires. On avait liquidé les séquelles de la guerre et l'on considérait avec légèreté les conflits lointains qui s'achevaient — l'Indochine — ou commençaient — l'Algérie. Broutilles sans importance devant l'évolution matérielle et l'augmentation des ressources d'une certaine catégorie de la population.

Des centaines de milliers de citoyens à revenus relativement modestes devenaient capables de réaliser le rêve inaccessible de leurs parents : devenir propriétaires d'un lopin de terre, d'une maison ou d'un appartement au soleil !

Le monde moderne vivait sans presque s'en apercevoir la plus considérable de ses révolutions : le loisir. La merveilleuse situation de Saint-Jean et des communes avoisinantes, leurs collines, leurs rivages sauvages, leurs criques isolées avaient agi comme un aimant, attirant par milliers ces futurs possédants fascinés par le climat et le soleil.

Dès l'année 1956, de nombreux Français d'Algérie, sentant le vent venir, se rendirent acquéreurs d'appartements et de villas dans une région où le soleil était le même que « là-bas » mais où ils savaient bénéficier, en plus de la sécurité, de la métropole nourricière.

Cet engouement dont on pouvait penser qu'il ne cesserait pas de sitôt, Hervé Des Essarts-Galibert l'utilisa pour donner à la ville dont il avait été élu maire en 1946 un essor prodigieux. Il facilita l'implantation de nombreuses industries dans la périphérie de Saint-Jean, apportant des milliers d'emplois.

« Saint-Jean doit devenir une grande ville moderne, promit-il à ses électeurs, une ville qui bouge, qui se développe, qui, osons le dire, concurrence Marseille au lieu de se laisser étouffer. Je veux une ville qui vibre et non un éteignoir pour rentiers séniles, une campagne qui se transforme et remplace une agriculture dépassée par un tourisme bien conçu. »

En moins de vingt ans il avait tenu son pari.

Jusqu'en 1955, Albert Vaugondran participa comme petit sous-traitant à de multiples opérations de construction et d'édification de logements sociaux pour la ville qui avait souffert du débarquement en Provence et des combats de la Libération. Son dynamisme, son allant, ses prix étudiés lui valurent des marchés de plus en plus nombreux et importants mais qui ne lui laissaient pas les bénéfices dont il rêvait. Cette période lui permit tout de même de développer son affaire et de tisser des liens avec la municipalité. En particulier avec Des Essarts-Galibert.

Pour une fois, son frère Victor — le héros de la famille, le résistant, le parachutiste de choc — lui avait servi à quelque chose. Grâce à la recommandation d'un de ses amis de Londres, l'avocat parisien Desvignes-Benettes, Victor — tout le monde disait Vic — l'avait mis en relation avec le maire de Saint-Jean, Hervé Des Essarts-Galibert. Celui-ci avait su fermer les yeux sur l'inculpation qui avait pesé à la Libération sur Albert et son beau-père, accusés de trafic illicite avec les Allemands, et avait permis à Vaugondran de se « réhabiliter » en apportant sa contribution à la reconstruction de la ville. Le dossier infamant — qui ne pesait pourtant pas bien lourd face à ceux de la majorité des bourgeois de Saint-Jean — avait été classé par Des Essarts, alors commissaire de la République. Devenu maire, il n'y avait jamais plus fait allusion.

Dix ans plus tard, Vaugondran « bénéficiait » du soutien de l'homme politique et de ses adjoints du conseil municipal. Il avait, en outre, une excellente réputation dans les milieux de la construction. Le bureau de la chambre syndicale des constructeurs du Rhône-Maritime l'accueillit à la fin de l'année 1955.

C'est cette même année qu'il accepta de construire un immeuble pour un promoteur privé. Jusque-là il s'était contenté des logements sociaux de la ville ou de construction de villas pour des particuliers. L'expérience lui paraissait intéressante. Elle devait se révéler passionnante et riche d'enseignements. Pour tout dire, elle marquerait le départ de la considérable fortune d'Albert Vaugondran.

Balthazar Nervin, le promoteur, était un personnage extraordinaire. Petit, maigre, brun de peau et de poil, son physique faisait irrésistiblement penser à un pruneau. Ancien carreleur, il avait monté avec un associé peu reluisant une petite agence immobilière dans le quartier chaud de Saint-Jean, non loin du port, et, avec une belle inconscience, s'était lancé dans la promotion. Cela semblait lui réussir. Il avait à peine vendu les cinquante appartements d'un premier immeuble en cours d'achèvement qu'il proposait déjà à Albert d'en construire un autre, deux fois plus grand, sur les plans d'un jeune architecte de Saint-Jean, François Galli. Vaugondran, séduit par les plans de Galli et par l'enthousiasme de Balthazar Nervin, se mit au travail en se promettant de surveiller de très près la technique employée par cette race nouvelle avec laquelle son métier devait dorénavant compter : les promoteurs immobiliers.

Il ne devait jamais oublier ces mois de collaboration. Dans ses rêves les plus fous, Vaugondran n'aurait osé imaginer qu'on pût gagner tant d'argent avec si peu de mise de fonds. Balthazar et son associé tripatouillaient sur tout, vendaient leurs appartements comme aurait fait un épicier ou un garagiste spécialisé dans l'occasion. Grisés par le succès de la première opération, ils avaient fixé pour les appartements que construisait Albert un prix trop bas dans l'espoir d'attirer une nouvelle couche de clientèle. En cours de chantier, ils lui donnèrent l'ordre de retirer tous les placards, toutes les plinthes, s'entendirent avec des corps de métier sous-traitants pour trafiquer sur les fournitures, faisant établir de fausses factures et partageant les bénéfices.

Les souscripteurs se virent livrer — après de multiples appels de fonds qui avaient considérablement augmenté le prix initial proposé par le promoteur — des appartements sans volets, sans plinthes ni placards !

— Ah ! mais ce n'était pas prévu dans le contrat de vente, leur assurait-on.

Le secret de Balthazar Nervin était d'embobeliner ses acheteurs par sa faconde phénoménale et, une fois le client appâté, lui faire signer un contrat évitant soigneusement la description et l'analyse précise des lieux qu'il s'engageait à remettre !

Vaugondran eut toutes les peines du monde à se faire

payer ses travaux, et encore dut-il rabattre jusqu'au dernier centime ses prix de revient, mais il reçut une leçon qu'il ne devait jamais oublier.

Il apprit par ses amis de l'hôtel de ville, inquiets de le voir « embringué » dans cette histoire, que le Crédit foncier avait été refusé aux promoteurs, qui ne répondaient pas aux critères de moralité exigés par l'administration. Nervin était pédéraste et collectionnait les plaintes ; quant à son associé, son rapport de police était détestable et il était incapable de fournir l'indispensable certificat de bonne vie et mœurs !

Pour Albert, c'était la catastrophe. Sans Crédit foncier il ne rentrerait jamais dans ses frais. La faillite le guettait. Affolé, il demanda des explications aux promoteurs.

— Des ragots, lui répondit Balthazar Nervin, des bavures. Rien de plus. D'ailleurs, tout est arrangé.

L' « arrangement » du promoteur consista à faire entrer dans la société civile immobilière un ami politique de Des Essarts, dont le salaire — considérable — vint s'ajouter au prix de revient des appartements. Peu importait. Les clients paieraient. Par miracle, tout s'arrangea. Le chapitre « vie privée » du rapport sauta. Et le Crédit foncier fut accordé après l'examen loyal d'un dossier devenu parfaitement respectable.

Echaudé par l'expérience mais stimulé par une ambition sans limite, Albert Vaugondran décida, en 1956, de travailler seul. Il serait promoteur-constructeur. Il y avait moins de risques qu'avec de petits margoulins comme Balthazar. Il fallait simplement prendre ses précautions. Et s'entourer d'hommes influents.

Après tout, la construction, ce n'était jamais que la rencontre indispensable d'un promoteur, d'un architecte et d'un terrain !

Tout en donnant une extension remarquable à son entreprise de construction, Albert Vaugondran prospecta les terrains disponibles de la région. Son système était simple. Il achetait — ou faisait acheter par un prête-nom de ses amis — une propriété bourgeoise isolée, puis les petits terrains des maraîchers avoisinants. Il n'y avait plus qu'à faire déclarer le terrain en question « zone d'aménagement concerté » pour faire un premier bénéfice sur l'augmentation immédiate du prix au mètre carré. Ainsi commença la fructueuse association du promoteur-constructeur Albert Vaugondran avec son concurrent Antoine Lebrun, l'entrepreneur le plus important de Saint-Jean, membre influent de la fédération du Rhône-Maritime du M.C.G., le parti de Des Essarts, et surtout adjoint au maire, chargé des bâtiments communaux depuis 1946 !

Outre une foule de petites constructions, les deux hommes réalisèrent, entre 1956 et 1960, quatre programmes d'importance dont deux concernaient directement la politique sociale de Des Essarts-Galibert, qui ne leur ménagea pas son aide. Tout en les félicitant de la réussite du premier programme et de la prospérité qu'il leur avait apportée, il leur « conseilla » vivement de se garantir, pour les autres, des fluctuations du marché en faisant appel aux capitaux de la banque Steiner — « mes beaux-frères aiment travailler avec des gens entreprenants et sérieux » — et à ceux que gérait son gendre Desvignes-Benettes :

— Un garçon remarquable dont les conseils seront indispensables à une grande entreprise comme la vôtre, souligna Des Essarts-Galibert, surtout à une époque de centralisation administrative hyperdéveloppée. Sans relations qu'obtient-on aujourd'hui ? D'ailleurs, mon cher Vaugondran, vous connaissez bien Thomas. Ou plutôt votre frère l'a bien connu à Londres. Je suis sûr qu'il sera ravi de vous revoir.

Discret rappel d'un passé peu glorieux. Donnant, donnant. Comment résister aux suggestions d'un homme qui signait les permis de construire ?

Désormais, le promoteur Albert Vaugondran céda la moitié de ses programmes de construction à Antoine Lebrun, fit agréer par tous les conseils d'administration des sociétés civiles immobilières qu'il contrôlait la présence du conseiller financier Desvignes-Benettes et, lors de ses premiers tours de table, sollicita de préférence les capitaux du groupe Steiner et ceux des clients de l'avocat parisien.

La maffia Vaugondran était née sans que l'on pût dire quel en était le membre le plus important. L'essentiel n'était-il pas que leurs affaires obtinssent dans les meilleurs délais les autorisations nécessaires pour coiffer sur le poteau leurs concurrents aux dents longues ? Dans ce domaine, les programmes Vaugondran étaient imbattables.

Pendant cinq ans, la plupart des promoteurs de la région furent atteints de « panurgite ». Ils faisaient tous la même chose. Tout se vendait. Les Français avaient une fringale de soleil, de Midi, de vacances. Puis il y eut le marasme des années 60, le sérieux ralentissement de l'aide de l'Etat à la construction des résidences principales, les restrictions du crédit. Les concurrents de Vaugondran, les promoteurs atteints de mégalomanie, n'en avaient pas prévu les effets désastreux sur la vente. Jouant au coup par coup, tentant de combler les trous d'un programme en en lançant un autre, source d'argent frais, la plupart sombrèrent faute de soutien financier puissant. C'est le moment que choisit Albert Vaugondran, épaulé par ses habituels partenaires financiers, pour réussir le plus beau coup de sa vie : la résidence des Hauts de Saint-Jean.

Plus de maison de campagne, plus de mas « style provençal », plus de cabane de pêcheur « les pieds dans l'eau », mais un vaste programme de mille logements. Des appartements de luxe au prix des logements économiques... ou presque. Le bien-être pour tous. Une opération d'envergure pour laquelle il avait fait donner la grosse artillerie. Avec quel succès ! Commencé six ans auparavant par l'achat du terrain, le programme s'achevait en cette année 1964. Vaugondran et Lebrun venaient de livrer les derniers appartements et s'apprêtaient à liquider la société civile immobilière des Hauts de Saint-Jean. Il restait pourtant une dernière formalité : faire payer aux souscripteurs en possession de leurs logements une dernière rallonge représentant le prix du terrain que la société avait dû acheter pour leur permettre un accès direct à la route nationale. La somme réclamée à chaque propriétaire était minime. Seuls les échos malveillants publiés récemment par une certaine presse parisienne pouvaient compliquer les débats de ce conseil d'administration. Par bonheur, les souscripteurs n'y occupaient qu'un seul siège. Leur représentant, le colonel Laurent, malgré ses allures de vieux crabe à qui on ne la fait pas, ne serait pas en mesure de mettre la société en difficulté.

Pour Vaugondran et Lebrun, l'affaire des Hauts de Saint-Jean était réglée. Leur principal souci était maintenant de lancer celle de Port-Litri, car, depuis quelques jours, leur matériel considérable avait cessé de tourner à 100 % et sa rentabilité s'en ressentait.

***

Le port était figé. Sans un souffle de brise pour rafraîchir l'atmosphère. Sur le quai, deux ouvriers dormaient, à l'ombre d'une cabane en planches. En contrebas, l'eau, irisée de mazout, était parfaitement lisse, sans un frémissement, et les barques et les vedettes blanches, ancrées dans la darse, semblaient plantées dans du mercure.

En sortant de la Jaguar, Albert sentit l'asphalte de la chaussée s'enfoncer sous son talon. Un diable, surchargé de tomates et d'aubergines, tiré par un grand échalas arc-bouté entre les brancards, les muscles saillants sous un léger tricot de corps noir, laissa au passage de ses roues d'acier deux traînées profondes dans le goudron amolli.

La veste sur le bras, la chemise bleu vif soulignée aux aisselles de deux larges cernes sombres, Albert ne résista pas à l'envie d'un demi de bière fraîche. Il avait encore dans la bouche la saveur fine et légère de l'huile d'olive de la salade et celle plus lourde, plus parfumée, du lapereau à la moutarde. Sa courte sieste d' « avant déjeuner » l'avait mis en train. Malgré la chaleur, il se sentait plein de vigueur. Il se dirigea vers le « Bar des Amis » dont les tables désertes, piquées de parasols rouges, mordaient sur la chaussée, quelques mètres à droite de l'immeuble de Vaugondran.

Il écarta le rideau de perles multicolores, descendit les trois marches qui conduisaient à la petite salle et fut saisi par la fraîcheur qui y régnait. Il s'effaça pour laisser passer une femme déjà mûre, le regard trouble, la main dans la main d'un jeune nègre hiératique. Derrière le zinc, Maurice, d'un geste professionnel et machinal, essuyait un verre en suivant des yeux l'étrange couple.

— Salut, Albert !

Lui aussi était en maillot de corps. Des touffes de poils bruns s'échappaient de l'encolure. Ses avant-bras énormes étaient recouverts d'une fourrure luisante et une barbe, rasée du matin, bleuissait déjà ses joues.

— Salut, Maurice. Sers-moi donc un demi. A la pression.

Le bistrot cligna de l'œil, égrillard, et, sans décoller le mégot qui lui jaunissait la lèvre, désigna la porte du pouce.

— Je te parie un sac que ces deux-là sont déjà au Moderne.

— Et tu gagnerais, mon salaud !

L'entrée de l'hôtel Moderne, voisin du « Bar des Amis », était signalée par une boule blanche sous laquelle, le soir venu, une demi-douzaine de filles, aux jupes trop courtes, arpentaient le trottoir. La journée, il accueillait les couples de passage.

Plus que de bière c'était de cette ambiance populaire qu'Albert avait soif. Le décor de son enfance. Toute sa vie s'était déroulée dans ce quartier, entre la rue Merlot, la place de l'Hôtel-de-Ville et le port. Toutes ces ruelles, il les avait parcourues en sortant de l'école communale avec Maurice, dont le père tenait déjà le « Bar des Amis ». Cette odeur de pastis et de sciure répandue devant le comptoir se mêlait dans sa mémoire à celle de la grenadine que son copain lui servait en douce, dans un grand verre de limonade, dès que son père avait le dos tourné et qu'il buvait d'un trait, en s'étouffant, de peur d'être surpris.

Ce n'était pas par hasard que le siège de la Vaugondran S.A. était situé sur le port. Albert aurait pu choisir un immeuble cossu de la rue Grande, baptisée Charles-de-Gaulle à la Libération et que seuls les étrangers appelaient ainsi, mais il ne voulait pas couper les liens qui l'unissaient encore à sa jeunesse. Il avait quitté la rue Merlot pour la vaste maison de La Chapelle mais c'était sur le port qu'il avait voulu planter le témoin de sa réussite.

— J'ai vu Claude ce matin, dit Maurice. Il m'a demandé de tes nouvelles.

— Il va bien ? Il y a longtemps que je ne l'ai vu. Il faudrait que j'aie le temps d'aller prendre un verre au « Coconut ».

Claude Mérouli était aussi un ami d'enfance, qui avait mal tourné comme disaient les bourgeois. Il « contrôlait » les filles de l'hôtel Moderne et bien d'autres dans les rues étroites du quartier de l'hôtel de ville, et son rôle dans le « milieu » de Saint-Jean était prépondérant. On avait prononcé son nom lorsque des policiers américains et parisiens avaient saisi dans le port une quantité phénoménale d'opium brut, prêt à être traité. On avait aussi parlé, chez les Américains cette fois, d'Angelo Natura, qui, après une vie tumultueuse, s'était fait une retraite aisée et respectable, en ouvrant une agence immobilière, la plus luxueuse de la ville, et une clinique des plus huppées. Des ragots ? Albert ne s'en souciait pas. Angelo Natura était l'ami d'Antoine Lebrun et Claude Mérouli, son copain d'enfance. Marguerite lui reprochait souvent cette fidélité encombrante. « Un gangster, un maquereau, un trafiquant, voilà ce que c'est, ton Claude. » Il n'empêchait, pourtant, qu'aux heures de l'occupation, tandis qu'à Marseille Carbone et Spirito s'étaient rangés aux côtés de la Gestapo, le « milieu » de Saint-Jean, fidèle à son chef, était passé comme un seul homme à la résistance active. Des Essarts ne l'avait pas oublié. De même qu'Albert n'avait pas oublié les efforts de Mérouli pour le faire sortir de prison après la Libération. Il savait, lui, que jamais Vaugondran n'avait collaboré avec les Allemands, juste quelques affaires...

— Il y a un tiercé demain, à Cannes, dit Maurice. Tu le fais avec moi ? Claude m'a donné un tuyau.

— Combien tu mets ?

— Le maxi. Trente pour toi, trente pour moi.

— Entendu. Combien de partants ?

— Quinze.

Albert fit, de tête, un rapide calcul.

— Eh bien, à moins que le tuyau de Claude ne soit de première, on a une chance sur... deux mille sept cent trente de le toucher !

A la communale, Albert était déjà champion en calcul mental. C'était bien la seule matière où il brillât. Maurice le regarda avec admiration.

— Ce n'est pas un cerveau, c'est une machine à calculer que tu as dans la tête ! Pas étonnant que tu réussisses dans les affaires. Même sans certif'.

Vaugondran jeta un coup d'œil à la vieille pendule couverte de chiures de mouches.

— Il faudrait que je m'en occupe un peu si je veux que ça continue.

Il vida rapidement son demi, s'essuya les lèvres d'un revers de main et enfila sa légère veste d'alpaga noir.

— Tu te fais beau pour tes secrétaires ? plaisanta Maurice.

— Couillon ! J'ai un conseil d'administration. Ça fait plus sérieux. Adieu, Maurice, et bonne journée.

— Porte-toi bien. A ce soir pour le pastis.

— Si j'ai le temps !

— Tu prendras bien le temps de mourir !

Sacré Maurice ! Après tout, n'était-ce pas lui qui avait raison ? Derrière son comptoir, en maillot de corps et espadrilles l'été, en tricot de marin et charentaises l'hiver. Sans soucis. Mais Albert avait besoin d'action. Lutter et vaincre lui donnait trop de plaisir pour qu'il sût se contenter d'une vie modeste et tranquille dans l'odeur du pastis et de la soupe de poissons.

Il poussa la porte d'entrée de ses bureaux d'une poigne conquérante.

— Bonjour, monsieur. Ces messieurs sont déjà arrivés.

L'hôtesse, une blondinette maquillée avec soin, portait, piquées sur sa robe bleu roi, les mêmes flèches noires sur fond jaune qui ornaient la double porte en glace du hall. Elle avait cet aspect propre et frais que Vaugondran exigeait de tout son personnel administratif.

— Dans mon bureau ? interrogea Albert.

— Non, dans la salle de conférences.

Il escalada la volée de marches qui conduisaient au premier étage. L'escalier, comme tous les bureaux, était couvert de moquette du même bleu que la robe d'uniforme de l'hôtesse. Sur les murs paille, les projets, soigneusement encadrés, des différentes opérations qu'il avait réalisées ces dernières années ressemblaient, par leurs damiers multicolores, aux œuvres d'artistes abstraits.

Malgré les conditionneurs qui brassaient en permanence un air frais et desséchant, une épaisse nappe de fumée bleue planait dans la salle du conseil dont les six membres avaient déjà pris place autour d'une grande table ovale d'acajou verni.

Après une rapide poignée de main à chacun, Albert s'assit devant les dossiers que sa secrétaire avait préparés à son intention.

— Il manque M. Lefranc, remarqua-t-il.

— Il vous prie de l'excuser, dit Desvignes-Benettes après avoir tiré sur un énorme churchill de « Romeo y Julieta » dont l'odeur semblait déplaire à son voisin, le général Bastard. Je l'ai vu avant de quitter Paris et il m'a donné son pouvoir. Je le remettrai au président Fabien.

— Nous sommes donc au complet, dit celui-ci. Nous pouvons ouvrir la séance.

Baptiste Fabien avait un beau visage rose, potelé, avec une fossette au milieu du menton et des cheveux blancs aux reflets bleutés. Il parlait avec la douceur onctueuse d'un prélat dont il avait la main grasse et baguée d'or. Ancien préfet, Des Essarts-Galibert et Desvignes-Benettes l'avaient placé à la tête du conseil d'administration. Sa prestigieuse carrière administrative, ses relations et la rosette de la Légion d'honneur fichée sur le petit socle d'argent au revers de son complet bleu marine y faisaient le meilleur effet. Il était censé assumer, sous sa responsabilité civile et pénale, la bonne marche de la SOCOJEAN (Société de construction de Saint-Jean) dont Albert Vaugondran était directeur général. En réalité, il était aux ordres du promoteur.

— Messieurs, dit-il, cette séance sera l'une des dernières qui nous réuniront autour de cette table. En effet, notre société, créée il y a quatre ans pour la réalisation du projet des Hauts de Saint-Jean, n'aura bientôt plus de raison d'être. Nos constructeurs, MM. Vaugondran et Lebrun, ont tenu leurs délais et les derniers appartements viennent d'être livrés à leurs propriétaires. Il reste à régler quelques problèmes d'abords et d'aménagement d'accès dont M. Vaugondran va vous exposer les grandes lignes.

Albert ouvrit un dossier et observa, d'un coup d'œil rapide, le colonel Laurent, représentant les souscripteurs au conseil d'administration. Un baroudeur à la retraite, chicanier en diable, qui n'avait rien d'autre à faire qu'à renseigner les propriétaires sur la bonne marche de la société. On disait que depuis qu'il siégeait au conseil d'administration, son appartement des Hauts de Saint-Jean s'était enrichi d'une véritable bibliothèque d'ouvrages de droit et de construction.

— Messieurs, dit Vaugondran d'un ton péremptoire, voici donc notre programme terminé. Les comptes ne seront pourtant véritablement apurés que lors du règlement de la bande de terrain que la société a dû acheter pour permettre aux actuels propriétaires un accès pratique et facile à la route nationale. Le prix de ce terrain, qui appartenait à l'Agence Natura, a été réglé par un chèque de 180 000 francs.

— N° 122424, précisa Lesourd, le commissaire aux comptes, petit homme rabougri qui devait sa place à l'intervention de son ami Henri Chypre, préfet du Rhône-Maritime.

Pendant ces quatre ans il avait rempli son office avec une rare passivité dont Desvignes-Benettes s'était porté garant en le présentant à Vaugondran et Lebrun, responsables de la construction.

— Les propriétaires actuels, poursuivit Albert, sont donc redevables à la SOCOJEAN de cette somme de 180 000 francs, ce qui fait que chacun d'eux aura à payer 150 ou 200 francs selon le type de son appartement.

Le colonel Laurent s'agita dans son fauteuil. Son visage buriné, recuit par le soleil, cachait mal sa colère mais il hésitait à la libérer, comme intimidé par le poids des autres membres du conseil : deux financiers, un général en retraite et l'ancien préfet avec sa rosette sur canapé.

— Dois-je comprendre, se décida-t-il, que c'est à nous, propriétaires, de couvrir ces nouveaux frais ?

Le préfet Fabien fit oui de la tête d'un air désolé.

— Dois-je comprendre également *(et Laurent se tourna vers son voisin, Antoine Lebrun)* que ni vous, les constructeurs, ni l'architecte ne vous étiez souciés auparavant de donner aux acheteurs un accès à la route nationale ?

— Mon cher colonel, il y avait un accès à l'autre extrémité du terrain, mais il s'est révélé peu pratique pour les usagers, répondit calmement Lebrun.

— Surtout depuis que vous avez doublé le nombre des immeubles de la résidence ! s'étrangla Laurent. Je dois vous dire que les propriétaires qui ont acheté et payé — à quel prix ! — leurs appartements et qui les occupent sont décidés à ne plus vous donner un sou ! Fini, terminé. C'est à la société de payer ses erreurs.

Vaugondran sentit qu'il devait intervenir.

— Nous avons toujours essayé de faire pour le mieux. Et pour un prix modique.

— C'est vous qui le dites, grommela Laurent.

— Mon colonel, soyez raisonnable. Pour 150 à 200 francs par propriétaire, la société a acheté un terrain qui vous permet l'accès direct à la nationale et qui vous garantit pour l'avenir. Imaginez que l'Agence Natura ait vendu son terrain à un autre promoteur qui aurait construit un ou deux immeubles de cinq étages ! C'était non seulement l'accès que vous perdiez, mais aussi la vue qui, avouez-le, est une des plus belles de Saint-Jean.

Laurent ne semblait pas convaincu. Il sortit de son dossier quelques pelures qu'il examina avec soin.

— Si mes renseignements sont bons, ce terrain que la société veut nous faire payer, elle l'a déjà revendu. Et on y a construit le supermarché !

— Dans votre intérêt, poursuivit Vaugondran. La société a, en effet, revendu le terrain, déduction faite du large passage pour les piétons et les véhicules, ainsi que l'espace nécessaire aux tranchées des installations téléphoniques. Seul ce passage nous intéressait et le prix de revente est venu en déduction du prix de revient des Hauts de Saint-Jean.

— C'était la solution de la sagesse, dit le préfet Fabien de sa voix mesurée.

— Et combien avez-vous revendu ce terrain ? interrogea le colonel.

— Compte tenu des impositions dont la société assortissait le contrat...

— C'est-à-dire ?

— Interdiction de construire un bâtiment de plus de six mètres, pour ne pas gâcher la vue, nous n'avons pas trouvé beaucoup d'acheteurs et nous avons revendu à M. Natura, qui, seul, voulait bien accepter nos impositions.

— Ce qui n'a pas empêché un supermarché de se construire.

Vaugondran saisit la balle au bond.

— Je sais bien, mon cher colonel, que vous mettez sans cesse en doute notre bonne volonté, sinon notre honnêteté... Si, si, je n'hésite pas à le dire. Et depuis le début des travaux. Mais vous n'allez tout de même pas nous reprocher qu'un supermarché se soit implanté à proximité de la résidence. Car là, je suis sûr qu'aucune femme, qu'aucune mère de famille de Saint-Jean ne vous suivrait. Je sais bien que ce n'est pas un problème qui vous préoccupe, mais tout de même...

Quelques sourires, vite réprimés, éclairèrent les visages. Chacun savait que le colonel était un célibataire endurci et qu'il prenait tous ses repas au « Nha-Qué », un restaurant tenu par une ravissante Indochinoise qu'il avait ramenée de Saigon dix ans plus tôt.

Vaugondran sentit son avantage.

— Vous représentez les acheteurs, mon cher colonel, eh bien, je suis persuadé que personne ne regrette de nous avoir fait confiance. La SOCOJEAN vous a fourni des appartements de luxe pour le prix du LOGECO.

— Ce sont vos prospectus et vos affiches qui le disaient au départ. Mais avec toutes les rallonges que vous nous avez demandées...

— Alors, là, vous êtes injuste ! Vous nous reprochez d'avoir fait trop beau ! M. Lebrun et moi-même avons construit de nombreux logements sociaux à Saint-Jean et nous ne sommes pas comme certains qui se moquent des gens qui vont habiter leurs constructions. Nous y pensons, nous, à la qualité de la vie. Et nous avons voulu faire pour le mieux. Nous n'avons obligé personne à acheter.

— Mais enfin, s'emporta de nouveau Laurent, vous savez bien que des gens se sont saignés aux quatre veines pour souscrire ces appartements, puis pour payer vos rallonges. Ils ne voulaient pas tout perdre ! Eh bien, aujourd'hui, certains parmi les plus modestes ne peuvent plus payer.

Desvignes-Benettes, qui, jusque-là, n'avait soufflé mot, intervint.

— Vous savez pertinemment, monsieur, qu'à ceux qui avaient mal calculé leur budget et ne pouvaient faire face aux échéances nous avons trouvé d'autres acheteurs prêts à prendre le relais. Et ils n'ont rien perdu.

— Si ce n'est quelques centaines de milliers de francs et l'espoir d'habiter un logement convenable, répliqua Laurent.

— Ah ! ça, mon jeune camarade a raison ; l'espoir, ça n'a pas de prix.

Vaugondran regarda le général Bastard avec stupéfaction. De quoi se mêlait-il, celui-là ? Il ne lui suffisait pas de toucher ses jetons de présence et d'encombrer les colonnes de *L'Echo de Saint-Jean* et de quelques journaux parisiens de ses articles fumeux de stratégie militaire, lui qui avait perdu toutes les guerres auxquelles il avait participé ? Ses cinq étoiles faisaient bien dans le conseil d'administration, avait dit Desvignes-Benettes. Jusque-là, Bastard s'était contenté de bavarder avec son « jeune camarade », comme il appelait le colonel, qui avait à peine dix ans de moins que lui, d'échanger des souvenirs de garnison, bref, de le mettre en confiance. On ne lui demandait rien de plus !

— J'ai, à mon cabinet, d'éventuels acheteurs, poursuivit Desvignes-Benettes, ignorant la réflexion incongrue du général Bastard. La SOCOJEAN a réalisé un merveilleux programme et le beau trouve toujours des acquéreurs.

— Et grâce à nous, ajouta Vaugondran, vous avez eu toutes les facilités de paiement. Nous avons obtenu, pour une construction aussi soignée, le Crédit foncier, qui nous a permis de pratiquer des prix très étudiés. En outre, nous vous avons trouvé des banques solides — la De Vanves ou la banque de M. Steiner — prêtes à vous épauler pour couvrir vos échéances. Connaissez-vous beaucoup de promoteurs comme moi ?

Emporté par son éloquence, Albert avait presque réussi à se convaincre lui-même ! Prêt à oublier que les deux principaux financiers des Hauts de Saint-Jean, non contents de faire un fabuleux bénéfice, avaient exigé d'être les prêteurs exclusifs des souscripteurs, qui devaient obligatoirement faire appel à leurs services ! Steiner et la De Vanves prêtant à dix pour cent sur quinze ou vingt ans gagnaient sur les deux tableaux. Quant au Crédit foncier, Albert l'avait obtenu avec l'aide de Des Essarts et de Desvignes-Benettes en présentant un projet d'un coût très inférieur à ce qu'il allait construire en réalité. La SOCOJEAN avait ainsi réussi à édifier avec les deniers de l'Etat et les rallonges des petits souscripteurs un millier de logements de bon sinon grand standing.

— Moi, j'ai voulu de belles salles de bains, du marbre, des jardins, de l'air pur, continua Vaugondran. Ce n'est tout de même pas ma faute si les prix, en quatre ans, ont considérablement augmenté.

Le colonel Laurent ne savait plus où donner de la tête, maté par ce préfet qui le regardait de l'air désolé du professeur devant un enfant têtu, par ces financiers sévères qui représentaient deux des plus solides piliers de l'économie française, par ces entrepreneurs qui protestaient de leur bonne foi.

Vaugondran décida de lui donner l'estocade.

— Et puis, mon colonel, en voilà assez. Si vous avez à vous plaindre, allez donc trouver un avocat et déposez une plainte contre nous.

Desvignes-Benettes effaça un sourire. Ce Vaugondran était habile. Il savait, et pour cause, ce qu'un avocat conseillerait : « Discutez, menacez, mais obtenez votre appartement. Si votre promoteur est un bandit — et ce sera difficile à prouver —, vous l'enverrez peut-être en prison, il en prendra pour cinq ans et vous ne verrez jamais votre logement. »

— Mais si vous faites cela, conclut dignement Albert, je me verrai forcé de vous attaquer en diffamation. J'ai ma réputation à protéger, moi. Et elle est bien établie.

— Certains échos parus à Paris pourraient peut-être prouver le contraire, répliqua le colonel. Personne n'y est nommément mis en cause mais si une enquête était ouverte en haut lieu...

Laurent eut un regard entendu pour Albert Vaugondran. Lebrun vint à la rescousse.

— Mon colonel, il faut vous garder d'aller trop loin dans vos interprétations. Je ne sais si vous connaissez bien les milieux politiques français. Moi, je les pratique depuis longtemps. Mes fonctions à la mairie auprès de M. Des Essarts-Galibert et au sein du M.C.G. du Rhône-Maritime m'ont permis de m'en faire une certaine opinion. Ces échos malveillants font partie de la campagne électorale qui va bientôt s'ouvrir et vous ne les trouverez que dans des journaux d'opposition qui ont intérêt à salir certains membres de la majorité. Leur but est de semer le doute dans l'esprit d'électeurs trop candides. M. Des Essarts-Galibert est pour eux un homme à abattre. Comme c'est un trop gros morceau, qu'il a prouvé, pendant près de vingt ans, la haute idée qu'il se faisait de ses fonctions de maire et de député, que ses réalisations sont là pour prouver ses capacités, ces torchons tentent de l'atteindre par la bande en mettant en doute, sans preuves, par des allusions habiles et perfides, la bonne foi de certains de ses collaborateurs. Car n'oubliez pas, mon colonel, que les Hauts de Saint-Jean sont considérés comme une réalisation sociale ! Bien que vous en doutiez. Sans la moindre preuve, vous non plus !

Le vieux David Steiner, président de la banque, qui remplaçait à ce conseil son frère cadet, souffrant, frappa doucement sur l'acajou verni de la table.

— Messieurs, messieurs, permettez à un septuagénaire de donner son avis.

Les milliards qu'il avait derrière lui donnaient un poids considérable à sa voix cassée.

— Vous vous emportez et vos paroles dépassent votre pensée. Croyez-vous sincèrement, colonel, que la SOCOJEAN, financée par des groupes aussi importants que les nôtres — car c'est notre argent qui a servi à édifier les Hauts de Saint-Jean —, croyez-vous, dis-je, que cette société, présidée par l'éminent préfet, notre ami Fabien, conseillée par Me Desvignes-Benettes, dont vous connaissez la réputation à Paris, contrôlée par un commissaire aux comptes qui fut, des années durant, l'un des principaux collaborateurs du préfet de notre département, pourrait se permettre des tripotages minables ? Non ! Je le dis très sincèrement, mon groupe est fier d'avoir participé à cette réussite architecturale, fier d'avoir donné à des souscripteurs parfois modestes, mais qui ont consenti des sacrifices, la possibilité d'occuper des logements dont ils n'auraient jamais osé rêver autrefois. Dans une société de progrès, voilà le véritable rôle du grand capital.

Le colonel Laurent eut besoin de tout son courage pour oser affirmer :

— Peut-être bien, mais, pour ce qui est du terrain, les propriétaires refuseront de payer.

— Je vous rappelle, fit le commissaire aux comptes, les statuts de la SOCOJEAN. Les souscripteurs ne sont pas propriétaires de leurs logements mais d'un certain nombre de parts de la société correspondant auxdits logements. A ce titre, ils sont responsables des dépenses que la SOCOJEAN fait dans leur intérêt jusqu'à la dissolution de ladite société.

— Et, ajouta le président Steiner, qu'est-ce aujourd'hui que 15 000 ou 20 000 anciens francs par propriétaire ? Vous devez comprendre, mon cher colonel, les arguments de M. Vaugondran. Il les formule parfois avec la rugosité de l'homme d'action. Mais l'action, cela connaît un homme de guerre comme vous, n'est-ce pas ? Et ces arguments, vous devez les faire entendre aux copropriétaires que vous représentez.

Le vieux Steiner s'interrompit.

— Versez-moi un verre d'eau, je vous prie, mon cher colonel, vous avez la carafe près de vous. Cet air conditionné me dessèche la gorge.

Laurent, surpris, s'exécuta. Le président Steiner but longuement. Autour de la table, le silence était tel qu'on l'entendit déglutir à plusieurs reprises.

— Oui, fit-il comme s'il poursuivait sa pensée, M. Vaugondran... et M. Lebrun nous ont fait du bon travail. Et M. Vaugondran, avec les Hauts de Saint-Jean, s'affirme comme le grand constructeur de logements sociaux dont notre ville avait besoin. Avant que nous nous quittions, je vais vous faire une confidence, mon cher colonel, une confidence qui vous prouvera la grande honnêteté et la modestie de notre ami. Ce n'est pas encore passé au *Journal officiel,* mais je vous annonce qu'Albert Vaugondran a été fait chevalier de la Légion d'honneur sur proposition de notre sous-secrétaire d'Etat au Logement, Félix Judicaël, en raison des services qu'il a rendus à la population laborieuse de Saint-Jean. C'est une sage et bonne décision et je suis heureux de le complimenter chaleureusement au nom de tout notre groupe.

Cette fois, le colonel Laurent était vaincu. Il se leva comme tout le monde et dut même féliciter Albert avant de prendre congé.

— Vous ne m'en voulez pas ? murmura-t-il en lui serrant la main.

— Mais non, mais non. Je vous sais un brave homme. Tout comme moi.

— Mon cher colonel, dit le président Steiner, vous me donneriez votre bras pour descendre l'escalier ? Il est raide à faire peur.

Fabien, le général Bastard et le commissaire aux comptes les suivirent en procession. Vaugondran, Lebrun et Desvignes-Benettes se retrouvèrent seuls autour de la grande table.

— Quelle vieille crapule ! dit Lebrun après que la porte se fut refermée.

— Quelle sublime crapule ! corrigea Desvignes-Benettes.

— Maintenant que nous sommes entre nous et que la partie est gagnée, dit Albert, si nous parlions affaires ? Judicaël est bien bon de m'avoir décoré, mais je préférerais qu'il se décide à signer pour Port-Litri. Où en êtes-vous avec lui, Thomas ?

CHAPITRE VI

En sortant des bureaux climatisés de Vaugondran, Antoine Lebrun reçut la chaleur comme un poids sur la nuque. Ce n'était plus la canicule du début de l'après-midi mais une humidité lourde et poisseuse qui collait les vêtements à la peau. Le temps tournait à l'orage et le ciel s'était couvert sans que la pluie se fût décidée à tomber.

Dans le jardin de l'hôtel de ville, les chaises de fer et les bancs étaient encombrés de mères de famille et de vieillards, agglutinés autour du bassin ou à l'ombre des platanes centenaires à la recherche d'une hypothétique fraîcheur. Seuls les enfants et les moineaux piaillaient avec une belle vigueur, insensibles à l'air moite.

Les immeubles ocre qui faisaient face aux bâtiments municipaux se protégeaient de l'atmosphère gluante derrière leurs volets clos.

Sur les terrasses des petits bistrots ombreux, plantés, telles des sentinelles, à l'orée de chaque rue aboutissant à la place, d'éternels « désoccupés », fidèles à leurs chaises habituelles, observaient la circulation d'un air absent. Sans même consommer. Attendant l'heure du pastis. Certains, d'une main nonchalante, saluèrent le passage d'Antoine. Sa silhouette courte et ronde, ses cheveux noirs laqués de gomina et son éternel costume gris étaient populaires dans le quartier et dans les petits bars qui avaient essaimé aux abords de la Comédie.

Antoine Lebrun rendit les saluts d'un bon sourire que démentaient ses lèvres en coup de sabre et s'épongea dans un grand mouchoir de batiste immaculé. Il avait le visage plein et un double menton ombré d'une barbe rebelle et puissante qui bleuissait ses joues dès le déjeuner et râpait en quelques heures son nœud de cravate. Un bon gros bourgeois aux yeux un peu fouineurs mais à l'allure rassurante et bonhomme qui convenait à l'adjoint au maire d'une ville comme Saint-Jean.

Arrivé devant l'hôtel de ville, il hésita, puis se dirigea vers la station de taxis près du kiosque à journaux, où une seule voiture attendait. Une grosse Mercedes blanche, protégée par des vitres teintées. Antoine se pencha. Le chauffeur baissa la glace automatique en appuyant sur un bouton.

— Bonjour, monsieur Antoine. Vous entrez au frais ?

— Volontiers, Marco, j'ai deux mots à te dire.

La Mercedes était d'un modèle récent doté d'une climatisation puissante. Une voiture de cheikh d'Arabie et non de simple taxi... Lebrun s'installa sur le siège de cuir à côté de Marco, qui remonta soigneusement sa glace.

— Tu sais quelque chose sur le type abattu cette nuit ?

— Oui, il s'est fait avoir à l'entrée du « Sing-Sing », sur le port à 2 heures et demie. Deux balles de 11,43 tirées d'une DS. Il a réussi à se traîner jusqu'à la porte de l'immeuble voisin d'où sortaient un journaliste de *L'Echo* et un de ses copains. Il leur a demandé de le tirer à l'intérieur mais les deux types ont eu peur en voyant la bagnole arrêtée un peu plus loin. Ils sont rentrés en laissant le gars sur le trottoir. Je crois qu'ils ont bien fait car la DS, peinardement, a fait une marche arrière et ils ont entendu à nouveau deux coups de feu. Quand ils sont ressortis, après le départ de la voiture, le type était tout ce qu'il y a de mort.

— Qui est-ce ?

— Jack Baines. Un gars à Mérouli. Un solide, que vous devez connaître. C'est le commissaire Marucci qui s'occupe de l'affaire. Et d'après ce que j'ai appris, ça barde drôlement chez les poulets.

C'était le cinquième meurtre de ce genre en moins de trois mois. Mais cette fois, la victime n'était pas un nouveau venu à Saint-Jean comme les quatre premières.

— D'après ce que j'ai appris, Baines avait dirigé l'équipe qui a plastiqué le « Bidou-Club » juste avant son ouverture.

Les quatre premières victimes des règlements de comptes étaient tous des Oranais rapatriés qui, sous la direction d'un certain Stéphanidès, tentaient depuis un an de s'implanter à Saint-Jean. Ils avaient ouvert ou racheté quatre bars, entre le vieux port et la Comédie, où les amateurs savaient trouver des filles et de la drogue. Claude Mérouli, qui travaillait dans le même domaine mais à une autre échelle, avait laissé faire. Quant au commissaire Marucci, après quelques descentes de principe, il avait préféré se servir des tenanciers comme indicateurs et les laisser mener tranquillement leur petit commerce. Marucci s'occupait exclusivement des agressions à main armée et ses succès dans ce domaine avaient fait de Saint-Jean l'une des villes les plus sûres de France. Les choses s'étaient gâtées quand Mérouli avait appris que Stéphanidès, qui avait rapatrié en métropole plusieurs millions provenant du trésor de guerre de l'O.A.S.-Oran, avait racheté un important stock d'opium en Turquie et était entré dans le circuit Saint-Jean-Marseille-New York. Non content de défier Mérouli sur son terrain d'élection, Stéphanidès s'apprêtait à ouvrir, rue de Thèbes, un cabaret de luxe, le « Bidou-Club », dont sa femme, Nicky, dirigeait les travaux. Mérouli était entré en action. Il avait fait abattre quatre des hommes de l'Oranais, puis plastiquer le « Bidou-Club » à la veille de l'inauguration.

« La ville la plus sûre de France devient Chicago », avaient titré les journaux. Marucci était furieux du rappel à l'ordre que cette hécatombe lui avait valu du ministère de l'Intérieur, et Des Essarts s'était vivement fait attaquer au cours d'une séance houleuse du conseil municipal. Lebrun avait tout arrangé en obtenant de Mérouli les renseignements qui permirent au commissaire Marucci d'arrêter Stéphanidès alors qu'il sortait d'une villa des collines de La Chapelle avec cent kilos d'opium brut dans le coffre de sa voiture. Le calme était revenu à Saint-Jean et voilà que ce meurtre allait déclencher une nouvelle vendetta.

— Monsieur Antoine, dit Marco, vous voulez que j'aille à la pêche à propos des types qui ont abattu Jack Baines ?

— Oui. Et préviens les autres. Que tout le monde soit sur l'affaire. Les élections sont dans un mois et ce n'est pas le moment de nous mettre l'opinion à dos. Dès que tu apprends quelque chose, appelle-moi à la mairie ou chez moi.

Antoine Lebrun sortit de la Mercedes, qui démarra aussitôt. Dans une heure, Marco aurait prévenu les plus débrouillards des taxis de Saint-Jean et les renseignements commenceraient à affluer. Lebrun devait maintenant s'occuper de Mérouli, mais il fallait auparavant rassurer Des Essarts, qui devait être dans tous ses états.

L'amitié qui liait Antoine Lebrun à Hervé Des Essarts-Galibert remontait à la guerre. Précisément à la première mission qui avait conduit le capitaine des Services spéciaux à Saint-Jean, où Lebrun avait organisé un embryon de réseau de résistance contre les Allemands sitôt après l'invasion de la zone libre. Immédiatement, Des Essarts avait été séduit par le courage, l'intelligence pratique et l'esprit d'organisation de ce modeste chauffeur de taxi qui avait à peine dépassé la trentaine. Il l'avait chargé de développer le recrutement et surtout d'assurer, sans distinction d'opinion, l'unité entre les différents mouvements qui se créaient.

C'est dans le renseignement que Lebrun se révéla particulièrement efficace. Son coup de maître fut de faire basculer le patron incontesté du « milieu » de Saint-Jean, Claude Mérouli, dans le camp de la Résistance. Barbeaux, putains et tenanciers de boîte devinrent autant d'agents de renseignements car Lebrun avait recommandé à ses nouvelles recrues de poursuivre leurs activités. Jamais les Allemands et les collaborateurs qui faisaient bombance dans les bars et cabarets contrôlés par Mérouli ne se doutèrent qu'ils servaient de couverture aux réseaux de l'infatigable Lebrun. Jusqu'au jour où Mérouli et une douzaine des truands les plus efficaces de sa bande prirent d'assaut le local de la Milice pour délivrer Lebrun, arrêté quelques heures plus tôt à la suite d'une dénonciation. Leur coup réussi, ils gagnèrent alors le maquis où ils participèrent avec bravoure aux combats de la Libération.

La guerre terminée, Mérouli, héros modeste mais décoré, reprit ses anciennes activités et remonta son empire clandestin après avoir juré à Antoine Lebrun que « désormais, entre eux, c'était à la vie à la mort, parole d'homme ». Il proposa même à son ex-patron d'entrer dans ses « affaires ».

— Après tout ce que tu as fait, tu ne vas pas reprendre ton métier minable !

Lebrun n'en avait aucune intention ! Il avait retrouvé Des Essarts, devenu le commandant Des Essarts-Galibert, commissaire de la République à Saint-Jean, et l'avait aidé dans sa tâche principale : lutter contre une éventuelle subversion communiste. Lorsque Des Essarts, saisi par le démon de la politique, brigua la mairie de la ville, Antoine Lebrun, inscrit sur sa liste, assura son élection en pesant de tout le poids de sa gloire récente auprès de la population.

L'aide discrète qu'apporta Claude Mérouli ne fut pas étrangère à ce succès. En ces temps de misère, l'argent coula à flots dans le camp Des Essarts et jamais Lebrun ne manqua d'afficheurs musclés et persuasifs ! Mérouli faisait ainsi un placement d'avenir.

Des Essarts se révéla très vite comme un excellent administrateur et il entreprit avec passion de donner à Saint-Jean l'essor qu'on lui connaît aujourd'hui. Mais, la paix revenue, le monde politique français avait renoué avec ses bonnes habitudes et le maire, qui rêvait d'un siège à l'Assemblée nationale, s'aperçut que les futures élections donneraient lieu à d'homériques batailles où tous les coups seraient permis. Pour réussir, Des Essarts avait besoin d'un homme qui, dans la coulisse, les organisât en ne reculant devant aucun moyen pour briser les obstacles. Le temps des agents électoraux de la Troisième République qui achetaient les voix d'une moitié de billet — l'autre n'étant remise qu'en cas de succès — était révolu. Il fallait passer au stade supérieur et préparer les campagnes comme une bataille en règle où le succès dépendrait de la prise en main en profondeur de l'électorat. Ses fonctions, ses attaches familiales avec la grande bourgeoisie de Saint-Jean, sa nature même, interdisaient à Des Essarts de se compromettre dans certains milieux dont l'aide était indispensable pour arracher la victoire. Il devait rester au-dessus de la mêlée et présenter le visage pur et dur de l'administrateur sans faille. Pour la coulisse, les coups tordus, le fric et les truands, Lebrun ferait l'affaire. Il l'avait prouvé en n'hésitant pas à accepter les services de Mérouli et de ses hommes lors de la campagne pour les élections municipales.

— Ce qu'il me faut, expliqua Des Essarts à son ami, c'est un réseau d'informateurs dans tous les milieux, de l'argent et des hommes d'action disponibles pendant tout le temps de la campagne. A toi de les trouver. Moi, je me charge de la politique, des alliances et du programme.

Antoine Lebrun se mit au travail avec acharnement. L'idée qui devait asseoir sa puissance et faire sa fortune fut de créer — avec l'aide de la municipalité — un syndicat de chauffeurs de taxi qui, en quelques mois, regroupa la totalité des voitures de place de Saint-Jean. Il connaissait les arguments capables de convaincre ses anciens collègues : « Ce serait dommage d'être mal avec la mairie, de ne pas bénéficier des attributions d'essence, d'avoir des ennuis avec la police, et Dieu sait si les flics n'aiment pas les chauffeurs de taxi !... » Quant aux nouveaux, ils devaient passer par Lebrun pour obtenir une licence. Il tissa ainsi une véritable toile d'araignée sur la ville. Par ses chauffeurs, il était tenu au courant de tout ce qui s'y passait, où allait telle figure connue, les conversations qui se tenaient. En outre, il sut attribuer les nouvelles licences à des hommes qui, dans les quartiers pauvres, avaient une influence certaine sur les immenses tribus d'origine corse ou napolitaine qui constituaient un électorat précieux.

Jour et nuit, ses informateurs au volant de leur voiture,

sillonnaient la ville. L'œil aux aguets, l'oreille complaisante, chaque chauffeur prit l'habitude de faire son rapport quotidien à son chef de groupe qui — selon l'importance — en répercutait les principales informations sur Lebrun. Comme par hasard, ces chefs de groupe étaient tous des amis de Claude Mérouli et trouvaient ainsi un paravent idéal à leurs activités « privées ». Leur dévouement absolu à Antoine Lebrun était le garant de leur tranquillité. On vit même des proxénètes notoires devenir délégués du syndicat et, à ce titre, participer aux réunions sur la circulation sous la bienveillante présidence d'Hervé Des Essarts-Galibert. Grâce à Lebrun, ils se « dédouanaient » de leur appartenance au « milieu » en pénétrant dans celui, respectable, respecté et combien officiel, de l'hôtel de ville !

C'est ainsi qu'un homme comme Marco, aîné d'une prolifique famille napolitaine de quinze enfants et qui avait quatre filles au tapin autour de la Comédie, devint, au volant de sa Mercedes blanche et climatisée, le plus luxueux taxi de Saint-Jean et l'un des principaux lieutenants de Lebrun. Chacun savait que la chasse au client n'était pas son souci principal...

Ces « manigances » provoquèrent bien quelques remous et grincements de dents au sein du conseil municipal, mais l'élection triomphale de Des Essarts-Galibert aux législatives, puis sa réélection — avec tous les membres de sa liste — aux municipales suivantes prouvèrent l'efficacité de la milice parallèle formée par Lebrun. En cette année 1964, le « syndicat » était une institution bien rodée à Saint-Jean et Antoine Lebrun s'apprêtait pour la dixième fois à démontrer qu'avec les années elle n'avait rien perdu de son punch. Encore fallait-il qu'aucun élément fâcheux ne vînt enrayer la belle machine. Le destin national auquel Hervé Des Essarts-Galibert pouvait désormais prétendre suscitait sur son chemin de multiples traquenards soigneusement peaufinés par ses adversaires politiques. Les échos perfides sur l'éventuel scandale qui couvait à la résidence des Hauts de Saint-Jean n'en étaient que les fâcheuses prémices.

Il en fallait plus pour troubler Antoine Lebrun, mais Des Essarts, en période préélectorale, avait les susceptibilités et les angoisses d'une femme travaillée par le retour d'âge. Il convenait de le rassurer au plus vite.

L'hôtel de ville était une grande bâtisse Napoléon III construite en même temps que la Comédie et la Bourse dans les années 55-60. Dix-huit cents, bien sûr. A une époque où les trois piliers de l'Empire étaient tout-puissants : les bourgeois louis-philippards, heureusement surpris par l'autoritarisme de l'ancien prince-président, les catholiques et les milieux d'affaires en pleine expansion. Saint-Jean avait même eu son petit Haussmann qui lui avait dessiné la rue Grande, la place de l'Hôtel-de-Ville et les deux rues parallèles à la rue Grande : la rue Merlot et la rue de Thèbes. C'était l'époque des préfets tout-puissants, des journaux complices ou muselés, celle aussi de la fête, de la « noce », d'Offenbach et des « petites femmes » ou grandes égéries. L'époque où Saint-Jean était sorti de sa léthargie, où le commerce et l'industrie s'étaient enfin développés, où la spéculation avait sécrété une nouvelle bourgeoisie.

« Il a fallu attendre un siècle et Des Essarts pour que Saint-Jean retrouve une pareille prospérité », remarqua Antoine Lebrun en passant sous le fronton de l'hôtel de ville soutenu par deux caryatides rondes et grasses, aux seins lourds, au pubis lisse renflé et plus clair que le reste du corps. Trompant la vigilance des gardiens, des voyous leur redonnaient régulièrement sexe et toison d'un réalisme qui faisait rougir les vieilles secrétaires de la mairie et rigoler grassement les ouvriers municipaux chargés de les rendre à la décence en faisant, sous les lazzi des passants, la « toilette intime des mémères ».

L'accès au grand escalier d'honneur surchargé de marbre, d'or et de velours rouge était interdit par une grande cordelière soutenue par des piquets de cuivre astiqué. Aussi Antoine Lebrun emprunta-t-il le petit ascenseur intérieur réservé au maire et à ses adjoints et qui conduisait directement au long couloir feutré du deuxième étage. Le saint des saints, où s'ouvraient les bureaux du maire, de ses trois adjoints et de leurs secrétaires. Un couloir dont le visiteur ne foulait l'épaisse moquette qu'accompagné d'un huissier à chaîne et où l'on parlait à voix basse.

Hervé Des Essarts-Galibert avait fait transformer l'un des salons de réception de l'étage noble en cabinet de travail et pour le meubler avait pillé les réserves du Mobilier national de Saint-Jean. Le plafond à caissons, les toiles gigantesques qui ornaient les murs, la cheminée monumentale, les portes et croisées à filets d'or, le bureau Louis XV croulant sous les rocailles, planté au milieu d'un immense tapis de la Savonnerie, tout était mis en œuvre pour impressionner l'éventuel solliciteur.

Des Essarts quitta son fauteuil à l'entrée d'Antoine Lebrun. Il portait un blazer croisé à boutons dorés sur un pantalon de flanelle grise au pli irréprochable. La chemise blanche faisait ressortir le teint hâlé par le footing quotidien. Le député maire apportait un grand soin à son image de marque et cultivait sa réputation de sportif autant que celle de galant homme. Il n'oubliait jamais son électorat féminin. Soixante-quatre ans, certes, mais en pleine forme. Ventre plat, cœur solide et cervelle bien faite. Séduisant en diable.

Cette apparence de santé et de vigueur physique et morale était la seule chose qu'Antoine Lebrun lui enviât. A toute heure, dans les conditions les plus difficiles, Des Essarts semblait sortir d'une piscine ou d'un sauna, tandis que Lebrun se sentait plus huileux que jamais.

— Alors, Antoine ?... Impossible de te joindre depuis hier au soir ! Où étais-tu ? Tu n'es jamais là quand j'ai besoin de toi.

« En pleine crise », pensa Lebrun.

— J'avais des renseignements à rechercher, expliqua-t-il. Et je sors d'un conseil des Hauts de Saint-Jean.

— Toujours les affaires, toujours le fric ! Et tu me laisses me dépatouiller avec le cadavre de cette nuit sur les bras ! J'ai été harcelé par les journalistes et j'ai dû tenir une conférence de presse impromptu pour m'en débarrasser et limiter les dégâts. On m'a attaqué sur les activités de tes amis. Sans te citer, bien sûr. Et j'ai dû m'indigner. Dire qu' « on » m'apprenait qu'il y avait dans cette ville des tenanciers de bar qui étaient des repris de justice. Comme si je ne le savais pas depuis dix-huit ans que je suis à la mairie ! J'ai dû affirmer qu' « on » ne devrait pas laisser travailler des gens comme cela, qu'il faudrait prendre des mesures, se débarrasser une fois pour toutes des rackets et des règlements de comptes. Oh ! ce n'est pas la peine de te retenir de rire. Toi, tu ne t'occupes que de tes protégés et de l'argent qu'il y a à gagner.

Lebrun préféra ne pas répondre.

— Et d'abord, qui c'est, ce type qui s'est fait descendre ?

— Un ami de Claude.

— Ah ! de mieux en mieux. Alors le cirque va recommencer. A un mois de l'ouverture de la campagne.

— Mais non, je me charge de calmer Mérouli.

— Tu feras bien. Tes amis sont un peu voyants. Et j'en ai assez ! Je vais ordonner à Marucci de se remuer un peu et de boucler tous ces lascars qui me chauffent les oreilles.

C'en était trop pour Lebrun, dont le visage luisant était devenu blême. Il éclata :

— Et pendant que tu y seras, dis-lui donc de lâcher les trois plaintes qu'il a sous le coude pour les Hauts de Saint-Jean. Comme ça, on saura tout. Comment les caisses du M.C.G. sont alimentées. Par M. Angelo Natura, repris de justice notoire et qui emploie, pour la publicité de son agence, une merveilleuse photo où il figure près de toi. Vous aviez l'air très amis à l'inauguration de ses locaux !

» Comment M. Vaugondran, encore un protégé de M. Des Essarts, a obtenu les autorisations de construire aux Hauts de Saint-Jean. Lui aussi a craché au bassinet.

» Comment M. Lebrun, adjoint de M. Des Essarts, toujours lui, responsable des travaux publics et entrepreneur lui-même, a obtenu la construction des Hauts de Saint-Jean. Vous savez bien, M. Antoine Lebrun, le financier du M.C.G. du Rhône-Maritime ! On pourrait aussi demander à M. Judicaël comment il a pu se faire construire cette merveilleuse villa de trois cent cinquante briques. Et ce, par les éternels Lebrun et Vaugondran, qui ne lui ont d'ailleurs pas réclamé la facture. Au fait, c'est bien notre sous-ministre qui a signé les dérogations pour doubler le nombre des appartements des Hauts de Saint-Jean ? Et un sous-ministre, ça n'a pas les moyens d'un chanteur à la mode, non ? Tout juste ceux d'aller se faire bronzer au Club Méditerranée.

» Tu veux aussi qu'on parle des bénéfices monstrueux de ton beau-frère Steiner et des bons amis de ton gendre Desvignes-Benettes, nos bailleurs de fonds. Eux aussi se sont montrés très généreux envers la caisse du parti. Allez ! Vas-y ! Engueule Marucci et lance-le sur la piste ! Je ne donne pas cher de ta réélection ! Ni de ton parti !

Le visage de Des Essarts s'était affaissé. Il se tassa dans son fauteuil.

— Calme-toi, Antoine, murmura le député maire. On pourrait t'entendre. Excuse-moi, j'étais un peu énervé. C'est vrai, cette histoire de plaintes ?

— Oui. Malheureusement. Mais rassure-toi, Marucci ne dira rien.

— Comment peux-tu en être sûr ? Il est tout de même chef de la Sûreté.

— Peut-être. Mais, tout chef de la Sûreté qu'il soit, je le tiens aussi solidement qu'il nous tient. Ainsi, nos intérêts sont communs.

Des Essarts se reprenait. Il se redressa sur son fauteuil, choisit une Dunhill parmi les six pipes qui garnissaient le râtelier d'acajou posé sur son bureau et la bourra avec soin.

— Le seul vraiment qui tienne Marucci, c'est le ministre de l'Intérieur, dit-il en rejetant un nuage de fumée odorante.

— Et M. le ministre de l'Intérieur ne serait certainement pas heureux de savoir que le chef de la Sûreté de Saint-Jean est l'amant de Mme Suzy, qui dirige avec beaucoup de classe le « Bastringue », rue Merlot, un repaire de camés où les Américains ont décelé, il y a deux ans, une importante affaire de drogue. Le « Bastringue » a été fermé à plusieurs reprises. Chaque fois, Marucci l'a fait rouvrir quelques jours plus tard. La vie secrète du commissaire Marucci, cela ferait un joli titre pour un rapport, n'est-ce pas ? Marucci sait que je sais. Et mutuellement on ne se refuse rien. Celui-là, il faudra demander à notre ami Judicaël de le décorer aussi ! Après Vaugondran.

Cette fois, Des Essarts avait repris tout son aplomb.

— J'ignorais ces détails de la vie de notre bon commissaire.

— Bien sûr, dans le milieu que tu fréquentes on ne connaît pas Mme Suzy ! Mais, parfois, mes fréquentations, que tu déplorais il y a un instant, nous sont bien utiles... Une fois de plus, aujourd'hui.

— Donc, rien à craindre du côté de Marucci ?

— Pas pour l'instant mais il a pris lui aussi ses précautions. De temps à autre tu commets de petites erreurs. Tu aurais dû aider Miller comme tu avais fait pour Judicaël, lors de sa première élection. Depuis que Judicaël est devenu ministre et que son suppléant, ce brave Renaud Miller, est devenu député, la caisse de son parti est avec lui d'une avarice sordide. Alors, Marucci, qui n'est pas tombé de la dernière pluie, lui paye sa permanence.

— Il a de l'argent ?

— Et Mme Suzy, tu l'oublies ? En outre, il a lui aussi des amis prêts à aider un brave député dans la débine. Et il canalise leurs fonds vers la caisse noire de Miller. Il faudra que tu en tiennes compte dans la nouvelle campagne.

— Tu aurais pu me le dire, reprocha Des Essarts.

— Mon cher Hervé, je suis un homme bien renseigné mais seulement une fois que les faits sont accomplis. Mes talents ne vont pas jusqu'à prédire l'avenir. Je gère la caisse, je fais entrer l'argent, mais c'est toi qui tiens les cordons de la bourse. Assez serrés, je dois dire.

Des Essarts jugea plus prudent de ne pas se laisser entraîner sur cette voie dangereuse. Il regrettait maintenant de s'être emporté contre son adjoint. Sa sortie était ridicule.

Lebrun lui était indispensable. Il n'avait pas son pareil pour convaincre les industriels de la région de l'intérêt qu'ils avaient à appuyer de leurs fonds le maintien à la mairie, puis à l'Assemblée, d'un homme comme lui. Aussi sûr et aussi compréhensif. La caisse du M.C.G. n'avait jamais été mieux alimentée que depuis l'arrivée de Lebrun à la commission des finances du parti.

— Et au conseil d'administration, comment cela s'est-il passé ?

Lebrun sourit intérieurement. Des Essarts quittait le terrain épineux.

— Très bien. Ton beau-frère, le vieux Steiner, a embobiné le colonel Laurent d'une façon magistrale. L'affaire est pratiquement réglée. Je ne crois pas que les propriétaires se rebiffent.

Définitivement rassuré, Des Essarts-Galibert expliqua à son adjoint comment se déroulerait la prochaine campagne.

— Avec les socialistes, comme d'habitude, pas de problème.

Officiellement, les socialistes se prononçaient contre le leader du M.C.G. Mais depuis la seconde législature de la IVe République, Des Essarts avait passé un accord avec la fédération du Rhône-Maritime. Il lui abandonnait les trois circonscriptions de la périphérie : La Chapelle, Plan-de-Marche et La Galoubiote, en échange de la première circonscription de Saint-Jean. La seconde était déclarée chasse ouverte. Mais Des Essarts avait réussi à y implanter son ami Judicaël.

— Cette fois encore on se couvrira d'injures en public, dit le député maire, mais en réalité ils me foutront la paix. Et puis les huit socialistes du conseil municipal ne tiennent pas à m'avoir à dos. L'ennemi, mon vieil Antoine, ce sera une fois de plus les communistes et les centristes de droite. L'extrême droite des Jeunesses Nouvelles se remue beaucoup, mais c'est un groupuscule. A ce propos, on m'a dit que le fils de Vaugondran y milite activement.

— C'est un bon à rien qu'Albert ne peut pas supporter.

— Il faudra quand même lui en parler, car, comme à l'accoutumée, c'est avec eux que les incidents d'affichage auront lieu.

— Ça, pour l'affichage, je m'en occupe. Enfin, si tu es toujours d'accord ?

Des Essarts eut un geste d'agacement.

— Mais oui, Antoine. Fais pour le mieux. Avec tes amis.

— Une campagne efficace, ça ne se fait pas avec des enfants de chœur. Toi, tu parles aux bons citoyens, mais nous, on affiche ton portrait et tes déclarations, on arrache celles des autres, on vire les perturbateurs. Pour cela, j'ai besoin de mes taxis et aussi des hommes de Mérouli. A toi les honneurs, à nous la castagne. Ça mérite bien de fermer les yeux sur leurs petites incartades ! Et de leur payer les intérêts après la victoire.

Hervé Des Essarts-Galibert se leva et prit affectueusement son ami par les épaules.

— Je sais que je te dois beaucoup. Je serais incapable de faire ce que tu fais. Il ne faut pas m'en vouloir. On se connaît depuis si longtemps et chaque fois, tu as pu le constater, ces campagnes me mettent les nerfs à vif. Je suis trop passionné par la politique.

— Ne t'inquiète pas. Tout se passera bien. Tu es plus populaire que jamais, les journaux, même ceux de Paris, sont en admiration devant ta réussite à Saint-Jean. Les caisses sont pleines et la majorité a besoin du M.C.G. Que crains-tu donc ?

— J'ai toujours peur de la paille dans l'acier, de l'incident de parcours. Tu sais comme moi qu'un simple petit scandale de rien du tout, bien orchestré, peut démolir un bonhomme. Les journalistes sont à l'affût. C'est pourquoi j'ai piqué cette colère à propos du cadavre de cette nuit.

— N'y pense plus. Tiens, regarde plutôt ta binette. Je suis passé chez l'imprimeur. Tout est prêt.

Lebrun déroula sur le tapis de la Savonnerie une immense affiche où, sur fond bleu roi, s'étalait le portrait de son ami.

Une bonne tête énergique de père de famille, sérieuse, rassurante.

— Pour une France encore meilleure, déclama avec emphase Antoine Lebrun, qui lisait le slogan, votez Hervé Des Essarts-Galibert, maire de Saint-Jean, député sortant, commandeur de la Légion d'honneur... Tiens ! tu es monté en grade ?

— Oui, il y a trois mois.

— Et tu n'as même pas arrosé cela ? Radin, va !... Rosette de la Résistance, *Distinguished Service Order*... Belle carte de visite !

Des Essarts était plongé dans la contemplation de son portrait.

— Ho ! fit Lebrun. Tu rêves devant ta gueule ?

— Ne plaisante pas, Antoine. Chaque fois je ressens la même émotion. Les portraits qui vont couvrir les murs d'une ville doivent me rappeler que je suis un homme public avec des responsabilités immenses. Ce n'est pas toujours facile de représenter ses concitoyens.

Lebrun lâcha l'affiche qui s'enroula d'elle-même.

— Eh bien, en attendant, je vais faire payer à l'un des plus illustres d'entre eux, M. Angelo Natura, la facture de l'imprimeur. Cette canaille nous doit bien cela !

— Vois-tu, Antoine, dit Des Essarts, songeur, ce qui nous sépare parfois, c'est que nous avons une conception différente du pouvoir. Moi, j'ai le sens de l'Etat...

— ... Et moi, celui des réalités. Je sais.

En fait, ils avaient l'un et l'autre un sens aigu de leurs intérêts. Antoine Lebrun, lui, en convenait bien volontiers.

***

La vitrine de l'Agence Natura s'étendait, orgueilleuse, sur vingt mètres de façade en plein centre de l'avenue Charles-de-Gaulle, que les vieux fidèles de Saint-Jean appelaient toujours la rue Grande. Une vitrine comme seules en possèdent les compagnies aériennes internationales avec, derrière ses glaces fumées, de jolies hôtesses assises à leurs bureaux d'accueil et des jeunes gens bien cravatés prêts à renseigner le client. Des appareils à volets automatiques présentaient les photos en couleurs et les caractéristiques des villas somptueuses ou plus modestes que l'agence proposait à la vente. Sur des panneaux, les offres d'appartements à vendre ou à louer, les boutiques, les fonds de commerce. Et au cœur de la vitrine, à la place d'honneur, la photo de l'inauguration de l'agence. Angelo Natura y souriait à la vie de toutes ses fausses dents éclatantes aux côtés du député maire Hervé Des Essarts-Galibert, verre en main.

Ces deux réussites locales ne symbolisaient-elles pas le dynamisme de Saint-Jean ? L'étudiant fauché devenu premier citoyen de la ville, allié à la banque Steiner, et le misérable Napolitain des faubourgs dont la prospérité respectable faisait oublier les « erreurs de jeunesse ».

La même photo, agrandie et dédicacée, trônait à l'intérieur au-dessus du comptoir de réception. « A mon cher Angelo Natura, son ami Hervé Des Essarts-Galibert. » L'éventuel acheteur qui entrait dans les locaux de l'agence était tout de suite rassuré. Il ne se trouvait pas dans une de ces officines louches où l'on attend le client pour le plumer comme un innocent pigeon !

La scène qui se déroulait dans le bureau insonorisé du directeur général, au fond du hall, démentait ce souci de respectabilité.

— Non, non, non et non !

Les yeux profondément enfoncés d'Angelo Natura brillaient de colère. En manches de chemise, il parcourait son bureau à grandes enjambées en brandissant un papier froissé.

— Cinq briques pour la tronche de ton bon ami Des Essarts ! Pas un sou !

Antoine Lebrun, le visage fermé, les lèvres soudées, monolithique dans son costume gris foncé, était aussi expressif qu'un bloc de granit. Affalé dans un fauteuil près d'une table basse encombrée de bouteilles, de verres sales et de cendriers débordant de mégots, Claude Mérouli, rigolard, comptait les points.

— D'abord, poursuivit Natura, je n'ai jamais promis de payer la facture de l'imprimeur.

— Mais tu vas la payer, dit Lebrun sans élever la voix. Elle est à ton nom. Vingt-cinq mille affiches à 2 francs pièce, ça fait 50 000 francs. Ou 5 millions anciens, si tu préfères.

— Oui, je compte toujours en anciens francs, mais je vais la renvoyer, ta facture. Je n'ai jamais passé de commande à ce type. Je ne le connais même pas.

— C'est vrai, puisque j'ai moi-même passé la commande.

— Tu vois bien.

— A ton nom.

Angelo Natura s'arrêta net. Sous la chemise de voile rose, ses épaules se contractèrent à faire éclater le léger tissu. Il avait le teint naturellement mat, mais, en cet instant, il tournait à l'olivâtre. Pour se calmer, il prit une large respiration, lissa d'un geste machinal la presqu'île de cheveux clairsemés qui avançait sur son front dégarni, puis glissa les mains dans les poches de son pantalon prince-de-galles qui le moulait comme une gaine.

— Je te le dis calmement, Antoine. Pour cette campagne, c'est fini. J'ai assez casqué. Moi qui toute ma vie ai fait casquer les autres, je n'ai jamais été tant pressuré. Des Essarts et toi, vous êtes pires que nous sous votre apparence de bons bourgeois. N'est-ce pas, Claude ?

L'autre haussa les épaules.

— Oh ! moi, tu sais, je fais comme dit Antoine. Et pour le reste, je mène mes affaires à ma façon. Tranquillement.

— Et cette tranquillité, ajouta Antoine Lebrun, c'est à nous que vous la devez. On y ajoute même de temps à autre un « petit chocolat », comme dit Desvignes-Benettes, qui est aussi ton avocat, Angelo. Tu devrais écouter ses conseils.

— Je ne fais que ça. Rien que sur l'affaire du terrain

des Hauts de Saint-Jean, j'ai reversé cinquante millions sur ma commission.

— Ce qui te laisse, si ma mémoire est bonne, le joli bénéfice de soixante-dix-huit millions anciens.

— Et le vôtre ? Tu n'en parles pas. Plus d'un milliard. Si vous m'avez fait cette fleur, c'est que vous aviez besoin d'un prête-nom sûr.

— Oh ! tu sais, tu as autant besoin de nous que nous avons besoin de toi. Tu n'as pas été fâché non plus que l'on t'ait revendu la bande de terrain le long de la nationale. Ta commission s'est élevée à six millions.

— Et votre bénéfice à cinquante-trois millions ! Sur mes malheureux six millions, si je banque à l'imprimeur, il me reste des clopes !

Antoine Lebrun plongea ses petits yeux curieusement rapprochés dans ceux d'Angelo Natura.

— Et le patron du supermarché qui s'est construit, il ne t'aurait pas un peu arrosé en dessous de table ? Si tu as pu lui fournir l'autorisation d'une bretelle pour sa station d'essence, c'est bien à la mairie que tu es venu la chercher. Je te connais assez. Ce n'était pas pour des clopes, comme tu dis, que tu t'es dérangé !

Natura détourna le regard et reprit sa marche de la porte au bureau, du bureau à la porte. Antoine Lebrun saisit le flacon de whisky des mains de Mérouli et se servit un Dimple dont la bouteille à fossettes était sérieusement entamée. Il pêcha deux glaçons dans la pomme d'argent qui les empêchait de fondre et se retourna brusquement vers Natura :

— Ecoute bien, Angelo. A quoi ça sert de discuter sur une malheureuse facture de rien du tout ? Souviens-toi de Vaugondran avec son immeuble sur la plage. Lui aussi il s'est cru assez fort pour renâcler. Il a vite compris. Depuis, nous sommes les meilleurs amis du monde. Et tout nage dans l'huile.

L'histoire remontait à quelques années. Après avoir fait avec succès ses premières armes de promoteur-constructeur, Albert Vaugondran, qui avait gardé un terrain en bordure de la plage des Vives, en contrebas d'un lotissement réalisé deux ans auparavant, décida d'y construire un petit immeuble sur pilotis, dont la terrasse ne dépasserait pas le niveau du lotissement situé derrière, et une série de villas de trois logements chacune. Vaugondran obtint l'accord de Des Essarts, puis celui du préfet du Rhône-Maritime, qui accorda les permis de construire. Les villas s'élevèrent bientôt en bordure de mer, de vrais bijoux magnifiquement situés et le premier étage de l'immeuble était déjà construit quand Vaugondran décida de refuser un appel de fonds d'Antoine Lebrun. Celui-ci essaya de lui ouvrir les yeux sur les risques qu'il courait en refusant sa contribution à la caisse du tout-puissant M.C.G. « J'ai mes permis, pensa ingénument Vaugondran, et je partage mes grosses affaires avec Lebrun, c'est suffisant. Que le M.C.G. aille se faire foutre. » C'est alors que, coup sur coup, Vaugondran eut à faire face à l'administration préfectorale, car une de ses villas empiétait sur le domaine maritime, et à la colère des copropriétaires du lotissement, qui se plaignaient de voir s'élever des maisons entre leurs villas et la mer.

L'inspecteur de l'urbanisme le convoqua et lui fit part des plaintes reçues contre lui. Vaugondran accepta de supprimer deux villas en échange d'une autorisation lui permettant d'ajouter deux étages à l'immeuble dont le gros œuvre était achevé. La direction départementale de la construction trouva la solution excellente. Et Vaugondran crut que désormais il pourrait se passer de la tutelle encombrante de ses « amis » Lebrun et Des Essarts. Il obtint, en effet, un nouveau permis de construire du préfet, fit au bulldozer un grand trou dans la plage des Vives et y poussa les murs des deux villas.

Les peintres étaient déjà dans les logements, qui devaient être livrés pour les vacances, quand le directeur départemental de la construction — « mis en garde » par quelle puissante autorité ? — exigea de Vaugondran une modification importante de l'immeuble qui, avec ses deux étages supplémentaires, gênait considérablement les propriétaires du lotissement !

— Mais j'ai mes permis en bonne et due forme ! protesta le promoteur.

— Monsieur, vous êtes un professionnel du bâtiment, répliqua le fonctionnaire, et vous savez que l'administration délivre ses permis de construire sous réserve du droit des tiers. Or les tiers, en l'occurrence les copropriétaires du lotissement, vous attaquent devant le tribunal administratif. Vous devrez vous conformer à sa décision.

Et celle-ci vint, comme un coup de tonnerre, bouleverser la vie d'Albert Vaugondran. Il devait démolir l'immeuble sous peine d'une astreinte de mille francs par jour de retard. Cent mille anciens francs par jour ! Le sous-secrétaire d'Etat au Logement avait lui-même cassé le permis de construire. A nouveau, les bulldozers de Vaugondran entrèrent en action, mais cette fois, le trou fut plus profond, un véritable cratère dans lequel s'engloutirent, en même temps que l'immeuble, les millions et les espoirs qu'il avait mis dans cette affaire.

Le spectre de la faillite, entrevu lors de sa collaboration avec Balthazar Nervin, le pruneau noir, son premier promoteur, se dressa de nouveau devant Albert Vaugondran. C'est le moment que choisit Antoine Lebrun pour lui conseiller « en ami », et aussi en vieux routier du bâtiment et de la politique, de faire amende honorable devant Des Essarts. Il était possible de rattraper cette perte sèche. Mais, bien sûr, il fallait se montrer compréhensif et ne plus repousser — « jamais plus, vous entendez bien » — les appels de fonds qu'on pourrait lui faire à l'avenir.

Cette fois, Vaugondran avait compris. Il céda, promit, jura... et obtint l'autorisation de construire sur son terrain bouleversé un petit village « style provençal » avec pierres apparentes et tuiles vernissées, « qui plairaient beaucoup aux estivants ».

— Et tu sais la plus belle, Angelo, dit Lebrun en souriant à l'idée de la « bonne blague », eh bien, c'est qu'en épluchant les textes je me suis aperçu qu'à cet emplacement le plan d'urbanisme interdisait la construction de villas — même « provençales » — et que seul un petit immeuble pouvait être édifié ! Naturellement, Hervé a arrangé cela.

— Vaugondran, c'est Vaugondran. Et Natura, c'est Natura, rugit Angelo. Moi, je ne suis pas promoteur, je vous rends des services de temps en temps en achetant et revendant pour votre compte, un point c'est tout. Et sur ce que ça me rapporte, je verse assez à mon goût. Mérouli et moi, on te fournit en plus la plupart de tes colleurs d'affiches et on t'assure le service d'ordre des réunions. Plus quelques bricoles comme de « convaincre » les vieux locataires récalcitrants du quartier de la Marine. A ce propos, je t'annonce qu'on fait déguerpir ce soir la vieille en foutant le feu à sa cambuse. Vous pourrez continuer en paix vos rénovations. Ce n'est pas mal, non ? Nos gars, ils se mouillent pas pour nos beaux yeux. On les paye. Et cher même ! N'est-ce pas, Claude ?

— Ça oui. Mais tu devrais peut-être écouter...

— Non, coupa Natura d'un ton sec. Cette facture, c'est la goutte d'eau qui fait déborder le vase. Ce n'est pas parce que je suis devenu un honnête commerçant avec pignon sur rue que je vais me laisser racketter comme ça ! Je te le dis tout net, Antoine, ce n'est pas pour les cinq millions, ça je m'en fous, mais c'est pour le principe.

Antoine Lebrun fit le tour du bureau de Natura, déboutonna son veston, s'assit dans le fauteuil « directorial » et mit les pieds sur la table, éparpillant les dossiers.

— Dis, monsieur Angelo Natura, tu en connais beaucoup, toi, des « honnêtes commerçants » avec pignon sur rue qui se foutent de cinq millions ?

Natura, inquiet, ne répondit pas.

— Des honnêtes commerçants, poursuivit Lebrun, qui ont fait leur fortune dans le trafic des blondes, puis dans la drogue. Qui ont quitté Saint-Jean parce que ça sentait le roussi. Qui sont allés respirer l'air des Etats-Unis et qui s'en sont fait expulser pour trafic de drogue.

— Ça n'a jamais été prouvé, tu le sais bien. J'ai fait des conneries dans ma jeunesse mais j'ai payé. Deux ans de cabane à Saint-Jean. Oui, monsieur Lebrun. On ne va pas me le reprocher toute ma vie, nom de Dieu ! Depuis, je suis retiré des voitures.

— Angelo, pas avec moi. Ne joue pas les outragés. Tu règles la facture ou je continue ?

— Pas un flèche ! Je ne suis pas une girouette.

Lebrun prit un cigare sur le bureau, le coupa de ses dents, l'alluma avec soin, puis, négligeant Angelo Natura, il s'adressa à Claude Mérouli, qui avait perdu l'éternel sourire qui découvrait ses dents aurifiées.

— Je vais finir par croire que ton ami Angelo a perdu la belle lucidité qui jusqu'ici lui servait d'intelligence. Tu en connais, toi, des honnêtes commerçants qui ont les moyens de s'acheter trois cinémas, deux supermarchés, une clinique ? Des entreprises saines et honorables et pas des bars, des boîtes de nuit ou des cercles de jeu comme toi, mon vieux Claude. Moi, j'appelle ça des couvertures quand on a le passé de M. Angelo. Et je trouve qu'avec ce passé on devrait se flatter de l'amitié et de l'intérêt que vous porte un homme comme Des Essarts. Je ne parle pas de moi.

Lebrun se redressa et, comme un gros chat, quitta le fauteuil de Natura.

— Tu as retenu de tes amis américains une bonne leçon, Angelo. *Wash money*. Laver l'argent, le rendre propre. Tu y as réussi. Te voilà un riche et respectable commerçant. Mais n'oublie pas, n'oublie jamais que c'est grâce à Claude, qui t'a mis en rapport avec nous, que tu y es parvenu. Ce qu'on a fait, on peut aussi bien le défaire. Que se passerait-il, à ton avis, si les polyvalents venaient mettre le nez dans tes affaires ?

— Je suis en règle. Et je paye mes impôts.

— Prenons les choses sous un autre angle. Crois-tu que tu aurais pu acheter tant de bonnes affaires, propres, honnêtes et tout et tout, si certains malades — tous passagers de bateaux venant du Moyen-Orient — n'étaient pas entrés sur des civières dans ta clinique dont, comme par hasard, tous connaissaient le nom bien qu'elle ne soit pas, et de loin, la meilleure de Saint-Jean ? Si au lieu de leur donner une escorte de motards — comme je l'ai toujours fait faire pour ces moribonds — j'avais soufflé au commissaire Marucci qu'il serait intéressant de voir ce qu'il y avait sous la couverture de la civière et sur le corps de ces malheureux Turcs, Libanais ou Pakistanais...

» Bien évidemment, tu trouveras un autre truc, tu pourras peut-être, je dis bien peut-être, te passer de notre aide. Mais tu devras le faire autre part. Cela demandera du temps.

— Et le temps, c'est de l'argent, dit Mérouli, sentencieux.

— Tu vois, lui a compris depuis longtemps. Et il n'essaie pas de me prendre pour un innocent.

Natura remplit à moitié un gobelet de whisky et le vida d'un trait.

— Je ne te prends pas pour un imbécile, dit-il, mais j'essaye de préserver mes intérêts.

— Alors, si je me suis bien fait comprendre, tu sais maintenant où ils sont ?

— Ça va, ça va ! Je réglerai la facture. Tu as toujours pu compter sur moi.

— Et toi sur moi. C'est tout de même mieux ainsi.

Angelo Natura eut un sourire un peu forcé et posa la facture sur son bureau qu'il remit en ordre.

— Entendu, je paierai, tout comme Claude réglera ses comptes plus tard.

— Tout ce que vous voudrez mais discrètement et après les élections. Moi aussi j'aimais bien votre Jack Baines. Il nous a été souvent utile.

Angelo vint s'asseoir sur le bras du fauteuil où Claude Mérouli était affalé et lui donna une tape amicale sur la nuque.

— Dire, mon vieux Claude, que des gars de notre bord risquent vingt ans et quelquefois leur tête pour un malheureux hold-up de dix briques ! Mais nous sommes des bambins à côté de ceux qui jouent avec la politique. Et ils ont la légalité pour eux.

— Pour nous, rectifia Lebrun. Pour nous, mon cher Angelo, tu es des nôtres maintenant. Tu as passé la barrière, tu as lavé ta réputation en même temps que ton argent. Tu es un honnête commerçant qui aura le droit de fêter officiellement son deuxième ou troisième milliard. Sans le planquer en Suisse. Et tu donneras une fête où Hervé Des Essarts-Galibert viendra. Je te le promets. Si ça te fait vraiment plaisir, je t'amènerai même un ministre !

CHAPITRE VII

L'incendie du quartier de la Marine n'eut droit qu'à un bref article en page huit de *L'Echo de Saint-Jean* :

Une octogénaire échappe miraculeusement à la mort

Un bref mais violent incendie a éclaté hier vers 20 h 30 au 12, rue Choiseul, dans le galetas occupé par Mme veuve Martin, quatre-vingt-deux ans. Le feu aurait pris dans les combles avoisinants où l'octogénaire entassait vieux papiers, journaux, livres et hardes et faisait sa cuisine sur un réchaud à alcool. L'imprudence de Mme Martin, pour ne pas dire son inconscience, faillit lui être fatale. Les cheveux en feu, elle réussit à descendre à l'étage inférieur pour s'inonder la tête sous le robinet du palier. L'octogénaire était la dernière locataire d'un immeuble vétuste du XVIIIe siècle dont les anciens habitants ont été relogés dans les H.L.M. de la périphérie. Mme Martin avait toujours refusé de quitter la modeste chambre sans eau ni électricité qu'elle occupait depuis quarante ans.

Cet immeuble fait partie des communs de l'hôtel de Blizac dont le ravalement a été entrepris le mois dernier dans le cadre du programme de rénovation du quartier historique de la Marine. Ces travaux constitueront la dernière tranche du programme décidé il y a deux ans par la municipalité et dont la réalisation — qui fait l'admiration des spécialistes — a été confiée à l'entreprise Vaugondran-Lebrun S.A.

Mme veuve Martin, brûlée superficiellement au visage et aux mains, a été transportée à l'hôpital Briand. Ses jours ne sont pas en danger.

En revanche, *La Liberté de Saint-Jean,* organe local du parti communiste, profita de l'incendie de la rue Choiseul pour évoquer le problème de la rénovation du quartier de la Marine et les remous qu'il soulevait au sein même du conseil municipal. *La Liberté de Saint-Jean* consacra à cette affaire deux colonnes de sa « une » :

Dans une lettre adressée à M. Hervé Des Essarts-Galibert, maire de Saint-Jean et président du conseil municipal, notre camarade Poucet et ses collègues du groupe communiste, qui comporte neuf membres, protestent contre son refus d'insérer au Bulletin municipal officiel *une question écrite posée depuis trois mois.*

La question a trait à l'aménagement du quartier historique de la Marine. Le groupe communiste s'inquiète de la trop forte proportion des commerces et appartements de haut luxe prévus dans le projet d'aménagement et qui sont, pour la première tranche des travaux, devenus des réalités. Il réclame une plus large participation des habitants à l'élaboration du programme et surtout proteste contre l'éloignement arbitraire des anciens habitants du quartier. Le groupe communiste proteste également contre la mainmise des banques et de leurs sociétés immobilières sur la rénovation du quartier de la Marine.

Enfin, il proteste avec la plus vive énergie contre le fait qu'une importante partie du programme ait été confiée à une société, la Vaugondran-Lebrun S.A., à laquelle appartient M. Antoine Lebrun, adjoint au maire, dont on connaît les attaches avec le groupe financier Steiner.

M. Des Essarts-Galibert, poursuivait « La Liberté de Saint-Jean », *au nom de la présidence, s'est ému de ce qu'il considère comme des propos diffamatoires à l'égard de*

MM. Vaugondran, Lebrun et Steiner. Pour ces raisons, il a refusé de publier la question du groupe communiste, conformément au règlement du conseil qui interdit la mise en cause de tiers dans les colonnes du Bulletin. *Ce règlement — rappelons-le — accorde au président, donc à M. Des Essarts-Galibert, un droit de veto discrétionnaire dont il n'a à rendre compte ni au bureau ni même au conseil.*

Puisqu'on refuse à notre camarade Poucet et aux camarades du groupe l'insertion de ces questions au Bulletin municipal, *nous allons poursuivre à notre compte le jeu des questions. Auront-elles une réponse, monsieur Des Essarts-Galibert ?*

Est-il vrai que le plan d'aménagement du quartier de la Marine prévoyait le départ de vingt-cinq pour cent de la population, soit la quasi-totalité de la population laborieuse et modeste du quartier ?

Est-il vrai que cette population a été relogée dans des H.L.M. à la périphérie de Saint-Jean, sans que l'on se soit soucié des difficultés de transport que cet exode allait causer aux travailleurs ?

Est-il exact que les appartements rénovés atteignent des prix phénoménaux qui conduisent les promoteurs à imposer des loyers que ne peuvent payer les habitants actuels du quartier, qui sont contraints à leur tour d'aller s'installer en banlieue ?

Est-il exact que, dans le quartier de la Marine, dès qu'un appartement est rendu libre par le départ d'un de ses locataires, on démonte les portes, on coupe l'eau, le gaz, l'électricité, pour « convaincre » les voisins de déguerpir au plus vite en acceptant les « indemnités » ridicules que leur proposent des promoteurs peu enclins à la philanthropie ?

Est-il exact qu'en mars dernier trois hommes démolirent la porte d'un appartement de la rue Choiseul occupé par un homme malade et âgé qui refusait de déménager ?

Est-il exact que ces trois hommes, emmenés au commissariat central par Police-Secours, alertée par les voisins in-

dignés, ont été relâchés sans enquête sur intervention du cabinet du chef de la Sûreté ?

Est-il exact que, dans l'incendie qui a chassé Mme veuve Martin, la dernière locataire récalcitrante de l'hôtel de Blizac — heureux hasard pour les promoteurs, qui vont pouvoir enfin en commencer la rénovation —, aucune enquête de police n'ait été ouverte pour connaître les causes de cet incendie ?

Est-il exact qu'une autre locataire de cette même rue Choiseul, Mme S..., sténo dactylo, mère de deux enfants, abandonnée par son mari, se soit vu proposer un autre logement, un chèque de 2 500 francs et un déménagement gratuit pour qu'elle déguerpisse, mais qu'on ait refusé de lui donner le contrat de location de son futur appartement, dont le loyer était disproportionné avec ses moyens ?

Est-il exact, enfin, que le périmètre déjà rénové du quartier de la Marine soit devenu un quartier à la mode réservé aux seules familles fortunées ?

M. Hervé Des Essarts-Galibert n'aura pas de mal à répondre à cette dernière question. Il lui suffira d'interroger ses voisins. N'occupe-t-il pas le premier étage de l'hôtel de Magnicourt où il a récemment emménagé dans un modeste appartement de dix pièces ? La rénovation de ce joyau du XVIIIe siècle a été particulièrement réussie par MM. Vaugondran et Lebrun. Ce dernier a été saisi d'un tel enthousiasme devant les résultats de ses travaux dirigés par l'architecte des bâtiments historiques, qu'il s'en est réservé le deuxième étage après avoir cédé — au plus juste prix ? — l'étage noble à son ami Des Essarts.

Nous connaissons, bien sûr, les réponses à toutes ces questions. Notre propos n'est pas de protester contre une opération d'intérêt public qui tend à dégager ces anciennes demeures patriciennes des constructions disparates et de la crasse que les siècles y ont déposée. Mais nous protestons de la façon la plus vive contre cette tendance qu'ont certains édiles de Saint-Jean — et de bien d'autres villes de France — à confondre intérêt public et intérêt privé.

Qu'on nous comprenne bien. Nous ne souhaitons pas que le quartier de la Marine devienne une ville musée. Mais n'est-il pas possible d'y développer des activités artisanales, des petits commerces, des marchés ? Ne pouvait-on y prévoir des crèches, des foyers pour nos vieux, une maison de la culture et de la musique, un théâtre populaire ? Selon notre municipalité, seuls les riches ont du goût !

L'opération de la Marine n'est pas seulement financière, elle est politique. Selon le découpage électoral actuel, ce secteur est désormais tout acquis à M. Des Essarts-Galibert. On a vidé le quartier de sa substance populaire pour n'y laisser que la clientèle traditionnelle du député maire : commerçants, retraités aisés, cadres supérieurs, industriels et représentants de la plus haute bourgeoisie qui, seuls, sont capables d'acquérir un logement dans les splendides demeures des seigneurs du XVIIIe *! Sans oublier les membres des communautés religieuses, qui se protègent derrière les hauts murs aveugles de leurs couvents. Bonne affaire pour les promoteurs, mais bonne affaire aussi pour le Mouvement du Centre Gauche, qui mérite de moins en moins — mais qui pouvait en douter ? — ce qualificatif !*

Personne ne parla du désespoir de la vieille Mme Martin qui, assise sur un fauteuil défoncé posé sur le trottoir, les cheveux roussis, hoquetait en attendant l'ambulance et suppliait, d'une voix brisée par le chagrin, qu'on la renseignât sur l'état de ses précieux cartons. Des chiffons, des livres, des lettres, des photos, des rubans, des journaux. Le trésor d'une vie humble, les témoins silencieux d'un passé révolu, amassés avec la patience d'une fourmi par une vieille femme dont on soupçonnait à peine l'existence et qui survivait grâce à ses souvenirs.

Aucun journal ne relata non plus le beau geste d'Antoine Lebrun, l'adjoint aux bâtiments communaux, qui, témoin de l'événement alors qu'il rentrait chez lui après une journée épuisante, se fit connaître, rassura l'aïeule et lui offrit, à sa sortie de l'hôpital, de la loger dans une belle chambre de service, au soleil, dans la résidence des Hauts de Saint-Jean. L'octogénaire, les yeux noyés, étouffée d'émotion, lui prit la main et la baisa avec dévotion.

— Je pourrais y mettre mes cartons ? balbutia-t-elle.

Par bonheur, les commerçants du quartier, quelques voisins et un père de l'oratoire Saint-Joseph assistèrent à cette scène touchante et purent raconter avec force détails à leurs clients et fidèles que « dans notre belle France, il y avait encore des hommes de cœur ».

Lorsque, quelques jours plus tard, Octave Dutron, le jovial patron du cours des halles, rue Choiseul, découvrit et parcourut l'article de *La Liberté de Saint-Jean* dans lequel il s'apprêtait à envelopper une salade, il cria à sa femme qui tenait la caisse :

— Momone, c'est vraiment des salauds ! Heureusement que j'y ai tout vu de ce qui s'est passé et de tout ce qu'il a fait, m'sieur Lebrun. Ces cocos, ils feraient fusiller les honnêtes gens pour gagner leurs sales élections !

Puis, après avoir réfléchi un instant, il ajouta :

— Ça y est ! La campagne est commencée. On peut dire que cette année ils se réveillent de bonne heure !

Et se tournant vers sa cliente :

— Avec ça, mâme Laporte, ce sera ?

Sur le trottoir, au 12, rue Choiseul, une boue noirâtre s'échappait d'un amas de cartons à demi calcinés, détrempés par l'orage. Les passants l'évitaient avec soin. C'était tout ce qui restait de quarante ans de la vie d'une certaine Mme Martin, quatre-vingt-deux ans, qui ne figurait même pas sur la liste des économiquement faibles.

***

L'Echo de Saint-Jean se trouve derrière la Comédie, rue de Thèbes. Une rue qui sent l'huile d'olive, la pizza et le parfum violent des putains qui arpentent ses trottoirs dès 11 heures du matin. Elles connaissent tous les journalistes, les motards et les typos, et eux distinguent du premier coup d'œil la petite nouvelle qui vient d'arriver sur le tapin. Quelques-uns sont parfois leurs clients et elles leur font des prix. En voisins. En copains.

— Entre la Comédie et les putes, le journal a choisi un environnement à sa hauteur.

Satisfait de son mot, Pierre Lapierre, accoudé au comptoir de la « Corne-d'Or », la « succursale » de *L'Echo,* trempa un croissant dans son ricard.

— Mon petit déjeuner, dit-il à Alain Garrot.

Pierre Lapierre, que tout le monde appelle Perlapère, a quarante et un ans, le visage bouffi, les cheveux frisés et huileux et de petits yeux sans cesse en mouvement sous des paupières lourdes et gonflées. Il connaît tous les flics de Saint-Jean — ceux des commissariats et ceux de la Sûreté — et la plupart des truands le tutoient. Avec eux, indifféremment, il boit quelques-uns de ses quarante pastis quotidiens qu'il accompagne, selon les heures, de croissants, d'œufs durs ou d'olives. Il baigne dans l'alcool et n'est pourtant jamais ivre.

— C'est devenu ton carburant indispensable. Tu t'arrêtes et tu crèves, lui a dit son médecin, un copain d'Indochine.

A *L'Echo,* on le considère comme un phénomène, un être à part, Perlapère le Fouille-merde, Perlapère le Morpion. Quand il s'accroche à une affaire il ne la lâche plus. Après un crime ou un accident, il n'a pas son pareil pour extorquer la photo de la victime à la famille éplorée et pour lui arracher — en compatissant à sa douleur avec une émotion que l'on jugerait sincère — les détails les plus personnels de la vie du défunt.

— Mes lecteurs aiment le sang, le foutre, la merde, explique-t-il parfois. Mais ils n'osent pas aller respirer cela tout seuls. Je vais sentir pour eux. J'y trempe ma plume et je fais bander ces vicelards en chambre.

Pierre Lapierre est le meilleur reporter du service des informations générales de *L'Echo de Saint-Jean.* Personne ne connaît mieux que lui les trafics, les combines du monde de la nuit. Il sait bien des secrets mais sait aussi tenir sa langue. Il a ses indics, ses informateurs tout comme ses copains les commissaires. Mais il a réussi la gageure d'être également admis et respecté dans le « milieu », où on ne le considère pas comme un « cave ». Il vit à l'hôtel à deux pas du journal qui est le centre de sa vie et n'y rentre que pour les quelques heures de sommeil qui lui suffisent à récupérer des fatigues de ses nuits agitées et pour changer son costume bleu marine, sa cravate noire et sa chemise blanche contre un autre costume bleu marine, une autre cravate noire et une autre chemise blanche. L'uniforme de Perlapère.

On ne lui attribue ni maîtresse ni liaison. Mais il connaît toutes les filles de la rue de Thèbes par leur prénom.

Alain Garrot est son seul ami. Bien qu'il ne soit son aîné que de huit ans, Perlapère a pour le jeune homme des tendresses de père. Il l'a vu entrer au journal comme grouillot, à vingt ans, et a protégé ses débuts, lui apprenant aussi bien à rédiger ses premiers articles dans le style du journal qu'à faire sa première note de frais au retour de son premier reportage. De cette époque il a gardé l'habitude de l'appeler « le môme » ou « p'tit con » selon son humeur. Il est fier de la réussite de son poulain devenu la signature n° 1 de *L'Echo* et qui est peut-être le seul à avoir décelé, sous la carapace volontairement grossière et provocante, le véritable Pierre Lapierre, avec ses espoirs déçus, son scepticisme, son pessimisme, son dégoût du monde et sa profonde humanité.

— Regarde cette fille, dit-il en touchant Alain Garrot à l'épaule. Une liane.

Une ravissante Indochinoise passait d'un pas indolent devant la « Corne-d'Or ». Elle aperçut Perlapère et lui fit un petit geste de la main. Enfantin.

— Elle a des cheveux magnifiques, convint Garrot. C'est une nouvelle ?

— Oui. Je l'ai emmenée cette nuit. Elle est à Marco, un copain à moi. J'ai cru rajeunir de dix ans, douze exactement. Le bon temps de Saigon, les virées après le boulot. Et ces filles ! Celle-là se prénomme Kim — ça veut dire bonheur — mais elle veut qu'on l'appelle Georgette pour plaire à Marco ! On a parlé de Saigon. Elle se souvient à peine de notre époque. Elle n'a que dix-neuf ans et toute l'expérience de l'Orient. Un corps de bronze, poncé comme un genou, sans le moindre duvet, comme je les aime. Tu devrais l'essayer.

— Moi, tu sais, les putes...

— Celle-là vaut la peine. Elle était, paraît-il, étudiante à Paris. Marco l'a levée. Elle en est folle. Accepte tout même le tapin. Mais elle est encore fraîche, pas pourrie. Un oiseau. Ça durera pas.

Perlapère semblait plongé dans ses souvenirs.

— Dis donc, Perlapère, ce n'est pas pour me faire l'article sur les charmes de cette délicieuse petite pute que tu m'as fait descendre. J'ai du boulot là-haut. On boucle dans deux heures et j'ai mon papier à revoir.

— Mais non, môme. Il y a le temps pour tout.

Perlapère tira pensivement sur sa lèvre inférieure découvrant des dents jaunies par le tabac.

— Sont pas mal tes papiers sur Saint-Jean. C'est Dieufils qui te les a demandés ?

— Oui.

— Tu ne parles pas plus de la construction ?

— Si, dans le dernier article, une interview de Des Essarts.

— Cette crapule se fait encore mousser.

— Il a fait du bon boulot, protesta Garrot. Je n'ai pas une sympathie particulière pour l'homme, mais il s'est défoncé pour Saint-Jean.

— Si l'on veut, concéda Perlapère. Mais tout n'est pas clair dans ses affaires. Tu as vu ces échos sur les Hauts de Saint-Jean ? Tu as creusé l'histoire ?

— Non. On essaye d'attaquer Des Essarts sans le nommer. Ça fait partie de la cuisine électorale.

— Peut-être, mais celle-la ne sent pas très bon.

— Le programme des Hauts de Saint-Jean est un succès. Tu crois qu'il y a vraiment quelque chose ?

— J'y mettrais ma main au feu. J'attends encore certains renseignements.

— Pourquoi tu ne t'en occupes pas ?

— Je suis tombé sur l'histoire par hasard. En enquêtant sur le meurtre de Jack Baines. Le type qui s'est fait descendre au « Sing-Sing ». J'ai demandé des tuyaux à Marco, le maq' de Kim. Ça m'étonnait que Mérouli ne réagisse pas. Et mon pote m'a appris que le père Lebrun était en affaire avec Mérouli et Natura et leur avait conseillé de s'écraser.

— Lebrun, l'adjoint de Des Essarts ?

— Parfaitement. Et de grosses affaires. Pas seulement des histoires de taxis et de service d'ordre pour la campagne. Natura aurait gagné une jolie pincée de pognon sur les terrains des Hauts de Saint-Jean grâce à Lebrun. D'après ce que Marco m'a dit — sous le sceau du secret — Natura servirait de prête-nom à Lebrun et Vaugondran. Ça te dit quelque chose, Vaugondran ?

— Oui. Le promoteur. Je ne le connais pas personnellement.

— Eh bien, tu devrais te pencher sur les activités de ces deux lascars.

— Mais, encore une fois, pourquoi ne sors-tu pas l'affaire toi-même ?

Perlapère vida son verre et en commanda un autre.

— Trop gros pour moi.

Il prit amicalement Garrot par le bras.

— Tu sais, p'tit con, je me suis habitué à cette ville. J'y ai fait ma vie. Le boulot, le pastis et les putes. Ça me suffit. Mais sans boulot, plus de pastis ni de putes. Et fouiller la merde de Saint-Jean, ça a fini par me plaire. J'ai plus le courage de faire mon trou autre part. Si les informations que j'attends confirment ce que je ressens, ce sera une histoire énorme. Un scandale formidable. Un truc à ta pogne. Plus à la mienne. Pour toi, ça peut être l'occasion de te tirer de *L'Echo* et de rentrer dans l'un de ces hebdos parisiens qui te tentent si fort. Avec une sacrée carte de visite. Je te regretterai, même, mais tu dois courir ta chance. Tu as trente-trois ans et déjà ton bâton de maréchal. Dieufils est l'homme de Des Essarts et à moins qu'il crève — ce que je souhaite de toute ma haine vigilante — tu n'iras pas plus loin dans ce canard.

Alain Garrot alluma une cigarette. Pensif. Perlapère n'était pas un jobard.

— Je vais réfléchir, papa. Tiens-moi au courant. Maintenant, il faut que j'aille bosser, sinon ça va gueuler au marbre. Mais si ce que tu me racontes est vrai, qu'il y a un scandale qui couve aux Hauts de Saint-Jean et que l'entourage de Des Essarts y est mêlé, j'aurai l'air d'un foutu con avec mes papiers dithyrambiques sur les réalisations du patron.

— Au contraire, mon gars. Tu seras l'incorruptible. Celui qui s'est laissé avoir par les apparences mais qui, devant la réalité, n'hésite pas à la dévoiler au public. Quelle qu'elle soit. Le héros, quoi ! Mon rêve ! Je passerai te voir tout à l'heure dans ton antre. J'espère t'en dire plus long sur nos amis.

⁂

A 18 heures, Alphonse, le garçon d'étage, entra en claudiquant dans le bureau d'Alain Garrot et lui remit la fiche d'un visiteur.

Un certain Fericy, Achille — le nom était tracé maladroitement — voulait rencontrer le journaliste.

— J'ai pas le temps, cria Garrot. Qu'il écrive et demande un rendez-vous. Je ne reçois pas de 5 à 7 !

— C'est qu'il insiste, hasarda Alphonse.

— Comment est-il ?

— Il a l'air bien propre.

Alain Garrot sourit. Alphonse était le cerbère de la maison. Une armoire à glace qui décourageait les raseurs les plus obstinés. Ancien motard, une mauvaise chute dans le

Tour de France 1961 l'avait laissé infirme, chichement pensionné et sans travail. David Steiner, président-directeur général du journal, ne l'avait réintégré qu'après une vive altercation avec les membres du syndicat C.G.T. des journalistes, dont Garrot était le délégué. Alphonse avait troqué le blouson et la combinaison de cuir contre un costume noir, aujourd'hui lustré aux coudes et aux cuisses. Sa reconnaissance pour les journalistes de *L'Echo,* et pour Garrot en particulier, était immense. Par pudeur, il la dissimulait sous une mauvaise humeur permanente qui ne trompait personne. Les jeunes photographes le plaisantaient chaque jour.

— Alors, Alphonse, ça va toujours aussi mal ?

Il se détournait en bougonnant. Parfois il répondait. Toujours de la même façon.

— Ah ! mon corniaud, t'es bien jeune dans le métier. Si je t'avais tenu sur mon tan-sad dans la descente du Tourmalet, à la poursuite de Kubler ou de Bobet, tu ferais pas tant le faraud avec les vieux.

Il avait à peine passé la cinquantaine, mais son accident l'avait vieilli de dix ans.

— Oui, il a l'air bien propre, votre visiteur, m'sieur Garrot. Et puis bien brave, ajouta-t-il avec un hochement de tête approbatif.

— Alors, à ton avis, il faut que je le reçoive ?

— Oh ! il ne « faut » jamais recevoir que les riches. Et encore ! Bien souvent, ce sont eux qui vous convoquent. Un « humble », ça se renvoie plus facilement.

Le choix du mot et la façon dont Alphonse le prononça déclenchèrent l'hilarité du journaliste.

— Avec moi tu gagneras toujours, vieux moraliste. Dis à ton protégé d'attendre. Je dois couper trente lignes dans mon papier. Je le recevrai après.

Alphonse sortit en tirant la patte tandis qu'Alain, un crayon bleu à la main, se plongeait dans la lecture attentive d'un article d'autant plus difficile à raccourcir qu'il en avait particulièrement soigné l'articulation.

L'Echo de Saint-Jean tire à 203 000 exemplaires et en vend quotidiennement 190 000. C'est un tirage exceptionnel pour une ville qui compte 251 000 habitants. Il est diffusé non seulement dans tout le Rhône-Maritime, dont Saint-Jean est la préfecture, mais dans les trois départements limitrophes : les Bouches-du-Rhône, le Vaucluse et le Var. Dans le Rhône-Maritime, il n'a qu'un concurrent, *La Liberté de Saint-Jean,* qui tire à 30 000, 35 000, et qui n'est lu que par les membres et les sympathisants du parti communiste, dont il est l'organe régional.

L'Echo de Saint-Jean est — selon la formule — un journal « issu de la Résistance ». Son véritable titre est d'ailleurs *L'Echo de Saint-Jean libéré,* mais, au fil des années, la typographie de l'adjectif est devenue de plus en plus fine, de plus en plus discrète. Qui s'en soucie encore vingt-neuf ans après ? C'est sans importance car, à Saint-Jean, on dit simplement : donnez-moi *L'Echo*.

De l'équipe de création — celle des lendemains qui chantent — il ne reste plus que Jean-Hubert Dieufils, qui est un homme important puisqu'il occupe les fonctions de rédacteur en chef, et Pierre Lapierre, dit Perlapère, qui n'est presque plus rien, en tout cas pas un homme respectable dans le sens qu'on donne à ce terme au sein de la bourgeoisie de Saint-Jean.

L'Echo de Saint-Jean libéré est né en octobre 1944 avec un capital de 200 000 francs apporté par les sept fondateurs associés, dans les locaux de l'ancien *Temps de Saint-Jean,* spolié pour crime de collaboration. Dieufils et Des Essarts-Galibert, l'actuel député maire, ainsi que les frères Steiner, de la banque et de la Cotonnière d'Afrique, revenus des Etats-Unis où ils s'étaient réfugiés durant la guerre, constituèrent, dès le départ, le groupe majoritaire avec quatre parts. Les Steiner attendirent huit ans avant de devenir les maîtres absolus du journal en offrant dix millions pour chaque part initiale de trente mille francs. Les trois autres associés, des journalistes résistants dont Machaux, le rédacteur en chef, protestèrent. Pour la forme. Ils n'avaient su ni constituer une équipe fidèle et solidaire ni respecter l'esprit de la Résistance, qui voulait une presse neuve pour un régime neuf. En outre, ils ne possédaient que trois des sept parts de fondateur car Des Essarts-Galibert ne pouvait refuser de vendre la sienne à ses beaux-frères Steiner, qui l'appuyaient dans sa carrière politique. Quant à Dieufils, un contrat de rédacteur en chef et une solide garantie d'indemnité l'avaient conquis. Vaincus, les trois minoritaires vendirent leurs parts et partirent en recomptant leurs sous. Dieufils acheta un très bel appartement sur le port et emménagea dans le bureau de Machaux « démissionnaire ». A quarante ans, il accédait enfin aux « moquettes du premier étage » et pensait « avoir réussi ».

Il grossit, s'acheta de larges bretelles brodées, fuma la pipe et prit l'habitude de relever ses lunettes sur son front.

Ainsi disparut à Saint-Jean, comme dans de nombreuses villes de France, le rêve fou d'une presse véritablement indépendante des groupes financiers. Cette presse dont le lieutenant Dieufils, dans les maquis des Basses-Alpes, avait si souvent entretenu son adjoint, le jeune Pierre Lapierre, qui venait de terminer sa licence ès lettres.

— Je ferai de toi un journaliste, Pierre. Un journaliste comme moi. Un grand journaliste. Mais autrement libre !

Lors de la crise de 1952, Alain Garrot, le gamin qui venait d'entrer au journal, fit remarquer à son nouvel ami Pierre Lapierre que 30 000 francs à la Libération — sa part de fondateur, s'il avait eu de l'argent — lui auraient permis de changer le destin de *L'Echo de Saint-Jean libéré*.

— Tu te berlures, p'tit con, avait dit le reporter. Ils auraient trouvé autre chose. Et tu vois Perlapère le Fouillemerde se dresser devant la montagne d'or des Steiner et la toute-puissance d'Hervé Des Essarts-Galibert ? Mais tu me devines bien, môme, c'est vrai, j'ai vibré pour ce putain de journal. Je l'ai aimé comme on aime à vingt ans la pure jeune fille de ses rêves. Mais la fille a mal tourné, comme moi, comme tous les autres de cette époque. Et je reste au journal. C'est déjà un vieux collage. Je ne veux pas bouleverser mes habitudes même si la fille s'est avachie, qu'elle prend du bide et que ses seins tombent.

Il cessa seulement de tutoyer Dieufils, son ancien lieutenant du maquis, et but un peu plus. Sans jamais être ivre.

— Une façon comme une autre d'endormir ma lucidité quand elle fait trop mal. J'attaque le foie pour libérer le cœur.

Alain Garrot a une place de choix dans le journal. Ses reportages sur les « événements » d'Algérie lui ont valu en 1959 le titre de grand reporter. Il a le meilleur salaire de la rédaction après Jean-Hubert Dieufils. Il gagne 450 000 francs par mois. Il a adhéré à la C.G.T. en mai 1961, après le putsch des généraux, entraînant avec lui la majorité des journalistes subalternes de *L'Echo,* ce que David Steiner ne lui a jamais pardonné. Seul Perlapère a refusé.

— Tu as raison, môme, défends leurs intérêts, fais chier les patrons. Ils ont besoin de toi. Mais ne compte pas sur moi. L'engagement, les syndicats, la politique, il y a longtemps que ça m'a passé. J'ai cent ans et je marque les points.

L'interphone grésilla.

— On demande le papier de Garrot au marbre, s'il vous plaît.

Alain appuya sur une touche.

— Vous l'avez dans dix minutes.

C'était le sixième et dernier article d'une grande enquête que Dieufils lui avait commandée et qu'il avait lui-même intitulée « Du Saint-Jean de Napoléon à celui de De Gaulle ». Le genre d'enquête économique que *L'Echo* publiait lorsque l'actualité marquait un temps d'arrêt. Garrot l'avait menée avec sa conscience habituelle et sans enthousiasme. Depuis la fin de la guerre d'Algérie dont la « couverture » avait coûté très cher au journal, la direction avait mis un frein aux grands reportages.

— Il y a des tas de sujets intéressants autour de nous, avait expliqué Dieufils, ce n'est pas la peine de courir le monde. Fais-nous une bonne enquête sur notre ville, sur l'expansion de la région. Ça intéresse plus nos lecteurs que le Vietnam.

— Et puis de grandes choses se préparent à Paris, avait ajouté Des Essarts, qui siégeait au conseil d'administration de *L'Echo* avec le titre d'administrateur délégué. Il faut montrer ce que nous avons fait jusqu'ici et ce que nous sommes encore capables de faire. C'est considérable.

Des Essarts entendait que ces « grandes choses » ne se fissent plus sans lui. Député du Rhône-Maritime depuis 1946, leader du Mouvement centre gauche (M.C.G.) et président du groupe à l'Assemblée nationale, porté à la mairie de Saint-Jean en 1945 et régulièrement réélu, plusieurs fois secrétaire d'Etat et deux fois ministre sous la Quatrième République, il supportait mal de n'avoir figuré dans aucun des gouvernements depuis juin 1958. Principal artisan du spectaculaire ralliement du M.C.G. à la majorité, il entendait qu'on ne l'oubliât pas lors de la constitution du nouveau gouvernement qui suivrait les législatives de septembre. Félix Judicaël était bien ministre, lui ! Et pourtant, il lui avait fallu deux tours pour être élu simple député dans la deuxième circonscription de Saint-Jean alors que, dans la première, Des Essarts l'avait remporté triomphalement dès le premier tour.

— Ma ville m'aime comme je l'aime, avait-il déclaré publiquement en remerciant ses fidèles électeurs.

Et c'était vrai.

Le but réel de la grande enquête commandée à Garrot était de rappeler cette vérité aux hommes du pouvoir. Négliger plus longtemps une pareille personnalité, qui, de plus, leur apportait désormais les voix de son groupe à l'Assemblée nationale, relèverait d'un ostracisme que rien ne justifiait.

Alain Garrot n'était pas dupe du rôle qu'on lui faisait jouer. Il en était d'autant plus agacé que la gestion habile et le dévouement de Des Essarts-Galibert avaient apporté une expansion économique considérable à la ville, qui pouvait se prévaloir de réalisations importantes. En vingt ans, le maire de Saint-Jean avait réussi à faire oublier à la préfecture du Rhône-Maritime le sentiment d'infériorité qu'elle ressentait depuis toujours devant sa brillante voisine, Marseille. Avec un dynamisme et une volonté remarquables, Des Essarts avait su stimuler l'orgueil des notables, industriels et gros commerçants, qui constituaient la bourgeoisie de Saint-Jean et les faire sortir du conservatisme hautain et rétrograde qu'ils pratiquaient depuis des générations. Ses succès ne se comptaient plus. L'enquête de Garrot en était le long palmarès. Développement du trafic portuaire, de la transformation des hydrocarbures, essor phénoménal d'industries qui — avant la guerre — auraient implanté leurs usines dans la région marseillaise. Dans le cadre de la décentralisation, certaines avaient même transféré leur siège social à Saint-Jean !

Alain Garrot avait donc brossé le portrait d'une ville et d'une région en pleine croissance, mais il avait mis un malin plaisir à ne signaler l'influence capitale de Des Essarts que dans le dernier papier, consacré au bilan de la construction. Il pouvait difficilement le passer sous silence. La construction représentait, en effet, près de la moitié de la situation industrielle totale de Saint-Jean et était intimement liée à l'administration du député maire. Les immeubles, les grands ensembles, avaient poussé comme des champignons avec, pourtant, depuis près d'un an, un net ralentissement dans les constructions sociales, dû — lui avait-on dit à la mairie — à l'augmentation inévitable du prix des terrains dans une région en pareil développement.

— L'élévation du niveau de vie du citoyen moyen de Saint-Jean compense cette croissance des prix, avait déclaré Des Essarts-Galibert au cours de l'interview qui constituait le morceau de bravoure du dernier volet de l'enquête. Tous les efforts de la municipalité sont concentrés vers ces deux buts : construction accrue d'habitations à loyer modéré dans la périphérie et développement touristique de la côte. Devant l'essor économique et industriel sans précédent que connaît notre région, nous ne devons pas oublier la vocation touristique de Saint-Jean, encore accrue par la proximité de notre belle Méditerranée.

A grands coups de crayon bleu, Garrot rogna l'interview que lui avait imposée Dieufils.

— Tu ne peux pas conclure sans donner la parole au patron, avait dit Jean-Hubert. Il t'en voudrait terriblement. Et à moi aussi. Ce serait un impair grave.

Dieufils était un bon professionnel en ce sens qu'il connaissait parfaitement la technique journalistique, mais Alain détestait sa façon de justifier l' « attentive déférence » qu'il manifestait en toute occasion à l'égard de la direction du journal. Tout comme il n'avait jamais pu se résoudre à appeler Des Essarts « patron », ainsi que Jean-Hubert en avait lancé la mode dès 1952.

— De la complaisance, avait-il dit à Perlapère.

— Tu veux dire de la servilité, oui !

Dieufils avait remarqué cette réticence. Il avait « conseillé » le jeune homme. Il adorait conseiller.

— Tu te fais du tort, mon vieux. Cela n'a rien de difficile ni de déshonorant. Et ça lui fait tant plaisir. Et puis c'est tout de même un grand bonhomme, un grand patron. Ne l'oublie pas !

Bien que David Steiner fût président-directeur général en titre, Des Essarts-Galibert, qui signait régulièrement des « tribunes libres », était considéré comme le véritable directeur du journal, qu'il contrôlait étroitement. Son premier travail, dès le réveil, était d'éplucher le numéro du jour de *L'Echo*, de l'annoter à l'encre verte et de le renvoyer avec ses commentaires à Dieufils.

Aucune décision importante concernant la rédaction n'était prise sans son accord.

L'Echo n'était pas le moindre de ses atouts politiques et il n'entendait pas le négliger même si ses multiples responsabilités ne lui permettaient pas d'occuper plus souvent le vaste bureau qu'il s'était fait aménager au premier étage du journal. Sa présence quotidienne n'était d'ailleurs pas indispensable. Dieufils veillait au grain et sa fidélité était « parfaite ».

Alain Garrot biffa encore quelques mots, relut son papier, puis, satisfait, plaça sa copie dans un cylindre d'aluminium qu'il introduisit dans la conduite pneumatique reliant la rédaction au sous-sol où le journal était composé et imprimé. Il irait relire la morasse au marbre à l'heure où les rotatives se mettraient en marche. Moins pour en contrôler la compo que pour le plaisir de respirer l'odeur suffocante de l'encre fraîche en échangeant quelques plaisanteries avec les typos dans le fracas des machines.

Alphonse entra sans frapper, à son habitude.

— Alors, m'sieur Garrot, et mon client ?

— J'ai terminé. Fais-le entrer.

Chaque grand reportage, chaque enquête importante suscite son lot de visites, de lettres. En général, des râleurs ou des maniaques de la précision qui, ayant relevé telle ou telle erreur mineure, tirent une incommensurable fierté à la faire remarquer à ces journalistes « si sûrs d'eux ». Garrot lit les lettres en travers, les jette au panier et refuse de recevoir les visiteurs sans rendez-vous. Il avait fallu la sortie d'Alphonse pour transgresser la règle.

— Excusez le dérangement, mon nom est Fericy, Achille.

L'homme se tenait sur le seuil, intimidé, sa grosse carcasse engoncée dans un costume marron bien épais où les plis du fer se voyaient encore. Un de ces costumes qui ne s'usent jamais faute d'occasions de les porter, pensa Garrot.

— Entrez, monsieur. Asseyez-vous.

Il désigna un vieux fauteuil de cuir patiné mais son visiteur préféra s'asseoir, du bout des fesses, sur la seule des chaises en bois qui ne fût pas encombrée de journaux et de dossiers.

— Voilà, monsieur Garrot, j'aurais jamais osé vous déranger, mais un camarade du syndicat m'a dit : « Tu peux y aller, il est de chez nous. » Alors, je suis venu.

Il avait posé ses mains à plat sur les genoux, maintenant sa casquette de toile entre la cuisse et l'avant-bras. Des mains épaisses, carrées, aux ongles ébréchés. Mais c'étaient ses poignets qui fascinaient Alain Garrot. Enormes, rouges, striés de profondes rides noires.

— Je suis cheminot, contremaître à l'entretien...

Il parlait lentement, en détachant ses mots, les soulignant d'un mouvement du buste qu'il avait puissant.

— Et que puis-je faire pour vous ? demanda Garrot.

— Et ma femme travaille à la Cotonnière...

Sans répondre à la question du journaliste, l'homme poursuivait son explication comme s'il l'avait mille fois répétée et ne voulait pas s'en éloigner de peur de s'embrouiller.

— ... A deux, on gagne bien. On n'a pas pu avoir d'enfant. Alors, on pense à la retraite, dans quinze ans, peut-être avant, et on a acheté un appartement. Pour avoir un toit bien à nous et être tranquilles. Vous avez même parlé de notre logement dans le journal.

— Moi ? dit Alain, incrédule.

— Oui, hier ou avant-hier, vous avez écrit sur les Hauts de Saint-Jean. C'est là.

Dans son enquête, Alain Garrot avait pris cet ensemble de mille appartements en exemple de la politique sociale favorisée par Des Essarts. Il ne s'agissait pas d'H.L.M. construites par la ville, mais d'une opération privée offrant des logements de grande qualité à une clientèle de souscripteurs moyens. Les promoteurs, étroitement contrôlés par la mairie, avaient inondé la région de prospectus : « Les Hauts de Saint-Jean. Le bien-être pour tous. Des appartements de luxe au prix des LOGECO. Bénéficient du Crédit foncier. » La SOCOJEAN S.A. (Société de construction de Saint-Jean) avait vendu cinq cents logements sur plans dans le courant de l'année 1960. Les maquettes étaient séduisantes, les prix aussi et les premiers appartements avaient été livrés au printemps de 1962. Encore plus luxueux que ceux promis par le promoteur. Le succès était tel que l'opération avait été doublée.

Alain Garrot avait conclu son papier en ces termes :

Des opérations de promotion telles que les Hauts de Saint-Jean devraient se multiplier. Non seulement elles offrent toutes les garanties de sécurité pour les souscripteurs, mais par les prix proposés — et respectés, compte tenu de l'augmentation du coût de la vie et de la récente dévaluation —, elles permettent un brassage social qui ne peut qu'être bénéfique à notre ville.

En effet, soixante pour cent des nouveaux propriétaires étaient des petits commerçants, des employés, des agents de maîtrise et même quelques travailleurs spécialisés qui, grâce au Crédit foncier, aux emprunts privés et au un pour cent patronal dont la SOCOJEAN bénéficiait, avaient pu acquérir un appartement d'un standing inespéré pour leurs moyens. Les logements restants étaient occupés par des cadres supérieurs et des membres des professions libérales qui comptaient faire un placement et, devant la qualité des appartements et de l'environnement, avaient décidé de les habiter. Garrot n'avait pas précisé que les moins aisés tiraient de leur cohabitation avec les « cadres » un sentiment de relative égalité ni que de nombreuses femmes étaient reconnaissantes à leur mari de leur avoir donné une adresse « prestigieuse » que leurs amies leur enviaient !

Mme Fericy, surveillante de métier à tisser à la Cotonnière d'Afrique, n'était pas de celles-là.

— Ma femme tient les comptes, expliqua Achille Fericy, moi, je m'y perds un peu. Et elle n'arrive pas à joindre les deux bouts. Pourtant, elle calcule bien et n'est pas dépensière.

Garrot tiqua. Le bonhomme n'était tout de même pas venu pour lui faire part de ses difficultés à boucler son budget !

Il répéta, cette fois fermement :

— Mais enfin, que puis-je faire pour vous ? On m'attend.

— Je m'excuse, monsieur Garrot, je sais que vous êtes très occupé. Mais j'en ai pas pour longtemps. On n'est plus de première jeunesse avec ma femme et on a toujours compté sou par sou. Devenir « proprios », ça nous faisait peur. On ne s'est pas lancé dans cette affaire sans réfléchir, mais on s'est aperçu qu'on pouvait payer. Pas comptant, bien sûr. Ce serait dur. Mais avec le Crédit foncier et celui de la banque on pouvait y arriver.

— Les promoteurs ne vous ont pas trompés, dit Alain Garrot, les appartements que j'ai vus sont remarquables pour un prix pareil !

— Oui et non. Je ne dis pas que ce n'est pas bien. Ce serait même trop bien !

— Comment cela ?

— Eh bien, voilà. Au départ, on payait moins de 1 600 francs au mètre carré. On a signé les traites en fonction de ce prix. Puis il paraît qu'en cours de construction tout a augmenté. Alors, on nous a demandé des « rallonges ».

— Importantes ?

— Pour nous, oui. En tout c'est passé de 1 600 à 2 000 le mètre carré. Ça a fait 32 000 francs d'augmentation pour notre appartement. Trois millions deux cent mille anciens francs ! Moi je gagne 1 800 par mois, Fernande 800. Fernande, c'est ma femme. Heureusement qu'elle a toujours été économe. On a pu faire face.

Il y avait tant d'intensité, de fierté contenue dans la voix du contremaître que Garrot ressentit soudain la valeur oubliée de certains mots. Faire face... Célibataire, il dépensait sans compter. « Clochard de palace », comme l'appelait Perlapère. Il s'aperçut, non sans malaise, que, fasciné par les grands problèmes du monde, il avait perdu le sens des réalités quotidiennes de la classe ouvrière de son pays.

— Mais il y a des camarades qui n'ont pu en faire autant, poursuivit Fericy. Et ça, c'est grave. Ils avaient calculé au plus juste à partir d'un prix, et la société leur en réclame un autre. C'est du vol !

— Il ne faut pas exagérer. Même à 2 000 francs le mètre carré, ce n'est pas cher pour un pareil résultat.

— C'est vous qui le dites. Nous, chez les ouvriers, on

aurait préféré que ce soit moins beau mais pas plus cher. Le promoteur, Albert Vaugondran, a expliqué au représentant des copropriétaires qu'il avait voulu trop bien faire, nous donner du luxe pour le prix de logements économiques. Il semble qu'il soit sincère mais tout de même, j'ai deux copains qui n'avaient pas assez devant eux pour payer les suppléments. Alors le Vaugondran — pour les arranger, comme il disait — leur a trouvé des acheteurs. Il y avait un médecin et un pharmacien tout prêts à leur succéder.

— Ils n'ont donc rien perdu ?

— Ils sont simplement tombés de haut. On leur avait fait miroiter l'espoir d'une vie meilleure. Un beau logement avec des jardins autour, et puis des pins au lieu des taudis du Quartier-Neuf, où les eaux sales passent encore au milieu des ruelles. Le linge pendu aux fenêtres et les odeurs, les touristes trouvent ça pittoresque. Mais ils n'y vivent pas !

Fericy s'était animé. Ses petits yeux brillaient derrière les lunettes cerclées de fer. Et son gros nez couperosé était devenu violet d'indignation.

— Ils ont tout de même perdu près d'un million dans l'aventure. Un million ancien ! C'était, paraît-il, prévu dans le contrat. Ils se sont adressés à un avocat qui leur a dit que c'était légal, qu'ils auraient dû prévoir un peu plus large et que, de toute façon, la SOCOJEAN était une société au-dessus de tout soupçon. M. Vaugondran, a-t-il ajouté, est l'un de nos rares constructeurs de logements sociaux. Un bienfaiteur ! Quand mes copains ont voulu porter plainte tout de même, l'avocat les a mis en garde : « Méfiez-vous, c'est vous qui allez vous retrouver avec une plainte en diffamation. » Alors ils ont eu peur et ils ont passé la main au médecin et au pharmacien qui ont racheté leurs créances.

— Heureusement pour vous, tout va bien. Vous habitez votre appartement et vous payez vos traites ?

— Je croyais tout en règle puisqu'on avait emménagé. Mais on nous réclame encore de l'argent.

— Pour quoi faire, puisque le programme est terminé ?

— Pour payer un terrain d'accès qu'on avait oublié lors de l'étude du projet.

— Mais cela ne vous regarde plus. C'est l'affaire des promoteurs.

— Si, monsieur Garrot, car j'ai appris, grâce à cela, que je n'avais pas acheté un trois-pièces mais des actions qui correspondent à mes quatre-vingts mètres carrés. Et qu'à ce titre je suis responsable de ce que fait, achète ou paye la SOCOJEAN. Vous pensez bien que je n'ai pas fait attention à des choses pareilles en signant le contrat. Moi, actionnaire !

Il claqua ses larges paumes sur les genoux.

— Et tout cela est légal ! Bien sûr, j'ai un beau logement. Et pas cher, à votre avis, pour ce qu'il est. Mais jusqu'où ça va aller ? On nous a forcé la main, j'en suis sûr, en construisant trop luxueux. C'était pas un appartement pour nous.

Garrot ne sut que dire. Fericy vit son embarras et se leva en passant deux doigts dans le col de sa chemise qui lui comprimait le cou.

— Voilà toute mon histoire, monsieur Garrot... Ce qui est fait est fait... Fernande ne voulait pas que je vienne... Mais les camarades du syndicat m'ont dit...

Il s'était calmé. Sa voix était redevenue basse, hésitante. Humble, comme disait Alphonse. Il semblait maintenant regretter de ne pas avoir suivi le conseil de sa femme. Le journaliste était peut-être inscrit à la C.G.T. mais il ne pouvait rien faire. Ou ne voulait rien faire. En tout cas il ne proposait rien.

Alain Garrot ressentit la déception du contremaître et se reprocha de ne savoir comment la dissiper.

— Vous avez bien fait de venir me voir, monsieur... ?

— Fericy, Achille.

— Oui, monsieur Fericy, vous avez bien fait. Il semble que, légalement, on ne puisse rien reprocher aux promoteurs, mais on devrait mieux informer les acheteurs. Je m'y emploierai. Si vous aviez d'autres renseignements qui, cette fois, prouveraient la mauvaise foi de la société, n'hésitez pas. Téléphonez-moi.

— Merci, monsieur Garrot, merci bien, dit Fericy. Et excusez-moi. Avec tout le travail que vous avez...

Faute d'autre moyen de l'exprimer, Garrot fit passer dans sa poignée de main toute la sympathie qu'il ressentait pour le contremaître.

CHAPITRE VIII

— Mon cher Garrot, votre série est remarquable. Hervé me le disait encore hier au soir. Mais, entre nous... si je peux me permettre... pourquoi cette discrétion à son égard ? En cinq papiers il n'est pas cité une seule fois.

» Comprenez-moi bien, ce n'est pas la vanité de l'épouse qui est touchée — je n'en ai pas soufflé mot à Hervé —, mais la rigueur de la journaliste. La prospérité de Saint-Jean, c'est lui avant tout...

— Mon estimée consœur aurait tout à fait raison si mon sixième et dernier papier n'était pas exclusivement consacré à son mari, plaisanta Alain Garrot. Le sommet de l'enquête... Le feu d'artifice qui couronne la fête...

— Je me disais aussi...

Mima Des Essarts-Galibert eut un sourire satisfait et se pelotonna dans le vieux fauteuil de cuir, découvrant trop haut ses jambes parfaites gainées de nylon pain brûlé. Garrot, qui avait adopté un ton volontairement badin, dut se faire violence pour ne pas détourner les yeux. Perlapère, appuyé contre le radiateur, un demi-sourire aux lèvres, fixait les cuisses galbées avec une insistance qui ne semblait pas déplaire à la « patronne » bien qu'elle se fût bornée à saluer le reporter d'un léger signe de tête lorsqu'elle était entrée dans le bureau de Garrot.

— A propos, cher Alain, avez-vous lu le dernier Lau taret ? Que j'aime ! Je lui consacre toute ma rubrique de la semaine. Il parle du bonheur... Délicieusement démodé en cette époque de violence. « Le bonheur, écrit-il, commence par celui que l'on donne à ceux qu'on aime. Y pense-t-on encore dans ce monde où la politique et l'intérêt priment tout ? » Je suis sûr qu'Hervé va adorer. Car nous, nous avons la réponse... Livre remarquable.

Remarquable, le livre... Remarquable, l'enquête... Remarquable, Hervé... Son mot favori, qu'elle prononce en étirant les « a » et en les chapeautant de circonflexe. Elle porte un petit tailleur Chanel couleur sable, qu'elle traite par le mépris, et fait cascader l'amas de colliers qui couvrent le chemisier de chantoung beige. Alain se force, sourit, approuve, s'en veut de ne pas dire ce qu'il pense de ce poujadiste de Lautaret. Un sombre con qui a fait sa carrière dans les salons, qui provoque le rire de Mima Des Essarts avec ses répliques à l'emporte-pièce et ne rêve que de l'Académie.

— Il parle divinement du bonheur et de la liberté, poursuivit Mima Des Essarts. La liberté ! Un grand sujet. L'autre jour, à la télévision, je ne sais si vous avez vu l'émission, cher Alain, on me demandait ma recette. Comment pouvais-je préserver ma liberté entre mes activités au journal et mon rôle auprès d'un homme politique comme Hervé ? Alors, là, j'ai été très nette. Je n'ai pas de « recettes » mais des « méthodes ». Comment parler de liberté pour une femme ?... Et je suis une femme comme les autres. Avec son travail, ses enfants et sa maison à tenir... Alors, la liberté...

Est-elle sincère dans son petit Chanel ? Oublie-t-elle que sa fille a quarante-deux ans, son fils dix de moins, que son petit-fils termine sa médecine et qu'elle a toujours baigné dans le fric ?

— Un cigarillo ? Non ? Vous avez tort. Ce sont des manilles que Thomas, mon gendre, me fait envoyer par Davidoff. Un goût inouï... poivre et sucre... Je ne fume plus que cela.

Elle tire un petit cigare long et fragile, plus mince qu'une cigarette, d'une boîte or et platine à godrons conçue spécialement par Cartier aux mesures des manilles !

Elle rejette la fumée par le nez, un rien canaille, ronronne, fait la chatte et se love dans le fauteuil avec une tranquille impudeur. Elle est au-dessus de cela. Garrot reconnaît qu'elle porte une soixantaine triomphante. Les bonnes, les nurses, les chauffeurs, les instituts de beauté ont préservé son visage et son corps. Les « méthodes », les voilà.

— Ma page féminine de *L'Echo* a un succès fou, poursuivit-elle. On m'a demandé si je voulais bien accepter de faire la même chose à la télévision. Je crois que je vais accepter. Cela marcherait très bien. Je sais parler aux femmes. Les conseiller. Leurs problèmes sont les miens. Et à la télévision, on les regarde en face. Qu'en pensez-vous ?

— J'en suis certain, chère madame.

Les bobonnes la regarderont avec admiration, près des couches qui sèchent dans leur F 3 d'H.L.M., persuadées qu'elle partage leurs préoccupations. Pleines d'espoir, elles lui exposeront leurs soucis intimes. Elle sera aux anges.

Et Perlapère qui la boucle dans son coin. Mais ses yeux bouffis, à demi fermés, pétillent, rivés sur la bande de chair bronzée que la jupe découvre largement, au-dessus du bas.

Mima Des Essarts se leva, fit saillir sa poitrine, arrangea ses colliers et, d'un geste de jeune fille, lissa ses cheveux teints.

Malgré l'éclat des diamants qui jouent dans la lumière, la main, elle, ne trompe pas. Encore fine mais sèche, avec, sur le dessus, le réseau bleuté des veines saillantes et les taches brunes que les années y ont semées.

— Au fait, mon cher Garrot, venez demain soir dans les salons du « Sand et Musset ». Nous organisons une petite fête pour la Légion d'honneur de notre ami Vaugondran. Vous connaissez Albert Vaugondran ?

— De nom. Mais je ne l'ai jamais rencontré.

— Ce sera une occasion. Un homme charmant. Un ancien maçon. Une réussite. Vous verrez. C'est un personnage de roman. Il fascine mon gendre. Notre ministre Judicaël descendra de Paris pour l'occasion. C'est lui qui le décorera. Et Hervé sera ravi de vous voir. Il vous aime beaucoup... Alors, cher Alain, vous viendrez ?

— Bien sûr, madame.

— Appelez-moi Mima. Au journal, je suis tout de même votre consœur et vous n'êtes plus le gamin que j'ai connu à son arrivée à *L'Echo*...

Elle lui tendit sa main à baiser. Garrot s'inclina.

— Et encore bravo ! Remarquable, votre enquête...

Elle se dirigea vers la porte.

— Monsieur...

Un geste sec de la tête pour Perlapère, qui se dressa et se cassa en deux, les bras ballants, comme un polichinelle.

— Mes hommages, madame.

Puis, lorsqu'elle eut disparu dans le couloir :

— Encore baisable, la patronne...

— Ta gueule ! gronda Alain Garrot. Elle pourrait t'entendre.

— Ça, je ne voudrais pas. Elle serait trop contente. Tu ne voyais pas comment elle te bouffait des yeux ! La Mima Galibert m'étonnera toujours. J'ai vu de curieux personnages dans ma vie, mais jamais une allumeuse sexagénaire !

— J'avoue qu'elle est assez remarquable. Agaçante, parfois odieuse, mais d'une intelligence qui fait oublier le reste ! Et elle ne paraît pas ses soixante ans.

— Soixante-deux. Mais elle les a. Et elle en crève. Alors, elle essaye de faire renaître dans les yeux des hommes une petite flamme qu'elle a de moins en moins l'habitude de voir s'allumer. Tu la connais mal, Alain. Tu connais bien le monde, tu analyses les crises internationales, tu vas fourrer tes rangers dans les guerres, les révolutions, en Algérie, au Vietnam, au Moyen-Orient, mais tu ne sais pas grand-chose de ta ville. Tu devrais prendre au mot cette salope de Dieufils quand il te demande d'exposer les raisons de l'essor de « notre belle région ». Tu aurais quelques jolis portraits à tracer. Tu les as rassurés avec ton enquête idyllique. Ils croient t'avoir eu. Maintenant, tu peux travailler en douce. Et foutre un grand coup de pied dans la fourmilière. Mais il faut avant tout que tu saches ce que tu veux faire. Si tu veux voir les Mima et les Hervé tels qu'ils apparaissent ou tels qu'ils sont. Si tu veux quitter ta belle cage dorée pour une autre, plus conforme à tes goûts. Moi, j'ai choisi, je te l'ai dit, mais je peux t'aider. Réfléchis bien, tout de même... et fais attention. Ils sont plus faux et souvent plus dangereux que mes flics et mes truands. Et ils ont d'autres ambitions.

» La Mima Galibert, à qui tu reconnais une certaine gueule, élégante, riche, cultivée, intelligente, etc., elle est peut-être tout cela, mais elle est aussi snob, vulgaire, égoïste. Avec Hervé, ils jouent au couple uni, aux intellectuels qui penchent à gauche et se soucient du bonheur du peuple. En réalité, ils rêvent d'un surcroît de puissance. Il a hâte de retrouver un portefeuille et elle ne cesse d'intriguer dans les milieux littéraires où elle veut jouer les éminences grises. Elle brigue pour Lautaret un fauteuil à l'Académie. Lautaret, qui a été son amant il y a une dizaine d'années sans qu'Hervé ait levé le petit doigt ! Il avait besoin, à l'époque où il était au gouvernement, du soutien de la droite modérée. Et Lautaret, une des rares plumes de droite — à l'époque, il avait du talent —, exerçait une influence certaine au sein du groupe. Il a baisé la femme et facilité la politique du mari. Et, imperturbable, le couple Des Essarts-Galibert — un ménage si uni — a continué à faire le bonheur des magazines en couleurs. Dans le monde politique, Mima est même devenue le symbole de l'épouse qui épaule son mari, son soutien permanent. Ce qui n'est pas faux, mais pas dans le sens où l'entendent lecteurs et électeurs !

— Quand tu parles d'eux on dirait que tu règles un compte personnel, mais moi, si je me lance sur cette enquête, ce ne sont pas des ragots d'alcôve dont j'ai besoin.

— C'est vrai, je les méprise. Des Essarts, Dieufils, elle surtout. Si le journal est devenu ce qu'il est, si notre espoir de la Libération s'est transformé en lamentable échec, elle y est pour beaucoup. Avec le fric des Steiner elle a pourri

Des Essarts, elle a pourri Dieufils. Elle a fait du journal un instrument de sa puissance et de celle de son mari. Elle parvient même à embobiner un gars comme toi. Ne proteste pas. Tu n'as pas à avoir honte, elle est redoutable. Si tu ne creuses pas cette affaire de construction, si tu ne veux pas savoir qui sont réellement ces Vaugondran, ces Lebrun, ce qu'ils cachent derrière leurs belles façades, alors tu rentreras définitivement dans le système. Et tu t'enliseras. Comme moi. Seulement, tu n'auras peut-être pas la force d'aller jusqu'où je vais. Au fond de la merde. Je ne te l'ai jamais dit, p'tit con, mais j'ai été fier de toi. Je voudrais l'être encore plus en te voyant faire ce que je ne peux plus faire. Non, ne dis rien. Je suis lucide, terriblement lucide. Ce que je ne peux plus ou ne veux plus faire, tu dois le réussir. Pour toi d'abord, et un peu pour moi. Ce sera une revanche par personne interposée. Comme dans les mélos. Le bon jeune homme sain et vigoureux qui redonne à son vieux copain déchu une raison de ne pas désespérer !

Quelle était la part de l'alcool et celle de la sensibilité dans l'eau qui baignait les petits yeux de Perlapère ? Alain se sentit touché par l'émotion. Il alluma une cigarette et noya son regard dans la fumée.

— C'est bien joli ton petit couplet mais je ne peux pas partir sur une affaire pareille — si affaire il y a — sans biscuit.

— En voilà, môme, et un gros. Mais moi, je livre en vrac. A toi de trier et d'emballer la marchandise. La visite de ton plouc... Comment l'appelles-tu ?

— Fericy.

— Oui, Fericy. Eh bien, ce qu'il t'a raconté confirme les nouveaux renseignements que j'ai pu avoir par Marco. Il y a un os quelque part mais soigneusement dissimulé. Marco est un homme de Lebrun et il sait par son patron que pour la campagne électorale qui se prépare ils n'auront pas de difficultés de trésorerie. Les caisses de Des Essarts sont pleines à craquer. Et d'après Marco, la construction des Hauts de Saint-Jean ne serait pas étrangère à cette prospérité. Un coup pareil n'a pu se monter qu'avec la bénédiction de Des Essarts et celle de personnages bien placés à Paris. A toi de savoir qui.

— Tu penses au ministre ?

— Moi, je ne pense à rien, mais quand cette vieille peau de Mima a parlé de Félix Judicaël, mon oreille a fait tilt ! Vaugondran, un personnage de roman qui est ami avec Hervé et Mima Des Essarts, qui fascine leur gendre Desvignes-Benettes et qui est décoré par notre glorieux sous-secrétaire d'Etat au Logement, c'est déjà amusant. Mais quand on a de la mémoire, ou des dossiers — c'est pareil —, et qu'on s'aperçoit que Galibert, devenu Des Essarts, Desvignes, devenu Benettes, et Judicaël resté Judicaël étaient dans la même branche des Services spéciaux pendant la guerre, cela devient plus intéressant de savoir ce qui est resté de leur belle fraternité d'armes vingt ans après. Apparemment, ils ne se sont pas perdus de vue ! Crois-moi, môme, creuse le cas Vaugondran. Il en vaut la peine. Tu as le prétexte : on le décore. Et toi, en bon pisse-copie, tu prépares un de ces beaux portraits dont tu as le secret sur ce citoyen discret qui nous honore ! Au fait, tu as dû connaître Vic Dalmon, en Algérie.

— Quel rapport ?

— Vic Dalmon est le frère de Vaugondran.

— Le capitaine Dalmon ?

— Oui, Victor Vaugondran était gamin quand il a rallié Londres. Il a changé de nom pendant la guerre lorsqu'il est passé aux paras de choc. Et il n'a jamais repris son vrai nom. Il est resté Vic Dalmon.

— Je l'ai bien connu à Alger, mais après le putsch, je n'ai plus entendu parler de lui.

— Je le vois presque tous les soirs au « Cintra », rue de Venise. Ça doit lui rappeler l'Aletti ! Il a l'air de picoler sec. Je ne sais pas trop ce qu'il fait maintenant mais, à son allure, il n'a pas l'air d'avoir profité de l'ascension sociale de son frangin. Encore une petite information que je ne peux pas utiliser : tu te souviens de l'incendie de la rue Choiseul, à la Marine, il y a trois ou quatre jours ?

— Oui, tu n'en as pas fait grand-chose. En revanche, *La Liberté* en a profité pour descendre Des Essarts en flamme, c'est le cas de le dire !

— Eh bien, mon précieux Marco m'a conseillé de ne pas y toucher. Ce sont deux types de Mérouli qui ont trouvé ce moyen expéditif pour convaincre une vioque récalcitrante de déguerpir ! On n'attendait plus que son départ pour commencer la rénovation de l'hôtel de Blizac. Et tu sais qui sont les promoteurs de cette belle affaire ? Vaugondran et Lebrun !

— Tu crois qu'ils sont capables d'avoir employé un pareil moyen ?

— Mérouli est un ami d'enfance de Vaugondran. Lebrun emploie les hommes de Mérouli pour les campagnes électorales. Et Lebrun et Vaugondran sont les plus beaux fleurons de la politique de construction de notre admirable Des Essarts. Il faut que je t'explique encore ou je te l'emballe tout de suite ?

— Essaye d'en savoir plus sur Vaugondran par Mérouli. Tu es pote avec lui ?

— Avec ces gars-là il faut y aller doucement. Ils sont susceptibles et je n'ai pas envie de donner l'éveil. Par contre, je pourrai tirer les vers du nez à Marco. Il est vantard comme pas deux et semble avoir une véritable vénération pour Lebrun.

— Moi, je m'attaque à Vaugondran. Premier objectif : le frangin. Cap sur le « Cintra » !

— Tu vois, môme, c'est parti ! Pour une fois je ne vais pas travailler à mon compte et pourtant je bande déjà ! Les « justiciers » sont en marche, applaudissez, bonnes gens, tremblez, crapules !

Perlapère, hilare, passa ses doigts écartés en guise de peigne dans sa tignasse ébouriffée, puis claqua la langue.

— Toutes ces histoires m'ont assoiffé. Je descends à l'annexe. Si ce soir tu n'as rien de mieux à faire, viens donc à la boxe avec moi. Vaugondran en est fana et Lebrun y recrute souvent quelques casseurs. Je te laisserai ta place à la caisse. Arrive quand tu veux. Tôt de préférence. C'est chez les amateurs que Lebrun puise ses troupes. En attendant je vais boire à ton succès.

*
**

Alain Garrot s'installa au bout du bar, près des trois tonneaux de porto, cerclés d'acier noir. Avec son décor de bois sombre, ciré, luisant dans la demi-pénombre, ses murs patinés vert olive, le « Cintra » de Saint-Jean ressemble comme un frère à ceux de Madrid ou de Londres. Même plafond à caissons, même haut bar à panneaux sculptés, même lampe à pétrole entre les rangées de casiers d'acajou où s'empilent les grands crus des bordeaux.

La salle était pleine et l'orgue électrique du vieil Andy McPherson se noyait dans le brouhaha des conversations. Imperturbable, les yeux dans le vague, la cigarette collée aux lèvres, Andy moulinait de 6 à 8 de bons vieux standards que personne n'écoutait. *Loverman... Sunny side... After you've gone...*

— Haig, annonça le barman.

D'un mouvement souple du poignet, il fit glisser un verre sur le vernis du comptoir, comme dans un western. Alain l'arrêta au passage et noya le whisky d'eau de Seltz.

— Olives, chips ?

Le barman déposa deux soucoupes devant le journaliste. Sous la veste de toile blanche, empesée, à épaulettes dorées, il portait la cravate de coton vert des légionnaires. Alain suivit un instant ses gestes rapides, assurés. Trois traits de gin, un soupçon de Martini blanc, quatre coups de la longue cuiller d'argent dans le mélangeur pour agiter les glaçons, et le liquide transparent versé jusqu'à la dernière goutte à travers la passoire emplit à ras bord la coupelle de cristal, qui s'embua. La précision du dosage et la coordination parfaite des mouvements révélaient le barman de classe. Garrot était fasciné par ce savoir-faire exceptionnel. Il était sûr d'avoir déjà rencontré cet homme. Mais où ? Ces trois larges mèches grises soigneusement aplaties sur le crâne blême et cette cravate verte ne lui étaient pas inconnues.

— Barman !

— Monsieur ? La même chose ?

Il avait déjà la bouteille de Haig à la main.

— Non, pas tout de suite. Connaissez-vous le capitaine Dalmon ?

— Le commandant, rectifia le barman. Le commandant vient ici tous les soirs.

Il jeta un coup d'œil à sa montre.

— C'est son heure. Il ne va pas tarder. Tenez, le voici. Excusez-moi, je vous prie.

Le barman posa la bouteille et contourna précipitamment le comptoir pour aider le commandant, qui, près de la porte à tambour, se débarrassait avec peine d'un léger imperméable bronze. Une balle de F.M. au cours d'un accrochage dans l'Aurès lui avait soudé le coude gauche.

Le barman dut le prévenir qu'on l'attendait. Dalmon regarda en direction du bar et sourit en reconnaissant le journaliste. Un sourire éclatant, qui éclairait le visage tanné et appelait irrésistiblement la sympathie. En trois ans, Dalmon n'avait rien perdu de sa belle gueule de baroudeur et semblait aussi à l'aise dans le costume beige soulignant les épaules puissantes que dans la tenue léopard de son ancien régiment.

Il s'avança, le bras gauche en équerre collé au corps. Et cette raideur rendait encore plus sensible la souplesse féline de sa démarche.

— Salut, Garrot, quelle bonne surprise !

— Bonjour, mon capitaine. Ou plutôt mon commandant. Le barman, qui semble bien vous connaître, m'a appris votre promotion.

Dalmon fit une grimace désabusée.

— Tout cela n'a plus d'importance, c'est du passé. Je viens de quitter l'armée.

Le barman lui servit d'autorité un double whisky qu'un doigt d'eau plate troubla à peine.

— Merci, Thomas. Vous l'avez reconnu, Garrot ? Thomas, le barman du « Cirta », à Constantine. Le bon vieux temps. Il connaît bien mes goûts.

Thomas découvrit des dents chevalines et lissa sa mèche.

— Eh oui, mon commandant. Qui aurait dit que nous nous retrouverions à Saint-Jean ! Mais je n'avais pas reconnu Monsieur. Son visage me disait bien quelque chose...

— Il en a vu des dégagements, ce brave Thomas ! Il en a entendu aussi... Et toujours bouche cousue ! Les flics des R.G. avaient beau le harceler, ils n'en ont jamais rien tiré.

— C'est que vous portiez nos espoirs, mon commandant.

— Et on les a bien mal défendus ! Allons, parlons d'autre chose. Ça me fait plaisir de vous voir, Garrot. Le temps efface bien des choses. Pourtant, si je vous avais tenu après notre dernière rencontre...

— Moi ? Mais qu'est-ce que... ?

— Rappelez-vous, juste avant le putsch. Je vous avais révélé la teneur du fameux télégramme ministériel sur le cessez-le-feu unilatéral...

— Je m'en souviens très bien. De votre indignation aussi. Vous étiez furieux. Ai-je dénaturé vos propos ?

— Vous les avez trop bien exprimés. Vous avez publié la note *in extenso*. Sans même changer les « stop ». Et ce texte, vous l'avez piqué sur mon bureau !

— Là, je vous arrête, mon commandant. Vous m'avez lu le télégramme et tout de suite après vous êtes sorti. Sans qu'on vous ait appelé. J'ai cru que vous ne vouliez pas vous mouiller et que vous me laissiez seul exprès ! Je vous jure que j'ai agi de bonne foi.

Vic Dalmon eut un rire muet qui fit pétiller ses yeux gris.

— Quand *L'Echo* a publié votre papier, qui a eu les honneurs des agences, le général a failli avoir une syncope. Rue Saint-Dominique, ils étaient fous de rage ! La Sécurité militaire a ouvert une enquête et, sans le putsch, j'étais bon !

— Vraiment, je suis désolé.

— Il n'y a pas de quoi. Ce n'était rien à côté de ce qui s'est passé ensuite. Mais je suppose que ce ne sont pas mes souvenirs d'Algérie qui vous attirent ici ?

Garrot décida de jouer cartes sur table. A part cette histoire de télégramme, il avait toujours été régulier avec Dalmon.

— Je viens de faire une série sur Saint-Jean...

— Je l'ai lue. Ce n'est pas mal. Un peu idyllique à mon goût. Mais vous travaillez pour Des Essarts... On ne peut trop vous demander.

— Pourquoi ? Vous avez des informations ?

— Non, je connais certains hommes. C'est tout.

— Racontez !

— Ce serait trop long et ça nous ramènerait à l'Algérie. Vous me croiriez obsédé. Pardonnez-moi, je vous ai interrompu. Que vouliez-vous ?

— J'ai appris tout à fait par hasard que M. Vaugondran était votre frère.

Dalmon se rembrunit.

— Oui, c'est mon frère. Et alors ?

— Comme c'est un des principaux constructeurs et promoteurs de Saint-Jean et qu'il va recevoir la Légion d'honneur après-demain, j'avais l'intention de faire son portrait. Parler de ses activités, de sa réussite extraordinaire.

— Allez le voir !

— Je n'y manquerai pas. Mais un frère peut m'apporter des éléments intéressants.

— Que voulez-vous savoir ?

— Tout. Quel homme il est. Son enfance. Comment il a réussi. Grâce à qui. Comment vous le voyez. Ce que vous en pensez.

— Prenez votre verre, on va s'installer dans ce coin.

Un box venait d'être libéré, près de l'orgue d'Andy McPherson.

— A l'abri des oreilles indiscrètes, plaisanta Garrot.

Dalmon l'entraîna par le bras sans répondre. Il s'assit

sur la banquette de cuir, croisa les jambes et cala son coude meurtri au creux de sa cuisse.

— Vous m'embarrassez, Garrot. Mais puisque vous avez décidé de faire un portrait d'Albert, je vais vous en parler très franchement. Tout ne sera pas à utiliser, mais j'essaierai de vous le faire comprendre. Si mon frère a gagné énormément d'argent, il s'est fait aussi beaucoup d'ennemis qui seront tout prêts à le salir. Moi, je préfère vous le décrire tel qu'il est. Avec ses bons et mauvais côtés.

Vic Dalmon alluma une gitane dont il aspira profondément la fumée. Son visage exprimait une concentration douloureuse.

— Avant tout, Albert est un bon frère et je lui dois beaucoup. A la maison, nous étions trois garçons : Albert, l'aîné, Serge, né cinq ans après, et moi, le petit dernier. Je suis son cadet de dix ans. Il a eu cinquante ans en avril et j'ai fêté mes quarante piges en janvier. Vous le savez peut-être, notre père — papa Joseph — avait une petite entreprise de maçonnerie qu'il avait achetée à force de sacrifices à son ancien patron. Dès qu'il a été en âge de travailler, après le certificat d'études, Albert l'a aidé. Il a appris le métier et a travaillé comme un bœuf. C'est grâce à lui que Serge et moi avons pu faire des études. Papa Joseph nous adorait mais, à ses yeux, rien ne valait un bon compagnon, comme ceux qui travaillaient avec lui ; voilà ce qu'il voulait faire de nous. Albert, lui, voyait plus loin et souvent — surtout à l'époque du Front populaire de 1936, j'avais douze ans — il reprochait à papa Joseph de ne pas se conduire comme un patron mais comme le copain de ses ouvriers.

— Il était âpre au gain ?

— Oui et non. Mais la vie a été dure pour lui. J'ai senti plus tard combien il nous avait enviés de pouvoir faire des études. Pour lui, la réussite financière, c'était la revanche sur la vie. Il l'a attendue longtemps. En 1939, il a été mobilisé. Dès la débâcle, il est revenu à Saint-Jean, mais la maçonnerie battait de l'aile. En 1937, Albert avait épousé

Marguerite, la fille d'un ami de mon père, un ferrailleur, Joanny Chilpéric. Christine est née en 1938 et Charles en 1940, en janvier et le 24, comme moi. Je suis son parrain. Albert a travaillé avec son beau-père et malgré ses deux gosses il a continué à s'occuper de nous. Il n'a pas voulu que Serge quitte la Fac et moi j'ai passé mon bac tranquillement.

» Ma belle-sœur et son père ont été admirables avec nous. Ils ont soutenu papa Joseph qui était découragé. Puis les Allemands ont envahi la zone Sud et Joanny a traficoté avec eux. Albert aussi. Oh ! pas grand-chose. Ils leur refilaient des métaux de récupération, mais quels sont les bourgeois, les industriels de Saint-Jean qui n'en ont pas fait autant ? Et sur une autre échelle ! Ils étaient tous pétainistes et les Allemands étaient bien polis ! La vie continuait. Les combines, le marché noir... Tout cela me dégoûtait. J'ai quitté la maison à la fin de l'année 1942. J'ai gagné Londres par Alger. Une équipée dont je vous passe les détails. Je n'ai prévenu personne à la maison. Juste une lettre, laissée dans ma chambre. J'ignorais que Serge faisait déjà partie d'un réseau de la Résistance. J'ai appris tout cela à la Libération après le débarquement en Provence. Serge a été tué au début de 1943 dans un accrochage avec la Milice. Papa Joseph, à qui je n'avais pu donner aucune nouvelle, n'a pas résisté au choc. Pour lui, cela ne faisait aucun doute, ses deux petits — comme il nous appelait — étaient morts. Il n'a pas survécu trois mois à la disparition de Serge. Lorsqu'en septembre 1944 je suis revenu à Saint-Jean, je n'ai trouvé dans l'appartement de la rue Merlot, où nous habitions, que deux femmes en larmes : maman Joséphine — ma mère — et Marguerite, et puis deux gosses de six et quatre ans, Christine et Charles, qui me regardaient, terrorisés. Albert et Joanny Chilpéric avaient été arrêtés.

— Par les Allemands ?

— Non, par les Français. Les F.F.I d'août 1944 ! Je me suis aperçu, après une brève enquête, qu'on ne pouvait leur reprocher grand-chose, mais tout le monde était très monté. On était en pleine épuration et ce n'était pas joli.

Malgré mon uniforme, je me suis heurté violemment à ces justiciers de la dernière heure. A les entendre, mon frère et Chilpéric méritaient dix fois la mort. Mais dites-moi franchement, Garrot, ces histoires vous intéressent ?

— C'est passionnant, mon capitaine. Pardon, mon commandant.

— Je vous l'ai dit, il ne reste plus que Vic Dalmon, actuellement au chômage ! C'est en Angleterre que j'ai pris ce pseudonyme et je l'ai gardé. Donc, je ne savais comment sortir Albert et Joanny de ce mauvais pas quand j'ai pensé à un jeune avocat qui m'avait beaucoup aidé à Londres : Thomas Desvignes. Je l'avais revu ensuite aux Services spéciaux pour lesquels notre unité de choc a fait certaines missions. J'ai réussi à le retrouver à Paris. Et si je remonte si loin pour vous expliquer Albert, c'est justement parce que, sans cette malheureuse arrestation qui puait la vengeance à plein nez, il n'aurait pas rencontré les hommes qui allaient faire sa fortune. Me Desvignes, devenu Desvignes-Benettes, fut merveilleux de compréhension. J'ignorais qu'il avait épousé à Londres la fille de Des Essarts-Galibert, notre Des Essarts commissaire de la République à Saint-Jean, avant d'en devenir maire ! J'allai le voir avec la recommandation de son gendre. Je fis également la connaissance d'Antoine Lebrun, qui, dans la Résistance, avait eu mon malheureux frère Serge sous ses ordres. En une semaine, ils avaient tout réglé. Albert était libre, réhabilité, blanchi. Et Joanny par-dessus le marché. Avec, en plus, la protection des deux hommes les plus puissants de Saint-Jean. Chez les « épurateurs », ce fut la volte-face. On s'était trompé. Il y avait eu de faux rapports, etc. J'ai eu l'impression, ce jour-là, d'avoir payé ma dette à Albert.

» Le cœur libre, après avoir embrassé maman Joséphine, j'ai continué la guerre. Campagne de France, d'Allemagne. Puis, en 1945, j'ai décidé de rester dans l'armée. Je n'avais plus le courage de reprendre mes études et j'aimais cette ambiance. Le reste, vous le savez. Vous avez assez écrit sur nous, les « officiers malades de l'Indochine » ! Après l'Indo, ç'a été l'Algérie. Me voilà aujourd'hui, à quarante ans, héros, vaincu, entre deux mondes... Cocu surtout ! Et ne croyant plus à rien. Thomas, apporte-nous deux whiskies ! Doubles !

— Voilà, mon commandant. J'arrive !

Il y avait de nouvelles rides autour des yeux gris de Vic Dalmon, de nouveaux plis profonds autour du nez et de la bouche. Garrot ne s'en était pas aperçu jusque-là. Il avait fallu l'amertume de ses dernières phrases pour qu'il les remarquât ainsi que la légère couperose sur les pommettes bronzées et cette nouvelle façon de parler du coin des lèvres.

— Mais comment votre frère a-t-il édifié sa fortune ? interrogea Garrot. Car il est riche.

— Très riche ! Mais il a beaucoup travaillé. Sitôt libérés, Chilpéric et lui ont développé leur affaire de récupération de métaux et avec les stocks et les surplus américains ils ont gagné beaucoup d'argent. Alors, Albert a relancé la maçonnerie de papa Joseph. Il y avait du travail, la reconstruction d'abord, puis le développement de Saint-Jean. Albert n'avait jamais manqué de prouver sa reconnaissance à Des Essarts-Galibert et à Lebrun. Il a travaillé pour la municipalité. Sans truquage, rassurez-vous, sincèrement. Il faisait les prix les plus bas et obtenait de la ville des marchés de plus en plus importants. Puis il s'est lancé dans le privé. Il a travaillé pour des promoteurs.

Dalmon s'interrompit pour boire une gorgée de whisky. Les yeux étaient toujours clairs, de cette limpidité parfois inquiétante qu'avaient soulignée les journalistes lorsqu'en 1958 l'armée avait pris le pouvoir en Algérie et que Vic Dalmon était, à l'état-major d'Alger, le prototype même des jeunes capitaines parachutistes purs et durs dont l'action resterait inséparable des heures les plus chaudes du conflit.

— J'ai confiance en vous, Garrot, poursuivit Dalmon, et je vais vous raconter une anecdote que je vous demande de ne pas utiliser, mais qui pourra vous servir à mieux comprendre Albert. Et, dans une certaine mesure, vous expliquera son acharnement à réussir, à gagner de l'argent. Lorsqu'il a cherché à travailler dans le privé, il n'était encore qu'un petit entrepreneur. Il a su qu'un important promoteur parisien, milliardaire, était descendu à la Colombe, à Saint-Paul-de-Vence, et recherchait la collaboration d'entrepreneurs moyens, de sous-traitants pour des chantiers de grande importance qu'il s'apprêtait à ouvrir entre Marseille et Nice. Albert a réussi à obtenir un rendez-vous de son secrétaire et s'est retrouvé, avec un certain nombre de ses confrères qui avaient eu la même idée, dans la cour de la Colombe à attendre l' « audience » ! Ils ont fait le pied de grue pendant un long moment jusqu'à ce qu'un collaborateur du milliardaire vînt s'excuser. « Le patron est un peu fou, leur dit-il, il est dingue de pétanque. Et il est en train de jouer avec son *brain trust !* » Puis il a ajouté : « Entre nous, si vous le preniez par sa douce manie et que vous alliez jouer avec lui, votre affaire serait dans le sac. Surtout, ne répétez à personne ce que je vous ai dit, je perdrais ma place ! » Et mon Albert, qui se défend à la pétanque, s'est précipité sur la place, suivi des quatre confrères qui espéraient un marché. Le promoteur était sympathique, ses collaborateurs aussi. Pastis-pétanque, pétanque-pastis, le tout entremêlé de considérations sur les vastes projets du promoteur, qui semblait disposer de moyens importants si l'on en jugeait par les mises qu'il proposait à chaque partie. Car il jouait gros. Bref, vous avez compris. Le promoteur milliardaire était un escroc. Mais aussi un psychologue qui appâtait ses victimes en leur promettant des chantiers imaginaires. Ce jour-là, Albert a perdu une somme importante et, naturellement, le lendemain, le « milliardiaire » avait disparu avec ses complices. Mon frère m'a raconté cette aventure l'année suivante, en 1956, lorsque je suis revenu à Saint-Jean, en convalescence, après ma blessure. « Jamais plus, Victor, tu entends ? Jamais plus je ne serai un pigeon », m'a-t-il confié. C'est à partir de ce moment-là qu'il a commencé à édifier sa fortune.

» Il a continué à travailler avec Des Essarts et Lebrun, mais pas seulement pour la ville. Il s'est lancé dans la promotion privée. Il partageait les travaux avec Lebrun, et

Des Essarts leur apportait une aide considérable en favorisant les dossiers. Quant à l'argent, les beaux-frères de Des Essarts, les Steiner, ainsi que Desvignes-Benettes, y pourvoyaient amplement. Albert, dès cette époque, a compris une chose importante : sans politique, pas de grandes affaires ! Et la politique, ça s'arrose. Alors, il a « arrosé » Des Essarts et son gendre !

— Excusez-moi, mon commandant, mais je ne vous comprends plus. Il m'a semblé que vous étiez au mieux avec Me Desvignes-Benettes et M. Des Essarts-Galibert. Et vous portez contre eux une accusation grave.

Dalmon eut de nouveau un de ces rires silencieux qui lui tordaient la bouche. Il posa sa main sur la cuisse de Garrot.

— Oui, j'étais... Et si je vous raconte tout cela, c'est parce que je sais que vous écrivez à *L'Echo* et que vous ne le publierez pas ! D'ailleurs, vous n'auriez aucune preuve ! A Londres, puis à Alger, j'ai bien connu Félix Judicaël, qui a occupé un certain temps un poste de commandement au Service Action. Je l'ai revu à Paris en 1957. Grâce à Desvignes-Benettes, qui était devenu un spécialiste des « arrangements ». Et, croyez-moi, pas seulement dans le domaine des affaires. Il avait compris, lui, depuis longtemps, ce que mon bon Albert venait de découvrir : sans politique, pas de bonnes affaires. Et sans bon argent, pas de politique ! Bref, j'ai retrouvé mon Judicaël, directeur d'une société de placement ou quelque chose comme cela. Une belle affaire, florissante, qui ne lui prenait pas trop de temps et lui permettait de s'occuper d'associations d'anciens combattants. Ils crachaient tous sur la IVe République et quand j'ai pris contact avec lui, Judicaël était tout prêt à foutre cinquante à soixante députés à la Seine ! Son rôle dans les événements du 13 mai 1958 est de notoriété publique, n'y revenons pas. Il a été élu et réélu à Saint-Jean avec l'aide de Des Essarts qui, bien que n'étant pas encore dans la majorité, préférait partager sa ville avec un ami ! Il ne l'a pas regretté car, depuis que Judicaël est sous-secrétaire d'Etat au Logement, il ne lui a guère refusé de services. Des Essarts,

Desvignes et Judicaël sont certainement liés par autre chose que leurs souvenirs d'anciens combattants ! Quoi ? Je l'ignore ! Toujours est-il que Des Essarts, malgré le handicap d'avoir participé à plusieurs gouvernements de la IVe, a su effectuer un magnifique rétablissement qui l'a mené, la semaine dernière, à rallier son groupe à la majorité. Ce qui lui a valu l'honneur d'un grand papier dans *L'Univers*. Un grand papier de Christine Vaugondran.

— Votre nièce ?

— Oui, ma nièce ! Qui a bien changé. Pour votre information personnelle — et pour autant qu'on l'ignore encore à *L'Echo* —, elle est la maîtresse de Judicaël depuis deux ans ! Et comment, avec de pareilles relations, suis-je aujourd'hui au chômage ? Vous devez vous poser la question, mon cher Garrot... Encore du whisky, Thomas, nom de Dieu !

— Pas pour moi.

— Comme vous voudrez. Revenons à mai 1958. Desvignes-Benettes, qui représente à Paris des masses d'argent, nous a beaucoup aidés. Après avoir arrosé certains ministres de la IVe, ses employeurs, les sacro-saints patrons français, prenaient des garanties pour l'avenir. Il leur faut toujours des amis au pouvoir, sinon... Mais rassurez-vous, ils en ont toujours !

Alain Garrot était extraordinairement attentif. Il ne pouvait prendre de notes mais gravait les propos de Dalmon dans sa mémoire. Perlapère était encore en dessous de la vérité !

— Passons rapidement sur trois années, poursuivit le commandant, on se retrouve en 1961. La politique algérienne de la « Grande Zohra » a pris l'orientation que nous savons et il devient évident pour nous, les militaires, qu'il faut faire quelque chose. Quand, en décembre 1960, j'ai vu les drapeaux « fell » à Belcourt, j'ai cru devenir fou ! Dès janvier 1961, cela grenouillait ferme entre Alger et Paris. Et Desvignes-Benettes m'a demandé de venir le voir. Il m'a invité à une réunion d'information chez un industriel de ses amis, aux environs de Paris. Il y avait là une trentaine de parlementaires situés entre la droite et le centre gauche. Le M.C.G. y était bien représenté puisque Des Essarts en personne participait à la réunion ! Les hommes d'affaires présents pesaient à eux seuls quelques centaines de milliards. Sans compter Desvignes-Benettes. Ils m'ont fait un grand numéro de libéralisme économique. Le maître de maison y est allé de son petit couplet : « Vous vous intéressez comme nous au maintien de l'Algérie française. Il est certain que si nous n'agissons pas immédiatement, dans huit mois ce sera fini. Nous ne savons pas ce que vous préparez, mais nous savons que vous êtes au contact de gens décidés. Nos intérêts sont liés. Que pouvons-nous faire pour vous ? Quel est le support dont vous avez besoin ? » Ç'a duré comme cela jusqu'à 2 heures du matin. Je te passe les détails. Mais je peux te dire qu'ils nous ont fourni pas mal d'argent. Alors, tu comprends pourquoi, aujourd'hui, je peux difficilement revoir M. Des Essarts et son Desvignes-Benettes ! Le putsch a loupé. Moi, je m'en suis sorti.

— Comment ? Je vous ai perdu de vue à ce moment-là. Quand je suis retourné en Algérie, il n'y avait plus beaucoup de vos amis !

— Tous en taule ou en cavale. J'ai été arrêté et comme j'avais participé à l'affaire Si Salah, j'ai menacé de tout raconter à mon procès. La panique, quoi ! Et j'ai fait contacter Desvignes-Benettes. Ses amis financiers ne tenaient pas non plus à ce que je raconte trop de souvenirs sur leurs petites réunions. Je me suis retrouvé en Afrique. Coopérant militaire. Et voilà, Garrot, comment tu as devant toi le héros cocu que plus personne ne veut voir. Je dérange aujourd'hui !

Il avait élevé la voix. Thomas, le barman, qui ne perdait pas « son » commandant des yeux, dit quelques mots à l'organiste. Andy abandonna aussitôt ses slows mélancoliques pour se lancer dans une improvisation échevelée sur *Lulubelle*. Le manège n'échappa point à Vic Dalmon.

— Tu vois, Garrot, on prend garde à moi ! On noie dans la musique les conneries que je pourrais dire ! Je te tutoie parce que je t'aime bien, malgré le télégramme ! Et puis je crois que je suis un peu saoul.

— Et votre frère dans tout cela ?

— Il a continué ses affaires, plus que jamais ! « Maqué » avec Lebrun, Des Essarts, Desvignes et leur clique. Tu ne le feras jamais, ce portrait, mon vieux Garrot. Ou tu le feras comme ton enquête. En surface ! Et ça me déçoit un peu. En Algérie, tu étais plus coriace. Pour t'intoxiquer il fallait autre chose ! Mais les types qui ont le fric semblent plus convaincants que les idéalistes comme nous ! Allez, un dernier whisky en souvenir de l'Aletti, du Saint-George, du « Cirta », de nous, de ce qui fut et qui n'est plus.

— Merci, mon commandant, mais j'ai un rendez-vous.

— Alors, tu as pressé le citron et tu te tires !

— Mais non, vous savez bien que...

— Je ne sais rien. Il y a longtemps que je ne sais plus rien.

Le commandant se tassa, les épaules affaissées, le coude blessé au creux du ventre. Il alluma une nouvelle cigarette. Cette fois, les yeux gris étaient devenus troubles. Alain céda. Par pitié. Et il s'en voulut. Un Vic Dalmon, avec son passé de soldat perdu, partant pour toutes les aventures et revenu de toutes les trahisons, ne valait-il pas un Des Essarts, bourgeois victorieux, chargé d'honneurs et de considération ?

— Barman, deux Haigs, s'il vous plaît ! Doubles !

CHAPITRE IX

— Vas-y, petit ! Cogne ! Vas-y ! Tu l'as ! Tue-le !...

C'était le deuxième combat d'ouverture de la soirée. Les projecteurs tenaient le ring dans un cône de lumière blafarde. Alain Garrot avança dans l'allée centrale sur un tapis de cosses de cacahuètes dans l'odeur de fumée, de bière, de charcutaille et de sueur, fumet habituel des réunions populaires de la salle Ballu. Perlapère lui avait gardé une place au banc de la presse, en bord de ring. Garrot serra la main de ses confrères, parmi lesquels deux journalistes parisiens, et s'installa à la grande table de bois couverte de graffiti sur laquelle trônaient trois téléphones poisseux réservés aux reporters.

— Les gosses en veulent, ce soir, dit Perlapère, et avec eux, au moins, ce n'est pas du chiqué.

Il avait piqué un œillet rouge au revers de son veston et à cette heure ses yeux n'étaient plus qu'une mince fente entre deux bourrelets de graisse. Il parlait à Garrot sans quitter du regard les adversaires qui, à un mètre à peine au-dessus d'eux, se tabassaient avec conscience.

La salle était comble. Le combat vedette devait opposer deux poids moyens. Salem, un Nigérien de classe internationale, et Tabaro, un enfant de Saint-Jean, qui briguait le titre européen. En lever de rideau, trois combats amateurs servaient à chauffer la salle et à engraisser Jojo et Tassou, les deux entraîneurs-managers de Saint-Jean, qui canalisaient vers leurs salles minables les « espoirs » de la région.

Les projecteurs de ring éclaboussaient les premiers rangs des spectateurs. Aux places les plus chères, le combat Salem-Tabaro avait attiré la clientèle des grands soirs : mi-sportive, mi-mondaine avec une majorité de tenues « négligées » savamment étudiées. Blousons de daim et vestes de tweed côtoyaient « petits » tailleurs et ensembles des grands couturiers. Le « patron », Des Essarts, était là, aux fauteuils de ring. Auprès de lui, Mima Des Essarts s'égosillait, frappait ses genoux à poings fermés et criait à son favori des encouragements qui se perdaient dans les hurlements de la foule. Son maquillage était un chef-d'œuvre. De loin, on ne lui donnait pas quarante ans. Une très belle femme, que Garrot ne connaissait pas, lui tenait un bras de ses deux mains crispées. Son visage aux traits fins reflétait une bizarre excitation qui troubla le journaliste. La silhouette, moulée dans un costume de daim bois de rose, était très féminine et pourtant le regard vrillé sur les combattants trahissait une cruauté morbide que Garrot ne retrouva dans aucun des visages masculins qui l'entouraient.

— Vas-y, Tony ! hurla Perlapère. Tu le tiens à la pogne. Tu l'as... Frappe !

Puis se tournant vers Garrot :

— Ces petits se battent comme des lions et pour des clous. Regarde le négrier, comme il la suit, son araignée du soir.

A genoux sur l'escalier du ring, Tassou, l'entraîneur, ne quittait pas des yeux son boxeur, un grand Noir dégingandé qui répondait au nom de Justin. En temps normal. Car, à cet instant précis, il ressemblait à un zombie, l'œil vague.

— Frappe-le au nez ! criait Tassou. C'est ta seule chance. Allez, Justin, remue, remue, fais du cinéma ! Frappe au nez !

Tony n'avait pas vingt ans. Plus petit, le torse plus large, le nez éclaté, barbouillé de sang, il était pathétique de volonté farouche. Dans son brouillard, Justin tentait de viser la chair tuméfiée du visage, qu'il atteignait de plus en plus rarement. Son gant dérapait sur les traînées sanglantes et laissait sur la peau blême du torse et des épaules de son adversaire une empreinte rougeâtre. Tony, comme insensible aux coups amortis du grand Noir, le frappait inlassablement au foie.

— Allez, Justin, du nerf ! s'emporta Tassou. Frappe au nez.

Debout dans l'escalier, il mimait les coups comme si cela pouvait aider son poulain. Avec sa cravate blanche à pois qui tranchait sur la chemise bleu marine dont il avait retroussé les manches et ses cheveux blancs gominés, il ressemblait comme un frère à certains spectateurs des premiers rangs. Comme eux il portait à l'auriculaire une lourde chevalière piquée d'un diamant.

Le gong sauva Justin du knock-out qui le guettait.

— Il l'a échappé belle, dit Alain Garrot.

— Attends une minute, jubila Perlapère, il y a encore le troisième round. Ce n'est pas fini.

Justin regagna son coin, la démarche flottante. Comme par magie, un tabouret avait jailli de sous le ring. Et les soigneurs en maillot de corps blanc s'affairèrent. Tassou pressa une éponge et cueillit son boxeur d'une giclée d'eau en pleine face.

— Allez, Justin, réveille-toi.

Le Noir frissonna. Tassou lui enleva son protège-dents et tandis que les deux soigneurs lui épongeaient le visage et passaient de la vaseline sur les arcades et les pommettes tuméfiées, le vieux manager lui massa doucement le plexus en lui parlant à l'oreille.

— Le nez, Justin, le nez. Il est amoché. Frappe tout ce que tu peux et garde ton foie.

Malgré la poche de glace qu'on lui passait sur la nuque et le visage, Justin semblait ne pas comprendre. Alors Tassou mima une nouvelle fois les coups qu'il souhaitait.

A la sonnerie, l'arbitre vint jeter un coup d'œil sur le boxeur effondré sur le tabouret.

— Ça va, ça va, s'interposa Tassou. Il reprend.

L'arbitre fit signe d'essuyer la vaseline des arcades sourcilières et le gong jeta les deux hommes au centre du ring.

— Je l'appelle le négrier, expliqua Perlapère, car cette ordure de Tassou ne prospecte que parmi les Noirs, chez les ouvriers du bâtiment ou les dockers. Il les entraîne un peu, les fait massacrer et en reprend d'autres. Ça fait du spectacle pour la salle et il se remplit les poches au passage. Tassou est l'un des meilleurs fournisseurs de Lebrun. Après la raclée de ce soir, Justin sera tout juste bon pour la bagarre de rue !

Justin réussit un dernier direct à la face qui ensanglanta de nouveau le nez de Tony. Celui-ci rompit et s'essuya d'un revers de bras, étalant sur son visage la traînée vermeille qui lui maculait les lèvres et le menton. Il était effrayant. La foule scanda : « Jus-tin ! Jus-tin ! »

— Ah ! Dès qu'il y a du sang, ils commencent à jouir, grommela Perlapère. Ils n'y connaissent rien. Leur Justin, il tient même plus debout. Cette fois, il va vraiment se faire massacrer.

Le silence revint dans la salle quand Tony, du sang jusqu'à la racine des cheveux, entama l'ultime corps-à-corps. Le boxeur noir mit ses dernières forces à lui résister. Pendant un instant, on n'entendit que leurs halètements, les sifflements de leur respiration trop brève. Un uppercut de Tony fit sauter le protège-dents de Justin et quelques gouttes de sueur et de sang vinrent s'écraser sur la table de presse.

— Ta garde ! cria Tassou dans son coin.

Trop tard. Un rapide une-deux, un direct au foie, et la salle explosa de joie, mêlant hurlements, injures et sifflets tandis que le grand Noir s'effondrait lourdement dans les cordes qui le renvoyèrent face contre terre sur le tapis du ring.

Le speaker, sanglé dans un vieux smoking dont les revers roulaient, passa souplement entre les cordes et, micro en main, fit le tour du ring, consultant l'arbitre et les juges.

— Allô ! Allô ! Tony Sforza vainqueur par knock-out.

Le gamin revint en sautillant de son coin où le soigneur

d'un coup d'éponge l'avait débarrassé de son masque sanglant. Il salua des deux bras levés, comme s'il avait battu le champion du monde, et ne recueillit que quelques maigres applaudissements sans mesure avec la joie cruelle que son « exploit » venait de provoquer chez les spectateurs.

De nouveau, le sang coulait en fine rigole de son nez écrasé. Ses lèvres gonflées esquissèrent un sourire.

— Pauvre gosse ! dit Alain.

— Eh oui, pour la boxe, il faut avoir faim, commenta Perlapère. Il est courageux, ce petit. Il arrivera peut-être. C'est un Italien. Tu as remarqué, môme, dans la boxe, c'est comme dans la construction et les usines : on ne trouve plus de Français pour le sale boulot. Alors, il faut des négriers comme Tassou.

On emmena Justin, toujours évanoui, sous l'œil inquiet de son vainqueur. A son passage, les spectateurs des fauteuils de ring ne lui accordèrent qu'un regard indifférent. Tassou, le négrier, ne suivait même pas son « poulain » K.O.

Le speaker au smoking fatigué se campa de nouveau au milieu du ring.

— Allô ! Allô ! Nous avons l'honneur de vous signaler la présence, ce soir, parmi nous, de notre député maire M. Des Essarts-Galibert, de son adjoint, M. Antoine Lebrun, grand ami de la boxe à Saint-Jean...

— Il fait de l'humour, Cardona, grinça Perlapère.

— ... ainsi que la présence de M. le ministre Judicaël, que nous sommes heureux de revoir à Saint-Jean, dont il fut député avant d'entrer au gouvernement. Nous les remercions de l'honneur qu'ils nous font en participant à cette soirée. Et bien qu'ils soient ici à titre privé, en amateurs du noble art, je n'ai pas résisté au plaisir de vous les présenter. Ni à celui de les saluer au nom de la population sportive de la cité !

Un tonnerre d'applaudissements éclata dans la salle lorsque deux projecteurs convergèrent vers la loge d'honneur où les trois hommes s'étaient levés. Judicaël paraissait vaguement gêné tandis que Des Essarts, souriant, saluait des deux mains, savourant sa popularité.

— Le vieux paon fait la roue, dit Perlapère. Il doit être ravi d'avoir été présenté avant le ministre. Cardona s'y connaît. En boxe et en fripouilles. Tu sais qu'à l'époque de Carbone et de Spirito, il était aux Arènes, à Marseille, auprès de son copain Christino, lors du grand match Al Brown - Kid Francis. Il m'a raconté cela. A cette époque, c'était le speaker qui prenait les bulletins. Al Brown avait gagné mais les gangsters soutenaient Kid Francis, qui était marseillais. Ils ont sorti les flingues. Les juges étaient terrorisés. Un juge italien qui avait fait son boulot et avait donné Al Brown gagnant a supplié le speaker d' « oublier » son bulletin. Kid Francis a été déclaré vainqueur. Le public était furieux. Les canettes volaient bas, il y a eu de fameuses bagarres, mais Carbone, Spirito et leurs hommes ont ramassé les paris ! Aujourd'hui, les gangsters sont plus policés. Mais avoue qu'autour de Des Essarts tu as une belle brochette ! Tous les personnages qui t'intéressent, môme. Et tous plus intouchables les uns que les autres... La seule différence, c'est que ceux-là n'ont plus besoin de calibres dans la poche pour établir leur pouvoir.

— Qui est la jolie pépée à côté de la patronne ?

— Sa fille. Et à côté d'elle le type au gros cigare et à la chemise rayée, c'est son gendre, le fameux Desvignes-Benettes.

— Le roi de l'intervention en tout genre, ajouta le voisin de Perlapère, qui était le correspondant à Saint-Jean d'une grande agence américaine. Mais le plus beau de tous, c'est tout de même le bel Angelo Natura. Dans la loge de Des Essarts ! Dis donc, Perlapère, tu sais que les Américains l'ont à l'œil, le Natura ?

— Comment cela ?

— Le consul à Saint-Jean m'a laissé entendre qu'on le soupçonnait, au Narcotics de New York, d'être l'un des membres les plus importants du trafic entre la France et les Etats-Unis.

— Tout le monde le dit, personne ne le prouve. Et il se pavane ce soir en belle compagnie.

— Ses protecteurs sont puissants, remarqua le correspondant, et si on écrivait le quart de ce que l'on sait, on se retrouverait avec un beau procès en diffamation.

— Au mieux ! ajouta Perlapère en riant. Moi, je n'ai aucune intention de me faire flinguer comme le gars de ton agence qui enquêtait en Sicile.

— T'en fais pas. New York ne l'a pas oublié. Ils l'auront peut-être d'une autre façon.

Perlapère se leva et entraîna Alain Garrot.

— Viens boire un verre, p'tit con, le prochain combat n'a aucun intérêt. Des toquards qui font des effets d'épaules. Un bouche-trou avant la grande rencontre.

Il prit son ami par le bras et se dirigea vers le bar.

— On va passer devant eux. Regarde Lebrun, en grande conversation avec Tassou. Il doit engager son araignée du soir. Si elle se réveille !

De loin les deux journalistes saluèrent Des Essarts. Mima, un fin cigare à la bouche, leur fit un grand signe de la main. Garrot sentit le regard de la jeune femme en costume de daim rose accrocher le sien. Il le soutint un instant, puis détourna la tête vers son ami.

— Tu ne sembles pas déplaire à la fille de la patronne, ironisa Perlapère.

— Elle ne me déplaît pas non plus. Mais trop dangereux pour moi !

— Et puis n'aie pas trop de regrets, elle préfère les filles. Jeunes de préférence. Comme son mari ! C'est bien le seul goût qu'ils aient en commun.

— Comment peux-tu dire des choses pareilles ! Elle habite Paris et tu ignores ce qu'elle y fait !

— Elle vient assez souvent à Saint-Jean. Toute seule ou avec son mari. Et elle a souvent l'imprudence de lever des filles à Mérouli. C'est de lui que je tiens mon information. Il a même des photos. Car il est très prudent, Mérouli ! Et très organisé. Dans cette histoire, tout le monde tient tout le monde. Par vice ou par intérêt. Souvent les deux à la fois. C'est pourquoi ton enquête a une telle importance. Qu'un maillon de la chaîne saute, et tout saute. A toi de trouver le maillon. Je crois que l'affaire de Saint-Jean est le bon. Au fait, tu as vu le frangin ?

— Oui, passionnant sur Des Essarts, Desvignes-Benettes et Judicaël. Mais il m'a fait un portrait de son frère qui me l'a rendu plutôt sympathique.

— Je ne t'ai jamais dit qu'il était antipathique. C'est plutôt un bel exemple de *self made man*. Mais pour lui, la fin justifie les moyens. Apparemment, cela ne lui pose aucun problème. Ne te laisse pas avoir, môme. N'oublie pas tous les Fericy que ces requins ont roulés. Tiens, ton Vaugondran, c'est ce grand type bien baraqué qui discute avec Desvignes-Benettes. La pipe et la veste à carreaux.

— Il fait très gentleman farmer, le promoteur. Une bonne gueule...

— ... bien sympathique, je sais.

— C'est sa femme à côté de lui ? Il a bon goût.

— Non ! Sa femme, on ne la voit jamais. C'est sa fille. Notre consœur de *L'Univers*. En passe de devenir célèbre. A propos, j'avais oublié de te dire...

— ... qu'elle est la maîtresse de Judicaël. Merci, je sais. Il faut bien que je trouve quelque chose par moi-même dans cette histoire !

Perlapère envoya une solide bourrade à son ami.

— Te fâche pas, p'tit con. Je t'ai dit à peu près tout ce que je savais. Une chose encore. La campagne d'affichage sauvage commence demain. Je le tiens de Marco. Tu vas voir tous nos hommes sur le tas ! Ouvre l'œil, tu peux apprendre des choses intéressantes. D'après Marco, ça risque de châtaigner sec avec leurs adversaires. Maintenant, à toi de jouer.

— Je voudrais te remercier, Perlapère. Je te promets que j'irai jusqu'au bout !

— Et si tu me le payais, ce pastis ? Je me sens un petit creux à l'estomac...

***

Christine Vaugondran n'était pas habituée aux bruits de la campagne. Elle fut réveillée de bonne heure par la joyeuse sarabande des oiseaux en fête et se leva aussitôt. Il était à peine 6 heures mais des rais de soleil passaient déjà à travers les volets de bois vernis.

Elle avait dormi la fenêtre ouverte et frissonna à l'air frais du matin. Elle passa une légère robe de chambre de foulard noir à pois blancs qu'elle avait un jour admirée avec Judi à la vitrine de Lanvin et qu'elle avait retrouvée, le soir même, chez elle, dans un luxueux emballage. Sans une carte, sans un mot. Pauvre Judi qui avait dû passer la nuit seul dans sa belle villa, trop grande, trop vide ! Christine eut un sourire attendri.

« Ma première pensée de la journée est pour lui, remarqua-t-elle, et pourtant je ne l'aime plus. Seulement beaucoup de tendresse. Voilà ce qui me reste. Comme chez un vieux couple. »

Ils étaient descendus ensemble de Paris dans la Pallas que Judi conduisait toujours trop vite sur l'autoroute, mais s'étaient quittés dès leur arrivée à Saint-Jean. Le ministre ne pouvait s'afficher avec sa maîtresse dans une ville de province où tout se sait et où l'on commente avidement le moindre événement. Elle l'avait retrouvé au dîner offert par Hervé et Mima dans leur nouvel appartement de la Marine et, après la boxe où elle s'était ennuyée à mourir, elle était revenue avec son père « dormir à la maison ».

Elle ouvrit les volets et cligna des yeux. Le soleil avait encore les nuances orangées du petit matin et dorait les pierres de la façade. La journée serait chaude. Christine, accoudée à la fenêtre, savoura une fraîcheur qui ne durerait pas longtemps.

Un tourniquet dispensait sur la grande pelouse centrale des myriades de gouttelettes qui captaient dans un fin brouillard d'argent toutes les couleurs du prisme, du mauve sombre au rose pâle. Les rosiers, groupés en massifs, orgueil de Marguerite qui y veillait avec un soin jaloux, retenaient à chacune de leurs feuilles laquées une perle scintillante. Le gazon mouillé exhalait une vapeur légère, impalpable.

Christine reconnut que ce jardin sagement ordonné autour de larges allées de gravier blanc était une réussite. Elle aimait moins la maison. Trop « cossue » à son goût. Sans fantaisie. Mais elle la connaissait si peu ! Depuis qu'Albert avait construit sa nouvelle demeure elle n'était pas venue dix fois à Saint-Jean. Et la plupart du temps en coup de vent. Elle avait envie d'y rester plus longtemps, de se replonger dans l'ambiance familiale qui lui semblait aujourd'hui si lointaine. Le journal lui devait encore douze jours de vacances. Peut-être seraient-ils suffisants pour lui permettre de faire le point.

Sa montée en flèche à *L'Univers,* le tourbillon parisien, les affaires trop brillantes de son père et de Desvignes-Benettes, Judi et ses problèmes, la troublaient depuis plusieurs semaines. Elle avait dépassé le stade où tout lui semblait magnifique et miraculeux. En un temps record elle avait trouvé sa place dans le nouvel *establishment* qui la fascinait lorsqu'elle préparait Sciences po. Sa fringale de réussite s'était apaisée plus rapidement qu'elle ne l'aurait cru. Peut-être avait-elle brûlé les étapes en entrant trop vite dans le sérail politique qui gouvernait la France. Peut-être Judi l'avait-il éclairée trop brutalement.

Un soir, au début de l'année, rue Elzévir, après un conseil des ministres particulièrement important où le gouvernement avait évoqué le probable ralliement du M.C.G. à la majorité, Judi, chez qui elle décelait déjà des signes de lassitude morale qui l'inquiétaient de plus en plus, lui avait dit :

— Nous sommes au pouvoir depuis six ans, nous avons surmonté de justesse la crise algérienne et nous formons de plus en plus une classe politique réduite à l'extrême. Je trouve cela dangereux pour l'avenir, même si cela nous sert à présent. Sur quatre cent vingt députés de la majorité, vingt-sept sont ministres, trente à trente-cinq sont régulièrement consultés et participent à l'élaboration des décisions. Les autres ? Ils font de la figuration.

Il s'était étendu dans le fauteuil, près de la cheminée où Christine avait allumé un feu de bois. Elle s'était assise à ses pieds, la tête sur son genou.

— Tu sais, ma Christine, je fais partie de cette aristocratie nouvelle et je profite largement de ses avantages mais ça ne m'empêche pas d'être lucide et de nous juger sans complaisance. Cette aristocratie nouvelle est avide de pouvoir et d'argent. Comme les précédentes, et cela ne m'inquiète pas tellement. Ce qui est beaucoup plus grave — et tu es la seule à qui je puisse le dire —, c'est qu'elle commande seule, de plus en plus coupée de la population. Il y a les vieux fidèles de Londres, comme moi, les parlementaires bien en cour comme ne manquera pas de l'être dans un proche avenir notre bon ami Des Essarts, qui louvoie à merveille et saura se servir de son passé, et puis les technocrates que tu brûlais de rejoindre lorsque tu faisais encore tes études ! Et c'est tout.

Elle se souvenait de la surprise de Judi lorsque, quelques jours après le déjeuner avec Desvignes-Benettes, elle lui avait parlé de l'affaire de Port-Litri et de l'intérêt qu'il y avait — tant pour lui que pour son parti — à signer la dérogation qui permettrait aux promoteurs d'ouvrir un programme d'importance.

— Tu fais cela pour ton père ? avait-il demandé.

— Non, j'ai vu Desvignes-Benettes. Je crois qu'il a raison. Cette affaire peut être réglée sans dommage au mieux des intérêts de chacun.

Il avait eu un sourire triste.

— Tu vois, toi aussi tu fais partie de l'aristocratie nouvelle. Mais tu peux encore t'en sortir. Propre. Fais ton métier, tu y réussis merveilleusement. Ne joue pas les entremetteuses pour Desvignes ou Des Essarts. Je suis heureux que ce ne soit pas ton père qui t'ait demandé de me parler car, lui, je l'aime bien.

» Apprends, Christine, que le pouvoir use quand on use

trop du pouvoir. Et je crois en avoir un peu abusé... Je ne suis pas le seul, mais, moi, je m'en rends compte.

Ils n'avaient jamais plus évoqué ce problème et Christine n'avait pas rappelé Desvignes-Benettes. Mais ce jour-là, elle avait ressenti de plus en plus intensément cette sensation d'oppression, d'étouffement dans sa vie professionnelle et sentimentale en même temps qu'elle sentait se relâcher les liens qui l'unissaient à Judi. Lui avait-il communiqué sa lassitude comme une mauvaise fièvre ?

Elle avait pris le prétexte de la décoration de son père pour descendre à Saint-Jean, bien décidée à y rester plusieurs jours. Elle avait besoin de respirer un air nouveau.

Christine brossa rapidement ses cheveux blonds, qu'elle portait courts, serra la ceinture de sa robe de chambre dont elle releva les manches et descendit à la cuisine. Une bonne odeur de café l'enveloppa dès qu'elle poussa la porte.

— Déjà réveillée, mon petit chat ?

Albert Vaugondran, rasé de frais, le torse moulé dans un pull à col roulé de fin jersey bleu ciel, était attablé devant un bol de soupe fumant. Sur la cuisinière la bouilloire sifflait.

Christine embrassa son père. Elle aimait ce parfum léger de lavande qui lui rappelait son enfance, rue Merlot, quand, avant de partir pour un chantier, au petit matin, Albert se penchait sur son lit pour plaquer deux gros baisers sur ses joues encore moites.

— Tu sens bon, lui dit-elle.

— Toi aussi. Tu es encore chaude du lit et on croirait respirer une brassée de foin coupé de frais.

— Que tu es galant de bon matin ! Tu es ainsi avec toutes les femmes ?

— Non ! Seulement avec ma fille préférée.

Il termina son bol de soupe et s'essuya la bouche.

— Tu vois, même l'été, je ne perds pas mes bonnes habitudes. Ta mère me garde un peu de la soupe du soir et je n'ai plus qu'à la faire réchauffer. Sois gentille, ajoute de l'eau dans le filtre, j'ai déjà fait gonfler le café.

— Une vraie petite femme d'intérieur, plaisanta Christine.

— Pour rien au monde je ne sacrifierais ces minutes du matin où tout le monde dort encore. Ce sont les meilleures de la journée. Je fais un tour de jardin, je branche l'arrosage, j'écoute les oiseaux. Tout est calme, en paix. Je respire avant de commencer la journée.

Christine beurra les biscottes.

— Tu en veux une ?

— Non, ma soupe me cale l'estomac ! Et le café, c'est pour le plaisir !

Il bourra une pipe, tassa méticuleusement le tabac et l'alluma.

— Celle-là aussi, c'est la meilleure.

— Je t'en ai acheté une nouvelle à Londres, au cours d'un reportage, mais elle est au fond de ma valise, je te la donnerai ce soir. Une Dunhill avec une bague d'argent.

— Mes préférées ! Tu es un ange.

— Tu deviendrais un tantinet snobinard ! On ne fume plus que des Dunhill chez les Vaugondran !

— C'est Desvignes-Benettes qui m'a indiqué la marque pour la première fois. Et après, je n'ai plus fumé que cela.

— Elles sont loin, tes bonnes vieilles pipes en bois !

— Avoue qu'elles puaient. Quand tu étais gamine, tu me le reprochais assez !

Albert regarda sa fille avec fierté. Elle versait un mince filet d'eau bouillante sur le café qui noircissait le filtre à mi-hauteur. Elle apportait à cette humble tâche une attention concentrée. Christine ne faisait rien à la légère. Il se leva et la prit par les épaules.

— Tu sais, mon chat, je suis bougrement heureux que tu sois là. J'aimerais t'avoir plus souvent, bavarder avec toi de mon travail, des affaires...

— Mais maman est là.

— Bien sûr, mais elle n'y comprend pas grand-chose et a peur de tout. Au fond, je le sais, elle était plus heureuse rue Merlot, tandis que toi, tu es comme moi, tu prends la vie à pleins bras. Et tu n'aimes pas qu'elle te résiste.

Christine sourit et caressa tendrement la joue de son père.

— On est parfois plus faible qu'on ne le laisse paraître. Tiens, bois ton café, tu l'aimes bouillant.

Elle emplit les tasses et ajouta le sucre.

— Hier, on n'a pas eu le temps de parler avec ce dîner chez Des Essarts, mais je t'ai trouvée « tristounette ». Le travail va bien ?

— Oui, très bien. Mieux que jamais.

— Les amours, alors ? Excuse-moi, je ne veux pas être indiscret et puis, dans ce domaine, un père est toujours un peu gêné avec sa fille.

— Il n'y a aucune raison. Je ne t'ai jamais rien caché. Les amours vont bien aussi.

— Tu ne songes toujours pas à te marier ?

— Peut-être.

Christine eut une expression rêveuse que son père ne lui connaissait pas.

— Félix se décide enfin !

— Mais non, mon petit papa, Judi ne divorcera jamais. Et même s'il le faisait, je ne l'épouserais pas.

— Alors qui ?

— Personne. Ton ami Desvignes-Benettes m'a déjà posé la même question il y a quelques semaines. Je n'ai pas encore trouvé l'homme avec qui j'aurai envie de faire ma vie. Je vieillis. Peut-être que je deviens trop difficile. Mais ne te soucie pas de moi. Je suis juste un peu lasse. Ça me passera. C'est certainement du surmenage. Et toi, comment vas-tu ? Je te trouve dans une forme superbe.

Albert s'était rengorgé imperceptiblement.

— Je croule sous les ennuis. Depuis sa dernière attaque, Joanny ne va pas fort. Tu ne l'as pas encore vu ?

— Non, hier il était trop tard et ce matin c'est un peu trop tôt.

— Il va être content de ta visite. Mais je crois que cette fois il se meurt pour de bon ! Jusqu'ici, il n'avait pas voulu venir à la maison, malgré les supplications de ta mère. A sa sortie de l'hôpital, il a accepté. C'est un signe. On l'a installé dans la grande chambre du fond. Il a tous ses esprits mais de plus en plus de mal à parler. Et il ne mange presque plus. La seule chose qui l'intéresse encore c'est les affaires. Alors, dès que j'ai un moment, je lui raconte mes emmerdements. Il est encore de bon conseil, le vieux ferrailleur !

— Tu as vraiment des difficultés ? s'inquiéta Christine.

— Pas réellement. Donne-moi encore une tasse de café. Tu le fais mieux que moi.

Albert s'assit et ralluma sa pipe.

— Avec moi, tu le sais, faut que ça tourne. Et je trouve que ça ne tourne pas assez. Nous avons pratiquement terminé le programme des Hauts de Saint-Jean, j'ai trois chantiers moyens et la rénovation de la Marine en cours. Mais l'affaire de Port-Litri que j'ai dégotée il y a plusieurs mois n'avance pas. A part le petit programme de Litrica, mais cela ne fait que cent dix maisons. Tu devrais aller les voir. Galli m'a fait un travail extraordinaire. Heureusement que je l'ai, celui-là. Si on arrive à obtenir l'autorisation de construire, on tourne à fond pour cinq ans. Ce serait dommage de manquer l'affaire.

— Je sais. Desvignes-Benettes m'en a parlé.

— Il me l'a dit et j'étais furieux. Je ne veux pas que tu sois mêlée à ces affaires. Je l'aime bien, Desvignes, mais il y a des moments où il ne recule devant rien. Quand j'ai appris qu'il t'avait demandé d'intervenir auprès de Félix, je l'aurais bouffé. On arrose assez de monde pour que je n'aie pas à jouer les maquereaux de ma propre fille !

— Rassure-toi, mon petit papa, je ne l'ai pas cru un instant. Judi non plus. Il t'aime beaucoup. Malgré cela, vous aurez beaucoup de mal à le convaincre. Il ne veut pas en convenir mais je crois qu'il est inquiet des échos qui ont paru à propos des Hauts de Saint-Jean et il ne veut prendre aucune nouvelle décision de ce genre avant la campagne électorale.

— Moi aussi j'ai été inquiet des vacheries de tes confrères, je ne te le cache pas. Lebrun m'a rassuré. D'abord, on n'a rien fait qui soit illégal. On a simplement obtenu des facilités pour établir notre programme. Et entre nous, mon petit chat, ça nous a coûté cher. Lebrun, quand il cesse d'être entrepreneur, devient collecteur de fonds de Des Essarts. Et il gère la caisse du M.C.G. avec encore plus de soin que la sienne. Ce qui n'est pas peu dire. L'affaire m'a rapporté gros, mais je peux te dire que nous avons participé pour quatre millions — quatre cents millions anciens ! — à la « cause » du M.C.G. Sans compter la villa de Félix. C'était un beau « chocolat », comme dit Desvignes-Benettes. Heureusement qu'on fait passer les « subventions » en frais généraux !

— Si je racontais tout ce que je sais dans mon journal, ça ferait un drôle de pavé dans la mare.

— Mais tu m'assassinerais ! Et Des Essarts avec ! Sans parler de Judicaël. Plaisante pas avec des choses pareilles, mon petit chat.

— Tu ne crains pas tout de même que toutes ces interventions finissent mal ?

— Mais non ! Lorsque Judicaël ou Des Essarts nous favorisent soit en décidant une dérogation, soit en accordant un permis, ils ne font que leur devoir de députés du Rhône-Maritime. Ils aident des entreprises de leur département. Je fais vivre plus de deux cent cinquante personnes, Lebrun trois cents, sans compter tout le personnel de nos sous-traitants. Il ne faut pas l'oublier. Souviens-toi : quand le bâtiment va, tout va. Et puis c'est partout pareil en France. Tu ne trouveras pas un promoteur qui ne te le dise en face : une demande de permis de construire pour un programme important ne peut aboutir qu'accompagnée de solides cadeaux. On sait bien, lorsqu'on établit le prix de revient, que plus de dix pour cent du devis vont passer en pots-de-vin et en dessous de table. Il n'y a rien à faire. Simplement majorer d'autant le prix de revient pour gagner sa vie ! Autrement, comment crois-tu que se financeraient les campagnes des partis ? Aucun n'a intérêt à bousculer le pot de fleurs. D'autant qu'à la sortie tout le monde s'y retrouve. C'est celui qui achète l'appartement qui paye tout ! Je t'accorde que ce n'est pas très moral. Mais il n'y a pas moyen de faire autrement.

» L'important dans notre métier, c'est de savoir donner à bon escient et savoir très exactement jusqu'où on peut aller dans le cadre de la loi. Enfin, sans trop la malmener. Pour cela, nous avons Desvignes-Benettes. Lui, c'est vraiment le champion. Sans lui, même Des Essarts ne serait pas ce qu'il est. Je vais te dire une chose, mon petit chat : notre ami Desvignes-Benettes est certainement celui qui, au bout du compte, gagne le plus d'argent. Uniquement avec ses relations et ses connaissances juridiques. Bien mieux, si par malheur, un jour, on tombait sur un os, on ne pourrait rien lui reprocher. Blanc comme neige, le Desvignes ! Et le pognon qu'on lui verse, il se le garde. Il ne remet rien, ni au M.C.G. ni au parti de Judicaël. Il fait verser les autres ! Et il est au mieux avec tout le monde. C'est vraiment un cerveau !

— Tout cela m'inquiète tout de même.

— Mais non, mais non.

Il se leva et enfila un blouson de toile.

— Tu ne vas pas devenir comme ta mère qui a peur de son ombre ? D'ailleurs, que pourrait-on reprocher à un homme qui reçoit ce soir la Légion d'honneur, et des mains d'un ministre encore ! Nous avons le bon vent, mon petit chat. Et ça durera encore longtemps. Crois-en ton vieux père ! Maintenant, il faut que j'y aille. On m'attend sur le chantier.

Il lui prit le visage entre ses deux mains carrées et lui baisa le front, les yeux et le bout du nez.

— Te voilà protégée pour la journée ! Je ne déjeunerai pas à la maison. Dis-le à ta mère lorsqu'elle se lèvera. Je rentrerai de bonne heure cet après-midi. La réception commence à 6 heures et demie au « Sand et Musset ». Tu te feras belle pour me faire honneur. Je veux que tu les éclipses toutes !

Christine accompagna son père jusqu'au jardin de rocaille dont il dévala les marches comme un jeune homme. Une fois de plus elle admira cette extraordinaire vitalité qui la rassurait. Sa lassitude s'était envolée comme par miracle.

— Si j'avais trouvé un homme comme toi, je crois que je l'aurais épousé tout de suite, lui dit-elle en ouvrant la porte du garage.

— Tu trouveras, tu trouveras...

Il fit ronfler le moteur de la Jaguar.

— Qu'est-ce que tu dis de ma nouvelle bagnole ? Six mille deux cents tours-minute !

— Tu n'as pas honte, à ton âge ? On dirait un gamin !

Il enclencha la première et passant la tête à la portière, il envoya un baiser à sa fille.

— Il ne faut pas te moquer, petit chat. C'est le train électrique que je n'ai jamais eu !

***

La journée s'écoula dans une grande douceur. Christine s'imprégnait de l'atmosphère de la maison, si éloignée de l'agitation de sa vie parisienne. Une autre existence adaptée au tic-tac de la vieille horloge rescapée de la rue Merlot. Maman Joséphine voulut même faire des confitures de pêches dans une grande bassine en cuivre « pour ne pas laisser perdre les fruits qui, avec l'orage menaçant, seraient gâtés demain » et l'odeur s'en répandit jusque dans le salon où elle se mêla à celle de la cire des vieux meubles en merisier. Christine flâna en espadrilles, pull et blue-jean. Marguerite la suivait pas à pas, tout heureuse de retrouver sa fille, moitié grondeuse — « tu n'as pas honte de me laisser si longtemps sans nouvelles ? » —, moitié admirative devant la classe de cette jeune femme si à l'aise qui l'intimidait un peu et qui était sa fille.

Christine embrassa son grand-père, qui, du fond de son

lit, balbutia quelques mots affectueux qu'elle ne put comprendre.

— Nous, on a l'habitude, expliqua Marguerite, mais les autres ont du mal à l'entendre.

Christine était parmi les autres. Et elle en ressentit un pincement au cœur. Elle constata aussi que, depuis sa dernière visite, Albert et Marguerite faisaient chambre à part, mais elle fut rassurée que sa mère ne s'en inquiétât point.

— Tu sais, ma fille, papa, on l'entrevoit. Toujours par monts et par vaux. Il a beaucoup de travail et plus il en a, plus il en veut. Comme il rentre très tard, pour ne pas me réveiller il a pris la chambre de Charles.

— Charles ne revient plus ici ?

— Il n'y a pratiquement pas habité. Depuis 1960, depuis ces histoires d'Algérie et toutes les idées que ton oncle Vic lui a mises en tête lorsqu'il a résilié son sursis pour faire son service à Alger. Papa a dû se démener pour que Charles n'ait pas trop d'ennuis et qu'on oublie officiellement qu'il a déserté pour rejoindre l'O.A.S. Ça lui a coûté, à mon pauvre Albert, d'avoir à avouer des choses pareilles sur son fils. Heureusement, M. Des Essarts et surtout Me Desvignes-Benettes ont été gentils. Ils ont tout arrangé mais papa a eu une scène effroyable avec Charles et depuis, ils ne se voient plus. Moi, je le rencontre de temps en temps, en cachette, mais je ne le reconnais plus. Il en veut à tout le monde, il est amer et puis il fréquente toute une bande de garçons que je n'aime pas. Ils ne font que parler de la politique. Tu te rends compte, ma fille, il se dit fasciste ! Il m'a raconté un jour que tout était pourri, mon pauvre Albert — son père ! — plus que tous les autres, qu'il fallait balayer tous ces députés et établir, je m'en souviendrai toujours, un régime pur et dur. Matraquer ceux qui ne marchent pas droit !

Christine ne prit pas Marguerite au sérieux. Si cela avait été important, son père l'aurait prévenue.

— Ne te tracasse pas, ma petite maman. Son engouement

pour les petits crétins de Jeunesse Nouvelle lui passera comme l'acné chez un adolescent.

— Mais il a vingt-quatre ans et pas de situation !

— Eh bien, considère qu'il est un peu attardé ! Quand ça ira trop mal, il reviendra vers papa et ses affaires.

— Que Dieu t'entende, ma fille ! Toute cette politique je n'y comprends rien, mais ça n'apporte rien de bon. Je sais bien que je ne devrais pas te dire ça à toi, qui y es plongée jusqu'au cou ! Enfin... pour en revenir à Albert, tout cela lui a créé bien des soucis et pourtant, c'est à croire que chaque nouvel ennui lui donne un coup de fouet. Il est toujours survolté. A tel point que, moi, ça me fatigue rien que de l'avoir près de moi. Mais il est si gentil ! Aux petits soins pour moi, pour maman Joséphine. On a tout ce qu'on veut.

— Tu es heureuse ici ?

Marguerite arrangea une mèche grise qui lui pendait sur l'oreille, comme pour se donner le temps de réfléchir.

— Je ne saurais vraiment te dire. Je suis bien. Je suis au calme avec ceux que j'aime. Pour être franche, je me plaisais mieux rue Merlot avec les voisins de notre condition. Je crois que je ne me suis jamais faite à la réussite de ton père, à ce changement de milieu. Et je m'en veux un peu de ne pas m'être adaptée. Toi, tu aurais su. Pas moi. Tous ces gens me font peur. Je ne suis pas à l'aise avec eux. Au début, Albert m'a emmenée. Un supplice. J'avais toujours peur de dire ou de faire une bêtise, alors je restais dans mon coin et je répondais par oui ou par non lorsqu'on me parlait. J'ai supplié Albert de ne pas me forcer à sortir avec lui et ces gens-là. Il l'a bien compris. Heureusement.

Christine n'osa pas lui demander s'ils s'aimaient encore. Marguerite aurait répondu oui en rougissant et aurait vite détourné la conversation. Elle ne se souvenait pas d'avoir eu un seul entretien sérieux avec sa mère concernant les problèmes du sexe. Pas même les informations indispensables à une adolescente. Heureusement qu'une amie l'avait prévenue, à onze ans, des problèmes physiologiques de la femme. Jamais sa mère ne lui en avait touché un mot. Le moment venu, elle lui avait simplement fourni le linge nécessaire et c'était maman Joséphine qui l'avait aidée et rassurée !

Marguerite n'avait pas connu sa mère, morte en couches, et c'est Joanny qui l'avait élevée. Sans doute le vieux ferrailleur ne l'avait-il jamais informée des choses de la vie. Et sans doute croyait-elle que cela se faisait ainsi.

Une seule fois Marguerite avait fait une rapide allusion à l'acte d'amour. Juste avant le départ de Christine pour la Fac à Paris :

— Souviens-toi, ma fille, la femme ne doit céder à l'homme qu'après le mariage. Ce n'est qu'un mauvais moment à passer. Tu auras bien le temps de connaître tout cela.

Mais il y avait beau temps que Christine n'avait plus besoin de détails sur ce sujet. Et jamais elle n'avait trouvé le « moment » désagréable !

— Que vas-tu mettre ce soir, pour la réception ?

— Mais je n'y vais pas !

— Même le jour où l'on décore ton mari de la Légion d'honneur ?

— Non, non !

Elle avait répondu précipitamment, comme pour se défendre.

— Tous ces gens que je ne connais pas. Les toilettes, les discours, tout ça. Je ne saurais que faire. Et puis il y a papa là-haut. Je ne me pardonnerais jamais de n'avoir pas été là s'il lui arrivait quelque chose. Albert, une fois encore, l'a bien compris. Il n'a pas insisté. Tu seras là, près de lui. Jamais je ne l'ai vu si heureux que lorsque je lui ai appris ton arrivée pour la circonstance. On t'aime ici, tu sais ? Même si on ne se le dit pas souvent. Tiens, regarde,

Elle ne voulait pas s'attendrir alors qu'elle n'était qu'attendrissement. Et sa pudeur maladive lui faisait parler d'autre chose que de ces sentiments qu'elle cachait au plus profond d'elle-même.

— Papa l'a reçue il y a une semaine. Un cadeau de Me Desvignes-Benettes.

Elle sortit du tiroir du buffet un étui en maroquin dont elle fit jouer le ressort. Sur le velours noir, la croix étincelait.

— Elle est en or et émail véritables, dit Marguerite. Et ça vient de chez un grand joaillier de Paris. Tu aurais vu le paquet ! Une caissette avec des cachets de cire partout.

Elle avait les yeux brillants en contemplant le bijou. Mais, pratique, elle ajouta :

— Heureusement qu'Albert n'en avait pas déjà acheté une chez Moissonnier. Pour un beau cadeau, c'est un beau cadeau. Et tu sais, ça pèse ! Il ne s'est pas fichu de lui, Me Desvignes-Benettes. Ça lui a fait bien plaisir.

— C'est une Légion d'honneur splendide, convint Christine.

— Je suis bien fière de ton père. Je lui ai acheté du ruban rouge. Demain, je lui en coudrai sur toutes ses vestes. Pas avant, ça porterait malheur.

Marguerite essuya une larme d'émotion avec le coin de son tablier. Sans un mot, Christine la serra dans ses bras et sentit quelque chose fondre dans son cœur.

CHAPITRE X

Joanny Chilpéric demanda toute la journée si Albert rentrerait bientôt.

— Tout à l'heure, monsieur, tout à l'heure. Vous savez bien qu'il vient vous voir dès qu'il rentre. Même s'il est tard.

La garde était une solide matrone dont les bras, roses comme des jambonneaux, sortaient d'une blouse blanche empesée et tremblotaient à chaque mouvement. Etendu sur le dos, Joanny Chilpéric observait pour la millième fois le bouquet de poils blancs planté sur son menton en galoche tandis que d'une poigne solide elle lui soulevait le buste et retapait de la main droite les oreillers froissés. Elle passa ensuite une éponge mouillée d'eau de Cologne sur le visage laqué de sueur du malade.

— Voilà, nous sommes propre comme un sou neuf. Tout prêt à recevoir de la visite.

Elle tendit encore le drap du dessus et aida le vieillard à dégager ses bras. Instinctivement la main tavelée, recroquevillée, se mit à gratter inlassablement la fine toile de lin.

Adossé aux oreillers, Joanny fixait un point de la pièce plongée dans la pénombre.

— Han... han... serviette... là...

— Mais oui, monsieur, votre serviette est là. Mme Marguerite vous l'a apportée tout à l'heure. Elle ne va pas s'envoler.

— Merci... han... merci bien.

Le large visage amaigri retombait en bajoues de chaque côté du menton. Et l'absence de râtelier le creusait mieux que la mort. Deux attaques, à cinq mois d'intervalle, avaient eu raison du colosse qui naguère faisait basculer d'une seule poussée les carcasses de jeep qui s'entassaient sur son chantier.

— C'est l'heure de notre médicament, avertit l'infirmière.

Elle brisa une ampoule dans un verre d'eau sucrée et le présenta au vieillard, qui avala goulûment le liquide transparent.

— Notre petit yaourt, maintenant.

— Non.

— Mais si, monsieur, le médecin l'a prescrit. Après le B.29, il nous faut absolument un yaourt.

Joanny soupira, vaincu. Mais comme un enfant boudeur, il ne fit aucun effort pour absorber proprement chaque cuillerée du laitage insipide, qui lui couvrit bientôt le tour des lèvres.

Lorsque Albert entra dans la chambre, il s'arrêta sur le seuil. La vision de ce visage ravagé barbouillé de crème l'atteignit tel un coup de poignard. Il aimait Joanny comme il avait aimé son père. Mieux peut-être. Jamais il n'avait oublié son comportement pendant la guerre lorsque la famille était au bord de la misère ni la part qu'il avait dans sa propre réussite. Il se refit un visage avant d'aborder le lit.

— Voilà, nous avons pris notre bon petit yaourt, zézaya l'infirmière en essuyant d'un geste professionnel les lèvres maculées.

Quel besoin avait-elle de parler en bêtifiant, comme à un bébé ! Elle était dévouée mais incapable de comprendre que, si le corps de son malade ne répondait plus, il gardait toute sa lucidité intellectuelle. Albert se retint de lui en faire la réflexion. Par égard pour le vieillard.

— Alors, Joanny, comment vas-tu aujourd'hui ?

— Comme... han... comme les autres jours.

— Tu as mangé un peu ?

— Oh ! nous ne sommes pas sage, dit la garde en s'asseyant sur un fauteuil.

— Pas faim, laissa tomber Joanny avec lassitude.

Puis il fit signe à son gendre de s'approcher.

— Plus près... dis-lui de partir... han... je... je veux te parler.

Albert se redressa.

— Mademoiselle, je vais rester avec mon beau-père. Vous pouvez vous reposer un moment. Peut-être dîner. Ma femme est à la cuisine.

— Bien, je ne veux pas vous déranger, dit-elle d'un ton pincé en se dirigeant vers la porte.

Albert renonça à protester, les gardes sérieuses étaient trop difficiles à trouver. Il tira le fauteuil près du lit et prit la main de Joanny.

Le vieillard jeta un coup d'œil à la porte et parut rassuré.

— Approche... han... je ne peux plus beaucoup parler... mais... il faut que je te dise...

— Mais quoi donc, Joanny ? Ça ne peut pas attendre ? Tu me raconteras cela un autre jour. Quand tu seras moins fatigué.

Chilpéric secoua la tête.

— Non... tout de suite... chaque heure compte, mon petit. Je sens la vie s'échapper de ma vieille carcasse. Et c'est bien comme ça. J'ai fait mon temps.

— Qu'est-ce que tu racontes ! Ta crise t'a un peu fatigué. Mais tu vas te remettre. Comme la dernière fois. C'est encore solide, ça !

Albert saisit le biceps de son beau-père et le regretta aussitôt. Sa large main ne tenait qu'une poignée de chair molle, comme vidée de substance, qui roulait sur l'os.

— Tu vois bien, dit le vieillard avec un sourire amer. Aucune importance... han... écoute-moi sans m'interrompre. Heureusement, la tête est encore bonne. Approche-toi. Plus près... encore. Comme à confesse.

Albert obéit. Intrigué. Jamais Chilpéric n'avait fait de pareils mystères.

— Il faut que tu remontes loin dans tes souvenirs, murmura le vieillard, tu es bien sûr qu'on ne peut nous entendre ?

— Mais non, c'est impossible.

Il fallait une grande habitude pour donner un sens à la bouillie de mots qui s'échappait des lèvres desséchées. Beaucoup d'amour aussi. Albert ne manquait ni de l'une ni de l'autre.

— C'était il y a quinze ans, poursuivit Joanny, rassuré. En 1949. Tu étais encore avec moi. Tu te souviens du lot de barbelés et de chaînes qu'on a vendu à un certain Ribard du Havre ?

— Oui, très bien. Une bonne affaire. Mais il y avait aussi des mitraillettes.

— C'est cela, tu as bonne mémoire.

— Tu parles ! Jamais on n'a gagné tant d'argent.

— Oui. On aurait pu aussi y laisser notre peau.

Albert regarda son beau-père, incrédule.

— Qu'est-ce que tu racontes ! On était parfaitement en règle.

— Oui, mais j'ai appris... han... au cours de cette transaction, des choses dont je ne t'ai jamais parlé. Je ne voulais pas t'inquiéter. Tu te souviens que Ribard et son associé, Maison, sont morts ?

— Oui, vaguement. J'avoue qu'à cette époque où je relançais la maçonnerie je n'y ai guère prêté attention.

— Ils ont été assassinés.

Albert se demanda un instant si Joanny n'avait pas perdu l'esprit. Le vieillard le devina.

— Non... non..., mon petit. Je ne suis pas fou. Et leur mort a un rapport indirect avec notre affaire et avec des gens que nous connaissons.

La voix était devenue un murmure. Albert se pencha un peu plus vers son beau-père dont il reçut l'haleine aigre en plein visage.

— Ribard et Maison avaient besoin de certaines autorisations pour nous acheter le stock et pour l'écouler ensuite. Tu te souviens peut-être que Ribard était ferrailleur comme moi mais que son associé, Maison, était un des anciens chefs de la Résistance en Normandie. Maison m'a appris ensuite que son neveu avait été, à Londres, dans les Services spéciaux, à un échelon important, et s'était suicidé après la guerre. A l'époque, il ne m'a pas dit pourquoi. Pour obtenir les autorisations, Ribard et Maison avaient l'habitude de passer par un intermédiaire, un certain Farno, une sorte d'entremetteur, moitié barman, moitié tenancier de tripot, qui était très lié pour je ne sais quelle raison à un avocat très bien placé, Me Desvignes-Benettes !

— Et tu ne m'en as rien dit, reprocha Albert.

— Non. Je m'en suis bien gardé. Pas plus que je n'ai dit à Ribard que Desvignes nous avait sauvé la mise à la Libération. Comme c'était surtout pour toi qu'il était intervenu, il y avait beaucoup de chances pour que mon nom — pour autant qu'il apparaisse — ne lui dise rien. Pour une fois, Farno n'a rien pu obtenir de l'avocat. Il ne voulait pas se mouiller avec la Commission de la Défense nationale. J'ai bien cru que l'affaire ne se ferait pas et j'ai même proposé à Ribard de lui rendre sa parole et l'acompte qu'il avait déjà versé. Maison, son associé, n'a rien voulu savoir. Il voulait à tout prix faire l'affaire. « J'ai un moyen de pression sur cet avocat du diable, m'a-t-il dit. Et j'aurai nos autorisations. » Il semblait bien sûr de lui mais ne m'a rien appris de plus. Toujours est-il que, un mois après, on concluait le marché ! Farno avait réussi à « forcer » Desvignes-Benettes. Les arguments de Maison étaient convaincants.

Joanny Chilpéric s'agitait. Son visage était marqué par l'effort.

— Donne-moi un peu d'eau, Albert... han... han... voilà... ça va mieux.

La main s'était remise à gratter le drap, d'un mouvement incontrôlable.

— Pendant toutes ces tractations j'ai connu la belle-sœur de ce Maison, Eugénie. Elle était un peu plus jeune que moi. Et veuve. On a sympathisé. La pauvre femme ne s'était jamais remise de la mort de son fils, le fameux suicidé des Services spéciaux. Bref, après que notre affaire eut été conclue je l'ai revue. Chaque fois que j'allais à Paris. Oh ! en tout bien tout honneur.

A ce souvenir, le vieil homme eut une sorte de sourire triste qui lui creusa davantage les joues.

— Elle tenait un petit magasin de layette près de la Bastille. On dînait parfois ensemble. Et puis le drame est arrivé. On a retrouvé les corps de Ribard et de Maison, criblés de balles de 9 mm dans une camionnette abandonnée en forêt de Sénart. Eugénie m'a tout de suite appelé au secours. Je suis allé à Paris. Elle était effondrée et mourait de peur. « Mon beau-frère a été assassiné pour la même raison que mon fils », me dit-elle. Et elle me raconta qu'elle ne croyait pas un mot du suicide du capitaine Maison. « J'avais pu le voir en prison, continua-t-elle. Il m'avait avoué avoir fait des bêtises à Londres, mais que des gens haut placés allaient le tirer du pétrin. » Le capitaine savait sur eux certaines choses. Et ces gens, c'étaient Desvignes-Benettes, Des Essarts-Galibert et Judicaël. Grâce à ces renseignements, Eugénie avait pu récupérer une serviette qui contenait les preuves du détournement de fonds des Services spéciaux dont ils étaient responsables. Après le suicide de son fils, son beau-frère lui avait révélé que ces fonds considérables devaient servir à lutter contre une éventuelle subversion communiste et à prendre le pouvoir en France. Comme il n'y a rien eu de tout cela, Des Essarts, Desvignes et Judicaël avaient gardé l'argent. Et les documents compromettants étaient tout simplement la comptabilité parallèle du service de Des Essarts et de Desvignes-Benettes ! Alors j'ai compris de quoi parlait Maison lorsqu'il m'avait indiqué qu'il avait des moyens de pression sur cet « avocat du diable » ! Il l'avait fait chanter avec les documents !

— Mais alors, Joanny, tu crois vraiment que c'est Desvignes-Benettes et Des Essarts qui ont fait assassiner Ribard et Maison ?

— Je ne dis pas cela. Mais trop d'intérêts étaient en jeu. L'intermédiaire entre Maison et Desvignes-Benettes, Farno, le barman, a disparu aussitôt après le crime. Puis, quelques mois plus tard, il s'est livré à la police, s'accusant du double meurtre. Il a été jugé et, écoute bien, condamné à douze ans de prison. Pas cher pour un double meurtre. Il a d'ailleurs été vite libéré. Il avait de puissants appuis ! Je ne l'ai revu qu'une fois à Paris, en 1958, dans un bar. Il était avec ton frère Victor. Il ne m'a pas reconnu et est parti assez vite. Vic m'a alors raconté que Farno, dont il ne connaissait évidemment pas le passé, était un membre des Services spéciaux et qu'il avait activement aidé les mouvements civils du 13 Mai à Alger. Il aurait même fourni pas mal d'argent. Bien sûr, je n'ai rien dit à Vic de ce que je savais. J'ai même fait semblant de ne pas prêter une attention particulière à son histoire. Et nous avons parlé d'autre chose. Pour moi, c'était clair. Farno avait accepté de jouer les boucs émissaires pour certains services ou certains groupes influents qui avaient intérêt à voir l'affaire de la forêt de Sénart officiellement close. On a dû lui promettre de l'argent et une situation en échange de quelques mois de prison !

Joanny était parfaitement lucide et ses révélations laissaient Albert stupéfait.

— Mais, Joanny, pourquoi ne m'as-tu jamais parlé de ça ?

— Tu ne trouves pas que trois morts cela suffisait, non ?

— Alors pourquoi aujourd'hui ?

Joanny Chilpéric haletait. Depuis quelques minutes, il avait de plus en plus de mal à respirer et sa voix n'était plus qu'un filet à peine audible.

— Parce que je n'en ai plus pour longtemps, mon petit, murmura-t-il. Et que je ne serai plus là pour veiller sur vous. Après la mort de son beau-frère, Eugénie a reçu la visite de deux hommes qui se disaient eux aussi des Services spéciaux. Ils voulaient savoir si elle n'avait reçu aucun papier, soit de son fils, soit de son beau-frère. Elle a joué l'innocente qui ne savait rien mais, dès leur départ, elle m'a confié la fameuse serviette. La pauvre Eugénie n'en pouvait plus. Elle est morte six mois plus tard. J'ai caché les papiers chez moi. Puis, le temps aidant, j'ai oublié l'histoire. Ce n'est que lorsque je t'ai vu travailler de plus en plus avec Des Essarts et surtout Desvignes-Benettes que j'ai ressorti le dossier. J'ai en outre écrit tout ce que je t'ai raconté. Bien sûr, ce récit ne vaut rien, juridiquement, mais la comptabilité est là. Pour un spécialiste, je suis sûr qu'elle serait accablante. Alors je me suis dit que si, un jour, ton Desvignes te faisait des ennuis ou si Des Essarts était moins compréhensif, tu aurais un moyen à ton tour de les amener à la raison. En prenant bien garde à toi ! Ce matin, j'ai envoyé Marguerite chez moi avec les indications pour retrouver la serviette. Là voilà. Là, sur la commode. Passe-la-moi.

Albert obéit.

— Ouvre-la.

Il en tira une mince liasse de papiers manuscrits qu'il parcourut rapidement.

— C'est de l'hébreu !

— Pour toi, oui. Pour Desvignes, non. Fais-en ce que tu voudras. De toute façon, ce sera pour toi une bonne protection.

— Il y a en toutes lettres les noms de Judicaël, Galibert et Desvignes, constata Albert. Je crois que j'ai une idée.

Joanny essaya de se relever sur ses oreillers. Albert l'aida gauchement, avec beaucoup de douceur. Le vieillard avait les yeux brillants d'excitation.

— Oui, poursuivit Albert, je vais lui donner ces papiers !

— Tu es fou !

— Pas du tout. Je vais en faire une photocopie que je garderai. Desvignes-Benettes est trop malin pour ne pas s'en douter, mais il aura récupéré l'original tout en sachant que je sais. Disons que ces papiers cimenteront à jamais des liens déjà étroits. Décidément, mon vieux Joanny, tu auras toujours été mon bon ange.

Chilpéric soupira, puis s'enfonça dans les oreillers moelleux. Satisfait.

— J'ai fait ce que j'ai pu. Pour toi et aussi pour ma Marguerite. Et vous me l'avez bien rendu. Ces papiers seront mon dernier cadeau. Ma façon à moi de fêter ta Légion d'honneur. J'aurais bien voulu être auprès de toi mais on te décore trop tard ! Allez, va, mon fils, va te préparer. Marguerite t'accompagne ?

— Non, elle ne veut pas. Elle se sent mal à l'aise avec tous ces gens.

Joanny laissa retomber sa main d'un geste fataliste.

— Elle a toujours été sauvage, tu ne la changeras pas à son âge. Mais...

Il fit signe à son gendre de se rapprocher encore.

— Aime-la bien, Albert, chuchota-t-il. Comme elle t'aime. Même si elle ne te le dit pas.

— Tu sais bien que j'ai beaucoup de tendresse pour elle.

— Oui, il le faut. Et la tendresse, à partir d'un certain âge, cela n'a pas de prix.

Albert avait les larmes aux yeux lorsqu'il sortit de la chambre. Pour cette raison, il ne remarqua pas le regard soupçonneux que l'infirmière, regagnant son poste, eut pour la serviette qui pendait à son bras.

CHAPITRE XI

Le « Sand et Musset » est le plus bel hôtel de Saint-Jean. Il a deux façades. L'une donne sur le port, l'autre sur l'étroite rue de Venise. Seule, la première, avec ses fenêtres cintrées et ses balcons de fer forgé, couronnée d'un fronton sculpté et imposant, témoigne de l'austère beauté de l'ancienne résidence des ducs de Saint-Jean. C'est à la fin de l'Empire qu'un astucieux commerçant, Colin Maraut, riche négociant en blé, acquit la vieille demeure pour la transformer en « hôtel de touristes » — le mot venait d'Angleterre et faisait fureur à Paris où les émigrés, revenus en force, se piquaient d'anglicisme. Maraut transforma l'hôtel fort délabré en un séjour luxueux qu'il ouvrit à l'enseigne des « Ducs de Saint-Jean ».

Depuis six générations l'établissement appartient à la famille Maraut mais ce n'est qu'après la seconde guerre mondiale qu'Augustin Maraut, l'actuel propriétaire, en changea le nom pour celui de « Sand et Musset » en souvenir du séjour prolongé qu'y firent George Sand et Alfred de Musset en route pour Venise, où leurs amours orageuses devaient se terminer. A l'entrée de la rue de Venise, une large plaque de marbre rappelle en lettres d'or le passage des illustres voyageurs. Son inauguration avait été l'occasion pour Des Essarts, nouveau maire de Saint-Jean, de montrer à ses concitoyens qu'il n'avait rien perdu de ses dons d'orateur et de prouver toute l'étendue de sa culture littéraire.

Augustin Maraut avait même fait éditer son discours sous forme d'une luxueuse plaquette qu'il offre encore à ses hôtes de marque.

Lorsque Alain Garrot arriva au « Sand et Musset », la rue était déjà encombrée de voitures étincelantes dont les chauffeurs en casquette bavardaient sur le trottoir. Quatre motards à gants blancs à crispin et bottes luisantes stationnaient près d'une Pallas à cocarde tandis que plusieurs agents de police assuraient le service d'ordre à l'entrée de l'hôtel et contrôlaient les invitations. Pour son ami Vaugondran, Des Essarts avait sorti le grand jeu !

Dans les majestueux salons du premier étage dont les boiseries rechampies d'or luisaient à la lumière d'imposants lustres de cristal, une foule déjà nombreuse rendait l'atmosphère étouffante. Les parfums capiteux des femmes décolletées se mêlaient à la fumée des cigarettes et aux odeurs provenant de deux vastes buffets qui, à chaque extrémité de la galerie, croulaient sous les canapés, les charcuteries, les petits fours et les gâteaux. Des cochons de lait entiers dont la gelée fondait doucement attendaient, stoïques, la fin des discours avant d'être débités par les couteaux habiles de maîtres d'hôtel en queue de pie.

A la porte d'entrée, Albert Vaugondran et sa fille recevaient leurs invités et ceux de Des Essarts. Car le député maire avait fait de cette cérémonie « intime » une réception digne de celles qu'il organisait trois ou quatre fois par an à la préfecture. Une partie importante de la bourgeoisie de Saint-Jean, pour qui Vaugondran n'était jamais qu'un « nouveau riche », n'avait pas résisté à l'attrait de la carte gravée qu'ils avaient reçue de la mairie. Des Essarts savait à merveille manœuvrer « sa » ville.

La cravate discrètement rayée sur une chemise blanche qui mettait en valeur son teint bronzé, il se multipliait auprès de ses administrés les plus importants, flattés d'être parmi le monde « bien » qui avait « bien » voulu venir. Avide de publicité, toujours prêt à se montrer, il possédait une technique parfaite de la réception ou de l'inauguration, maniant sans vergogne les compliments les plus outrés. Il embrassait la petite fille et n'hésitait pas à adresser à la mère, flattée, le même compliment immuable : « On ne croirait jamais sa maman, mais sa grande sœur ! » Et ça marchait ! Pourquoi s'en priver ?

Des Essarts entendait faire de cette réunion en l'honneur de Vaugondran une cérémonie à sa gloire personnelle. C'est le promoteur « social » que l'on allait décorer, soit, mais à travers sa personne, c'était toute la politique du logement élaborée par le député maire depuis des années qui était honorée.

Au centre du salon, près d'une table où, dans l'écrin de velours, miroitait la croix de la Légion d'honneur qu'il allait remettre, Félix Judicaël recevait avec simplicité les hommages des flatteurs de préfecture. Plusieurs notabilités qui avaient participé à sa première campagne électorale en 1958 — les vieux fidèles — se rengorgeaient de pouvoir l'appeler « mon cher ministre », avec, dans la voix, une nuance de familiarité qui, à leurs yeux, valait toutes les récompenses.

— Ainsi, mon cher ministre, dit Stéphane Mapie, vous n'allez pas participer à la campagne à Saint-Jean ?

Mapie était, avec Antoine Lebrun et Louis Crédo, l'un des trois adjoints de Des Essarts-Galibert à la mairie de Saint-Jean. Il collait aux basques de Judicaël depuis son arrivée, à l'affût de la nouvelle ou du tuyau qui, répété à ses amis, le ferait paraître « à la pointe de l'information politique ».

— Mais si, cher ami, répondit le ministre, je vais y participer et apporter mon soutien à mon fidèle Renaud Miller.

— Pourquoi ne pas vous présenter vous-même ?

Judicaël prit l'adjoint au maire par le bras et l'entraîna vers la vaste cheminée au fond du salon.

— Mon cher Mapie, vous êtes secrétaire général du M.C.G. pour le Rhône-Maritime. Auriez-vous accepté ces fonctions si vous aviez su ne pas pouvoir les remplir et devoir les déléguer à l'un de vos collaborateurs ?

— Evidemment, non !

— Eh bien, il en est de même pour moi. En confidence je peux vous le dire, non seulement parce que la confiance que j'ai en vous ne date pas d'hier, mais encore à titre d'allié politique, puisque votre mouvement rejoint la majorité : jamais le gouvernement n'a été plus soudé, plus cohérent. Le remaniement ministériel qui suivra les législatives sera de pure forme.

— De pure forme ? s'inquiéta Mapie.

— Rassurez-vous ! Le premier ministre ne changera pas mais il procédera à l'attribution de nouveaux portefeuilles. Le président a apprécié à sa juste valeur le ralliement du M.C.G. à la majorité et je peux vous dire sans risquer d'être démenti qu'un ou plusieurs des vôtres figureront en bonne place dans le prochain cabinet.

— Des Essarts ?

— Vous m'en demandez trop. Je vous sais digne de confiance mais vous en dire plus serait de l'indiscrétion.

Mapie approuva d'un air entendu.

— Donc, poursuivit Judicaël, j'estimerais flouer mes électeurs si je sollicitais leurs suffrages sachant pertinemment qu'au lendemain des élections je passerais la main à mon suppléant pour participer au nouveau gouvernement. Je préfère appuyer la campagne de Renaud Miller, qui sera ainsi député à part entière. Et non par raccroc. C'est plus honnête. Bien que ma position ne soit pas partagée par tous mes collègues du gouvernement !

Stéphane Mapie eut un sourire un peu forcé. Suppléant de Des Essarts-Galibert, dont l'élection ne faisait aucun doute dans la première circonscription de Saint-Jean, il espérait bien que l'entrée du « patron » dans le nouveau gouvernement lui permettrait de siéger pour la première fois au Palais-Bourbon. Par raccroc, justement ! Et recevoir ainsi les intérêts de l'aide qu'il apportait depuis des années à Hervé Des Essarts-Galibert. La « confidence amicale » de Judicaël était une pierre dans son jardin.

Stéphane Mapie et son ami Louis Crédo constituaient,

à la mairie de Saint-Jean, l'aile bourgeoise du cabinet de Des Essarts. Pour eux, les Lebrun, Vaugondran et même Judicaël n'étaient que des parvenus auxquels les hasards de la vie politique et sociale avaient donné une forme de pouvoir avec laquelle ils devaient compter.

Mapie dirigeait depuis vingt ans la principale société d'aconage du port de Saint-Jean. Secrétaire général de la fédération M.C.G. du Rhône-Maritime, il avait été élu au conseil municipal sur la liste de Des Essarts, qui en avait fait l'un de ses adjoints. Pour le maire de Saint-Jean, le soutien de Mapie était indispensable. En effet, le patron des dockers du port tenait son personnel d'une poigne de fer. Echaudé par une grève qui l'avait mis en difficulté en 1961 — grève qu'il n'avait réussi à mater qu'avec l'aide des truands de Mérouli, fournis par Antoine Lebrun (1) —, il avait créé de toutes pièces un syndicat bidon qui contrôlait la majorité des ouvriers de manutention du port. L'exemple de Lebrun avec ses chauffeurs de taxi lui avait servi. Jamais, depuis, la C.G.T. n'avait pu réussir une grève « dure ».

Ainsi que disait Lebrun, « si la C.G.T. veut foutre la merde, Mapie est capable de montrer du monde ».

Cette conception de la liberté du travail était, avec l'appartenance au M.C.G., le seul point commun entre Stéphane Mapie et Antoine Lebrun.

Pour Des Essarts, Mapie avait une surface politique plus crédible que celle de Lebrun. Lors des grandes rencontres politiques, Des Essarts était toujours accompagné de Mapie. Jamais de Lebrun, qui, par ses « fréquentations » — bien utiles pourtant — et sa propension à exhiber les signes extérieurs d'une trop rapide réussite financière, marquait mal.

Grâce à ces deux hommes si différents, Des Essarts tenait solidement la ville. Les chauffeurs de taxi et les gangsters de

1. Le plastiquage du domicile du chef des piquets de grève, attribué à l'époque à l'O.A.S. et effectué, en réalité, par les hommes de Mérouli, avait retourné la situation et mis fin à l'arrêt de travail.

Lebrun, auxquels s'ajoutaient les dockers « syndiqués » de Mapie, constituaient une redoutable « force de frappe » toute dévouée aux intérêts du maire de Saint-Jean.

— Vous avez tout à fait raison, mon cher ministre, enchaîna Mapie, et je suis sûr que vos électeurs vous sauront gré de votre honnêteté en élisant votre ancien suppléant au premier tour. Renaud Miller le mérite bien.

Vacherie pour vacherie ! Jamais, dans sa circonscription, Félix Judicaël n'avait réussi à être élu au premier tour !

— Vous connaissez, bien sûr, notre ami Louis Crédo ?

— Naturellement ! dit Judicaël en tendant une main molle à un homme d'une soixantaine d'années dont le visage émacié était surmonté d'une crinière ondulée d'un blanc éclatant. Nous avons eu l'occasion de nous rencontrer à plusieurs reprises, ces derniers mois, pour régler avec un de mes collègues des Finances un litige dû à un malentendu.

— Oui, un désagréable malentendu que vous m'avez permis de dissiper, mon cher ministre. Je ne l'oublierai jamais.

— C'était tout naturel. Les deux parties étaient de bonne foi.

Grand bourgeois, Louis Crédo, à la Libération, avait su plaider auprès du commissaire de la République la cause des industriels et gros commerçants qui avaient « commis l'imprudence » de se montrer trop compréhensifs avec l'ennemi. Il avait su se faire entendre de Des Essarts-Galibert d'autant plus facilement qu'il n'intervenait pas pour lui-même. Sa conduite durant l'occupation avait été irréprochable. Il s'était soigneusement tenu à l'écart de la collaboration comme de la Résistance ! Indépendant avant tout, telle était sa devise. Indépendants étaient également ses amis politiques. Liés aux grandes banques, possédant des actions de nombreuses affaires de savonnerie il avait su amener à des Essarts-Galibert une clientèle électorale sur laquelle un Lebrun n'avait aucune prise : la grande et moyenne bourgeoisie, soucieuse d'ordre avant tout. Crédo, devenu adjoint au maire de la ville, était la caution de Des Essarts destinée à rassurer la « majorité modérée et tranquille ». Sa participation au conseil d'administration du groupe De Vanves, auquel Desvignes-Benettes était particulièrement lié, et son amitié avec certains leaders indépendants de la majorité en faisaient un collaborateur de choix. Des Essarts-Galibert lui avait confié la direction enviée des finances de la ville. C'est par Louis Crédo que le maire de Saint-Jean avait tissé des liens solides — et secrets — avec l'un des collègues indépendants de Judicaël au gouvernement. Liens qui n'étaient pas étrangers au projet de ralliement du M.C.G. à la majorité.

Félix Judicaël n'avait pas vu d'un très bon œil les contacts M.C.G.-majorité lui échapper. Son prestige au sein du gouvernement, où il ne possédait qu'un demi-portefeuille, risquait de s'en ressentir. Heureusement, il avait appris par un membre de son cabinet les difficultés financières graves auxquelles se heurtait une société d'économie mixte dont Crédo partageait les responsabilités. En un tournemain, Judicaël avait sorti l'affaire — le temps pour le financier de mesurer les risques encourus —, puis l'avait « arrangée » après une conversation avec un haut fonctionnaire du ministère des Finances lié à son parti, qui avait conclu à un malentendu et classé le dossier.

Des Essarts avait apprécié la manœuvre à sa juste valeur et avait exprimé sa gratitude à Judicaël. Il avait besoin de Louis Crédo pour parfaire sa majorité municipale et pour gérer les finances de la ville mais il n'était pas fâché de le tenir solidement grâce à cette affaire. Bien entendu, les préliminaires au ralliement spectaculaire du M.C.G. à la majorité étaient passés par l'intermédiaire du sous-secrétaire d'Etat au Logement et non par les amis indépendants de Crédo. La réussite de cette manœuvre délicate avait valu à Félix Judicaël l'assurance d'un « maroquin à part entière » lors du prochain remaniement ministériel... et la reconnaissance « éternelle » de Louis Crédo.

Seul, Desvignes-Benettes avait manifesté de l'inquiétude. Il s'en était ouvert à son beau-père.

— Attention, Hervé ! Félix prend des épaules. Il a magnifiquement joué l'affaire Crédo — à son compte — et il est de plus en plus réticent à nos appels. Il fait la sourde oreille pour Port-Litri. Méfions-nous. Rien ne l'empêche de traiter avec d'autres groupes que les nôtres.

Des Essarts n'avait pas partagé les craintes de son gendre.

— Félix est avec nous. Pour le meilleur et pour le pire. Faites-lui une note sur Port-Litri. Je lui en parlerai de vive voix.

Desvignes-Benettes excellait dans l'intervention orale et détestait laisser une preuve écrite des efforts qu'il déployait en faveur de tel ou tel groupe ami. Pourtant, devant les réticences de Judicaël, il s'était décidé. Moins pour « arranger » les affaires entre son beau-père et le tandem Vaugondran-Lebrun que pour rappeler Judicaël à l'ordre et éprouver la solidité de son crédit. Les arguments du ministre ne tenaient pas. Un Judicaël ne devait, ne pouvait pas reculer devant les insinuations de feuilles de chou. Même à la veille d'élections. En outre, malgré l'assurance de son beau-père, Desvignes-Benettes, par caractère, éprouvait quelques doutes sur la fidélité du ministre à leur égard.

L'avocat avait longuement pesé les termes de la note qu'il avait fait parvenir par porteur au sous-secrétariat au Logement.

« Monsieur le ministre et cher compagnon...

(Discret rappel des liens tissés à Londres !)

» J'avais récemment attiré votre attention sur l'opportunité de lever le plan protecteur couvrant la zone dite " Domaine de Litri ", dont le ministère des Armées a rendu, voici trois ans, la jouissance au Dr Heming, propriétaire des cinquante hectares de ladite zone. Je me permets de vous rappeler que la commission interministérielle de sauvegarde de la côte est-méditerranéenne n'a pas jugé utile de prolonger la mission de son représentant — qui avait fait établir ce plan de protection — et a conclu à l'exagération de l'importance attribuée au microclimat que ce fonctionnaire avait cru — de bonne foi — y déceler.

» Le conseil général du Rhône-Maritime a, de son côté, mis l'accent sur le développement que vaudrait aux habitants de la région la création, sur la zone de Litri, d'un complexe touristique dont l'étude a été confiée à la société Vaugondran S.A., dont vous connaissez les réalisations remarquables tant à Saint-Jean que dans la périphérie.

» Enfin, je me permets d'attirer votre attention sur le succès du programme dénommé Litrica, édifié par la même société sur une parcelle de deux hectares pour laquelle — à titre d'expérience — vous aviez bien voulu lever le plan de protection.

» M. Hervé Des Essarts-Galibert saura vous exposer, mieux que je ne saurais le faire ici, l'importance du développement économique et social qu'une telle mesure donnerait à une partie particulièrement défavorisée de la population du Rhône-Maritime. Importance que M. le préfet Chypre avait soulignée en accordant le permis de construire du programme Litrica.

» Avec mes remerciements, veuillez agréer, monsieur le ministre et cher compagnon, l'expression de mes sentiments de fidèle amitié. »

THOMAS DESVIGNES-BENETTES

Par un courrier différent, il avait doublé cette lettre très officielle d'un billet plus « intime » et plus explicite.

« Cher Félix,

» J'insiste particulièrement pour que tu prennes une décision RAPIDE à propos des terrains de Port-Litri. Il te suffit simplement d'abroger ce plan protecteur dont Cambon, avant de rejoindre le Conseil d'Etat, avait fait son cheval de bataille et que le président de la commission de protection a jugé lui-même parfaitement inutile. Tu m'as expliqué à plusieurs reprises — encore qu'un peu succinctement — que tu ne jugeais pas la période préélectorale actuelle favorable à une telle décision. Permets-moi de te dire en toute amitié que je ne puis prendre en considération la valeur de cet argument. Personne ne pourra te reprocher de revenir sur une décision parfaitement inopportune et qui lèse gravement les intérêts d'une population laborieuse qui vit dans une circonscription dont tu fus, il y a peu, l'élu. Prendre une décision qui va fournir, pendant la période d'aménagement de Port-Litri, du travail à plusieurs centaines d'ouvriers et d'employés, puis, dès sa mise en service, apportera la prospérité inhérente à ce genre de complexe touristique à la population autochtone me semble être le devoir de l'ancien député de Saint-Jean, outre qu'elle facilitera l'élection de ton cher Renaud Miller, dont tu soutiens la campagne.

» La signature de cette abrogation sera le seul service que je te demanderai dans cette affaire. Les permis de construire seront — au stade de la réalisation — l'affaire de notre préfet Henri Chypre et celle d'Hervé. Ton autorisation pour construire sur le « territoire » maritime — autorisation qui faciliterait l'exploitation de Port-Litri — pourrait accompagner l'abrogation du plan protecteur. Ainsi, le promoteur, notre ami Vaugondran, pourra entreprendre avec Antoine Lebrun la construction d'un port à partir de capitaux privés et non en sollicitant les deniers de l'Etat pour favoriser une classe privilégiée propriétaire de bateaux de plaisance. Cet argument, j'en suis sûr, touchera le ministre dont le souci permanent est de défendre les intérêts des contribuables.

» La société Vaugondran S.A. fait parvenir à tes services l'étude que son bureau a soigneusement établie sous la direction de son architecte. Il est évident — et j'ai su le faire comprendre tant à Vaugondran-Lebrun qu'à notre cher Des Essarts — que cette étude, si méticuleuse soit-elle, devra être contrôlée par un bureau d'études techniques auquel ton ministère accorde toute sa confiance. Les frais du travail considérable que ce bureau aura à effectuer seront couverts par les financiers garants de la société civile immobilière que notre ami Vaugondran établira dès que l'abrogation du plan protecteur sera effective. Il s'agira de la De Vanves, de la banque Steiner et de quelques clients qui m'honorent de leur confiance. Le répondant, tu le vois, sera solide.

» Au cas — que je souhaite vivement — où tu approuverais le projet annexe de construction du port artificiel et des quelques dizaines d'habitations qui le rendraient rentable, il est évident que le bureau d'études techniques de ton choix aurait à contrôler le second plan d'aménagement conçu par la Vaugondran S.A. Toujours dans cette éventualité, je me permets de t'ennuyer avec une intervention qui pourrait t'échapper. Sois aimable de signer rapidement un avenant à Vaugondran, qui lui épargnera le risque d'être concurrencé par une autre société pour la construction de ce port. Ce qui, tu l'avoueras, serait un comble puisque c'est lui qui, depuis la décision du ministère des Armées de rendre le terrain au Dr Heming, a mené l'affaire de bout en bout.

» Merci d'avance. Et à bientôt, à Saint-Jean, où Albert Vaugondran se réjouit de recevoir sa décoration de la main d'un authentique héros de la dernière guerre. Il n'y en a plus tellement !

» Ton amicalement dévoué. »

T.

Desvignes-Benettes, qui attachait une grande importance au « standing » de son papier à lettres — il se fournissait exclusivement chez un graveur réputé du faubourg Saint-Honoré —, avait jugé bon de faire taper cette note « amicale » par sa fidèle Stéphanie sur un simple papier machine et de ne la signer que de l'initiale de son prénom.

Le lecteur profane qui aurait eu connaissance de cette missive n'y aurait trouvé aucun élément qui justifiât pareilles précautions. La lettre officielle — à première vue — en disait autant sinon plus. Seulement, elle ne parlait pas de bureaux d'études techniques. En deux brèves phrases, compréhensibles aux seuls initiés, Me Thomas Desvignes-Benettes, le n° 1 des avocats d'affaires parisiens, faisait à son ami de guerre Félix Judicaël une offre que celui-ci avait déjà souvent acceptée. La traduction en clair faisait du sous-secrétaire d'Etat au Logement un concussionnaire de la plus belle espèce.

Le système était simple et utilisé sans plus de vergogne

tant par le parti de Judicaël que par celui de Des Essarts-Galibert.

Dès qu'un programme de construction important — qu'il s'agît de logements ou d'attribution de chantiers de travaux publics — nécessitait l'intervention de Judicaël ou de Des Essarts, les bureaux d'études de Vaugondran établissaient un projet soigneusement pesé où rien n'était laissé au hasard. Puis, avant acceptation de l'autorité intéressée, ce projet passait entre les mains d'un second bureau d'études techniques beaucoup moins sérieux que le premier. En fait, il s'agissait d'officines à la solde de l'un ou de l'autre parti, qui, pour prix de leur « approbation » technique, touchaient une commission fort importante de la part du promoteur ou de l'entreprise de travaux publics. Commission dont ces bureaux bidons ristournaient la plus grosse part à la caisse noire du parti concerné. L'argent sortait ainsi sous les apparences de la plus parfaite légalité. Les comptes étaient réguliers et personne ne pouvait y trouver à redire. C'est ainsi que Vaugondran, Lebrun et leurs financiers avaient lâché pour les autorisations nécessaires à l'opération des Hauts de Saint-Jean un certain nombre de centaines de millions qui avaient rejoint la caisse de Des Essarts. S'il abrogeait le plan protecteur du domaine de Litri, Judicaël se voyait proposer la somme qu'il jugerait utile pour la « cagnotte » de son parti. Habile, Desvignes-Benettes lui laissait le choix du cabinet d'études qui servirait de couverture aux dessous de table, bienvenus en période électorale.

Le programme du domaine de Litri, qui porterait sur plusieurs dizaines de milliards et laisserait à ses promoteurs un confortable bénéfice, devait grossir les finances du parti de Judicaël de la plus grosse « contribution » que la politique du logement prônée à Saint-Jean par Des Essarts eût jamais fournie. Et pourtant, malgré l'importance de la somme, le sous-secrétaire au Logement ne semblait guère pressé d'apporter une solution favorable au problème que lui posaient ses « amis ».

Desvignes-Benettes, inquiet de ce détachement, entendait

se servir du voyage de Judicaël à Saint-Jean pour le mettre au pied du mur. L'avocat n'aimait pas perdre et, moins que la commission qui lui échapperait en cas d'échec de son intervention, c'était l'accroc à son prestige qu'il redoutait. Avouer, par exemple, au vieux Lamarck que la fructueuse opération de Port-Litri ne se ferait pas lui paraissait impossible. Tout son crédit tenait à l'influence que ses clients lui prêtaient. La faillite d'une affaire à laquelle trois groupes de première importance apportaient une attention intéressée entamerait irrémédiablement son capital confiance.

Lorsque, au milieu de la cohue du « Sand et Musset », Thomas Desvignes-Benettes aborda son ami Félix Judicaël, son sourire nonchalant dissimulait une détermination farouche que le ministre était loin de soupçonner.

— Content de te revoir, cher Félix. A Paris, tu es devenu intouchable !

— La campagne, mon vieux. La campagne ! Les investitures nous ont donné un mal de chien ! Nous avons dû les examiner une à une. Un véritable tribunal. Nos candidats doivent être irréprochables...

— Ces législatives ne font aucun doute. Et l'apport du M.C.G. conforte encore la majorité. Vous n'avez aucun souci à vous faire.

— Si importants que soient les résultats de la précédente législature — sous notre gestion attentive —, nous ne devons, pas nous endormir sur nos lauriers. L'électeur est un animal curieux qu'il ne faut jamais cesser d'apprivoiser. Que tu as été sage, mon cher Thomas, de ne point te laisser séduire par le démon de la politique ! Tu t'épargnes bien des soucis.

— Disons qu'ils sont d'un autre ordre. As-tu reçu mon courrier sur Port-Litri ?

— Oui, mais je préférerais que nous en parlions à un autre moment.

Judicaël baissa le ton.

— Il y a trop de monde ici.

Thomas désigna la double fenêtre grande ouverte sur le salon principal de l'hôtel.

— Viens, je n'en ai que pour un instant.

L'air tiède venu du port sentait la mer et le gas-oil. Les deux hommes s'accoudèrent à la rambarde ouvragée. L'enseigne lumineuse de l'hôtel les baignait d'une lumière bleutée qui donnait à leurs visages une teinte cadavérique.

— Je comprends qu'aucune jolie femme ne se laisse entraîner sur cette terrasse, plaisanta Judicaël.

Desvignes-Benettes resta de marbre. Son sourire avait disparu.

— Tu en fais une tête ! continua Judicaël sur le même ton. Tu as des ennuis ?

— Cela dépend...

— De qui ?

— De toi.

— Comment de moi ?

— Félix, cessons de tourner autour du pot. Nous nous connaissons depuis plus de vingt ans. Vingt-quatre ans exactement. Et nous savons tout aussi exactement ce que nous valons et ce dont nous sommes capables. L'un et l'autre nous avons toujours joué le jeu. Fidèlement. Or j'ai la nette impression que tu te retires de la table. Les poches pleines. Comme au poker. Ça ne se fait pas, Félix.

— Mais je ne te comprends pas. Tu te fâches pour cette affaire du domaine de Litri, cela n'en vaut pas la peine. Tu en retrouveras d'autres.

Le visage de Thomas se crispa imperceptiblement.

— Si j'ai bien compris, tu refuses d'annuler le plan protecteur ?

— Pour l'instant, oui. Enfin, comprends-moi, Thomas, je viens de te confier nos difficultés au sein du parti pour accorder les investitures. Il n'est pas question de donner prise actuellement à l'opposition. Certains échos laissent à penser que nos ennemis sont bien renseignés. Ils ne se sentent pas suffisamment forts pour citer des noms mais nous devons nous méfier...

— Nous ?

— Oui, Thomas. Nous. Imagine qu' « ils » connaissent les

détails de certaines affaires que nous avons menées. Notre image de marque politique en prendrait un vieux coup. Et ta réputation d'avocat-conseil en serait singulièrement entachée.

— Mais si j'ai bien compris, Félix, tu me fais la morale ?

— Il n'est pas question de morale mais d'élémentaire prudence. Je ne te dis pas que je ne reviendrai pas sur ma décision concernant Port-Litri, mais après les élections. Avant, je ne veux pas prendre le moindre risque.

— Et moi, je ne peux plus attendre. Qui me dit que dans le gouvernement remanié tu seras toujours à ton poste ? Et puis rassure-toi, tu n'as participé à aucune manœuvre illégale. Puisque tu ne fais plus confiance à l'ami, fais au moins confiance au juriste. Nos affaires sont parfaitement licites et je m'étonne qu'un homme qui s'est lancé dans la politique comme tu l'as fait, et à certaine époque avec courage et sans en mesurer les risques, s'affole devant quelques échos misérables qui sont de bonne guerre en période électorale.

— Mais il n'y a pas que moi, il y a le parti...

— J'y pense et je crois que les groupes que je représente ont largement contribué à son financement. Je pensais avoir été suffisamment explicite dans ma note. Les honoraires de votre bureau d'études seront les nôtres. Dans la mesure où ils resteront raisonnables. Mais il faut que tu prennes une décision rapide. Elle dépend uniquement de toi. Il n'y a pas eu décret mais un simple ukase de ton ministère. Tu es couvert par tout le monde. Par le conseil général. par Des Essarts...

— Oh ! Des Essarts...

— Tu as suffisamment intrigué pour obtenir son ralliement. Ne serait-ce que pour le remercier tu pourrais faire ce geste.

— Mais Des Essarts n'est pas partie prenante dans l'affaire.

— Tu connais mon beau-père aussi bien que moi. Il a l'œil... et la main dans toutes les affaires importantes qui se montent dans la région. En tout bien tout honneur, toujours dans l'intérêt de son parti. Comme toi, mon cher Félix.

Judicaël releva son large menton d'un mouvement qu'il jugeait impérial. « Comme lors des interpellations à la tribune de la Chambre », remarqua Desvignes-Benettes.

— C'est cela qui nous différencie, mon cher Thomas. Tu interviens uniquement pour des groupes financiers qui ne voient que leur intérêt personnel. Au passage, tu ne négliges pas le tien. Je ne te reproche rien, c'est humain. Mais nous, Hervé et moi, lorsque nous « arrangeons » certaines de vos affaires et que nous en tirons un certain bénéfice, c'est dans l'intérêt de l'Etat.

— Décidément, ce soir, j'ai droit au cours de morale accéléré pour délinquant primaire. Morale pour morale, écoute bien ceci — et après nous parlerons sérieusement de choses sérieuses : le jour, l'heure, la minute où des hommes politiques comme vous en arrivent à se persuader qu'ils servent l'Etat en « arrangeant », comme tu dis, les affaires de groupes privés contre un chèque qui va droit à la caisse de leur parti, on peut être assuré que la dégradation de l'Etat qu'ils disent servir est complète. Ce n'est pas neuf, tu trouveras cela dans n'importe quel manuel d'économie politique. Ou dans les discours de l'Académie des sciences morales... et politiques, justement. Et ça pourra toujours te servir dans une allocution. Cela étant dit, inutile de nous chamailler pour une décision qui peut se prendre en cinq minutes. Une décision qui me rendra service, mais je m'aperçois que c'est un mauvais argument, alors disons qui rendra service à Des Essarts, Vaugondran et Lebrun.

— Ces deux B.O.F. !

— Qui ont été bien souvent compréhensifs à ton égard !

Judicaël fit mine de réfléchir, s'épongea le visage, puis se décida.

— Non. Décidément non. Je vais déjà décorer le Vaugondran, cela suffit amplement.

D'un geste brusque dont la violence surprit le ministre, Thomas lui saisit le poignet.

— C'est bien. Je voulais éviter d'en arriver là. Ou tu

signes notre dérogation dès ton retour à Paris ou les échos que tu redoutes si fort vont prendre une autre ampleur. Cette fois, on pourrait bien parler de toi dans ces feuilles confidentielles qui arrivent tous les matins sur le bureau de tes chers collègues, qui s'en délectent. Et l'on y évoquerait ton train de vie, l'appartement de la rue Elzévir...

— Salaud !

— ... la villa des collines de Saint-Jean, poursuivit Thomas, imperturbable.

— Je l'ai payée. Je ferai un procès. D'ailleurs, les rédacteurs ne te croiront pas.

— Je les arrose depuis suffisamment de temps pour qu'ils me croient. Grâce à mes judicieux conseils, la plupart de mes clients leur prennent dix ou quinze abonnements par an. A huit mille balles pièce. Nouveaux, bien sûr ! Je t'ai cru habile et intelligent, Félix, tu n'es que malin. Et encore, pas tous les jours. Je serais curieux de voir comment tu produiras les factures de cette délicieuse bicoque qui vaut au bas mot trois cents millions et que ces B.O.F. de Lebrun et de Vaugondran, comme tu les appelles avec une belle ingratitude, t'ont si joliment construite. Tu feras bien de les retrouver avant de décider de ne pas signer notre dérogation.

Judicaël transpirait à grosses gouttes. Il avait souvent réclamé les factures de sa maison à Vaugondran, mais sans trop d'insistance. Et il n'en avait pas payé le premier sou. Avec quoi l'aurait-il fait, d'ailleurs ? Il avait seulement accepté les titres de propriété.

Thomas le regarda avec une feinte compassion.

— Tu es coincé, Félix. Crois-en un spécialiste, quand on met le doigt dans l'engrenage, on ne peut jamais s'en dégager. Que je doive rappeler cette évidence à un ancien des Services spéciaux me peine un peu.

— Si tu fais cela, je te mettrai dans le bain jusqu'au cou !

— Je n'apparais nulle part, mon gros Félix. Et quand j'apparais, mes comptes sont d'une limpidité à décourager le pire des polyvalents. On me paie pour cela. Et moi, je suis toujours fidèle.

— Tu ne m'auras pas au chantage. J'ai sauvé ma peau de situations autrement difficiles. Souviens-t'en !

— C'était il y a vingt ans. Tu étais mince et lucide. Tu n'avais pas encore les mauvaises habitudes du pouvoir. Mais puisque tu évoques cette période, il me semble que tu as participé activement à la constitution de notre trésor de guerre. Tu te souviens ?

— Parlons-en. Alors, là, on serait mouillés tous les trois. Des Essarts, toi et moi. Mais on ne pourra jamais rien prouver.

— Je vais te détromper, mon pauvre Félix. J'avoue que tu n'as pas de chance, mais ce soir, notre cher Vaugondran vient de me faire un cadeau splendide. Par des détours qu'il n'a pas su ou pas voulu me révéler, il s'est trouvé en possession de notre comptabilité parallèle. Il n'y a rien compris, m'a-t-il assuré, mais comme mon nom y figurait, il m'a offert ces quelques feuillets-dynamite.

Judicaël, les yeux exorbités, haletait. Thomas eut peur qu'il ne fît une syncope mais il ne pouvait s'empêcher de continuer.

— Et ton nom y figure aussi. Ces colonnes de chiffres ne signifient rien pour un Vaugondran mais un expert y trouverait sa pâture. En effet, nous serions mouillés tous les trois, encore que j'aie déjà réfléchi au moyen de m'en sortir, tandis que pour toi, mon pauvre Félix, ce serait la fin. Le scandale épouvantable, non seulement pour toi, mais pour certains de tes chers amis que tu as généreusement aidés lors du coup d'Etat de 1958. Ça ne s'est pas fait sans argent, n'est-ce pas ?

Thomas, adossé à l'embrasure de la fenêtre, héla un serveur qui passait avec un plateau sur lequel il prit deux scotches. Il tendit un verre à Judicaël, qui ne semblait pas le voir.

— Allons, bois, Félix. Je crois t'avoir convaincu. Je sais que tu as une haute opinion de toi-même mais je suis sûr que tu ne pensais pas tenir le sort du régime entre tes mains.

Judicaël but son verre d'un trait. Un peu du liquide ambré lui coula sur le menton sans qu'il y prît garde et tacha sa cravate claire. Desvignes-Benettes lui tendit une pochette immaculée que l'autre prit machinalement.

— Alors, mon cher Félix, je peux compter sur toi ? Je peux alerter nos commanditaires ?

— Oui, murmura le ministre. Je signerai demain.

Et il rendit à l'avocat sa pochette humide.

— Garde-la, dit Thomas. Garde-la. En souvenir.

Puis il ajouta sur le ton de l'homme d'affaires, sans une trace de moquerie :

— Tu as raison de prendre cette décision. Comme je le disais à Christine, il y a quelques semaines, tu y gagneras. Sur le plan de ton parti et sur le plan personnel. Je m'y engage. Et tu sais pouvoir compter sur moi, n'est-ce pas ?

— Oui, bien sûr.

— Dommage simplement que nous ayons perdu tant de temps. En affaires, tu connais le proverbe...

Félix Judicaël était livide lorsqu'il revint dans le grand salon. Desvignes-Benettes le soutenait par le bras.

Stéphane Mapie et Louis Crédo s'empressèrent.

— Mais qu'avez-vous, mon cher ministre, vous ne vous sentez pas bien ?

— Un simple malaise, répondit Thomas. La chaleur. Nous avons pris l'air sur le balcon. Ça va aller, Félix ?

— Oui... oui. Très bien... c'est ça... un simple malaise... la chaleur.

— La fatigue aussi, ajouta Thomas. Notre cher ministre sacrifie sa santé au service de l'Etat. Tu te surmènes, Félix. Tu devrais voir ton médecin.

Félix Judicaël dégagea son bras et regarda Thomas Desvignes-Benettes comme s'il le découvrait. Il y avait tant de haine dans scs yeux que l'avocat sut qu'il avait définitivement gagné la partie.

— Et si tu décorais notre ami Vaugondran ? dit-il d'un ton badin. Il l'a bien mérité. Nous sommes là, tous, à discuter de nos petites affaires, mais c'est lui, le héros de la fête !

CHAPITRE XII

Il y avait trop de monde pour que le silence fût total. Et le discours de Des Essarts était trop long pour retenir l'attention d'une foule principalement soucieuse de se montrer ou de bâfrer à l'œil. Pendant les allocutions les buffets n'avaient pas désempli, pris d'assaut par des hommes et des femmes qui nulle part ailleurs — si ce n'est au volant de leur voiture — n'auraient fait preuve de si peu d'éducation.

Alain Garrot, amusé, observait un couple d'un certain âge, elle, robe de soie noir et blanc très stricte, diamant étincelant à l'annulaire, lui, costume bleu marine et discret ruban écarlate au revers. Plantés, tel un roc, devant un plateau de canapés au saumon qu'ils défendaient d'un coude anguleux, sans échanger un mot, sans prêter la moindre attention à la cérémonie qui se déroulait à quelques mètres d'eux, ils mangeaient, de façon mécanique. Un canapé après l'autre, avec une régularité de métronome. Un sandwich, une gorgée de champagne... Lorsque les coupes furent vides, l'homme, d'un geste impérieux, s'en fit servir deux autres, en tendit une à sa compagne, puis, toujours silencieux, comme un vol d'oiseaux migrateurs change de direction sans raison apparente, ils abandonnèrent le plateau à demi vide pour se diriger vers l'autre extrémité du buffet, se frayant un chemin de leurs coudes décidément redoutables.

— Des experts, dit Simon Gavarni en connaisseur, tout

en engloutissant un petit chou qui laissa une trace de crème sur sa moustache flamboyante taillée à la gauloise.

A Saint-Jean, Simon Gavarni est un personnage. Un mètre quatre-vingt-dix. Deux cent cinquante livres de chair rousse, un ventre à la Falstaff, un mépris solidement ancré pour toute forme d'élégance. On ne l'a jamais vu, quelles que fussent l'heure ou les circonstances, que vêtu d'un costume de velours froissé et d'une chemise à carreaux tendue à craquer sur un estomac phénoménal dont elle laisse apparaître, entre ses boutons, des touffes de poils rouges. Il a les ongles noirs et longs tachés de la fumée des boyards maïs qu'il fume à la chaîne. Il adore la bonne chère, connaît tous les restaurants de Saint-Jean dignes d'intérêt. Il a quarante-six ans, est licencié en droit et grand reporter à *La Liberté,* le journal communiste de Saint-Jean. Il est toujours souriant, se moquant des autres comme de lui-même. Il ne semble rien prendre au sérieux mais c'est un des hommes les mieux informés de la ville. Des plus redoutés aussi.

Alain Garrot a beaucoup d'amitié pour Simon Gavarni. Rien à voir avec l'affection bourrue qui le lie à Perlapère. Non. Des liens plus intellectuels, par exemple cette admiration commune pour Cendrars, pour Durrell, pour Antonioni. Et plus encore peut-être leurs divergences sur Hemingway et Kessel, dont les œuvres enthousiasment Alain, ou sur Fellini dont il ne goûte pas les phantasmes et que Gavarni place au premier rang des réalisateurs contemporains. Leurs discussions durent parfois jusqu'à une heure avancée de la nuit dans la pizzeria de la place de la Comédie, à mi-chemin entre *L'Echo* et *La Liberté,* et dont les deux amis ont fait un *no man's land.*

Saint-Jean a beau compter plus de deux cent cinquante mille habitants, il a gardé des structures mentales dignes de la Commune. Pour nombre d'habitants — et non des moindres —, les communistes restent les Rouges. Et à *L'Echo* plus qu'ailleurs où, seul parmi les « cadres supérieurs », Garrot entretient des liens d'amitié avec l'un de ses confrères « d'en face ». On n'est guère moins doctrinaire à *La Liberté.*

Gavarni en rit, comme de toutes les situations qui le touchent.

— Vaugondran a bien fait les choses, dit Simon, la bouche pleine. C'est un des plus beaux cocktails de l'année.

— On ne reçoit pas tous les jours la Légion d'honneur, et des mains d'un ministre ! Tu viens voir ?

Garrot se dirigea vers le cercle formé au centre du grand salon. Hervé Des Essarts-Galibert, qui avait enfin terminé son morceau d'éloquence, tentait d'interrompre les applaudissements de ses amis en désignant le ministre qui tenait déjà la croix et prononçait d'une voix pâle la formule habituelle que l'on devinait à peine.

— ... vertu... qui me sont conférés... faisons... chevalier... ion... d'honneur.

Félix épingla la décoration sur le revers d'Albert Vaugondran, puis ajouta quelques mots passe-partout qui se voulaient amicaux et flatteurs.

— Pas très en forme, Judicaël, fit Simon à l'oreille d'Alain Garrot. Il aurait pu se fouler. Après tout, c'est son beau-papa de la main gauche qu'il décore ! On croirait qu'il pense à autre chose.

Judicaël parlait, les mains croisées sur le ventre, les pouces écartés. Son gros visage un peu triste semblait s'affaisser au fur et à mesure qu'il enfilait les lieux communs. Près de son père, Christine le regardait, surprise, vaguement inquiète. Elle ne reconnaissait ni la double ride impérieuse qui barrait le front dégagé, ni le tracé enfantin de la lèvre supérieure qui adoucissait le visage trop lourd, ni le maintien sévère qui d'ordinaire donnait de l'allure à la silhouette massive. Encore moins les fadaises qu'il débitait sur son père. En public, Judi parlait peu mais toujours très bien. La brève allocution lui parut durer des heures. Et lorsque Félix, qui avait terminé, la chercha du regard, elle détourna les yeux, gênée et furieuse à la fois. Le mouvement des invités qui se pressaient autour du ministre et de Vaugondran pour les compliments d'usage lui permit de s'éloigner du groupe central.

En quelques minutes la tendresse et l'admiration qui

l'unissaient encore à Judi avaient disparu. Elle aurait été incapable d'expliquer pourquoi mais elle décida à cet instant même de rompre définitivement. Avec Judi, avec ce milieu qui lui répugnait de plus en plus. Elle dut se raisonner pour ne pas quitter immédiatement la réception. Fuir. Fuir ces regards qui soupesaient, ces flatteurs qui espéraient, ces guignols, ces mannequins, ce musée Grévin des ambitions, cette fourmilière intéressée où ses relations, ses amis, son père et son amant œuvraient inlassablement. Où elle-même avait sa place.

Un goût de cendres dans la bouche, oppressée, elle se dirigea vers le grand salon où quelques minutes auparavant, sans qu'elle le sût, Félix Judicaël avait renoncé à se battre et l'avait définitivement perdue.

***

— Vaugondran au garde-à-vous, décoré de la Légion d'honneur par Judicaël et Des Essarts, la boucle est bouclée.

Simon Gavarni ralluma sa boyard maïs à un zippo dont la flamme de lampe à souder fit grésiller quelques poils de sa moustache.

— Que veux-tu dire par là ? interrogea Alain Garrot.

— Ce salon est un microcosme du monde où nous vivons. L'ancien collabo décoré par les anciens caïds de Londres et tout cela pour une affaire de gros sous.

— Collabo, c'est beaucoup dire. Vaugondran n'a pas fait grand-chose.

— Bien sûr. Beaucoup moins que la plupart des grands bourgeois qui bouffent ses petits fours et boivent son champagne en le félicitant. Il a fait du fric, il a des amis puissants, ça efface tout. Sauf les barrières sociales. Ne te fais pas d'illusions, Alain, ils viennent manger dans leurs mains mais méprisent cordialement Vaugondran — car c'est un fils de maçon — et Des Essarts — parce que, sans le sou, il a épousé la banque Steiner. Seulement, ils en ont besoin pour leurs affaires ! Alors ils font des ronds de jambe. Tiens, voilà l'un de nos plus beaux spécimens.

Jean-Hubert Dieufils, le rédacteur en chef de *L'Echo,* s'approchait d'Alain de sa démarche de gros ours débonnaire. Il portait ses lunettes relevées sur le front et suçotait le tuyau de sa pipe.

— Alors, Alain, on fricote avec la concurrence ?

— Oh ! la concurrence, fit Gavarni en serrant la main que lui tendait Dieufils, c'est beaucoup dire. On essaye simplement d'éclairer les travailleurs, de les aider à mieux vivre. Mais tu connais tout cela. Il y a vingt ans, nous avions, toi et moi, les mêmes objectifs.

— Mais je les ai toujours, Gavarni. *L'Echo* les traduit avec moins de sectarisme que *La Liberté,* c'est tout. Et nous ne sommes pas si mal compris. Le tirage le prouve.

Puis se tournant vers Garrot :

— Comme convenu, Alain, tu me fais une centaine de lignes sur la réception, une silhouette sur Vaugondran, les principaux passages du discours du patron. Et, bien sûr, l'allocution du ministre. Arrange-la un peu. Il a eu un malaise juste avant la cérémonie. Un autre que lui serait parti. Eh bien, non, il est resté. Il a un cran exceptionnel. N'oublie pas non plus de citer les principales personnalités présentes.

» Le patron est très content de ta série. Il te le dira certainement lui-même.

— A ce propos, dit Garrot, j'ai l'intention de faire un portrait plus poussé de Vaugondran et puis aussi de revenir sur les Hauts de Saint-Jean. J'ai à peine effleuré le sujet et j'ai appris, depuis, des choses intéressantes.

Dieufils tapa le fourneau de sa pipe contre son talon.

— Si tu veux. Je sais que le patron est très fier de cette réalisation. Ça lui fera plaisir.

Il s'interrompit un instant comme pour réfléchir.

— Oui, très bien. Attends... mieux encore... c'est cela. Le « Roman des Hauts de Saint-Jean », voilà ce que je veux que tu me fasses. La conception, la réalisation, les projets de Galli, tu sais, l'architecte. Il est jeune, à la mode.

Il a le vent en poupe. Tu me fais son portrait. Réussite exceptionnelle. Le nouveau Le Corbusier. La conception sociale de l'architecture. Les problèmes qui se posent à nos bâtisseurs. Les ouvriers sur le chantier. Les immigrés. Tu sais que Vaugondran a fait un effort fantastique pour eux. Et puis les futurs locataires. Leur vie. Leurs espoirs en devenant propriétaires.

» Parce que, poursuivit Dieufils en se tournant vers Simon Gavarni, un truc comme les Hauts de Saint-Jean, un luxe pareil dans une construction sociale, on ne doit pas en voir beaucoup chez tes amis de Moscou !

» Ce n'est pas un petit papier complémentaire que je veux, Alain, c'est la grande enquête. Avec de la patte... mais ça, tu l'as. Je veux de la vie. Qu'on sente tout. Que le cœur batte. Quand on pense qu'il y a quelques années les Hauts de Saint-Jean étaient un terrain à chèvres ! Le patron va être ravi quand je vais lui annoncer mon idée. Et puis mon titre on n'y touche pas : *Le Roman des Hauts de Saint-Jean*. Ça, c'est déjà excitant. Je suis sûr que tu vas le faire juteux. Bon, mes cocos chéris, je vous laisse refaire le monde. Vous avez bien de la chance. A mon poste, je n'ai pas un instant à moi.

Avec un sourire amical, Dieufils caressa l'estomac énorme de Gavarni.

— Et toi, vieille branche, passe donc me voir à mon bureau. Tu connais, hein ? On ira casser une petite croûte et on parlera du bon temps ! Ça nous rajeunira.

Sans attendre de réponse, Jean-Hubert Dieufils tourna les talons et rejoignit, en roulant légèrement les épaules, le groupe déférent qui entourait Des Essarts et Judicaël. Simon Gavarni suivit des yeux la large carrure qui s'éloignait. Avec surprise, Alain Garrot le vit braquer son regard avec une fixité inquiétante sur la nuque de son rédacteur en chef.

— Je m'essaye à la transmission de pensée, expliqua Gavarni. Mais ça ne marche pas. Sinon, il serait instantanément foudroyé.

— Tu ne l'aimes pas, constata Garrot.

— C'est beaucoup plus compliqué que cela. Perlapère a dû t'en parler. Nous étions ensemble au maquis en 1943. J'avais vingt-cinq ans, lui trente et un. A cet âge, six ans de différence, cela compte. Je rêvais de journalisme, lui était déjà journaliste et me parlait de son métier avec une fougue et un enthousiasme qui ont renforcé ma vocation. Puis il y avait la politique. Cela t'étonnera mais, à l'époque, il était très à gauche, encore plus que moi. Je n'étais pas encore communiste.

» A la Libération, Perlapère et moi l'avons suivi à *L'Echo*. J'y ai passé trois années merveilleuses. J'avais beaucoup d'admiration pour Dieufils, d'affection même. Mais il s'est rapidement dégradé. L'ambition le tenaillait. Une ambition sans qualité qui lui a fait éliminer l'un après l'autre tous ceux qui avaient du talent et pouvaient le gêner dans la conquête de ce poste de rédacteur en chef qu'occupait alors Machaux. Et Machaux était son ami. On les voyait toujours ensemble. A ce moment, Dieufils était chef des informations et il a profité de l'inconséquence de Machaux, qui était un homme d'idée mais farfelu, incapable d'être à l'heure et souple comme un verre de lampe. Peu à peu, Dieufils a parfait son travail de sape, rédigeant des notes ambiguës pour la direction dans lesquelles il glissait — sous le couvert de telle ou telle affaire — ses conceptions de l'information. Il a séduit Des Essarts par sa souplesse. La grande technique de Dieufils, c'était de ne jamais dire non, de ne jamais dire : il faut éliminer un tel. Non ! Sa formule c'était : il serait bon, dans l'intérêt du journal, de régler le problème entre un tel et un tel. Sans agir lui-même. Ça lui a réussi.

» Il a été nommé rédacteur en chef adjoint, mais déjà il n'était plus journaliste. Son ambition était plus forte que son métier. Ses efforts se sont concentrés sur l'élimination des hommes qui se trouvaient sur son chemin. En outre, il a tout fait pour entrer dans le clan Steiner dont Des Essarts, prudent tout de même, le tenait éloigné. Il entourait Mima Des Essarts de mille prévenances, il a même essayé de faire la cour à Barbara Steiner, une nièce du vieux Steiner. Là, il est tombé sur un os. Mais rien ne le rebutait. Il gardait toujours son bon sourire, son allure de gros ours bon copain qu'on était content de voir « monter ». Le bon type toujours prêt à donner un conseil. Il adorait conseiller. Personne mieux que lui ne savait attirer les confidences de ses confrères. Outre mon amitié, j'avais en lui une confiance absolue. Tout ce que je te raconte je ne l'ai appris qu'après. Lorsque je suis devenu chef des reportages et que j'ai participé aux conférences du « premier », le directeur des informations, qui faisait tampon entre Des Essarts et Machaux, s'est pris d'amitié pour moi. Un vieux gros bonhomme délicieux, poète, d'une culture ébouriffante, un ancien normalien...

— C'était Lafitte ?

— Oui, tu ne l'as pas connu, il est mort avant ton arrivée à *L'Echo*. Il était laid comme un poux, au moins aussi élégant que moi et lorsqu'il riait, ses yeux prenaient une fixité inquiétante et l'on aurait cru qu'il allait mordre. C'est lui qui, un jour, a eu cette formule qui m'a bien souvent aidé à vivre : « Mon petit Simon, m'a-t-il dit de sa voix de grenouille, quand vous aurez avalé autant de couleuvres que moi, vous deviendrez philosophe... et vous vous apercevrez qu'à la longue la chair de la couleuvre nourrit. » Lui aussi s'était fait avoir par Jean-Hubert qui parlait bien et avait trois idées à la minute. Mais lors de ces fameuses conférences, je me suis aperçu que ses brillantes idées, Dieufils les avait piquées à quelqu'un d'autre. J'avoue qu'il les développait avec un brio étincelant.

» Un jour qu'il venait de me faire le coup et « racontait » un de mes projets — que je sois présent ne le gênait pas le moins du monde —, il l'a fait si brillamment que je me suis dit : je ne suis qu'un imbécile et ce type est un génie. Malheureusement pour lui, Des Essarts lui a demandé pour une fois d'en faire un papier. Et lorsque je l'ai lu tout n'était que platitudes, phrases mornes et sans chair. Dieufils avait perdu la « patte ». Il n'était brillant que dans la conversation. Paraître et diriger la rédaction étaient devenus les buts de sa vie !

» Quand Des Essarts l'a fait nommer corédacteur en chef, son premier soin a été de prendre l'annuaire des correspondants de presse étrangers en France, publié par l'ambassade des Etats-Unis à Paris et d'envoyer ses vœux à chacun d'eux. Pour montrer ce qu'il était devenu ! C'est Lafitte qui me l'a raconté car comme l'annuaire n'était pas à jour, une bonne trentaine de lettres sont revenues à la direction du journal !

— Ce n'est pas bien méchant, tout de même. Juste un peu enfantin.

— Attends la suite. Il était corédacteur en chef, certes, mais restait à l'étage de la rédaction. Son bureau n'était pas au premier et Machaux demeurait le patron, à l'ancienneté.

— Je connais la suite : le rachat du journal par les Steiner, l'élimination de Machaux et des deux autres. C'est à ce moment que je suis entré à *L'Echo,* mais tu n'y étais déjà plus.

— Tu ne sais pas tout. Ç'a été beaucoup plus compliqué que cela et s'est déroulé sur plusieurs années. Dès 1946, *L'Echo,* issu de la Résistance, a connu un succès tel que les fondateurs porteurs de parts ont dû avoir recours à un emprunt à court terme. A cette époque, la ligne du journal était encore celle dont nous avions rêvé sous l'occupation. Une presse pure et dure. Les Steiner auraient pu couvrir l'emprunt mais ils seraient devenus majoritaires. C'était encore bien trop tôt. Déjà Dieufils jouait le double jeu. Il a miraculeusement trouvé un prêteur désintéressé et, fort de son amitié avec Machaux, il l'a fait accepter à la majorité. On ne pouvait le soupçonner puisque lui aussi possédait une part de fondateur. Ce n'est que plus tard, lorsque je suis entré au parti et que j'ai quitté *L'Echo* pour *La Liberté* que j'ai appris la manœuvre. Le prêteur, un certain Biblos, a avancé dix millions à titre personnel. En raison de souvenirs communs de résistance, a-t-il dit à l'époque. Et le clan Machaux l'a cru. Ainsi, *L'Echo* a pu se développer et prendre sa stature actuelle.

» Or Machaux et ses amis ignoraient que ces dix millions n'étaient pas la propriété du sieur Biblos mais qu'ils lui avaient été confiés en sous-main par un avocat parisien,

Desvignes-Benettes, un commerçant inconnu à l'époque, Félix Judicaël, et Des Essarts-Galibert.

— L'argent des Steiner ?

— Tu n'y es pas. Cette somme provenait de détournements que Desvignes-Benettes, Des Essarts-Galibert et Judicaël, anciens membres importants des Services spéciaux, auraient commis à Londres et à Alger pour constituer un trésor de guerre destiné à lutter contre une éventuelle prise du pouvoir communiste.

— C'est du roman, ton histoire !

— Pas du tout. J'ai eu entre les mains, à *La Liberté*, un rapport très sérieux établi à la Libération par l'un des nôtres sur les agissements de ces trois bonnes âmes. Des bruits très fâcheux avaient couru à l'époque sur Desvignes-Benettes. Mais le parti n'avait pas de preuves suffisantes. Et puis Desvignes est devenu l'homme lige du patronat et tout a été étouffé. C'est ainsi que la ligne de *L'Echo* s'est vue déviée de nos objectifs de la Résistance.

— Comment cela ?

— Très simplement. Au bout de quelques mois, Biblos est intervenu. Demandant très habilement un léger glissement du journal. Pas grand-chose. Se montrer simplement plus compréhensifs pour certaine politique. Enfin, tu n'as pas besoin d'un dessin. Au début, Machaux et ses hommes ont refusé. Dieufils aussi. Les Steiner et Des Essarts restaient à l'écart et pour cause ! Ils ne voulaient — paraît-il — pas intervenir ! Alors, Biblos a demandé le remboursement immédiat de son prêt. Ce que le journal était bien incapable de faire, sous peine de se saborder. Dieufils a alors su habilement convaincre son ami Machaux. Et ce crétin, par lâcheté, a accepté ! C'était fini. La voie était ouverte aux Steiner, qui ont eu la décence d'attendre quelques années pour acheter ouvertement le canard ! Dès que j'ai vu *L'Echo* basculer du côté des grands intérêts, devenir ce « journal de grande information » comme ils disent, j'ai pris mes cliques et mes claques. Cette couleuvre-là, même si elle me nourrissait, selon la formule de Lafitte, je n'ai pu l'avaler. Et je suis entré à *La Liberté*.

» Voilà les « quelques petites choses » qui me séparent de cette ordure de Dieufils à qui je ne pardonnerai jamais l'amitié que je lui ai portée. Voilà aussi ce que je lui dirais si j'acceptais son invitation d'évoquer le bon vieux temps ! Ce n'est pas demain la veille !

Alain Garrot se frotta les yeux comme s'il sortait d'un mauvais rêve.

— Je n'en reviens pas ! J'avais mon opinion sur Dieufils mais tout de même. Je vis dans ce journal depuis plus de dix ans et je m'aperçois que je le connais assez mal. Perlapère m'en avait dit beaucoup mais il est resté très discret sur certains points. Ça me déçoit de sa part. Je croyais qu'il me faisait confiance !

— Ne lui en veux pas. Je suis sûr qu'il ignore cette partie du jeu de Dieufils. Moi-même j'ai mis des mois à reconstituer la vérité grâce aux informations que j'ai recueillies à *La Liberté* et surtout après la lecture du fameux rapport sur les Services spéciaux. Et je ne te raconte tout cela que parce que tu as l'air de vouloir fouiller un peu l'affaire des Hauts de Saint-Jean.

— Quel rapport ?

— Disons que, connaissant le contexte et le rôle de certains hommes dans d'autres circonstances, tu seras mieux à même de les juger lorsque tu les retrouveras en préparant ton *Roman des Hauts de Saint-Jean*. Les Hauts de Saint-Jean, orgueil de M. Des Essarts-Galibert et dont Me Desvignes-Benettes, si je ne m'abuse, est le conseiller financier ou quelque chose comme ça ! Mon bon ami Dieufils n'a peut-être pas eu la main heureuse en te confiant cette enquête.

» J'ai constaté avec plaisir qu'il n'avait pas changé. Ta proposition de reportage est devenue « son » idée ! Mais si tu fais l'enquête et que tu y découvres ce que je soupçonne depuis longtemps, je te parie un sac de cacahuètes contre un sifflet de deux sous — comme on disait quand j'étais gosse

— qu'elle ne verra jamais le jour dans les colonnes de *L'Echo* !

— Je suis décidé à aller jusqu'au bout. Même si ce n'est pas dans *L'Echo* qu'elle paraîtra.

— Toi, tu as une idée de derrière la tête.

— Oui et j'aimerais t'en parler. Maintenant, il faut que j'aille au journal pisser mes cent lignes sur la sauterie mais on pourrait se retrouver vers minuit à la pizzeria !

— Bonne idée. J'avais encore deux ou trois choses à te dire. Sur Vaugondran cette fois. Bon courage pour ton article. Moi, je coupe à la corvée. Pour *La Liberté* cette touchante cérémonie vaut à peine un entrefilet.

***

— La famille, la cellule familiale, c'est quelque chose d'essentiel. Je suis pris par la vie politique de notre pays, par la gestion d'une ville comme Saint-Jean, je n'ai pas un instant à moi et pourtant j'ai toujours tenu à réserver quelques heures ou même quelques minutes à ma famille. Et si le hasard ou les circonstances m'en séparent, j'ai toujours, lorsque je dois prendre une décision importante, une pensée pour elle. Pour ma femme, ma fille, mon fils, mon petit-fils, car, vous le savez, je suis grand-père...

Les projecteurs de la télévision faisaient briller le crâne dégarni d'Hervé Des Essarts et éclaboussaient les verres de ses lunettes qui, par moments, lançaient des éclairs éblouissants.

— Nous sommes de vieux époux, poursuivit-il en s'appuyant sur le bras de Mima, qui souriait à la caméra. Nous nous sommes mariés à vingt ans, ici, à Saint-Jean, dans notre ville. Et nous ne nous sommes jamais séparés. Même pas pendant la guerre, où ma femme m'a suivi. Sauf, bien sûr, lors des missions secrètes que j'ai accomplies à cette époque. Et toujours Mima m'a été d'un grand secours. C'est au propre et au figuré, ajouta-t-il avec un bon sourire de père de famille, le bras sur lequel j'ai toujours pu compter. C'est important, un couple solide, une famille unie. Je dirai même que c'est indispensable. En tout cas, pour moi, ç'a été indispensable pour mener à bien les tâches politiques et sociales qui sont ma vie depuis la fin de la guerre.

» Ce soir, nous sommes réunis pour fêter la décoration combien méritée de notre ami Vaugondran. Il est donc normal que nous parlions de ce qui a justifié l'honneur qui lui est fait aujourd'hui : les logements sociaux. Il les construit avec le talent et la rigueur que nous saluons tous ce soir. Mais avant que de pareils projets se réalisent, il faut y penser, prendre des décisions qui, croyez-moi, ne sont pas toujours faciles. Comment voulez-vous qu'un homme conçoive une politique efficace de logements sociaux s'il ne connaît pas intimement les problèmes du couple et de la famille ? Souvent, je n'ai pas de honte à le dire, j'ai demandé à ma femme ce qu'elle pensait de telle ou telle décision importante que j'avais à prendre et très souvent elle m'a révélé des problèmes qui ne m'auraient pas effleuré, concernant la vie dans un grand ensemble. Nul mieux qu'une ménagère, qu'une mère de famille, ne connaît les problèmes qui se posent aux ménagères, aux mères de famille. Et pour cet ensemble des Hauts de Saint-Jean, dont nous sommes tous ici particulièrement fiers, ses conseils ont influé sur la réalisation. Elle savait ce que désiraient trouver les mères de famille et les ménagères comme elle qui y habiteraient. Elles sont mille, aujourd'hui, à y vivre et si elles y sont si heureuses, c'est un peu grâce à ma femme.

Hervé Des Essarts-Galibert attira Mima par l'épaule et déposa un baiser affectueux sur la joue maquillée.

— Coupez, dit le journaliste au cameraman. C'était très bon, monsieur le président.

— Tant mieux ! C'était très sincère aussi.

— Monsieur le président...

Deux photographes d'agence braquaient leurs appareils. Des Essarts reprit la pose. La pipe à la main. Elle aussi faisait partie de son personnage. Il n'y avait pas une photo ni une émission de télévision où on le vît sans sa bouffarde.

Les pipiers de Saint-Claude l'avaient même élevé à la dignité de grand maître de leur ordre — pour la publicité qu'il faisait à leur artisanat — bien que Des Essarts préférât les pipes anglaises dont la saveur, le prix et la réputation correspondaient mieux à son standing.

— Encore une, monsieur le président.

— Oui, mais avec ma femme.

Avec les photographes, Des Essarts, qui était d'un naturel peu patient, se montrait d'une endurance remarquable. En fait il ne savait pas résister à un flash. Et on l'avait vu, à certaines inaugurations dont il n'était pas la « vedette », revenir sur ses pas ou même fendre la foule avec empressement pour figurer sur un cliché.

Mima drapa artistement les voiles de mousseline vert pâle de sa robe de cocktail que lui avait dessinée spécialement Saint-Laurent — un modèle unique dont les ménagères des Hauts de Saint-Jean, dont elle avait pourtant le souci, ne trouveraient jamais le patron dans *Le Petit Echo de la mode* — et prit tendrement le bras de son mari. Sans oublier de mouiller ses lèvres car elle avait également une grande technique de la pose.

— Voilà ce que nous sommes, dit Des Essarts aux photographes, un vieux couple simple et heureux.

Un éclair, le cliquetis des appareils qu'on recharge, encore un éclair...

— Merci, madame, merci, monsieur, dit le plus jeune photographe, qui avait de l'éducation.

— C'est moi qui vous remercie...

Le « vieux couple » se défit et Des Essarts rejoignit Lebrun, Natura et Vaugondran, avec qui il voulait régler les ultimes détails de la campagne d'affichage. D'après Lebrun, Albert Vaugondran semblait peu désireux de prêter quelques hommes et ses véhicules pour les expéditions nocturnes qui se préparaient. C'était le moment ou jamais de lui faire comprendre discrètement ce que son refus aurait, un pareil jour, de désobligeant à son égard.

Mima Des Essarts chercha des yeux qui pourrait un instant lui tenir compagnie en parlant d'autre chose que des brillantes réalisations de « son » Hervé. La comédie du couple indissoluble, si elle avait du bon sur le plan publicitaire, avait parfois ses inconvénients !

Elle sortit un long manille de son étui d'or.

— Puis-je vous offrir du feu ?

— Ah ! cher monsieur Galli, que je suis heureuse de vous voir !

Elle alluma son cigarillo au briquet que lui tendait l'architecte et rejeta par le nez une longue bouffée odorante.

— On dit, madame, que George Sand fumait ainsi.

— Et cela faisait scandale à l'époque. Oh ! je suis bien sûre que je choque nombre de mes bonnes amies de Saint-Jean mais cela m'est parfaitement égal. J'aime ces cigares et cela seul compte à mes yeux. Dans ces lieux où elle vécut, n'est-ce pas un hommage ? Vous savez que lorsqu'elle habitait ici cela allait déjà mal avec Musset ? Quelle existence extraordinaire que celle de cette femme ! D'ailleurs, sa vie est beaucoup plus intéressante que son œuvre. Aujourd'hui, elle me semble illisible. A propos, avez-vous lu le dernier Lautaret ? Une merveille ! J'adore. J'ai hâte de le revoir pour le lui dire de vive voix. C'est un ami extraordinaire. Un de ces hommes comme on n'en fait plus, qui sait encore parler à une femme comme si elle était unique. Il est parfaitement à l'aise dans notre monde et pourtant il a gardé des manières de grand seigneur du XVIIIe siècle. Je ne l'appelle jamais autrement que « doux ami ». On parle beaucoup de lui pour l'Académie, au fauteuil de Malkon. Que j'aimerais pouvoir appeler un académicien « doux ami » ! Voilà qui choquerait. Je serais ravie !

François Galli attendait, imperturbable, que le flot de paroles se tarît. C'était un homme brun d'environ trente-cinq ans, dont le visage aux traits assez lourds contrastait avec la finesse de la silhouette. Bien découplé, la taille mince, il portait avec nonchalance son mètre quatre-vingt-cinq. Son costume de fine gabardine beige à col officier s'ouvrait sur une chemise noire en voile suisse dont le col sans cravate était entrouvert. La boucle d'argent d'un large ceinturon scintillait à chacun de ses mouvements.

— Vous non plus, mon cher Galli, vous n'êtes guère conformiste, dit Mima Des Essarts en pointant son doigt sur le col ouvert.

— J'ai décidé une fois pour toutes de ne plus mettre de cravate.

— Même avec un smoking ?

— Je déteste les réceptions et n'y mets jamais les pieds. J'ai fait une exception aujourd'hui pour Albert Vaugondran mais il m'accepte comme je suis. Ce que l'on me demande, ce n'est pas de porter une cravate mais de concevoir des maisons qui tiennent debout et qui ne soient pas trop vilaines !

— Et vous y réussissez à merveille. On pardonne tout à un artiste. Et vous êtes un grand artiste. Je suis très attentivement le mouvement architectural et je puis vous dire que vous êtes le plus doué de votre génération. J'ai vu l'autre jour, dans une revue, ce que vous avez fait pour la nouvelle école de La Chapelle. Etonnant. Je ne l'ai pas encore visitée car Hervé est très mal avec Thévenet, le maire. Des histoires politiques comme toujours. J'avoue que Thévenet est d'un tel sectarisme. Un stalinien, mon cher, un stalinien. Mais votre réalisation est vraiment révolutionnaire. En revanche, j'ai vu vos maisons de Litrica. J'ai tout visité. C'est sublime. Vous nous avez fait là un village de rêve. On a envie de s'y installer immédiatement. Je ne vous parle pas des Hauts de Saint-Jean. Cet ensemble est en passe de devenir un exemple international. Même *Newsweek* en a parlé. Moi-même, dans ma page de *L'Echo,* j'ai dit tout le bien que j'en pensais. Vous devenez un nouveau Le Corbusier.

Galli restait impassible sous l'avalanche de compliments. Impassible et silencieux. Pas le moindre remerciement ni même un sourire.

« Un froid, un flegmatique, un indifférent prétentieux... Mais il a du talent », pensa Mima Des Essarts sans cesser pour autant d'aligner toutes les raisons qu'elle avait de prédire au jeune architecte un avenir éblouissant.

Elle s'interrompit soudain sans que Galli semblât s'en apercevoir.

— Mais c'est la petite Christine que j'aperçois sur le balcon. Seule comme une âme en peine. Vous la connaissez, je suppose ?

— Je l'ai entrevue une ou deux fois.

— Elle est charmante, vive, intelligente. Elle aussi a un talent inouï ! Et en plus, elle est jolie comme un cœur. Regardez-moi cette petite robe de rien du tout. Elle en fait un chef-d'œuvre. Venez, je vais vous présenter.

D'un geste large et majestueux, Mima Des Essarts ramena ses voiles et, telle une frégate, se dirigea vers le balcon. François Galli la suivit sans se départir de cet air de nonchalance vaguement ennuyée qui commençait à agacer Mme la présidente.

— Christine, ma chérie, on vous délaisse... Vous connaissez François Galli ? L'architecte. C'est lui qui nous fait des merveilles à Saint-Jean. Votre père a dû vous en parler.

— Oui, bien sûr.

Le visage de Christine était parfaitement lisse, n'exprimant ni plaisir ni ennui. Sans même un sourire de politesse, elle tendit la main au jeune homme.

— Bonsoir.

— Bonsoir.

C'est à peine si ses lèvres avaient bougé. En découvrant son regard dans la pénombre du balcon, François pensa aussitôt à la Vierge de Bellini qui l'avait séduit dans la minuscule salle de l'Accademia au point qu'il lui avait rendu visite chaque matin de son séjour à Venise.

— Excusez-moi, dit Mima Des Essarts, je dois rejoindre Hervé. Le pauvre chéri ne sait plus que faire dès que je m'éloigne.

Elle se replongea avec soulagement dans la cohue mondaine qui était son élément favori, glana au passage quelques baisemains, une brassée de compliments, offrit ses plus beaux sourires à la ronde et, vérifiant dans une glace que son patient maquillage tenait encore, déplora avec sincérité que « ces jeunes gens, qui avaient tout pour eux, fussent si tristes ».

Ils restèrent un long moment sans dire un mot. François détaillait la jeune femme, appréciant la simplicité de la robe de crêpe de soie noire imprimée de grains blancs dont le col s'échancrait sur la colonne parfaite du cou. Un simple sautoir de cristal limpide en exaltait la matité. Légèrement appuyée au balcon de pierre, les mains à demi glissées dans les poches de la robe chemisier, Christine le regardait bien en face. Sans coquetterie. Malgré le silence que ni l'un ni l'autre ne tentait de rompre aucune gêne ne s'était installée. Ils se regardaient simplement, gravement. Ni jeu ni pose dans cette attitude mais une intensité surprenante et inattendue qu'ils ressentirent au plus profond d'eux-mêmes. Par vagues, les échos assourdis de la réception venaient s'écraser à leurs pieds sans troubler le dialogue que seuls leurs yeux échangeaient.

— L'homme a besoin de paroles et de bruit, dit enfin Christine à mi-voix comme si elle se parlait à elle-même.

— Le bruit, c'est la vie, répondit François sur le même ton. Il faut une longue habitude et beaucoup de concentration pour goûter la qualité de certains silences.

— Je vous suivais du regard, tout à l'heure. Dans cette cohue, vous sembliez totalement détaché. Un héron sur une plage déserte. Que faites-vous là ?

— Obligation professionnelle. Même pas... amicale serait plus juste.

— Vous aimez beaucoup mon père ?

— C'est un professionnel. Rapide, efficace. Il a été le premier à me faire confiance.

— Vous êtes toujours aussi lapidaire dans vos jugements ?

— L'essentiel est suffisant.

— Ce soir, je n'avais pas envie de parler. Je m'étais réfugiée sur ce balcon comme dans un camp retranché. Et vous arrivez, conduit par le hasard qui avait pris la forme de Mima...

— Le destin, corrigea François. Je ne crois pas au hasard.

— Le destin, si vous voulez. Et voilà que j'ai envie de parler.

— Je ne parle bien que de mon métier et dans le cadre où je l'exerce.

— Au Japon, on apprend aux geishas l'art de parler aux hommes de la seule chose qui les intéresse vraiment : leur métier et la politique. Au même titre que l'art de composer des bouquets ou celui de faire l'amour.

— Les Japonais sont avisés et prévoyants. Vous n'avez rien d'une geisha.

Pour la première fois, un sourire éclaira le visage de Christine.

— Merci. On les dit fort jolies.

— Vous êtes belle. Belle comme la tour de Wright à Racine, dans le Wisconsin.

— Je suppose que dans la bouche de l'architecte c'est un compliment.

— Je ne sais pas faire de compliments. Je constate et je ressens. Et j'admire Wright. Vous savez qui il était ?

— Le plus grand architecte américain. Je ne suis peut-être pas geisha, mais je suis journaliste ! Et je crois être tout de même capable de parler avec vous de votre métier. Ou de vous en entendre parler.

Il y avait du dépit dans la voix de la jeune femme. Une lueur amusée traversa l'œil de François.

— J'en suis persuadé, dit-il. Je vous attends pour dîner avec moi après-demain. Ou mieux encore, venez à Litrica au début de l'après-midi. Je serai sur le chantier. Le site est splendide. Nous pourrons parler. Et dîner ensuite.

— Vous ne me demandez ni si j'en ai le loisir ou l'envie ni si j'ai un mari ou un amant à qui consacrer ce temps.

— Vous me l'avez demandé, vous ?

Christine resta interloquée. Cet homme l'irritait et la fascinait à la fois.

— Vous m'attendez simplement pour dîner, poursuivit-elle avec une colère à demi feinte, comme si mon acceptation ne faisait aucun doute ! Et il y a cinq minutes, nous ne nous connaissions pas !

— Entre certains êtres et dans certaines circonstances certains mots sont superflus.

— Et, naturellement, vous êtes sûr que je serai là !

— Oui.

A son tour, François sourit. Mais il n'y avait dans son sourire ni impudence ni forfanterie. Seulement une grande douceur qui cueillit Christine au cœur.

— Et pourquoi cette assurance, pour ne pas dire cette prétention ? fit-elle d'un ton plus violent qu'elle ne l'eût souhaité.

Le sourire de François s'effaça et aussitôt elle redouta sa réponse.

— Parce qu'il est certaines personnes auxquelles on a instinctivement envie de faire comprendre, sinon partager, la passion qui vous guide. Nul besoin pour cela de les connaître depuis des mois. Il faut se laisser guider par son instinct, de même qu'il faut obéir au destin, sinon la vie n'a aucun intérêt. Du moins la vie telle que je la conçois. Au premier regard, à la première phrase j'ai su que vous étiez de celles-là.

— Vous prenez des risques.

— Sans risque on ne gagne jamais.

— Ils laissent parfois de cruelles cicatrices.

— J'en suis couturé. Mais toujours debout. Avec aussi dc merveilleux souvenirs et quelques trésors. Ainsi déjà, entre nous, votre première phrase : L'homme a besoin de paroles et de bruit.

— Cicatrice ou trésor ?

— Cela dépend de vous. Souvenir en tout cas.

François resta un instant silencieux, puis il prit Christine par une épaule et la poussa doucement dans l'embrasure de la porte-fenêtre.

— Que faites-vous ?

— Simple souci d'esthétique. Votre visage mérite un autre éclairage que celui de cette abominable enseigne.

Il la contempla quelques secondes avec une concentration qui inquiéta la jeune femme.

— Bellini, murmura-t-il.

— Pardon ?

— Rien. Encore un souvenir. Je vous raconterai. Après-demain.

— Peut-être !

Christine regretta aussitôt cette première coquetterie mais il était trop tard, François Galli s'éloignait déjà. Elle le suivit du regard jusqu'à ce que sa haute silhouette se perdît dans la masse des invités, puis elle revint, pensive, vers le centre du salon.

Soudain elle se sentit happée par le bras. C'était Judicaël.

— Où étais-tu ? J'étais fou d'inquiétude ! Je t'ai cherchée toute la soirée.

Christine se dégagea avec une brusquerie à laquelle il n'était pas habitué.

— J'étais fatiguée, dit-elle avec humeur. Un peu nerveuse aussi. Je suis allée prendre l'air.

Judicaël feignit d'être rassuré.

— Tu as eu raison. Il fait une chaleur ici ! Moi-même, un peu avant le discours, j'ai eu une sorte de malaise.

Il hésita un instant puis :

— Je dois remonter demain à Paris. Tu rentres avec moi ?

— Non.

— Mais pourquoi ? On pourrait passer quelques heures ensemble. J'ai l'impression de ne pas t'avoir vue depuis une éternité.

— Non. Je veux rester quelques jours à Saint-Jean. Je me sens très lasse. J'ai besoin de réfléchir, de faire le point.

— Tu veux que j'essaye de me libérer et que nous allions deux ou trois jours quelque part ?

— Tu sais très bien que tu ne pourras pas. Et puis de toute façon, non. J'ai besoin de Saint-Jean. J'ai besoin de retrouver mes parents. De me retrouver.

Elle faillit dire : de retrouver François. Et malgré l'anxiété que reflétait le gros visage de Judi, elle en éprouva une joie indicible.

CHAPITRE XIII

La nuit apportait un peu de fraîcheur et l'odeur d'épices et de goudron qui parvenait par bouffées du port tout proche rappelait à Alain Garrot celle qui montait des quais d'Alger quand, certains soirs, il dévalait les escaliers gluants de la Pêcherie, le long de la grande mosquée, pour se régaler au « Sinbad » de grosses crevettes à la mayonnaise et d'une raie au beurre noir arrosées de kébir glacé.

Sur la place de la Comédie le grand marché des nuits de Saint-Jean était ouvert. Des filles stationnaient par groupes de deux ou trois, éclairées par les réverbères et les enseignes au néon des bistrots bondés. Des brunes et des blondes, fortes ou minces, certaines très jeunes avec, déjà, dans l'attitude, l'indifférence d'un corps qui a trop servi. La plupart bavardaient tranquillement, comme des amies qui se rencontrent le matin en faisant leurs courses. Tels des papillons attirés par la lumière, des silhouettes masculines tournaient inlassablement, pesant, jaugeant les femmes offertes. Incapables de se décider. Certaines, figées dans l'ombre du théâtre, observaient de loin, faisant durer le plaisir. Parfois, un homme se détachait et, après une brève discussion, suivait la fille dans une des ruelles de la rue de Thèbes, où les hôtels de passe se succédaient.

Garrot se fit accrocher deux ou trois fois avant d'atteindre la pizzeria où l'attendait Simon.

La salle était minuscule, toute en longueur. A droite, une

demi-douzaine de tables étaient accolées au mur blanchi à la chaux décoré de bouquets de piments séchés et de photos de vedettes. A gauche, une longue vitrine servait de bar et abritait des piles de sandwiches tout préparés et des amoncellements de salamis et de jambons de Parme. Près de la porte, un petit Italien triste, en maillot de corps, le cou serré par un mince foulard rouge, pétrissait avec une habileté de jongleur des boules de pâte qui, sous ses doigts agiles, se transformaient en minces galettes. Il les garnissait de pincées de tomates écrasées, d'anchois, de mozarella et de câpres, puisées à même les jattes de grès disposées devant lui et les enfournait d'une palette à long manche dans le four de briques dont le foyer rougeoyait. Près de lui, un nabot difforme s'affairait devant un grill recouvert d'une hotte de cuivre étincelant et faisait griller des brochettes et des rognons en activant la braise à l'aide d'un vieux séchoir électrique. Pizza, brochettes, scampi et calamars, c'était toute la gastronomie qu'offrait Gino, un Bônois rondouillard qui avait œuvré longtemps à la Madrague, près d'Alger, où Garrot l'avait connu, et qui s'était reconverti « en métropole mais au soleil » après avoir préparé, lors des heures tragiques des Barricades de janvier 1960, l'une des plus belles paellas dont s'étaient régalés les insurgés de la rue Charles-Péguy. Après cette heure de gloire et « tout étant foutu », il avait fait ses valises et, se souvenant de ses origines italiennes, avait ouvert la « Pizzeria della Commedia », où se retrouvaient tous les couche-tard un peu fauchés de Saint-Jean.

— Salut, mon frère, dit Gino en tendant par-dessus le bar une main graisseuse au journaliste. Le « rouge » est déjà là. Au fond.

C'était devenu un jeu. Simon n'appelait jamais Gino que « fascista », et Gino l'avait baptisé le « rouge », moitié pour la moustache, moitié pour les opinions.

Simon Gavarni occupait la dernière table tout près du juke-box rutilant d'où s'échappait le fracas de guitares directement importées de Liverpool. Deux gamines, les fesses moulées dans un blue-jean qui révélait la découpe de leur slip, se déhanchaient en cadence, accaparant avec une superbe indifférence les regards des mâles attablés.

— Te voilà, dit Simon, je commençais à trouver le temps long.

— A ton œil rivé sur le dos de ces deux charmantes, je ne m'en serais pas douté.

Gino débrancha la prise du juke-box sans se soucier des filles qui protestaient.

— A cette heure, j'arrête le bastringue, dit-il, sinon, les flics me tombent sur le dos. Allez, oust ! mes jolies, au dodo. Avec qui vous voudrez !

Les donzelles tournèrent les talons et sortirent d'un air provocant.

— C'est pas malheureux à leur âge ! dit Gino en s'approchant des journalistes. Elles restent des heures en adoration devant cet engin et ne boivent même pas un coca ! Elles ont à peine dix-sept ans et ce ne sont pas des putes. Enfin, pas encore. Il y a vraiment des parents inconscients ! Si c'étaient mes filles !...

Il agita la main d'une façon explicite.

— Qu'est-ce que je vous sers ?

— Pour moi, ce sera trois brochettes et des calamars en sauce, avec beaucoup d'harissa, dit Garrot.

— Comme au beau temps de la Madrague. C'est bien loin tout ça.

— Tu as encore du rosé de là-bas ?

— Oui, quelques bouteilles. Parce que, depuis l'indépendance, tout ce qu'ils sont capables de faire avec nos vignes magnifiques, c'est de la bibine. J'ai encore un mascara rosé de 59 que je garde pour les amis. Je vais t'en mettre une bouteille. Bien glacée. Une merveille !

Il réunit ses doigts boudinés en bouquet devant la bouche et accompagna son geste d'un baiser qui en disait long sur la splendeur de son vin.

— Et toi, dit-il en se tournant vers Gavarni, qu'est-ce que tu prendras ?

— Rien, j'ai assez bien dîné sur le compte de nos promoteurs et de Des Essarts. Je me contenterai de partager le mascara de la colonisation !

— Ah ! ces « rouges » ! Pique-assiettes et insultants par-dessus le marché.

— Cause toujours, fascista. Tu m'amuses !

Gino regagna son bar d'un air outragé. Puis, de l'autre côté du comptoir, il dédia à Simon un magnifique bras d'honneur en éclatant de rire.

Lorsque Alain fut servi, Simon ne put résister à l'attrait d'une brochette bien grillée.

— Alors, parle-moi un peu de tes intentions, dit-il la bouche pleine. A quoi pensais-tu tout à l'heure en me disant que tu irais jusqu'au bout de l'enquête, même si ce n'est pas *L'Echo* qui la publie ?

— Je suis depuis un certain temps en contact avec *L'Univers*.

— Ces snobinards qui pensent à gauche dans leurs hôtels particuliers de Neuilly !

— Il n'empêche que, sur l'Algérie, ils ont mis le paquet et ils étaient courageux. Enfin, peu importe. Si *L'Echo* ne publie pas mon enquête, et pour autant que je tombe sur une histoire aussi juteuse que Perlapère et toi le pensez, je me tire de *L'Echo* et j'entre à *L'Univers*. Par la grande porte. Mais raconte-moi ce que tu soupçonnes dans cette affaire des Hauts de Saint-Jean.

Simon Gavarni confirma à son ami les informations que Perlapère lui avait déjà fournies en apportant quelques détails supplémentaires sur ce qu'il appelait le gang de Saint-Jean.

— Sur le plan politique, expliqua-t-il, Des Essarts mène sa ville d'une poigne de fer. L'araignée au centre de sa toile. Il est couvert de tous les côtés. Il tient tout le monde et tous les milieux par personnes interposées. Il est inattaquable. Même nous n'y pouvons rien. On lui envoie quelques vannes comme l'autre jour, à propos de l'incendie de la rue Choiseul, mais on ne peut rien faire d'autre. Par Lebrun, il règne sur les quartiers populaires et le « milieu » lui est tout acquis.

Sans parler de quelques flics pourris. Grâce à Mapie et à Crédo, la bourgeoisie ne jure que par lui. Si vraiment il y a un type qui n'a pas de souci à se faire pour sa réélection, c'est bien lui. Il est adoré. Et en outre il rentre en cour à Paris en se ralliant à la majorité.

» Pour les affaires immobilières, c'est pareil. Il est au centre de tout. Rien ne peut se faire sans son autorisation. Et lorsque, légalement, ça le dépasse, il passe le relais à son gendre Desvignes-Benettes et à Judicaël sur le plan ministériel. En échange de quoi les caisses de leurs partis sont toujours florissantes. Là encore tu ne pourras jamais rien prouver. Des Essarts, Desvignes-Benettes et Judicaël sont de trop gros morceaux à avaler. A mon avis, c'est au niveau des intermédiaires et des exécutants que tu dois t'attaquer. Et encore, avec précaution. Je vois deux types sur lesquels tu pourrais te renseigner à propos des Hauts de Saint-Jean : Vaugondran et Angelo Natura, qui sert de prête-nom à quelques-unes de leurs combines. Mais là encore, attention ! ça brûle. Natura, quoi qu'il fasse pour se blanchir, est lié avec le « milieu » et il est au mieux avec Lebrun et même Des Essarts. Quant à Vaugondran, la petite cérémonie de ce soir te montrerait, si tu en doutais encore, quelle estime on lui accorde dans les hautes sphères de notre beau pays.

— J'ai déjà commencé à me documenter sur Vaugondran, dit Garrot. Mais je n'arrive pas à me le représenter sous les traits d'une crapule. J'ai vu son frère, le capitaine Dalmon, un type bien que j'ai connu en Algérie. Et il m'a raconté des choses assez touchantes sur Vaugondran bien qu'apparemment ils ne se fréquentent guère.

— Moi aussi je l'ai connu, le Vic Dalmon, avec sa belle gueule de loup en chasse. Mais je ne partage pas ton opinion.

— Ça, en effet, vous n'êtes pas du même bord.

— Dalmon est une ordure. Je l'ai connu avant toi, quand je pouvais encore aller en Algérie. C'était en 1957, pendant la « bataille d'Alger ». Dalmon était officier de renseignement au 11e R.P.C. Un fou sadique. Il a eu les plus beaux résultats mais à quel prix ! Ils étaient une poignée à tout diriger. C'est eux qui avaient les cartes en main et je te prie de croire qu'ils n'attendaient pas les ordres par la voie hiérarchique. L'état-major d'Alger, pas plus que le ministère à Paris, ne savait comment les prendre et on les laissait faire car ils « gagnaient ». On ne voulait pas savoir par quelles méthodes. Je me souviens d'une soirée au Saint-George. J'étais enfoncé dans un des gros fauteuils de cuir près du bar. Dalmon était avec quelques copains, tous des capitaines. Et il pérorait sur les « problèmes de l'Empire ».

» On en a marre de laisser des copains un peu partout, disait-il, dans les rizières ou dans l'Aurès. La politique nationale nous met devant une tâche impossible à accomplir parce qu'elle ne nous en donne pas les moyens, que l'opinion publique n'est pas prête à accepter les sacrifices nécessaires car elle se fout de l'Algérie. Aujourd'hui, les politiciens sont bien heureux de nous voir gagner la « bataille d'Alger » mais ils ne veulent pas savoir comment. Demain, ils nous reprocheront nos méthodes. Ce que font déjà ces salauds de journalistes. Il n'y a plus d'autorité, avec un grand A, et tous ces mauvais cons nous mettent dans le cas de foutre en l'air ce qu'il en reste !

» Et il a continué, approuvé par tous ces jeunes capitaines. Avec leurs cheveux ras et leurs gueules creusées ils me foutaient le frisson. « Un régime propre et sain en dehors du communisme, c'est tout ce que nous voulons », disaient-ils. Autant dire, mon vieux, que le 13 Mai, moi, ça ne m'a pas tellement surpris. Pas plus que de retrouver le Dalmon jouant les flics auprès du chef de la Sûreté d'Alger. Avec un tampon, un téléphone et un bureau, il était le caïd. Il me l'a bien montré en me coinçant sur le bateau que je prenais pour revenir en France parce que, entre nous, je ne suis plus un héros et qu'après les papiers que j'avais écrits sur eux je n'étais pas pressé de tomber entre leurs pattes. Si tu l'avais vu ! Il était sur le bateau avec ordre de faire débarquer tous les passagers dont « la gueule ne lui plairait pas ». C'était ça, leur ordre nouveau. Bien sûr, j'étais de ceux-là. Avec le pauvre Popie — tu te souviens, l'avocat que l'O.A.S. a descendu plus tard. Comme il leur avait volé dans les plumes à l'époque de la « bataille d'Alger », il n'y a pas coupé. Je me souviendrai toujours de sa gueule, à ton brave Vic Dalmon. Un mystique, un torturé. En plein délire. « Les paras, le peuple et nous, les capitaines, m'a-t-il dit, cela pourrait faire une catastrophe. » C'était bien mon avis. « Eh bien, cela va donner la fraternisation, cher monsieur Gavarni. En attendant que la situation s'éclaircisse à Paris, je vais vous mettre au frais. Pas en prison. A Aïn-Taya, dans un bel hôtel où vous pourrez vous baigner. Nous n'avons pas et nous ne désirons pas avoir de Loubianka, comme vos amis de Moscou ! »

— Vous n'étiez pas d'accord politiquement, dit Garrot, mais moi non plus je ne suis pas d'accord avec toi. J'aime beaucoup de choses dans le communisme sauf ce manque de liberté. Je ne me ferai jamais à un régime où l'on ne peut parler ou écrire que dans le sens indiqué par les hommes au pouvoir.

— Ne recommence pas avec cette histoire, Alain. Tu appelles cela la liberté, une ville comme Saint-Jean aux mains d'un gang ? Une enquête que tu commences et dont tu te demandes si ton journal la publiera tellement tu es sûr du contraire ? C'est la liberté, gruger impunément des pauvres mecs qui se tuent au travail pour se loger ?

— On en parlerait des heures et tu ne me convaincrais pas plus que je n'y réussirais moi-même. Revenons à Dalmon.

— C'est à peu près tout. Dalmon, comme ses semblables, était tout prêt au national-socialisme. Des fascistes. Ton brav' capitaine s'est retrouvé dans tous les coups. Il y a même entraîné son neveu, Charles. Le fils d'Albert Vaugondran. C'est encore grâce aux amitiés puissantes de son père qu'il s'en est tiré, celui-là. De justesse. Tu sais ce qu'il fait aujourd'hui, ce petit con ? Il milite aux Jeunesses Nouvelles. Et le capitaine ou commandant en retraite Vic Dalmon, ce pur héros, participe à leurs réunions. On a réussi à en prendre une photo. Une belle photo où ce beau monde parade en chemise d'uniforme qui n'est pas sans évoquer quelques souvenirs pas si lointains. On se la garde en réserve au journal. De même que l'information selon laquelle, depuis son retour à Saint-Jean, ton beau capitaine entraîne régulièrement ces petites graines de fascistes dans la montagne. De la préparation militaire, comme ils disent !

— Tu te laisses entraîner par ton indignation, Simon. Tout cela reste folklorique. Jeunesse Nouvelle est un groupuscule. Tu n'empêcheras jamais quelques nostalgiques de se croire une nouvelle fois à la veille du Grand Coup. Mais tout cela nous éloigne de Vaugondran. « Mon » Vaugondran.

— Pas tellement. Je voulais que tu saches d'abord qui était l'homme qui te brossait un si charmant tableau des qualités exceptionnelles de son frère. Venons-en au « grand » Vaugondran. Une belle âme, lui aussi. Bon fils, bon époux, bon père. Un modèle de vertu. J'ai entendu cette salope de Jean-Hubert te demander d'évoquer le rôle social de Vaugondran et les efforts qu'il fait pour ses ouvriers immigrés. En effet, tu peux aller à La Chapelle. Tout est parfait aux chantiers Vaugondran. Jamais le moindre incident. Au moins cent cinquante types qui travaillent pour lui, logés, nourris. Mais as-tu entendu parler de la grève qui a paralysé ses affaires il y a quelques années ?

— Non, j'étais en Algérie à ce moment-là.

— Mais moi, j'étais là. Ç'a été encore une très belle histoire qu'on a gardée sous le boisseau.

*
**

La grève avait éclaté en 1959 parmi le personnel français des chantiers Vaugondran. L'entrepreneur n'était pas seul touché par le mouvement. A l'appel de la C.G.T. et de la C.F.T.C., tout le bâtiment avait cessé le travail pour « protester contre la politique antisociale du gouvernement » et obtenir une augmentation de salaire de dix pour cent. Pour Vaugondran comme pour Lebrun, qui terminaient leur troisième programme et s'apprêtaient à lancer celui des Hauts de Saint-Jean, cette grève était catastrophique. Il était indispensable que les fondations de la première tranche d'immeubles fussent creusées pendant l'hiver pour qu'au printemps la construction proprement dite pût commencer en même temps que la campagne publicitaire qui devait attirer les premiers acheteurs. Après avoir marchandé avec les délégués syndicaux des agents de maîtrise et des conducteurs d'engin qui avaient refusé les 4,5 % d'augmentation qu'il proposait, il avait dû céder aux revendications et accorder les 10 % exigés. Pas un instant il n'avait pensé que cette augmentation pût concerner les salaires de ses ouvriers immigrés.

A cette époque, Vaugondran employait une soixantaine de Nord-Africains, en majorité des Kabyles, et une dizaine d'Espagnols. Etrangers, non syndiqués, parlant peu français, ces manœuvres formaient une masse laborieuse à part qui, malgré le travail commun, n'avait presque aucun rapport avec les travailleurs français. Vaugondran avait cru résoudre le problème de « ses » immigrés en facilitant, pour les Espagnols, la venue de leur famille. Il avait vu juste. Entourés de leurs femmes et de leurs enfants, ceux-ci ne pensaient qu'à faire leur vie dans la région de Saint-Jean, soucieux avant tout de conserver leur emploi et d'acquérir une spécialisation qui leur permettrait un jour d'atteindre le niveau de leurs collègues français. Ils étaient ainsi d'une docilité parfaite.

Avec les Algériens, qui, grâce à leur salaire, faisaient vivre des familles pléthoriques aux confins de Tizi-Ouzou ou de Sidi-Aïch et ne pensaient nullement à s'installer en France, Vaugondran avait procédé autrement. D'une manière « sociale ». Plutôt que de les voir exploités par des compatriotes, tenanciers d'hôtels minables, il avait mis à leur disposition deux baraquements — on les appelait des D.R. — qui avaient servi, à la Libération, à loger les prisonniers allemands. En outre, il leur achetait la semoule — base principale de leurs repas — au prix de gros, leur permettant ainsi de faire une considérable économie tant sur le logement que sur la nourriture. Ainsi, pensait-il, il tenait tout son monde en main. Pour leur imposer la discipline nécessaire, il leur avait adjoint un « chef du personnel », Gabin, un ancien chef de chantier qu'il avait pris la main dans le sac au moment où il s'emparait d'un important stock de fournitures. Plutôt que de le livrer à la police, Vaugondran lui avait fait signer un papier par lequel il reconnaissait son vol et l'avait utilisé comme garde-chiourme « uniquement par pitié pour sa femme et ses enfants ». Dès lors, Gabin régna sur les Nord-Africains avant de devenir, quand le système se perfectionna, le « chef du personnel immigré itinérant ».

Et ce furent « ces ratons pour lesquels il avait tant fait » qui prétendirent bénéficier de l'augmentation obtenue par les Français ! Alors que le conflit était réglé et que le travail allait reprendre, ils se mirent en grève.

Vaugondran, au comble de la fureur, convoqua Gabin.

— Espèce de crétin ! Incapable de prévoir un mouvement qu'ils ont dû préparer avec soin, ces fils de pute ! J'ai été trop bon avec toi. Comme avec eux !

— Vous fâchez pas, m'sieur Vaugondran, je parle pas leur sabir, moi, mais je peux vous dire le nom de celui qui mène tout !

— Qui est-ce ?

— Youssef Mohamed.

— Un F.L.N. ?

— Ils sont tous F.L.N. puisqu'ils payent tous les mois à la Fédération de France. Ça, ils me l'ont dit.

— Et je m'en fous. Ton Youssef ne serait pas le responsable de leur sacrée fédération ?

— Je ne crois pas, m'sieur Vaugondran. D'habitude, les responsables, ils se font tout petits et ne se mettent pas en avant.

Le soir même, Lebrun trouva la solution. Dans la nuit, cinq hommes à sa solde pénétrèrent dans le D.R. endormi, pistolet au poing.

— Police ! Tout le monde debout, les mains en l'air ! Youssef Mohamed, ici, tout de suite.

Un jeune homme s'avança en slip et maillot de corps déchiré.

— Prends tes affaires et suis-nous.

Les hommes de Lebrun l'emmenèrent dans une villa isolée et, se faisant passer pour des policiers de la D.S.T., entreprirent de lui faire dire qui était le responsable F.L.N. de leur groupe. Le jeune homme résista cinq heures à la torture, puis balbutia un nom : Abdelkader Safi.

Au troisième jour de grève, Vaugondran convoqua Safi dans le local qui servait de bureau à Gabin.

C'était un petit homme, étroit d'épaules, au regard humble et soumis. Vaugondran, qui, près de lui, paraissait un colosse, le saisit par le revers de son veston rapiécé.

— Toi, mon salaud, tu as bien caché ton jeu. Je sais que tu es le responsable du Front pour les soixante types de mon chantier.

— C'est pas vrai, m'sieur. C'est pas vrai, je vous le jure !

— Ta gueule ! J'en ai rien à foutre. Je te propose un marché. Tu restes tranquillement dans ton coin, tu continues ton racket, tu piques leur pognon à tes compatriotes, mais tu fais cesser la grève. Vos histoires de F.L.N., je m'en tamponne. Mais la grève m'emmerde. Alors, c'est ça, ou je te livre à la police. Et tu passeras un sale quart d'heure. Pas la peine de te tirer, tu serais repris tout de suite.

Safi ne bougeait pas d'un pouce mais un léger tremblement agitait sa mâchoire.

— Tu sais qu'à Saint-Jean les flics ne sont pas des tendres. Mais beaucoup sont mes amis. Et si je le leur demande, ils ne mettront jamais plus les pieds ici. Tu seras peinard. Alors, choisis, Abdelkader ! Et vite.

Safi n'hésita pas.

— D'accord, m'sieur, on reprend le travail.

— Mais c'était Youssef qui avait organisé la grève. Peut-être ne vont-ils pas t'obéir ?

— Le responsable politique, c'est moi. Et j'ai des arguments pour les convaincre.

L'homme eut un sourire de fierté qui retroussa ses lèvres minces.

— Je l'espère pour toi. Maintenant, file.

Le lendemain, le travail reprit sur les chantiers Vaugondran-Lebrun. On ne devait jamais y revoir Youssef Mohamed, dont le cadavre égorgé fut retrouvé dans une carrière de la banlieue.

Règlement de comptes entre Nord-Africains, décida la police. Sage conclusion que partagèrent les journaux locaux dans la brève information qu'ils consacrèrent à l'incident.

***

— Depuis, précisa Simon Gavarni, Vaugondran a amélioré sa méthode sur les conseils de son ami Lebrun. Gabin est le chef d'une véritable petite milice. Disons plutôt d'un groupe de choc constitué d'Espagnols et de Portugais qui contrôlent tout ce qui se passe dans les baraquements. Aujourd'hui, Vaugondran en a six qui abritent cent cinquante pauvres bougres. Dès qu'il y en a un qui renâcle, les mouchards font leur boulot et le gars est foutu à la porte. Chez Vaugondran, l'action politique ne peut se mener qu'auprès de son personnel français. Alors que dis-tu de tout cela ?

— Je te crois parce que tu es mon ami mais je m'étonne de n'avoir rien lu à ce propos dans les colonnes de *La Liberté* qui « éclaire les travailleurs et les aide à mieux vivre », comme tu le disais à ton copain Dieufils.

Gavarni lissa sa grosse moustache et en roula les pointes tout en regardant Alain d'un air peiné.

— La vérité sur l'affaire Youssef, je ne l'ai apprise que plus tard. Trop tard pour que cela intéresse encore les gens. Et puis ce n'était valable que si l'on mettait Lebrun dans le coup. Or les preuves nous manquaient.

— Mais l'enquête sur les Hauts de Saint-Jean est tout

à fait dans vos cordes. Un brave type qui y habite et a l'impression de s'être fait rouler n'est venu me voir que parce qu'il a appris que j'étais à la C.G.T. Alors, pourquoi ne la fais-tu pas ?

— Je ne voudrais pas te piquer ton idée, plaisanta Simon.

Puis, baissant la voix qu'il avait fort sonore, il ajouta mystérieusement :

— Discipline de parti. Notre camarade Fleury Thévenet, le maire de La Chapelle, est en train de faire des choses formidables. Il résiste à tous les promoteurs, dont ton Vaugondran, et réalise, lui, de vrais logements sociaux. Et déjà les autorités, préfet en tête, sans compter le conseil général dont il fait partie mais que préside Des Essarts, lui mettent des bâtons dans les roues. Tu penses qu'ils ne sont pas heureux de voir la réussite d'un maire « coco », comme ils nous baptisent. Surtout dans une commune que Des Essarts, au cours de ses marchandages, avait abandonnée aux socialistes et que nous avons réussi à enlever. Alors, imagine que nous nous lancions sur les Hauts de Saint-Jean ! Pour le coup, ils se déchaîneraient et Thévenet serait bloqué. On lui refuserait la moindre autorisation d'importance.

— Pourtant, comme maire, il est maître dans sa commune.

— Oui, pour accorder les permis de construire de pavillons ou de villas, mais dès qu'il s'agit de réalisations plus ambitieuses, il doit passer par le préfet, sinon par le ministère. Et il retombe sur la maffia. Tu ne peux imaginer ce qu'ils vont trouver !

— Et pourquoi ?

— Mais tu es innocent ou tu joues au con ? Avec l'extension de Saint-Jean, La Chapelle devient une banlieue de plus en plus importante. Si Thévenet réussit trop bien, sa commune deviendra un bastion communiste. En particulier s'il parvient à édifier de véritables logements sociaux qui vont attirer beaucoup de travailleurs de Saint-Jean. La politique du pouvoir c'est, au contraire, de les éparpiller. Thévenet, membre du P.C., maire de La Chapelle, ça les chiffonne déjà. Et quand je dis chiffonne... Mais si Thévenet, sûr des votes d'une partie importante des électeurs de sa commune, décidait de se présenter aux législatives, il aurait de grandes chances de passer. Pour les prochaines élections c'est râpé, mais nous voyons loin devant nous. Conclusion ? Il est politiquement plus utile de s'écraser sur les Hauts de Saint-Jean et d'assurer la position de Thévenet. Bien sûr, si l'un de nos confrères nous sortait un beau petit scandale, avec preuves à l'appui, rien ne nous empêcherait d'embrayer et même d'en rajouter. Le problème ne serait plus le même.

— Tu n'aurais pas un peu l'intention de me faire tirer les marrons du feu ?

— Mais non, rassure-toi ! Sinon je ne te raconterais pas tout cela. Et puis toi aussi tu as tes objectifs. Tu devrais voir Thévenet à La Chapelle, c'est une mine d'or sur les méthodes de MM. les promoteurs.

— Merci du conseil. Et maintenant, si on prenait l'air avant d'aller se coucher ? J'étouffe ici.

Ils terminèrent le mascara qui tiédissait dans leurs verres, et saluèrent Gino, qui, à cette heure, somnolait appuyé contre son percolateur.

— Ciao, le rouge.

— Arriverderci, fascista.

Parvenus de l'autre côté de la Comédie, au coin de la rue Merlot, ils aperçurent, à une centaine de mètres, un car de police qui démarrait en actionnant sa sirène.

— On va voir ? proposa Garrot par réflexe professionnel.

Lorsqu'ils arrivèrent sur les lieux, il n'y avait sur le trottoir qu'un pot de colle renversé et quelques traînées sanglantes. Sur le mur, Des Essarts leur offrait son bon sourire paternel. Certaines affiches, encore humides, étaient déjà lacérées. L'heure n'était plus aux attroupements et seule, au coin de la rue, une prostituée avachie faisait les cent pas dans l'attente d'un problématique client. Alain s'approcha d'elle.

— Bonsoir.

— Bonsoir, chéri, je t'emmène ?

— Non. Qu'est-ce qui s'est passé ? Je suis journaliste.

Elle eut l'air déçue et rabattit les pans d'un léger cardigan sur une poitrine molle que son corsage dévoilait largement.

— T'as pas une pipe ?

Garrot, que Simon avait rejoint, sortit son paquet et alluma la cigarette. La fille tira une longue bouffée.

— C'est les élections, fit-elle, désabusée. Des colleurs d'affiches. Ils se sont foutu sur la gueule à coups de barre de fer. Un gars est resté au tapis et ils se sont fait la malle. Les poulets ont rappliqué et l'ont emmené. C'est tout.

— Il était mort ? demanda Simon.

— Ah ! t'en as de bonnes, mon gros. Si tu crois que j'ai été le regarder sous le nez. On a déjà assez d'emmerdements ! Et puis la castagne ne fait que commencer. A chaque élection c'est pareil.

— Pour vous, ce n'est pas une bonne période, remarqua Alain.

La fille agita sa crinière rousse.

— Pas du tout ! Tu te goures complètement. Pour nous, les élections, c'est assez chouette. Les flics ont autre chose à faire qu'à s'occuper de nous. Et les maqs vont coller les affiches pour Des Essarts ! Merci pour la pipe. Voilà de la clientèle.

Elle écarta son gilet et se dirigea avec nonchalance vers deux silhouettes qui titubaient sur le trottoir.

CHAPITRE XIV

— Bonjour, monsieur le divisionnaire.

— Bonjour, mon vieux.

Le gardien de la paix qui faisait fonction d'huissier n'eut pas à regarder l'heure. Le commissaire André Marucci était d'une ponctualité exemplaire, quasi maniaque. Ses collaborateurs savaient qu'à 9 heures tapantes la porte de son bureau s'ouvrait et qu'après avoir suspendu avec soin son veston impeccable à un cintre, dans le cagibi attenant, le chef de la Sûreté de Saint-Jean se plongeait dans la lecture des rapports de la nuit avant de se rendre à la conférence quotidienne des chefs de service fixée à 10 heures.

Le commissaire Marucci s'assit lourdement dans le fauteuil tournant dont il avait fait équiper son bureau lors des récents travaux qui avaient rendu au vieil hôtel de Saxe un peu de sa splendeur passée.

Le siège de la police judiciaire de Saint-Jean se trouvait en plein cœur du quartier de la Marine et avait été l'un des premiers à bénéficier de la politique de rénovation décidée par la municipalité ! Extérieur pur XVIIIe, intérieur « design ». Le bureau de Marucci — table acajou, fauteuils corolle, moquette prune — n'avait que de lointains rapports avec celui de Maigret ! Pourtant, il arrivait au commissaire de regretter l'ambiance poussiéreuse des locaux à l'ancienne manière qu'il avait connus au cours de sa carrière à Bordeaux, puis à Lyon. L'époque de sa jeunesse ! Celle où il « en voulait », potassant ses cours, passant sa licence tout en chassant le truand. Inspecteur, inspecteur principal, commissaire... Il avait gravi les échelons à la force du poignet. Brutal, intransigeant. Pour lui, seul le résultat comptait.

Lorsqu'il était arrivé à Saint-Jean, en 1954, il avait piétiné pendant deux ans à la brigade des mœurs. Le temps de s'imprégner du « milieu », puis il était passé à la répression du banditisme. A cette époque, Saint-Jean rivalisait avec Marseille pour le nombre d'attaques à main armée et de règlements de comptes, sans parler de la lutte sans merci qui opposait les Algériens F.L.N. à leurs coreligionnaires M.N.A. Abandonnant les « Arabes » à ses collègues de la D.S.T., Marucci s'était lancé à corps perdu dans la lutte contre la grande criminalité où ses résultats exceptionnels lui avaient valu d'être nommé, en 1957, commissaire principal et sous-chef de la Sûreté de Saint-Jean. C'est à cette époque qu'il s'était lié avec Antoine Lebrun. Celui-ci avait appris par Claude Mérouli l'efficacité des méthodes du commissaire, la façon habile qu'il avait de « fermer les yeux » sur certains trafics qu'il jugeait mineurs — revente de drogue et prostitution — en échange de « services » et de tuyaux sur les gangs qui écumaient banques et bureaux de poste. Mérouli, qui avait depuis longtemps abandonné ce genre d'activités à de jeunes « fondus » prêts à risquer leur peau et leur liberté pour quelques millions enlevés à la sauvette et qui se livrait à des trafics plus rémunérateurs et moins risqués, avait tout de suite ressenti les avantages d'une certaine collaboration. Par indicateur interposé. Mérouli avait son honneur et sa réputation à défendre ! Et bientôt le calme était revenu à Saint-Jean. Quelques spécialistes du hold-up auraient pu dire à quel prix mais les plus chanceux avaient mis de longs mois à se remettre à l'infirmerie de la maison d'arrêt des accidents et chutes diverses que leur inattention et leur maladresse congénitales leur avaient valus dans les locaux du Saxe.

A Saint-Jean, on disait le Saxe comme, à Paris, le Quai

des Orfèvres ou la Tour pointue et, à Marseille, l'Evêché. Sous la rude poigne de Marucci, qui avait presque totalement renouvelé l'équipe de ses collaborateurs, le Saxe avait acquis une très mauvaise réputation parmi les spécialistes du « milieu » français plus particulièrement attirés par le vol à main armée ou par effraction. Pour eux, Saint-Jean était devenu une « étape » à éviter.

Antoine Lebrun avait particulièrement apprécié les méthodes du commissaire principal qui avait su faire de Saint-Jean la ville la plus sûre de France tout en respectant les intérêts locaux des amis de ses amis. Lors de la vendetta qui avait récemment opposé Mérouli à Stéphanidès, c'est Lebrun qui avait servi d'intermédiaire et avait donné au commissaire, devenu chef de la Sûreté — une des promotions les plus rapides de France à laquelle les amitiés politiques de Marucci n'étaient pas étrangères —, les indications nécessaires à l'interception de Stéphanidès et des cent kilos d'opium qu'il accompagnait. Une nouvelle fois ce coup de maître avait valu à Marucci les honneurs de la presse nationale. La plupart des journaux avaient reproduit à la « une » son visage carré aux yeux sombres qui fixaient hardiment l'objectif. Les mauvaises langues avaient remarqué la chevelure trop noire pour un homme de cinquante-deux ans, le costume d'une sobre élégance que démentait — seule fausse note — la large bague ornée de brillants que Marucci portait à l'annulaire de la main droite.

Ce splendide bijou, bien qu'un peu voyant, était le cadeau que le commissaire avait reçu pour ses cinquante ans de Mme Suzanne Anatoli, une très belle femme qui frôlait la quarantaine, avec qui il entretenait depuis quelques années une liaison d'une discrétion exemplaire.

Suzanne Anatoli était mieux connue, dans un certain milieu, à Saint-Jean, sous le nom de Mme Suzy. En héritage, elle avait reçu de son père un bar très bien situé, rue Merlot, qui avait suscité bien des jalousies. La pauvre Suzy avait été victime d'odieuses machinations de la part de confrères peu scrupuleux qui pensaient profiter de sa faiblesse. Claude Mérouli lui-même, bien qu'il eût été, après la guerre, un des jeunes associés d'Anatoli dans certains trafics auxquels se mêlait parfois le patriarche, n'aurait pas hésité à s'emparer du « Bastringue » — tel était le nom du bar — si le commissaire Marucci, ému des malheurs qui fondaient en cascade sur la jolie Suzy, n'avait décidé de l'aider. Et ce, dans le plus grand secret. Des hommes sans scrupules avaient beau déposer des paquets d'héroïne ou des ampoules de morphine dans les vestiaires ou les toilettes du « Bastringue », puis ensuite téléphoner à la police pour dénoncer la dépravation notoire des mœurs de la belle Suzy et de ses clients, rien n'y faisait. Malgré les descentes de police, malgré les mesures de fermeture prises par des officiers de police judiciaire zélés qui, innocemment, ne cherchaient pas plus loin que le flagrant délit, le « Bastringue » rouvrait quelques jours plus tard.

Suzy, imperturbable, recevait à nouveau ses clients avec une classe et une grâce que chacun reconnaissait volontiers.

Dès que Mérouli eut décidé d'aider le commissaire dans sa lutte contre les crimes de sang et qu'il eut constaté à quel point il savait se montrer compréhensif pourvu que l'on fût régulier, bref dès qu'il fut « mouillé » avec Marucci, celui-ci lui fit comprendre par son ami Lebrun qu'il serait prudent de laisser désormais à Mme Suzy la tranquillité dont elle avait besoin pour faire de son établissement l'endroit sélect qui manquait à Saint-Jean. Un club confortable où l'on ne risquerait ni mauvaises rencontres ni humiliantes descentes de police provoquées par des plaisantins avec qui Marucci pourrait un jour « plaisanter » à son tour dans les locaux du Saxe pour autant qu'ils eussent l'imprudence de poursuivre leur manège !

La leçon porta et tandis qu'André Marucci devenait l'amant de Suzanne Anatoli, le « Bastringue » accédait à la célébrité. Il fut de bon ton à Saint-Jean de s'y montrer. On y vit souvent Des Essarts, sa famille et ses amis ainsi que Renaud Miller, qui y amena le ministre Judicaël. En quelques mois, Suzy devint la Régine de Saint-Jean.

La fiche des renseignements généraux concernant Mlle Anatoli Suzanne, quarante ans, célibataire, directrice d'établissement de nuit, ne précisait-elle pas que l'établissement en question était de « bonne fréquentation » et pouvait être classé comme l'un des plus « choisis » et des plus « honorables » de la ville ? Des plus chers aussi. Ce qui limitait la clientèle, assez variée pourtant pour que Suzy pût jouer avec brio de ce mélange de snobisme et de franche camaraderie qui faisait son succès.

On y aperçut rarement Marucci et seulement en compagnie de Lebrun ou de Renaud Miller dont il s'était acquis l'amitié et la reconnaissance en l'aidant à trouver les fonds qui lui avaient permis d'assurer à Saint-Jean une permanence décente et d'aborder, en cette année 1964, la campagne électorale d'une âme sereine.

Couvert politiquement, du côté du M.C.G., par Lebrun et, du côté de la majorité, par Renaud Miller, le commissaire divisionnaire André Marucci était à lui seul une forteresse que nul ne se serait avisé d'attaquer à Saint-Jean. Les rares personnes informées de sa liaison avec Suzy et des intérêts qu'ils avaient en commun — seule faille dans le portrait de ce citoyen au-dessus de tout soupçon — lui étaient redevables de tant de services qu'il ne craignait aucune indiscrétion. Quant à ses subordonnés, il pouvait défaire leur carrière d'un trait de plume et les tenait solidement en main. Qui dans ses services aurait osé s'opposer au grand Marucci ?

Le seul à pouvoir défier cette citadelle était son prédécesseur à la tête de la Sûreté de Saint-Jean, Jacques Hermès. Un policier de l'ancienne époque qui avait fait toute sa carrière à Saint-Jean. Nommé contrôleur général de la police, il était resté dans sa ville, fait extrêmement rare, sur l'intervention personnelle de Des Essarts auprès du ministre de l'Intérieur. Des Essarts voulait garder sous la main un homme qui, en tant d'années de service, s'était constitué des dossiers sur tout ce qui comptait dans la ville.

Hermès s'était lié de longue date avec le député maire en arrangeant aux yeux de l'opinion publique les circonstances fâcheuses de la mort d'un cousin germain des Steiner, propriétaire d'une des plus importantes fabriques de pâtes de la région. Jean Steiner, gros homme sanguin de quarante-cinq ans, avait succombé à une crise cardiaque au cours d'ébats nocturnes avec une charmante pensionnaire d'un bordel chic que Mérouli contrôlait dans une des voies calmes qui donnent sur la rue Grande. Au milieu de la nuit, la taulière, affolée par l'importance sociale de son client inanimé, avait fait prévenir Hermès, qui s'était déplacé lui-même, avait rhabillé l'homme et avait déposé le cadavre dans la rue où Police-Secours l'avait ramassé quelques minutes plus tard. La famille éplorée avait annoncé la mort accidentelle de Jean Steiner sur la voie publique. Les convenances étaient sauves et le scandale fut évité.

Au cours de sa carrière, le contrôleur général Jacques Hermès avait toujours su rendre des services de ce genre dès l'instant que ses interventions n'allaient pas à l'encontre de son métier.

Marucci n'avait guère d'atomes crochus avec Hermès, qui, de son côté, avait souvent mis en garde son cadet contre les dangers qu'il y avait pour un policier à entretenir de fréquents contacts avec le « milieu » et à employer trop souvent la manière forte lors des interrogatoires. Mais devant les résultats obtenus par le bouillant commissaire, qui lui avaient valu une notoriété dépassant largement les limites de Saint-Jean, et surtout devant les protections politiques dont son collaborateur jouissait, Hermès s'était réfugié dans une prudente réserve. Lui-même, devenu contrôleur général, ne devait-il pas à la protection de Des Essarts de vivre en paix à Saint-Jean plutôt que de parcourir la France à enquêter sur la régularité des méthodes employées par certains policiers ?

Le commissaire Marucci avait presque terminé de dépouiller les rapports de la nuit — quatre rixes, un coup de couteau et une demi-douzaine d'ivrognes — quand son attention fut attirée par le dernier compte rendu auquel un de ses hommes, l'o.p.j. Baton, avait agrafé une note rose portant ces trois mots : « Peut vous intéresser. »

« Nous, brigadier Lecène, lut Marucci, effectuions notre troisième tournée à bord du car n° 42 en compagnie de trois gardiens lorsque à une heure dix-sept minutes du matin notre attention fut attirée par un corps qui gisait sur le trottoir de la rue Merlot, côté pair, à la hauteur de l'impasse de la Lune. L'homme — entre vingt et vingt-cinq ans — était inanimé, le visage en sang. Il avait été frappé en plein milieu de la face par un objet contondant.

» L'homme était vêtu d'un pantalon de toile et d'un blouson, dits blue-jean, de chaussures de basket et d'un casque de vélomotoriste blanc qui portait au sommet l'impact d'un coup violent. Il était dépourvu de papiers d'identité.

» Nous retrouvâmes sur les lieux un pot de colle et une barre de fer. Nous emportâmes cette dernière aux fins d'examen des empreintes.

» Deux témoins, interrogés sur le pas de la porte du café-tabac « Le Phoenix », déclarèrent qu'ils avaient assisté de loin à la rixe qui s'était produite peu avant notre arrivée. Un groupe de très jeunes gens, tous équipés de casques de motocyclistes — environ six (les témoins ne sont pas très sûrs du chiffre) — était occupé à coller sur le panneau d'affichage de la rue Merlot, côté pair, au coin de l'impasse de la Lune, des affiches électorales lorsque arriva une camionnette Citroën d'où jaillit un groupe d'hommes sensiblement plus nombreux (les témoins sont incapables de préciser le chiffre). Armé de barres de fer, le deuxième groupe mit en fuite les membres du premier, puis colla à son tour des affiches recouvrant celles apposées par les jeunes gens. Leur travail rapidement achevé, ces hommes réintégrèrent leur véhicule, qui démarra. C'est alors que le véhicule des jeunes gens — il s'agissait d'une voiture anglaise d'un type assez luxueux — revint sur les lieux. Les jeunes gens arrachaient à l'aide de crochets certaines des affiches posées sur les leurs lorsque la camionnette Citroën fit un nouveau passage. Cette fois, la bagarre s'engagea avec violence entre les deux groupes. Lorsque l'homme au casque blanc tomba, les jeunes gens, apparemment affolés, se ruèrent dans la voiture anglaise, qui démarra aussitôt. Les hommes du second groupe se replièrent sans précipitation après que l'un d'eux eut gratifié le corps inanimé d'un coup de pied dans les côtes. Les témoins n'ont pu relever le numéro minéralogique de la voiture supposée anglaise... »

— Mais qu'est-ce que croit Baton ! grogna Marucci, c'est une banale histoire de colleurs d'affiches électorales. On va en avoir un paquet d'ici à la fin de la campagne.

Pourtant, par acquit de conscience, il poursuivit sa lecture.

« Par contre, continuait le brigadier Lecène, ils relevèrent le numéro minéralogique de la fourgonnette Citroën. Après vérification au fichier, celle-ci appartient à la Société Vaugondran S.A. dont le siège social est établi 24, quai du Port à Saint-Jean.

» Avant de quitter les lieux de la rixe nous avons pris description des affiches, cause de l'affrontement. Celles posées par les jeunes gens portent le sigle de Jeunesse Nouvelle composé de la lettre grecque dite *gamma* — d'après l'agent matricule 0391 qui nous accompagnait — inscrite dans un cercle noir. L'affiche proprement dite représente une pieuvre noire qui tient entre ses tentacules une jeune femme dépoitraillée et visiblement souffrante qui porte sur son corsage les mots : Saint-Jean. Cette image est accompagnée de la mention : « Dehors, les pourris », en lettres noires sur fond jaune.

» L'autre affiche est celle du M.C.G. et représente le visage de M. Des Essarts-Galibert accompagné de la phrase : Pour une France encore meilleure, votez Hervé Des Essarts-Galibert, maire de Saint-Jean, député sortant, commandeur de la Légion d'honneur, rosette de la Résistance, *Distinguished Service Order*.

» Nous emmenâmes alors le blessé, toujours inconscient, à l'hôpital municipal. C'est en le déshabillant que l'interne de garde trouva, dans une pochette de plastique suspendue à la ceinture, mais à l'intérieur du pantalon, des papiers d'identité au nom de Vaugondran, Charles, né à Saint-Jean le 24 janvier 1940. Rédigeant notre rapport, nous fîmes le rapprochement entre le nom du blessé et celui du propriétaire du fourgon utilisé par ses agresseurs. D'après nos renseignements, l'agressé serait le fils du propriétaire de la voiture ayant servi aux agresseurs. Nous n'avons pu en tirer aucune conclusion, le cas nous paraissant nébuleux.

» A l'heure où nous rédigeons ce rapport et après information auprès de l'hôpital municipal, le nommé Vaugondran Charles a repris toute sa connaissance. Il souffre d'une fracture de la cloison nasale et d'une déchirure de l'arcade sourcilière gauche ainsi que de la lèvre supérieure droite, blessures occasionnées vraisemblablement par un coup de barre de fer assené alors que, déséquilibré, l'homme tombait à terre. A moins qu'un autre agresseur n'ait maintenu la tête de la victime pendant que le premier frappait. Dans la mêlée générale, les témoins sont incapables de se prononcer sur ces détails.

» Après avoir conduit le blessé à l'hôpital, nous avons effectué la mission dont le commissaire du 1er arrondissement avait chargé le brigadier et les gardiens du car n° 42, à savoir détourner de 3 heures à 4 heures du matin la circulation sur le côté numéros impairs de la partie supérieure de la rue Grande pour permettre à des agents électoraux du M.C.G. de peindre ce sigle en lettres géantes sur la chaussée, ce qui fut fait, et d'éviter que d'éventuels véhicules n'en fassent baver la peinture. Parmi les quatre véhicules où ces agents puisaient leur matériel nous n'avons pas reconnu le véhicule dont le numéro nous avait été communiqué par les témoins de la rixe.

» Les pièces à conviction : barre de fer et casque blanc bosselé, ont été transmises au service de police judiciaire afin de relever d'éventuelles empreintes. »

Une note manuscrite de Baton était agrafée à la fin du rapport :

« Les empreintes relevées sur la barre de fer appartiennent à Puzzi, Marco, chauffeur de taxi. Arrêté le 12 mai 1959 pour proxénétisme et complicité d'entôlage. Relâché le 14 mai faute de preuves. »

L'officier de police Baton avait ajouté au crayon : « Int. Cab. H. d. v. » que Marucci traduisit par : « Intervention du cabinet. Hôtel de ville. » Marco était un des protégés de Lebrun et avait à plusieurs reprises communiqué des renseignements intéressants au chef de la Sûreté.

— Nom de Dieu de nom de Dieu ! jura le commissaire. Mais ils sont plus cons que nature !

Et cet abruti de brigadier Lecène qui écrivait noir sur blanc la mission de collaboration de la police avec le M.C.G. ! Marucci savait, depuis la campagne électorale précédente, que de nombreux policiers en tenue renâclaient et supportaient de plus en plus difficilement d'avoir à « protéger » les agents électoraux du M.C.G., qu'ils considéraient comme des gens de sac et de corde. Ils n'étaient pas les seuls. Certains des jeunes inspecteurs, on les appelait maintenant officiers de police judiciaire, frais émoulus de l'Ecole de police de Lyon ou de Paris, étaient loin d'approuver les méthodes employées à la sûreté de Saint-Jean.

Marucci réfléchit un instant, puis sonna sa secrétaire.

— Trouvez-moi au téléphone M. Lebrun.

— Où cela, monsieur le commissaire ?

— Mais où vous voudrez ! explosa-t-il. A l'hôtel de ville, à son entreprise, sur un chantier. Mais démerdez-vous ! Trouvez-le-moi. Et fissa !

Le patron était dans un mauvais jour. La secrétaire sortit sans un mot, le visage marmoréen.

Marucci se leva et se dirigea vers le cagibi pour prendre son veston. Auparavant, il se lava les mains au lavabo émaillé, comme chaque fois qu'il devait sortir — un tic dont il ne parvenait pas à se débarrasser. Il revint à son bureau, faisant jouer ses jointures, comme le téléphone sonnait.

— Vous avez M. Lebrun, dit la secrétaire d'une voix impersonnelle.

— Antoine ?

— Oui.

— Il faut que je te voie.

— Entendu, ce soir 5 heures. A l'hôtel de ville ou chez toi.

— Non, immédiatement.

— Mais ...

— Je te dis immédiatement ! Chez Marinette, sur la Corniche.

Et il raccrocha. Il plia le rapport du brigadier Lecène et le glissa dans son portefeuille, puis sonna le bureau des inspecteurs. Baton entra.

— Je suis obligé de sortir. Tu me remplaceras à la conférence. Pas de motif.

— Bien, monsieur le commissaire.

— Et pas un mot de l'incident de cette nuit. Merci de me l'avoir signalé par ta note. Mais qui donc s'est empressé de porter la barre de fer au labo ?

— Le nouveau. Serpat.

— Il avait le feu au cul ou quoi ?

— Il était de permanence, alors il a cru bien faire.

— Pas à moi, Baton. Qu'est-ce qu'il mijote, celui-là ?

— Eh bien voilà, patron...

Il hésita un instant.

— Va, tu sais bien qu'entre nous...

— Serpat dit que tous ces colleurs d'affiches, ces agents électoraux sont tous des maqs, des truands ou d'anciennes barbouzes et que c'est à la police de faire la police à Saint-Jean même pendant la campagne électorale. Pas à eux. Il a ses idées à lui...

— Il faudra vite qu'il ait les miennes. Sinon...

Baton eut un sourire entendu.

— S'il y a quelque chose de grave, je suis chez Marinette. Mais pour toi seul.

— Compris, patron. Si on me pose des questions sur l'affaire de cette nuit ? Les journalistes, par exemple ? Ils ont des informateurs à l'hôpital et ils ont dû être prévenus.

— Tu fais le mort. Tu n'es au courant de rien. Préviens donc ce connard du car 42. Comment s'appelle-t-il déjà ?

— Le brigadier Lecène ?

— C'est ça. Et fiche-lui la trouille. Qu'il la boucle. Dis aussi au commissaire du 1er de se tenir sur ses gardes et d'avoir un peu plus d'autorité sur ses types. Tu peux l'avertir que j'ai assez peu goûté le dernier paragraphe du rapport de son brigadier. Celui-là, il ne perd rien pour attendre ! Il y a des tableaux d'avancement qui vont en prendre un coup !

Le commissaire Marucci dévala l'escalier et prit place au volant d'un élégant cabriolet Peugeot gris métallisé après avoir soigneusement étendu sa veste sur la banquette arrière. Il détestait les faux plis au dos de son veston.

***

Le « Mas des Pescadous » est une grande bâtisse provençale refaite à neuf où l'on n'a ménagé ni la tuile ronde, ni la pierre apparente, ni les poutres vieillies. C'est grand, massif, riche et cossu comme la clientèle qui adore venir se faire engueuler par Marinette, une petite bonne femme rougeaude qui frôle les deux cents livres, ne quitte jamais sa blouse à fleurs, noue ses cheveux gris en un chignon serré et bas, à l'ancienne, mais n'a pas sa pareille pour monter un aïoli ou préparer la meilleure bouillabaisse des environs de Saint-Jean. Son fils est exclusivement chargé des grillades qu'il prépare au centre de la salle sur un foyer géant alimenté de fagots de sarments qui brûlent joyeusement et donnent au mouton, au bœuf ou au broutard un goût inimitable. Marinette sait mêler avec habileté folklore et gastronomie. Mais sa fierté reste l'immense terrasse dallée qui s'avance sur la corniche et surplombe la Méditerranée.

A cette heure encore matinale, Marucci et Lebrun étaient les seuls clients. Le commissaire avait choisi la table située à la proue de la terrasse, à l'abri des oreilles indiscrètes des garçons italiens qui faisaient la mise en place pour le déjeuner. En quelques mots, il avait mis l'adjoint au maire au courant des événements de la nuit et lui avait fait lire le rapport du brigadier Lecène.

Lebrun, pensif, lui rendit les feuillets à en-tête en faisant crisser sous l'ongle la barbe qui déjà bleuissait ses joues grasses.

— Alors ? interrogea Marucci.

— Alors, c'est vrai. Ce ne serait pas grave s'il ne s'agissait du fils de Vaugondran. Enfin, je vais me charger de le raisonner.

— Et c'est tout ce qui t'importe ? Mais, Antoine, il y a eu agression. Il y a un rapport et on a trouvé les empreintes de Marco sur la barre de fer. On va être obligé de l'interroger.

— Pas question, trancha Lebrun. Tu laisses tomber et tu fous le rapport à la poubelle. Comme d'habitude. J'ai besoin de Marco, surtout en ce moment. Et puis ne sois pas ingrat, il t'a rendu quelques petits services.

— Et les journaux ?

— Je préviens Des Essarts. Rien ne passera dans *L'Echo*. Et puis M. Charles Vaugondran, cette petite crapule, n'est tout de même pas un personnage important.

— Reste *La Liberté.*

— Ce n'est pas le gamin qui ira leur faire des confidences. Le fasciste s'épanchant dans le giron des cocos, ce serait assez marrant. De ce côté-là, rien à craindre. Quant à tes poulets, ils ne portent pas non plus les communistes dans leur cœur.

— Justement, Antoine, mes poulets, comme tu les appelles, je sens qu'ils en ont marre. Tes hommes la ramènent un peu trop.

— Mes hommes ! Mes hommes ! Tu me parles comme si je commandais une milice !

— Que ce soient tes chauffeurs de taxi, les petits barbillons de Mérouli, les dockers de Mapie ou même les Espagnols de Vaugondran, c'est toi qui les commandes. N'oublie pas que je suis flic, moi aussi, et que je sais qui est qui dans cette ville.

— N'oublie pas non plus que, moi aussi, je sais qui est qui, dit Lebrun, menaçant.

Ses petits yeux noirs et sa bouche en lame de couteau s'étaient fait implacables. Marucci détourna le regard.

— Il faut absolument que tu les tiennes mieux, continua celui-ci. Je fais ce que je peux, mais à force de tirer sur la corde un jour elle va casser. Tes types se vantent de toucher vingt-cinq sacs par nuit devant les gardiens de commissariat qui détournent la circulation à leur profit et qui, eux, n'ont que leur paye minable. Etonne-toi qu'ils râlent ferme ! Même chez moi, à la Sûreté, je sens un malaise. Et même au Parquet ! J'ai dû user de toute mon autorité, l'autre jour, pour faire libérer Mabrouk.

Mabrouk était un tenancier de bistrot chez qui nombre des hommes de Lebrun se réunissaient, et qui était toujours disponible. Particulièrement en temps de campagne électorale. Ancien collecteur de fonds du F.L.N., arrêté, interdit de séjour, il était revenu à Saint-Jean, où il n'avait eu aucune difficulté à obtenir sa licence. Grâce à Lebrun. Un soir, Mabrouk avait reçu deux coups de couteau dans une bagarre. L'homme hospitalisé, son dossier avait suivi la voie normale et, l'enquête ouverte, le juge d'instruction avait été stupéfait de constater qu'interdit de séjour, il ne devait séjourner ni à Saint-Jean ni même en France. Et pourtant, il tenait un commerce qui nécessitait une autorisation de police ! Avant de s'expliquer cette gageure, le jeune juge avait été dessaisi du dossier et Mabrouk libéré à sa sortie de l'hôpital sur intervention de Marucci, alerté par Lebrun.

— Je t'en prie, Antoine, poursuivit le commissaire, fais

tout ce qui est en ton pouvoir pour modérer tes hommes. Ils agissent comme s'ils étaient intouchables. Lorsqu'ils ont accompagné Des Essarts qui allait porter la contradiction à Bordenave, à Clermont-Ferrand...

— Ce salaud de progressiste, il fallait bien lui claquer la gueule !

— Je suis d'accord, mais, au retour, l'itinéraire de tes « gardes du corps » était jalonné de vitrines de bijouterie brisées, de petits casses...

— C'est vrai, convint Lebrun en souriant à ce souvenir. Ils avaient bien travaillé, ils avaient besoin de se défouler, alors je leur ai donné carte blanche ! Mais tu sais bien que Des Essarts couvre tout. Tu n'as pas à t'en faire.

— Peut-être mais beaucoup d'inspecteurs sont furieux. Ils coincent des types et sont obligés de les relâcher.

— Tu n'as qu'à faire comme moi, monsieur le commissaire, laisse-les se défouler de temps à autre. Mais pas sur mes hommes.

— C'est facile à dire. Et puis ces affaires se renouvellent trop souvent. Je te le dis tout net, Antoine, je ne peux plus tout couvrir.

— Tu y as toujours trouvé ton avantage. Pour un homme comme toi, la protection de Des Essarts n'est pas négligeable.

— Ne me fais pas le chantage à Des Essarts, il n'y a pas que lui, à Saint-Jean. Il y a la majorité...

— Je sais, coupa Lebrun, qui se montrait nerveux, combien Renaud Miller t'aime et te soutient. A peu près autant que vous l'aidez, toi et tes amis. Mais crois-moi, Miller ne fait pas le poids devant Des Essarts. Hervé lui aussi passe à la majorité et dans quelques semaines il sera de nouveau ministre. Garde-toi, André. Tu as besoin de nous comme nous avons besoin de toi.

Marucci eut une moue dubitative qui décida Lebrun.

— Et il faudrait bien des appuis, au plus haut niveau, pour faire oublier la liaison et les intérêts importants qu'ont en commun le célèbre divisionnaire Marucci et la belle Mme Suzy !

— Et il faudrait bien des arguments, répondit le commissaire sur le même ton, à M. Des Essarts-Galibert pour expliquer à ses nouveaux amis de la majorité le mal-fondé des plaintes déposées au sujet des Hauts de Saint-Jean. Il s'en tirerait, j'en suis sûr. Il est habile et son gendre plus encore. Mais il laisserait quelques victimes expiatoires sur l'autel de l'honorabilité : ses amis Lebrun et Vaugondran.

Contrairement à ce qu'attendait Marucci, Antoine Lebrun s'épanouit.

— Tu vois bien qu'entre nous il ne peut y avoir de différends. Parfois des malentendus. Récapitulons : tu classes l'affaire de cette nuit et moi, je modère mes lascars. En outre, je m'occupe de Vaugondran. La campagne terminée, on lâchera quelque menu gibier pour apaiser les limiers. Par exemple, que dirais-tu des tueurs qui ont abattu Jack Baines ? Mérouli s'est écrasé pour ne pas nous gêner mais il a poursuivi son enquête. Tes jeunes incorruptibles finiront le travail.

Marucci resta impassible.

— Ça ne te suffit pas ? Tu sais qu'avec moi il n'y a qu'à demander.

Antoine arbora une expression bonasse qui n'abusa pas le commissaire.

— Je n'ai rien à te demander, dit Marucci. J'étoufferai l'affaire du gosse de cette nuit. Mais méfie-toi tout de même. Là, je ne parle plus de politique immédiate mais de tes affaires personnelles. J'ai retenu les trois plaintes contre les promoteurs des Hauts de Saint-Jean...

— Tu ne risques rien. Ce sont des fous ou des râleurs. On a mis le délégué des souscripteurs dans notre poche.

— Méfiez-vous tout de même. Le juge Noël m'a téléphoné à deux reprises pour savoir si, à la Sûreté, on n'avait reçu aucune plainte concernant des affaires immobilières. Il n'a pas parlé des Hauts de Saint-Jean. Il m'a dit simplement qu'il était chargé actuellement d'enquêter sur la construction. Il a l'air de se passionner pour ce sujet et de fourrer son nez dans ce qui ne le regarde pas.

— Qui est-ce, ce Noël ?

— Un nouveau. Assez jeune. Trente, trente-cinq ans.

— Ne te tracasse pas. Un juge, ça se déplace. Ça se note aussi. Et c'est prudent si ça veut faire une belle carrière.

— D'après ce que j'en sais, celui-là est coriace. Du genre à ne pas laisser la police empiéter sur son domaine. Il est en outre secrétaire de l'Union de la jeune magistrature pour le département.

Lebrun fit claquer ses mâchoires.

— Nous n'en ferons qu'une bouchée. Souviens-toi de Cambon, le don Quichotte du domaine de Litri. On a eu sa peau à temps. Et ce n'était pas un petit juge d'instruction mais un conseiller d'Etat ! Pas de panique. Laissons ton blanc-blec se découvrir.

Les deux hommes se levèrent. Lebrun se frottait les mains, joyeux.

— Tu m'as fichu la trouille avec ton coup de téléphone, dit-il. Mais tu as bien fait de me prévenir. Notre force, c'est l'information et la rapidité des réactions.

Sa main épaisse claqua sur l'épaule du commissaire.

— Et nous tenons tous les points vitaux de cette ville. Ah ! va, Marucci, ce n'est pas demain qu' « ils » nous enlèveront ça !

D'un geste large, il embrassa le magnifique panorama. En contrebas de la corniche, Saint-Jean s'étalait, rose et doré, tremblotant dans la brume de chaleur matinale, et semblait s'enfoncer nonchalamment dans le bleu de la Méditerranée.

*
**

Perlapère jubilait en mettant la dernière main à son papier. Alerté par son informateur de l'hôpital municipal, il avait reconstitué en quelques heures le film de l'agression.

Le visage entouré de bandelettes, Charles Vaugondran lui avait raconté d'une voix nasillarde les circonstances de la rixe et avait conclu, vibrant de haine :

— Voilà où elle conduit, leur prétendue démocratie. A des mœurs de voyous. Où est-elle, la liberté d'expression ? Où est l'ordre auquel aspirent les honnêtes citoyens ? Notre mouvement possède ses informations. Les hommes de main qui participent à ces opérations sont les mêmes que ceux que le pouvoir a employés pour ses basses œuvres lors de la fin de l'Algérie française. Non contents d'avoir bradé une partie du territoire national, ces nervis imposent une dictature au service d'intérêts privés. Mais les citoyens ne s'y tromperont pas et ne toléreront pas plus longtemps d'être sous la coupe de barbouzes payées grassement par une clique pourrie et nous rejoindront en masse. Ensemble nous édifierons ce socialisme national qui, seul, peut apporter l'ordre et la prospérité à tous.

Avec un très grand sérieux, Perlapère avait noté la profession de foi du jeune blessé.

Il avait complété le récit des événements de la nuit grâce à son ami Marco qui, à l'heure du pastis de midi, s'était vanté de ses exploits nocturnes. Il en riait encore, Marco ! Ç'avait été une bonne nuit, comme il les aimait.

— Tu les aurais vus, ces petits salauds, fuir comme une volée de moineaux ! Il doit y en avoir quelques-uns qui, ce matin, soignent leurs bleus à l'arnica ! Et encore, ils ont eu de la chance. Ils avaient une grosse Triumph et nous, on travaillait avec une camionnette prêtée par une entreprise. Une fourgonnette Citroën, un veau. On n'a pas pu faire la « courette ». Et la moitié de nos gars étaient des Espagnols et des Portugais. Tu connais Vaugondran ? Eh bien, c'est lui qui nous avait fourni quelques voitures mais à la condition que ce soient ses types qui conduisent. Mais si j'avais eu ma Mercedes et uniquement des copains à moi, qu'est-ce qu'ils auraient pris, ces morveux !

C'est ainsi que Perlapère avait appris qu'une camionnette du père avait servi à transporter les agresseurs du fils ! Du côté officiel, il avait eu moins de chance. Au commissariat du 1er arrondissement, où pourtant il entretenait de solides amitiés, Perlapère s'était heurté à un mur. On ne savait rien, on n'était au courant de rien. Mais le journaliste avait assez d'éléments pour écrire un de ces papiers « à la Série Noire » qu'il affectionnait. Tout y était, sauf bien sûr le nom de Marco.

Perlapère avait presque terminé son article quand Jean-Hubert Dieufils lui téléphona.

— Tu es toujours sur la rixe de cette nuit ?

— Oui. C'est prêt. Vous allez voir, une histoire au petit poil. La victime est le fils d'Albert Vaugondran, le promoteur bien connu ; mais le plus beau, c'est que les gars qui lui ont cassé la gueule circulaient à bord d'une voiture de son père. C'est shakespearien, non ? Vous pouvez me faire retenir une petite place à la « une » !

— Rien du tout, trancha Dieufils, glacial. Tu peux laisser tomber.

— Mais vous ne pouvez faire cela !

— Je fais ce que je veux. En plus c'est un ordre du patron. Pas un mot de cette histoire dans *L'Echo*.

— On va se faire griller !

— Par qui ? Par *La Liberté* ? ironisa Dieufils. Ce qu'ils diront n'aura aucune importance. Ils prêchent des convaincus d'avance. Tandis que nous, journal de grande information, avons une mission à remplir.

— Justement, Jean-Hubert, dire la vérité.

Perlapère n'avait pas appelé Dieufils par son prénom depuis des années. Depuis qu'il avait décidé de ne plus le tutoyer après le rachat du journal. Dieufils fut-il sensible à ce rappel de leur ancienne camaraderie ? Il se fit moins tranchant, presque amical.

— La vérité n'est pas toujours bonne à dire, mon vieux Pierre. Ce n'est qu'un malheureux incident sans gravité, heureusement. Le monter en épingle avec le talent que je te connais serait troubler l'esprit de nos concitoyens pour pas grand-chose. Et ce n'est pas le moment, en ces temps de campagne électorale. Crois-moi, les ordres du patron sont la sagesse même. Tu me comprends, mon vieux Pierre, et ce n'est pas la première fois qu'un de tes papiers passe à la trappe. C'est la loi du métier.

— Merde ! hurla Perlapère en raccrochant.

Et il alla raconter l'incident à Alain Garrot qui, avant de commencer son enquête sur les Hauts de Saint-Jean, constituait un épais dossier sur ce qui avait déjà paru dans la presse concernant la « réalisation-pilote qui faisait la fierté de la ville ».

— Si tu en doutais encore, môme, tu sais maintenant que tes papiers ne paraîtront jamais dans *L'Echo* ! Mais tu t'en fous. Et tu as de la chance !

Garrot lui proposa de fournir ses informations inutiles à Simon Gavarni.

— Nous étions ensemble, cette nuit. On a failli voir ce qui s'est passé.

— Mes tuyaux, je me les garde, refusa fermement Perlapère. Et puis à quoi ça servirait ?

— A foutre la trouille à cette bande de truands qui croient nous contrôler. Comment crois-tu que certains hebdos à Paris sortent des enquêtes qui nous font baver ? Simplement parce qu'ils sont informés soit par des fonctionnaires qui en ont ras le bol de ce qui se passe dans leur administration, soit par des confrères qui ne peuvent exploiter leurs informations dans leur journal. Comme toi aujourd'hui. L'histoire Vaugondran père et fils est trop locale pour les intéresser mais *La Liberté* pourrait en profiter.

— Ils s'en serviront pour prêcher pour leur chapelle.

— C'est sûr. Mais quelle importance ? Ce qui nous intéresse, c'est que la clique Des Essarts ne se sente pas toute-puissante. S'ils ne reçoivent pas quelques peaux de banane ils se croiront invincibles. Et un article dans *La Liberté* ce sera mieux que rien.

— Tu as peut-être raison, mais je ne suis pas chaud.

Perlapère céda pourtant et, le lendemain, *La Liberté de Saint-Jean* publiait en première page le papier de Simon

Gavarni sur les méthodes de « ces princes qui nous gouvernent »... Et il s'en donnait à cœur joie, Simon. Le grand déballage, la belle lessive. Pour une fois, *La Liberté* renonçait à ce ton guindé qui caractérisait ses articles politiques pour laisser son collaborateur donner libre cours à sa faconde et à son sens de l'épique. Tout y passait, et dans les moindres détails. A partir des événements de la nuit précédente, il précisait le rôle de Charles Vaugondran au sein du mouvement d'extrême droite Jeunesse Nouvelle, l'ombre de Vic Dalmon planant sur les réunions fascistes. Simon publiait même la fameuse photo où les membres de la section locale de Jeunesse Nouvelle posaient complaisamment en chemise sombre et brassard à gamma rouge inscrit dans un cercle noir autour du commandant en uniforme de parachutiste. Le journaliste rappelait la part que Dalmon avait prise à la « bataille d'Alger », son audition lors de l'instruction, à Rennes, sur la disparition de Maurice Audin, sa participation au 13 Mai, aux Barricades et au putsch des généraux. Il publiait même la conclusion du discours que Dalmon avait adressé aux membres de Jeunesse Nouvelle lors de la réunion du 28 juin dans l'arrière-salle d'un café de Saint-Jean : « La démocratie n'est rien et ne veut rien dire, avait dit Dalmon. Et le suffrage universel est ridicule. Nous défendons l'Occident chrétien comme nous l'avons toujours fait jusqu'ici. Je suis, nous devons tous être antidémocrates et devons aspirer à une dictature raisonnable qui ne porterait pas atteinte à la liberté de l'homme. Je suis pour l'efficacité. Nous devons non seulement nous préparer à l'affrontement physique avec les communistes, mais éliminer les politicards antinationaux qui tiennent entre leurs sales pattes avides notre belle nation en général et Saint-Jean en particulier. »

Puis Simon passait à la « partie adverse ». Rappelait la « chance insolente » qui faisait obtenir à l'entrepreneur-promoteur Albert Vaugondran la plupart des marchés d'intérêt local. Son association avec Lebrun, adjoint aux bâtiments communaux, pour tous les programmes privés importants construits depuis des années à Saint-Jean.

« Quel Protée, ce M. Lebrun ! ironisait Simon. Admirable édile, infatigable militant au service du M.C.G., florissant constructeur ! Toujours prêt à rendre service... Ami fidèle et sûr. A la lumière de ces quelques informations — la partie visible de l'iceberg —, on comprend mieux la présence sur les lieux de la rixe de la nuit dernière d'une camionnette appartenant à M. Vaugondran et dont se servaient les agents électoraux de M. Des Essarts... »

Petit couplet bien tourné sur les mœurs politiques qui règnent à Saint-Jean. Et l'estocade finale :

« Dans ce fait divers banal qui les oppose, ils se rejoignent tragiquement, les Vaugondran frères et fils. Mais quelle différence l'honnête homme peut-il trouver entre la milice patronale de Vaugondran, celle de Lebrun, où se retrouvent côte à côte truands « protégés » et hommes de main des polices parallèles du régime, et les petits jeunes gens « au regard pur et dur » que le commandant Dalmon entraîne dans les collines de Saint-Jean au sein de son commando fasciste en les berçant de ses souvenirs nostalgiques des « heures de gloire » vécues dans les djebels ou dans les caves des villas discrètes de la « bataille d'Alger » ? Et ce, sans que la police ni la gendarmerie de notre ville — parfois bien pointilleuses — s'inquiètent outre mesure. Aucune ! Les uns et les autres n'entretiennent-ils pas leur clientèle dans la peur du « rouge » ? C'est-à-dire du travailleur.

» Pas de ragots. Des faits dont nous attendons le démenti. Voilà ce que, seuls à Saint-Jean, nous exposons sur la place publique. Car plus que jamais à la veille d'élections qui seront décisives pour l'avenir des travailleurs, il est de notre devoir de répéter : *tout* est politique. C'est-à-dire qu'il est du pouvoir de chacun de *tout* infléchir. A condition d'être informé — voilà qui est fait. Et de le vouloir ! »

Lorsque Des Essarts et Lebrun lurent le papier de Gavarni, leurs réactions furent semblables.

— Rien de grave, dit Lebrun, j'aurais cru les gens de *La Liberté* plus habiles. Tout cela est réfutable. Quant à leur service d'ordre, il est au moins aussi bien organisé que le nôtre. Et aussi efficace.

Quelques affrontements sérieux lors de la campagne précédente, où les hommes de Lebrun avaient trouvé plaisant de recouvrir la façade et la porte de la permanence du P.C. d'une épaisse couche d'affiches à la gloire de Des Essarts, s'étaient terminés par leur déroute. Devant la contre-attaque communiste, ils avaient même dû tirer un coup de pistolet pour se dégager. Une passante avait été blessée et le commissaire Marucci avait eu toutes les peines du monde à étouffer l'enquête. La leçon avait servi. Depuis, un *statu quo* régnait entre les afficheurs du M.C.G. et ceux du parti communiste. Les responsables des équipes adverses avaient adopté la même devise : « Ne pas répondre aux provocations et se retirer plutôt que de créer un incident fâcheux. » D'ailleurs, le P.C. ne procédait à une campagne intensive que dans son fief de La Chapelle, où nul adversaire ne se serait risqué. Pas plus que dans ses réunions électorales, sévèrement contrôlées.

— En outre, renchérit Des Essarts, cet article tombe à point. Je vais pouvoir m'en servir pour les réunions publiques. Non seulement pour notre politique locale, mais surtout sur le plan national.

— Exactement. Dans cette consultation tout est clair : il y a nous et les communistes. Aux électeurs de choisir leur forme de démocratie.

— Et la démocratie à la sauce de l'Est, on sait ce que cela veut dire. Reste le petit Vaugondran.

— J'ai vu Albert. Ça n'a pas été facile, tu t'en doutes. J'ai eu droit au numéro du rhinocéros. « Vous vous servez de mon matériel, de mes hommes, de mes voitures pour assassiner mon fils. » Je l'ai calmé. Son gamin s'en tirera avec un nez cassé et l'œil au beurre noir ! Et quand je lui ai parlé de la réalisation de Port-Litri et de l'imminence de la dérogation que t'a promise ton gendre, il s'est épanoui.

— Curieux bonhomme, ce Vaugondran, dit Des Essarts.

On le croit tout d'une pièce et puis on s'aperçoit qu'on le retourne ou qu'on le convainc assez facilement dès qu'on lui donne la possibilité d'exercer son métier.

— Tout dépend des arguments, ricana Lebrun.

L'un et l'autre ignoraient encore qu'Albert Vaugondran venait de déposer une plainte en diffamation auprès du tribunal de grande instance de Saint-Jean. Il réclamait deux cent mille francs de dommages et intérêts au directeur de la publication de *La Liberté*.

CHAPITRE XV

C'est par Fleury Thévenet qu'Alain Garrot décida de commencer son enquête.

— Lui seul te fera toucher du doigt les pressions dont les maires sont l'objet de la part des promoteurs, des groupes financiers...

Simon Gavarni avait raison. Il fallait tout reprendre à zéro. Oublier les bruits, les rumeurs, les suppositions plus ou moins malveillantes et s'en tenir aux faits.

— Lui seul aussi aura le courage de tout te dire, avait poursuivi Gavarni, surtout si je me porte garant de toi. Les autres maires de la région ne le feront pas. Ils sont trop mouillés, trop compromis. Pas forcément malhonnêtes, mais pris dans l'engrenage. Ils ont presque toujours peur.

Qu'il y ait scandale dans la réalisation et la promotion des Hauts de Saint-Jean restait à prouver — c'était le but apparent de l'enquête de Garrot — mais ce qui était certain, c'était la compromission quasi inévitable entre les municipalités et les promoteurs désireux de mettre sur pied un vaste programme. Avant même d'enquêter sur les Hauts de Saint-Jean, il était indispensable de démonter le système. Thévenet en était la clef. Et il avait accepté de recevoir le journaliste à 9 heures et demie.

Alain Garrot gara sa voiture et, à pied, remonta la promenade du Cours. Comme tous les matins, en saison, les marchandes de fleurs de La Chapelle disposaient, en un savant désordre, leurs mosaïques somptueuses d'œillets, de glaïeuls, de roses, de bleuets et de dahlias dont le soleil clignotant à travers l'ombre mouvante des platanes centenaires exaltait les couleurs.

Du Cours, qui formait une longue terrasse accrochée à la colline, on découvrait la nouvelle ville qui s'étendait jusqu'aux rives de la Blave, univers de béton parsemé de quelques enclaves étincelantes : les serres des fleuristes.

Le parfum et l'industrie automobile — dont les usines de pièces détachées et d'accessoires sont groupées en bordure de la Blave — constituent les deux principales ressources de La Chapelle.

A gauche de la rivière la masse imposante des douze bâtiments des Hauts de Saint-Jean entourés de pins et de verdure marquait la limite de la commune de Saint-Jean. Dix ans à peine avaient suffi pour que, dans le paysage, les deux villes, jadis séparées par des vallonnements de garrigue, de chênes verts et de pins, fussent réunies. Il en était de même pour Plan-de-Marche et La Galoubiote. Les trois communes périphériques faisaient désormais partie de l'agglomération de Saint-Jean qu'à la préfecture on appelait le Grand Saint-Jean.

Alain Garrot contourna la fontaine en obélisque où certains habitants de la vieille ville venaient encore puiser une eau de source particulièrement pure et, par une ruelle en escalier où s'ouvraient des échoppes de tisserands, vanniers et potiers, qui faisaient la joie des touristes encore nombreux en cette fin de septembre, parvint à la place de l'Evêché. L'hôtel de ville, jouxtant la cathédrale de la Sainte-Foi, occupait l'ancien évêché dont la tour carrée témoignait de l'origine gothique.

Une cloche aigrelette sonnait la demie lorsque Garrot franchit la double arcade médiévale qui ouvrait sur la galerie principale, où ses pas résonnèrent sous les voûtes.

C'est aux élections municipales de 1959 que Fleury Thévenet avait arraché la mairie de La Chapelle à l'ancien maire socialiste Doulenc. Jusque-là, les trois communes périphériques étaient le fief de socialistes auxquels Des Essarts assurait sa bienveillante neutralité en échange d'une passivité totale de la S.F.I.O. à Saint-Jean. Le marchandage électoral avait paru d'autant plus rentable que Plan-de-Marche, La Galoubiote et, dans une moindre mesure, La Chapelle avaient bénéficié du développement phénoménal de Saint-Jean. De banlieues ouvrières et maraîchères, elles devenaient, au fil des années, quartiers résidentiels et touristiques où le prix des terrains suivait la plus-value de ceux de Saint-Jean, situation que certains groupes immobiliers avaient exploitée avec bonheur à la plus grande satisfaction des municipalités qui ne voyaient qu'avantages budgétaires — et souvent personnels — à l'intérêt que leur portaient ces généreux promoteurs.

La partie de littoral que possédaient, de part et d'autre de Saint-Jean, Plan-de-Marche et La Galoubiote avait excité en premier la convoitise des constructeurs. La flambée des prix provoquée par ce brusque essor immobilier avait fait refluer sur La Chapelle la partie la moins aisée de la population. Lorsque les promoteurs s'intéressèrent enfin aux collines et aux rives de la Blave qui traversait La Chapelle, et trouvèrent en Doulenc un interlocuteur compréhensif, celui-ci vivait ses derniers mois à la tête d'une municipalité dont l'électorat s'était considérablement modifié.

Le 15 mars 1959, la liste communiste de Fleury Thévenet fut élue triomphalement. Dans les bureaux de vote, les abstentions n'atteignirent pas 12 % alors que la moyenne nationale dépassa ce jour-là 30 % !

Privés d'un Doulenc dont ils espéraient tant, les promoteurs, Vaugondran en tête, adoptèrent une technique nouvelle à cette situation inattendue. Une technique qui, pensaient-ils, devait séduire immanquablement le nouveau maire de La Chapelle. Avec lui plus de pots-de-vin, d'avantages personnels mais des propositions « sociales et populaires ». Un stade supplémentaire, une maison des jeunes, un foyer pour les vieillards... « tout cela à notre charge, bien entendu »... en échange d'un avis favorable aux permis de construire sur certains terrains occupés jusque-là par les serres de fleuristes en gros ou par de petites usines de transformation dont les propriétaires, alléchés par les prix offerts, étaient tout prêts à se débarrasser.

Thévenet avait refusé en bloc et, depuis cinq ans, pratiquait à la mairie de La Chapelle une politique de rénovation sociale de la commune qui transportait de fureur les groupes immobiliers frustrés de bénéfices considérables et inquiétait jusqu'à la préfecture du Rhône-Maritime. Les rapports des renseignements généraux donnaient pour certaine sa réélection aux municipales de 1965 !

Gavarni avait prévenu Alain. Thévenet était un Provençal froid, qui avait gardé de son Lubéron natal une sécheresse d'expression, une économie dans les moyens de communication qui choquaient parfois certains de ses administrés. Même parmi les camarades du parti.

— Sa femme rétablit l'équilibre, avait ajouté Simon. Elle est petite, comme Fleury, mais aussi rondelette qu'il est sec, aussi exubérante qu'il est silencieux, aussi gaie que ses ancêtres italiens. Elle est même un peu... rigolboche, comme on dit dans Zola. Ils se sont connus à la Cotonnière d'Afrique où elle surveillait les métiers. Fleury y avait repris sa place de contremaître, après les F.T.P. Quand il est devenu permanent du parti, elle y est restée. Elle n'a quitté la fabrique qu'après l'élection de son mari à la mairie. Depuis, elle est sa secrétaire. C'est elle qui arrondit les angles lorsque Fleury est un peu trop cassant. Mais tout le monde les aime bien à La Chapelle, même ceux qui ne sont pas sympathisants, car ils se sont rendu compte que pour Thévenet la mairie passe avant le parti. Sous ses dehors un peu trop réservés, c'est un passionné.

Lorsque Garrot avait téléphoné pour prendre rendez-vous, Thévenet avait immédiatement accepté de le recevoir.

— Demain à 9 heures et demie. Au deuxième étage de la tour. La porte du fond. Nous ne sommes pas assez riches pour avoir un huissier.

La voix du maire correspondait point pour point au portrait brossé par Simon. C'était précis et glacial.

En frappant à la porte du bureau, Garrot s'attendait à un accueil sans chaleur. A sa grande surprise, Thévenet le reçut avec une fraternité dont le journaliste eut tout de suite l'explication.

— Simon m'a dit grand bien de vous, malgré votre appartenance à *L'Echo,* que je n'aime guère, vous vous en doutez. C'est pourquoi j'ai accepté de vous recevoir à propos d'un sujet qui actuellement ressemble fort à de la dynamite.

Fleury Thévenet lui fit les honneurs de son bureau qui occupait la plus grande partie du deuxième étage de la tour Carrée. C'était une vaste pièce aux murs de pierre grattée, d'une austérité monacale mais, des fenêtres à meneaux, on découvrait le chevet de la cathédrale et, au-delà de la vieille ville, une partie de la campagne de La Chapelle.

— Admirable paysage qui vaut tous les tableaux du monde, fit remarquer Thévenet. La pierre du Moyen Age et la Provence éternelle, que demander de plus ?...

Il caressa d'un geste tendre, presque voluptueux, le bandeau ouvragé de la large cheminée.

Garrot prévoyait un fonctionnaire rigide et glacé et il se trouvait devant un esthète fagoté dans un méchant costume marron à rayures rouges dont la poche de poitrine s'ornait d'une rangée de stylos.

— Prenez place, s'il vous plaît.

Thévenet désigna un fauteuil et s'assit derrière une lourde table de couvent surchargée de dossiers et flanquée de chevalets mobiles qui supportaient des diagrammes et des plans recouverts de plastique transparent dont certains étaient hachurés au crayon gras comme les cartes d'un chef d'état-major en campagne.

— Les plans de l'offensive ? dit Garrot.

— Il y a de cela. C'est bien une bataille que je livre chaque jour. La vie politique ne vous démobilise jamais, même à cinquante ans. Et je suis un combattant politique. Contre les Allemands aux F.T.P., contre la guerre d'Indochine, contre celle d'Algérie au parti, aujourd'hui c'est un autre combat que je mène à la tête de la municipalité.

— C'est ce combat qui m'intéresse.

— Notre ami Gavarni me l'a dit. Mais entendons-nous bien...

La voix était redevenue sèche et froide.

— ... mon expérience doit vous servir à comprendre certains mécanismes. En aucun cas vous ne devez la relater dans votre reportage.

— C'est promis. Simon m'avait déjà posé les conditions.

Thévenet sourit. Tout était acéré chez cet homme. Les traits, la voix, le regard. Même le sourire qui étirait ses lèvres minces.

— Pour démonter le mécanisme je dois revenir cinq ans en arrière. En 1959, lorsque je suis arrivé à la mairie, je me suis trouvé dans la situation suivante : l'homme que je remplaçais, Claude Doulenc, n'avait de socialiste que l'étiquette. En réalité, il avait un point de vue immobilier absolument opposé au mien. Son opinion était que La Chapelle, ville à caractère social — nous avons beaucoup d'ouvriers, d'employés, de petits commerçants, de cadres moyens — devait devenir une ville résidentielle.

— De plus en plus les gens fuient Saint-Jean.

— Comme dans toutes les grandes villes. Les uns parce que c'est trop cher — un jeune ménage sans fortune, sans papa qui paye l'appartement, ne peut plus s'y loger —, les autres parce qu'ils veulent habiter un quartier résidentiel dans la verdure, loin du bruit, de la poussière. Naturellement, c'était cette seconde clientèle que Doulenc visait. Il crevait de jalousie devant ce qu'il appelait la réussite de La Galoubiote ou de Plan-de-Marche. Il ne rêvait qu'ensembles luxueux, gazons, piscines, etc.

— Il a commencé dans ce sens.

— Oui. Les vastes lotissements où habite Vaugondran, par exemple. Mais ses projets étaient plus importants.

Thévenet décrocha le téléphone et appuya sur un bouton rouge.

— Régina, apporte-moi le dossier « projets immobiliers » de 1958.

Puis il continua pour Garrot :

— Comme vous le savez, La Chapelle est une ville orientée industriellement vers le parfum et les accessoires d'automobiles. Les usines et les serres occupent soit les rives de la Blave, soit le côté sud des collines, c'est-à-dire des terrains merveilleusement exposés. Une mine d'or pour les promoteurs.

» Entre.

Une petite femme boulotte, brune, au chignon bas, s'avança en serrant un énorme dossier sur son opulente poitrine. Elle portait une simple robe de cotonnade fleurie et ses pieds étaient nus dans des espadrilles de toile blanche. Elle adressa un sourire à Alain Garrot, qui se leva à demi sur son fauteuil. Thévenet n'y prit pas garde et ne s'embarrassa d'aucune présentation.

— Merci. Tu m'apporteras aussi le dossier que Vaugondran avait oublié ici.

— Il est là sur ton bureau, à droite, dit-elle. Je te l'ai préparé ce matin pour Monsieur.

Nouveau sourire. Il émanait de cette petite bonne femme grassouillette et sans souci d'élégance une extraordinaire impression d'efficacité et de dévouement joyeux. Elle ne correspondait pas à l'image que s'en faisait Garrot d'après la description de Simon. Il la trouva appétissante.

— Tu n'auras plus besoin de moi ? demanda-t-elle à son mari. Il faut que j'aille aux courses.

— Non, merci. Tu peux aller.

Thévenet détacha la sangle qui maintenait l'épais dossier sans un regard pour sa femme qui sortit après avoir salué Garrot d'un léger mouvement de tête.

— Elle doit tout faire, dit-il pourtant en cherchant un document, s'occuper de la mairie, de la maison, des enfants. Nous avons deux garçons. Pour moi, c'est une précieuse collaboratrice.

Le visage avait perdu de sa rigidité, la voix de son tranchant.

— Voilà le plan de rénovation Doulenc. Prenez une chaise et venez vous installer près de moi. Ce sera plus facile pour vous expliquer.

Alain obéit. Fleury Thévenet avait déplié un plan de la commune. Il tira un des stylos de sa poche poitrine et désigna plusieurs secteurs quadrillés.

— Doulenc, appuyé par la préfecture, voulait racheter les terrains de ces deux usines et de trois fleuristes en gros.

— Pourquoi appuyé par la préfecture ?

— Là on entre dans la politique. Si La Chapelle devient résidentielle, si on se débarrasse de ces usines et de ces fleuristes, on se débarrasse en même temps des prolétaires qui y travaillent. Et qui votent à gauche ! C'est tout bénéfice. Pour la précédente municipalité, qui se disait socialiste mais était au mieux avec Des Essarts et avec le pouvoir, c'était le caractère entier de la ville qu'il fallait changer. Une nouvelle ville avec une nouvelle population bourgeoise, aisée, qui voterait dans leur sens.

— Ils s'y sont pris trop tard et vous avez été élu.

— Eh oui ! répondit Thévenet avec son mince sourire. Ça n'a pas été tout seul. D'abord, mon élection a été contestée devant le Conseil d'Etat. Et Doulenc avait déjà entrepris une opération de rénovation de l'îlot Barbusse, confiée, tenez-vous bien, à un office responsable du 1 % patronal qui devenait conseiller de l'office d'H.L.M. de La Chapelle. Comme ils espéraient que je serais invalidé, ils ont continué la construction de logements supérieurs à la norme H.L.M. pour reloger les anciens habitants de l'îlot vétuste.

— Ce n'était pas mal.

— Vous n'y êtes pas du tout. L'ancienne population — des petits ouvriers, des manœuvres, des jardiniers — n'aurait jamais pu payer des loyers supérieurs à ceux des H.L.M.

— Un peu ce qui se passe aux Hauts de Saint-Jean.

— C'est pour cela que je vous raconte cette histoire.

Malheureusement pour leur plan, le Conseil d'Etat a confirmé mon élection. Alors, les promoteurs se sont dit qu'il fallait jouer avec moi. Ils se sentaient forts car les premières réalisations assez luxueuses permises par Doulenc avaient fait monter le prix des terrains de La Chapelle. Ainsi, je ne pouvais plus y construire d'H.L.M. car l'office fixe un prix-plafond pour les terrains. Ce qui explique que dans la plupart des villes de France on ne construise d'H.L.M. que dans la périphérie, éloignant ainsi les travailleurs. Simple tactique électorale.

— Avez-vous eu affaire à Vaugondran ?

— J'y viens. Il a même été le premier. On se pratique depuis longtemps. D'abord il a sa maison et son chantier à La Chapelle et puis j'ai connu son père. Le vieux Joseph. C'était autre chose que le fils ! Bref, mon Vaugondran arrive la mine enfarinée et me dit son intention d'acheter les terrains des deux usines au bord de la Blave pour y bâtir un grand ensemble de standing qu'il appelait déjà le « Front de Blave ». Or, moi, je voulais faire admettre à la préfecture que ces industries devaient rester en place, devaient même se développer, et je me proposais de raser des îlots vétustes de la ville pour y construire des H.L.M. destinées aux ouvriers et employés de ces usines et pour y reloger les anciens habitants. Garder son caractère à La Chapelle, c'est mon seul souci. Vaugondran, qui est loin d'être bête, avait établi un dossier très précis. Il m'a dit que je n'y arriverais jamais, que le terrain était devenu trop cher pour loger des ouvriers, que j'allais me casser la gueule. Enfin, que je nuisais à l'expansion de La Chapelle.

— Tandis que si vous acceptiez sa proposition...

— Le pactole ! Il avait bien préparé son coup ! Connaissant mes opinions politiques, il n'a pas trop insisté sur ce que je pourrais tirer de l'affaire. Il a tout de même évoqué la possibilité d'une villa où ma femme et mes enfants seraient mieux que dans l'appartement que nous occupons, il a parlé des sommes souvent importantes que certains de mes collègues de la région ont reçues. Pour eux ou pour la caisse de leur parti. Il a même ajouté : « Il en sera de même pour le vôtre. Vous voyez, je ne suis pas sectaire. » En rigolant en plus.

Garrot imaginait la scène ! Le colosse richissime, cossu, bon vivant, bon enfant, face à ce petit Saint-Just, glacial et coupant, avec son costume minable et ses stylos dans la poche extérieure de son veston !

— Il m'a proposé, poursuivit Thévenet, une combinaison qui a fait ses preuves. « Achetez, m'a-t-il dit, les onze mille deux cents mètres carrés des usines. Les propriétaires en demandent cinq cents francs du mètre carré, cela reste raisonnable. Les H.L.M. ne pourront même pas payer cette somme en raison de leurs prix-plafond. Alors, vous me revendez vos charges foncières... »

— Ce qui veut dire... ? demanda Garrot.

— Le prix du mètre carré constructible... « Vous me revendez vos charges foncières, a continué Vaugondran, au double ou même au triple. Je vous connais bien, j'aime La Chapelle et cela me fait plaisir de rendre service à la municipalité. La différence permettra à la ville de s'équiper. Vous avez besoin d'écoles, de gymnases, de bibliothèque. Grâce à moi, vous avez tout. »

— Et c'était vrai.

— Mais bien sûr que c'était vrai !

Derrière les petites lunettes d'acier, le regard de Thévenet était braqué sur le journaliste.

— Vous oubliez simplement que j'aurais servi en effet la municipalité mais sans faire de social. Si j'acceptais son plan, ce seraient les futures populations aisées de La Chapelle qui en profiteraient. Les « pauvres », eux, seraient rejetés encore plus loin !

— Et les problèmes financiers ?

— Il n'y en avait aucun. Si j'acceptais, tout irait très vite. Vaugondran me fournissait l'argent. Il avait des bailleurs de fonds tout prêts à s'engager. Le groupe Steiner et la De Vanves qui travaillent habituellement avec lui. Il m'assurait également que la préfecture et la direction de l'équipement accorderaient très vite toutes les autorisations. Il était déjà sûr d'obtenir des dérogations.

— Lesquelles ?

— Savez-vous ce qu'est un C.O.S., monsieur Garrot ?

— Non, j'avoue.

— C'est le coefficient d'occupation au sol. Pardonnez-moi d'être un peu technique mais la notion de C.O.S. est indispensable à qui veut comprendre ce qu'est le scandale quasi légal et permanent de la construction.

» Si un C.O.S. est, par exemple, fixé à 2, un promoteur privé qui achète un terrain de cent mètres carrés peut y construire deux cents mètres carrés de surface hors-d'œuvre.

— C'est-à-dire deux cents mètres carrés d'appartements.

— Non. Pour obtenir la surface d'appartements il faut déduire 20 % de cette surface. Dans une ville comme Saint-Jean, le C.O.S. est fixé à 3,2. Ici, à La Chapelle-ville, à 1,6 ; dans la périphérie, à 0,8 et parfois à 0,5. Si ce même terrain est déclaré Z.A.C., zone d'aménagement concerté, ou si le promoteur obtient une dérogation de la préfecture, ce C.O.S. est considérablement augmenté.

» Voyez vous-même la puissance d'un Vaugondran.

Fleury Thévenet ouvrit une mince chemise rouge sur laquelle figurait le nom du promoteur.

— Il avait fait une estimation rapide mais précise de l'opération « Front de Blave », tirée à je ne sais combien d'exemplaires. Il en a oublié un double sur mon bureau, ce qui me permet aujourd'hui de vous donner la preuve de ce que j'avance. Il prévoyait pour son projet un C.O.S. de 3, alors qu'à La Chapelle il est fixé à 1,6. Je le lui ai fait remarquer. « Ne vous faites pas de bile, me dit-il avec assurance, j'aurai la dérogation. » Ainsi, sur un terrain de 11 200 m^2, il parvenait, déduction faite des 20 %, à construire 26 880 m^2 d'appartements qu'il vendrait à 2 500 F le m^2. Sans compter 348 parkings de sous-sol à 15 000 F l'un et 164 en surface à 5 000 F pièce, un demi-million ancien !

— Ce n'est pas pour n'importe quelle clientèle !

— Je vous passe les détails mais allons directement à la rubrique dépenses : 50 000 000 net. Y compris le terrain, la construction et les 10 % traditionnels d'imprévus.

— Le prix de construction d'un appartement vendu 2 500 F le m^2 n'est que de 800 F, s'étonna Garrot.

— Eh oui ! à peine le tiers. Cela aussi c'est un scandale. Passons maintenant à la rubrique « recettes espérées » : 73 240 000 F. Différence : 23 240 000 F.

— De bénéfice net ?

— Non. Tout de même pas mais presque. Les détails vous intéressent ?

— Oui, sans eux je ne pourrais jamais reconstituer le coût réel et les bénéfices des Hauts de Saint-Jean.

Garrot sortit un carnet.

— Allez lentement, s'il vous plaît, je dois tout inscrire.

— Il faut déduire de ce chiffre les honoraires des techniciens, c'est-à-dire surtout ceux de l'architecte. Six pour cent du prix de la construction.

— C'est-à-dire six pour cent de 800 F au m^2. Ce n'est pas beaucoup.

— Dans le cas du projet Vaugondran cela faisait tout de même 225 millions anciens, mais le travail est énorme. Déduisez ensuite un pour cent de ce même prix de la construction pour le bureau de contrôle et l'assurance du maître d'ouvrage.

— Qui est-ce ?

— L'entrepreneur. Puis encore quatre pour cent des dépenses totales pour la publicité.

» Dans le cas qui nous intéresse cela fait la bagatelle de 200 millions anciens.

— Alors, là, c'est considérable.

Thévenet le regarda d'un air amusé.

— Mais, cher monsieur, il faut bien les vendre, ces appartements. Il faut bien payer les publicités des journaux, les panneaux sur le bord des routes et ces luxueuses brochures en papier glacé que l'on vous adresse « sur simple demande ». Le tape-à-l'œil coûte cher !

Alain Garrot fit un rapide calcul.

— Le projet laissait tout de même le confortable bénéfice de 18 614 000 F.

Thévenet se leva et se planta devant l'un des chevalets qui reproduisait le plan de la partie ouest de La Chapelle. Il pointa son stylo à bille sur un petit rectangle noir.

— Oui. Si j'avais marché dans leur plan, ces quelques centimètres carrés sur la carte rapportaient aux promoteurs, je dis promoteurs au pluriel car Vaugondran ne fait que représenter des groupes financiers et il construit tout de même...

— Avec Lebrun...

— Oui, un fructueux tandem... leur bénéfice s'élevait à près de deux milliards anciens. Sans compter le bénéfice du constructeur, sans compter également les agios des banques qui non seulement prêtent l'argent, mais se réservent l'exclusivité de prêts aux acheteurs.

— Ces groupes prennent tout de même des risques.

— Pas énormes. Il suffit de réunir vingt pour cent des dépenses envisagées pour pouvoir commencer les travaux. Ensuite l'argent vient des souscripteurs. Ils appellent cela « la vente en l'état futur d'achèvement ».

— Et cela signifie ?

— Tout bêtement que la société de construction peut vendre dès l'achèvement des fondations. Ainsi, sa trésorerie est assurée grâce aux versements des acquéreurs ! Sans compter le Crédit foncier. Vaugondran en est un spécialiste. Normalement, il ne devrait pas être accordé pour des constructions de standing important, mais il l'a obtenu pour les Hauts de Saint-Jean.

— Toujours les dérogations ?

— Toujours. Quand on fait deux milliards de bénéfices on peut bien payer une piscine à la municipalité et verser à la caisse du parti qui vous obtient de pareils avantages. Bref, se montrer coopératif.

— La dérogation la plus importante reste pourtant, si

j'ai bien compris, celle du coefficient d'occupation au sol. Qui la délivre ?

— La préfecture.

— Et comment les sociétés immobilières que représente Vaugondran y parviennent-elles si souvent ?

Thévenet replaça soigneusement son stylo dans sa poche poitrine, puis il essuya lentement ses lunettes avant de répondre.

— Le corps préfectoral est, dans notre société, à l'image de la politique majoritaire. Ce n'est pas nouveau. Sous la précédente République, c'était la même chose. Si un maire n'est pas *persona grata* auprès des services préfectoraux et du préfet en personne, rien n'avance. Les dossiers restent sous le coude. J'en fais l'amère expérience. Henri Chypre, notre préfet, s'est déjà fait taper sur les doigts par l'Intérieur lorsque j'ai été élu à la mairie de La Chapelle. Si un jour je passais député, oh là là... il serait déplacé. Il faut être bien avec le préfet. Et Vaugondran est bien avec le préfet, bien avec Des Essarts, bien avec son gendre qui est tout-puissant, au mieux avec le sous-secrétaire d'Etat au Logement qui le décore. Il sait verser lui-même et faire participer largement ses commanditaires aux caisses électorales de la majorité et du M.C.G.

— Comment cela s'est-il terminé avec Vaugondran ?

— Je l'ai poliment envoyé se faire foutre. En lui disant que la société d'économie mixte que la municipalité se proposait de créer ferait aussi bien que sa société civile immobilière. Je lui ai même dit que si, lors des adjudications, ses prix de construction étaient les plus bas, je serai ravi de le faire travailler. Il est parti furieux.

Alain Garrot réfléchit un instant. Fleury Thévenet lui plaisait, on le sentait honnête, passionné par sa fonction, dévoué à sa ville et à ses concitoyens, pourtant une question brûlait la langue du journaliste.

— Vous me laissez entendre que de tout temps il a fallu des dérogations, qu'il est indispensable d'être bien avec le préfet. Alors, où est la solution ?

Fleury Thévenet sourit mais en même temps son visage reprit sa sévérité première.

— Un changement de régime. Je suis communiste et je sais que vous ne l'êtes pas, je ne porterai donc pas la discussion sur ce terrain bien qu'à mon avis ce soit la seule véritable solution à nos problèmes.

— Avec, permettez-moi de vous le dire, la création d'un certain nombre d'autres auxquels personnellement je préfère les premiers.

— Je vous entends bien et c'est pourquoi je vous ai dit : ne nous aventurons pas sur ce terrain. Votre temps et le mien sont précieux.

Thévenet revint vers la large table et tapa du plat de la main sur deux piles de dossiers.

— La solution, pour l'instant, la voilà. Se battre pied à pied. Utiliser parfois les armes de l'adversaire. J'y parviens et depuis cinq ans que je suis ici, La Chapelle n'a pas changé d'âme. Et mes concitoyens m'en sont, je crois, reconnaissants. Aux législatives, nombre d'entre eux ne voteraient pas communiste, mais aux municipales je crois pouvoir compter sur eux.

— Vous avez refusé les promoteurs style Vaugondran et pourtant on construit à La Chapelle. Alors, comment ?

— C'est une longue histoire. Pleine de chausse-trapes. Elle est loin d'être terminée mais si cela vous intéresse...

Le petit homme s'assit dans son fauteuil. Son visage aigu reflétait une certaine lassitude mais aussi beaucoup de fierté.

— Figurez-vous, dit-il avec malice, que devant l'extension de Saint-Jean j'ai joué les capitalistes, moi ! Et j'ai acheté — exactement comme si j'étais le p.d.g. d'une société qui s'appellerait « Municipalité de La Chapelle » — des terrains où j'ai fait construire des bureaux. Ça a merveilleusement coïncidé avec une politique de décentralisation de certaines entreprises de Saint-Jean... et j'ai gagné beaucoup d'argent !

Grâce à cet argent, Fleury Thévenet avait décidé de créer une zone de rénovation d'un des quartiers les plus misérables de la ville. Ses déboires avec le préfet Chypre ne faisaient que commencer.

Malgré l'opposition de Thévenet, Albert Vaugondran ne s'était pas estimé battu. Il y avait de l'argent, beaucoup d'argent à gagner à La Chapelle et ce n'était pas ce petit bonhomme froid qui allait l'en empêcher. Puisque à l'échelon municipal la machine était bloquée, c'est à l'échelon supérieur qu'il fallait frapper.

Tour à tour, Des Essarts-Galibert, puis Desvignes-Benettes attirèrent l'attention de leur bon ami Henri Chypre, préfet du Rhône-Maritime, dont ils venaient d'engager un proche collaborateur comme commissaire aux comptes de la Socojean, sur l'évidente mauvaise volonté de ce nouveau maire de La Chapelle. Il convenait de le ramener au sens des réalités profondes de la région et non pas lui faciliter sa tâche de propagandiste d'idées subversives.

A Paris, Me Thomas Desvignes-Benettes signala l'hostilité manifeste de Fleury Thévenet au sous-secrétaire d'Etat au Logement, Félix Judicaël, qui recommanda personnellement à la direction départementale de l'Equipement d'exercer la plus grande vigilance à l'égard des projets que pourrait présenter la municipalité de La Chapelle.

Fleury Thévenet, loin de se douter des conséquences de son refus, prépara tranquillement un vaste projet de zone d'aménagement concerté (Z.A.C.) sur un quartier de taudis et d'immeubles vétustes. Le projet comportait un nombre d'H.L.M. un peu supérieur au nombre des familles à reloger, de façon à pouvoir accueillir de nouveaux travailleurs employés à La Chapelle ou même à Saint-Jean. Pour compenser le prix du terrain trop élevé pour y édifier, selon les normes officielles, des habitations à loyer modéré, Thévenet prévoyait, selon une méthode qui déjà lui avait réussi, l'édification d'un nombre important de bureaux. Enfin le projet comportait les équipements nécessaires à un nouveau quartier : école, dispensaire, gymnase.

Pour que cette Z.A.C., décidée à l'unanimité par le conseil municipal de La Chapelle, fût entérinée par la préfecture, il fallait passer trois obstacles : obtenir l'approbation du dossier de création par le ministère, faire approuver le plan d'aménagement de la zone, faire approuver le dossier de réalisation.

Cette dernière étape était la plus importante car elle seule permettrait d'appliquer le plan, de commencer les travaux, d'aller de l'avant.

C'est là que Fleury Thévenet devait payer son « incompréhension » à l'égard de Vaugondran et des intérêts qu'il représentait.

Cela se fit sans brutalité, dans une sorte de ronronnement administratif où — pensait-on — devaient s'enliser les meilleures volontés.

Présentant son plan à la direction de l'Equipement, organisme qui travaillait à l'échelon du département mais dépendait directement du ministère, Fleury Thévenet sollicita de l'Etat une « subvention d'équilibre ».

— En quel honneur ? interrogea le fonctionnaire qui enregistra la demande.

— J'aide l'Etat en faisant la chasse aux taudis. J'œuvre ainsi pour le bien-être et l'évolution de la société. A son tour l'Etat doit m'aider.

— On verra.

C'était tout vu. Après quelques semaines d'étude « nécessaire à l'examen du dossier », le maire de La Chapelle apprit que l'on envisageait avec faveur le projet de création de Z.A.C. présenté par la municipalité, mais qu'à son grand regret ni la préfecture ni la direction de l'Equipement ne pouvaient accorder de subvention à ce projet.

« En conséquence, écrivaient les services de la préfecture, vous devrez nous présenter une délibération du conseil municipal de La Chapelle s'engageant à réaliser le projet de Z.A.C. sans demander de subvention et à assumer tous les frais d'achat du terrain, de construction, de vente, ainsi que tous les risques de déficit. »

Alors, seulement, Fleury Thévenet se rendit compte que

la bataille était engagée. On n'en était pourtant qu'aux escarmouches.

Le conseil municipal le suivit comme un seul homme et accepta à l'unanimité d'assumer tous les risques de construction de la Z.A.C. Le procès-verbal de la séance envoyé à la préfecture, il ne restait qu'à attendre. A sa grande surprise Thévenet reçut rapidement une réponse.

— Et cette fois, dit-il à Alain Garrot, on me donnait avec impudence la preuve formelle de la collusion entre les services publics de la préfecture du Rhône-Maritime et les intérêts privés de Saint-Jean. Lisez.

Après « étude minutieuse » du dossier, la préfecture mettait en garde la municipalité de La Chapelle contre le déficit obligatoire — le mot était souligné — qui découlait de son désir de consacrer 80 % des logements prévus à des H.L.M.

« Prévoyez moins de logements sociaux, concluait la note, construisez quelques ensembles de standing, et votre budget sera équilibré sans risques. »

— Cette fois, c'est Lebrun qui vint me relancer, ajouta Thévenet. Il ne se présentait pas en qualité d'entrepreneur mais de « collègue ». Il est adjoint aux bâtiments communaux de Saint-Jean. Et, bien sûr, il me conseillait de céder, comme « ils » faisaient au conseil municipal de Saint-Jean. Ce qui ne les empêchait pas de faire des logements sociaux. Et il a eu le front de me citer en exemple les Hauts de Saint-Jean dont les travaux avançaient !

Il était clair, cette fois, que le groupe que représentait Vaugondran n'avait pas renoncé. Il restait en lice prêt à profiter de la première défaillance du conseil municipal de La Chapelle.

— Des charognards, dit Thévenet. Ils tournaient autour, encore peureux des réactions que nous pouvions avoir mais sûrs que leur proie ne leur échapperait pas. Et ils n'avaient pas tort. J'ai été obligé de lâcher du lest. J'y tenais à mes H.L.M. et pour les édifier j'étais prêt à beaucoup de sacrifices.

Après quelques discussions, le conseil municipal de La Chapelle décida de remplacer quelques H.L.M. par des immeubles à loyer normalisé destinés à des cadres petits et moyens, et de construire quatre cents logements de standing sur les trois mille huit cents du programme de la Z.A.C.

— Ils ont cédé ? demanda Alain.

— Non ! Et pourtant, ces quatre cents logements, j'étais décidé à les donner à Vaugondran. Mais ils en voulaient plus encore. Ils voulaient tout. A la préfecture, on m'a dit que le nombre des appartements de standing était insuffisant pour équilibrer mon budget. Quand j'ai récusé leur thèse et sorti mon étude financière, le directeur de cabinet du préfet et le responsable de la direction de l'Equipement sont convenus que mes calculs étaient justes mais dépassés. « En effet, m'ont-ils dit, vous avez établi vos prix de revient en fonction de votre budget de l'année dernière. Or vous ignoriez, et nous vous l'annonçons aujourd'hui, que l'on a décidé l'élargissement d'une voie nationale qui traverse La Chapelle. Cet élargissement est à vos frais et nos services l'évaluent à trois cents millions. Voilà votre budget déséquilibré. Revoyez tout cela et soumettez-nous vos nouveaux projets. Entre nous, monsieur Thévenet, faites plus de logements de grand standing. Et vous serez tiré d'affaire ! » Et ça revenait comme un leitmotiv. Au fur et à mesure que je faisais des concessions et des efforts, la préfecture et la direction de l'Equipement me donnaient des preuves que je ne pouvais y arriver avec mes H.L.M. !

» Puis j'ai trouvé la solution. Les bureaux. Ceux déjà édifiés s'étaient vendus comme des petits pains. 75 000 m² de bureaux dans ma Z.A.C. et ça y était. Mon budget était équilibré ! En outre, ces bureaux fourniraient certainement des emplois à la population de La Chapelle. Et du coup je prenais à ma charge l'élargissement de la route nationale ! Mais c'était trop beau. Ah ! Ils étaient forts, mes promoteurs ! Froidement la direction de l'Equipement m'a accordé au maximum 40 000 m² de bureaux... qui n'étaient pas suffisants pour équilibrer mon budget ! On me refusait

75 000 m² pour un programme d'utilité publique alors que l'année précédente on en avait accordé bien plus à une compagnie pétrolière qui avait installé un siège important sur un terrain privé de La Chapelle !

— C'était l'impasse.

— Oui. Alors, j'ai tenu la population au courant. Et de guerre lasse on a organisé deux manifestations pacifiques dans la rue. N'en cherchez pas le compte rendu dans votre journal, *L'Echo* n'en a pas soufflé mot ! Mais cette fois, le père Chypre a eu peur. A la première, il a lâché le dossier de création et le plan d'aménagement de la zone. A la seconde, j'ai obtenu que l'Etat prenne en charge la moitié de l'élargissement de la route nationale.

— Il vous restait à trouver cent cinquante millions. La seconde moitié.

— J'avais une botte secrète en réserve. Lors d'une réunion à la préfecture, j'ai révélé que la municipalité avait fait de bonnes affaires. Une fois n'est pas coutume. D'une part, les chiffres de base de mon projet n'avaient pas été faussés, comme c'est l'habitude dans la construction, et, d'autre part, le manque à gagner sur les bureaux que l'on me refusait était rattrapé par les prix que j'avais obtenus sur le plan foncier. J'avais réussi à acheter le terrain de la Z.A.C. moins cher que le prix prévu dans le dossier du tout début. Vous auriez vu leurs gueules ! Chypre était vert. Quant au directeur de l'Equipement, il m'a prévenu d'un air pincé que mes immeubles pour petits cadres — les I.L.N., à peine mieux que de l'H.L.M. — ne bénéficieraient pas des primes et des prêts du Crédit foncier, alors qu'il venait de l'accorder à Vaugondran pour les Hauts de Saint-Jean ! Henri Chypre s'est rasséréné et m'a dit d'un ton suave en joignant ses doigts à la hauteur du menton : « Mon cher Thévenet, c'est l'évidence. Malgré toute notre bonne volonté, il faut que vous abandonniez ou les I.L.N. ou les H.L.M. Vous n'avez qu'à construire ces logements sociaux en dehors de La Chapelle. La zone nord de notre département regorge de terrains inemployés. » Il s'en fout, lui, d'envoyer les travailleurs à 25 ou 30 kilomètres de leur lieu de travail !

La Chapelle devenant un quartier de plus en plus prisé, Fleury Thévenet réussit pourtant à faire démarrer son programme d'I.L.N. en obtenant de nombreuses sociétés de La Chapelle et de Saint-Jean le 1 % patronal destiné aux logements de leur personnel. Et aussi en abandonnant deux cents appartements de plus aux promoteurs de « standing ».

— Je ne m'en tire pas mal, ajouta Thévenet. Le bilan est positif. La moitié du programme est construit. C'est le grand succès sur le plan des bureaux. Et ma zone reste tout de même populaire. Six cents appartements luxueux contre trois mille deux cents logements sociaux ! Mais le préfet m'a à l'œil. Il faut que j'aille doucement et que je termine mon projet sans pépin grave. Alors, j'essaye de me faire oublier. C'est pourquoi je vous ai demandé de ne pas parler de cette histoire dans votre reportage. Qu'elle vous aide simplement à mieux comprendre les relations qui existent entre le pouvoir, les municipalités et les promoteurs.

» Entendez-moi bien, je ne me pose pas en saint et je ne dis pas non plus que tous les maires sont complices d'opérations scandaleuses bien que légales. Mais beaucoup de mes collègues qui ont tant de mal à boucler le budget de leur municipalité sont fous de joie, lorsqu'ils vendent des terrains communaux à des promoteurs avisés, de voir ceux-ci leur assurer la viabilisation, la construction d'un groupe scolaire ou d'une adduction d'eau qu'ils auraient attendue des années de la préfecture. Ils ne se rendent pas compte que les groupes financiers sont encore largement bénéficiaires. Sans parler des changements de population que j'évoquais tout à l'heure mais qui sont surtout valables pour les grandes villes ou les grandes banlieues comme la nôtre. Voilà, j'espère que mon expérience vous sera utile.

Il se leva et regarda sa montre. L'entretien était terminé.

— Pour les Hauts de Saint-Jean, cela s'est passé ainsi ? demanda Garrot.

— A mon avis, oui. Mais la colline faisait partie du territoire de Saint-Jean, donc dépendait de Des Essarts sur le plan des permis. De Des Essarts, du préfet et même du sous-secrétaire d'Etat, puisqu'il s'agit d'une opération énorme.

— Je vous ai fait perdre beaucoup de temps, monsieur Thévenet, mais pouvez-vous me donner des détails sur l'opération des Hauts de Saint-Jean ?

— Non. Malheureusement. Tout ce que j'en sais tient en peu de mots. Le terrain a été acheté en 1958 à un vieil original qui a un mas sur la commune de La Chapelle, route de la Craie. A quelques kilomètres d'ici. La colline faisait environ huit hectares. Vous devriez voir le bonhomme. Il s'appelle Alfred Calleau. Il est riche à millions et ressemble à un clochard. Depuis la mort de sa gouvernante, il vit avec ses chèvres. Je ne le connais pas. Il n'a pas très bonne réputation ici, mais je n'écoute pas les ragots. Renseignez-vous sur lui. Autre chose encore. Et qui peut être importante pour votre enquête. Le terrain sur lequel ont été bâtis les Hauts de Saint-Jean avait, en 1959, date de mon élection à la mairie de La Chapelle, un C.O.S. de 0,5. Maintenant que vous savez ce qu'est un coefficient d'occupation au sol, je suis sûr que ce renseignement vous sera utile. Enfin, je dois vous dire que l'architecte des Hauts de Saint-Jean, François Galli, est de mes amis. C'est lui qui a fait les plans de l'école communale de la Z.A.C. On vient la photographier de toute la France. C'est un garçon honnête et qui a du génie.

— Et il travaille avec Vaugondran ?

Thévenet, pour la première fois, eut un grand rire spontané qui le rajeunit de dix ans.

— Mais pour montrer qu'il a du génie, Galli doit construire ! Avec qui voulez-vous qu'il le fasse sinon avec des promoteurs qui ont de l'argent ?

» Très heureux de vous avoir connu, monsieur Garrot. Et bonne chance ! Vous vous attaquez à forte partie.

En rentrant à *L'Echo*, Alain Garrot, qui, la veille, avait demandé un rendez-vous au secrétariat de Vaugondran, trouva dans son casier une enveloppe à en-tête de la SOCOJEAN. Il la décacheta.

« Je suis actuellement très occupé mais, par chance, aujourd'hui, mon déjeuner est libre. Nous serons plus tranquilles pour bavarder. Je vous attends chez moi à La Chapelle vers 13 h 30. En cas d'empêchement, téléphonez à mon bureau, où l'on vous donnera une date pour la semaine prochaine. »

L'écriture était épaisse et volontaire et le V qui tenait lieu de signature s'envolait vers l'extérieur de la carte gravée au nom du promoteur.

Vaugondran était-il sur ses gardes ou simplement flatté qu'un journaliste voulût le rencontrer ?

Garrot ressentit un creux bizarre à l'estomac. Mi-angoisse, mi-excitation. « Vous vous attaquez à forte partie », avait dit Thévenet. Il ne s'agissait pas de reculer mais d'agir avec précaution car, pour la première fois, il pénétrait sur le terrain du taureau.

CHAPITRE XVI

Dès le premier matin, Christine avait senti que l'ambiance de la Maison lui serait salutaire.

Albert n'avait pas voulu de nom pour sa villa — ni « la Sauvageonne », comme le souhaitait Marguerite qui trouvait que cela allait bien avec le jardin de rocaille et de plantes folles de la façade, ni « Mon Repos », comme maman Joséphine le désirait en souvenir de papa Joseph, qui avait jadis choisi le nom du cabanon de ses rêves sans en avoir le premier sou — il l'appelait simplement la Maison. Avec peut-être une majuscule de fierté dans le ton lorsqu'il en parlait.

De cela aussi Christine lui était reconnaissante. Tout comme de ne pas l'interroger sur ses projets et de respecter les longs silences dans lesquels elle se plongeait parfois.

Elle avait pris l'habitude de se lever de bonne heure pour partager avec lui ses brefs moments de détente.

— Je ne te dérange pas, au moins ? lui avait-elle demandé le lendemain de la cérémonie au « Sand et Musset ».

— Au contraire, ma chatte. Cela me fait du bien de t'avoir un peu à moi.

Et ils parlaient, de tout, de rien. De son travail, de ses chantiers, de sa vie à elle, à Paris, mais seulement lorsqu'elle y faisait allusion la première. La vitalité, la joie de vivre d'Albert la comblaient. Elle l'observait avec la curiosité d'un entomologiste devant un spécimen rare. Il était l'homme fort par excellence, mais si loin de celui de Nietzsche que Judi se plaisait tant à citer : « Plus l'homme est fort, plus il entre dans la vie ; et quand il entre dans le cœur de la vie, il ne peut y trouver qu'une vision tragique. » Albert était plongé dans la vie la plus active qui fût mais ne semblait y trouver, lui, que source de joies nouvelles.

Déjà ils avaient leurs habitudes. C'était elle qui, maintenant, faisait chauffer la soupe du matin, qu'elle le regardait la manger d'une cuiller robuste, en allumant sa première cigarette. Puis ils faisaient ensemble le tour du jardin. Albert ouvrait les robinets d'arrosage qu'elle fermerait après son départ. Ensuite, ils revenaient lentement à la cuisine par l'allée de gravier, bras dessus, bras dessous, « en amoureux », disait-il, pour boire le café qu'elle prenait debout, adossée à l'évier, en fumant sa seconde cigarette.

Pour elle, il passait en revue son programme de la journée et brossait le portrait, souvent comique, des invités de l'inévitable « déjeuner d'affaires ». Mais, depuis qu'elle était à Saint-Jean, Albert revenait plus souvent déjeuner à la Maison. Et c'était le départ. Christine l'accompagnait jusqu'au garage, puis, du seuil, attendait que la Jaguar eût disparu au détour de la rue avant de remonter l'escalier de pierre.

Et commençait alors une longue, paisible et tranquille journée de femmes entre Marguerite et maman Joséphine. Une journée de repos, de lectures, entrecoupée de bavardages anodins. Le plus grand plaisir que Christine pût leur faire était de raconter en détail les soirées, les spectacles, les dîners parisiens auxquels elle avait assisté. Les deux femmes étaient insatiables. Maman Joséphine surtout. Elle voulait tout savoir. Les toilettes des femmes. Leurs noms, bien qu'ils lui fussent inconnus. L'allure des personnalités dont elle avait entendu parler à la télévision. Le menu des dîners. Si « c'était bon ». Et Christine s'exécutait avec une patience qui l'étonnait elle-même.

Elle parlait de la vie parisienne avec la complaisance d'un convalescent évoquant la maladie qui a failli l'emporter.

Dans cette atmosphère de quiétude feutrée elle retrouvait l'équilibre qu'elle était sur le point de perdre à son départ de Paris et découvrait même une paix intérieure inconnue jusque-là.

Quelques jours après son arrivée, à l'issue d'un déjeuner où elle s'était montrée particulièrement enjouée, Marguerite lui dit :

— C'est gentil de rester un peu avec nous, ma fille. Ta présence éclaire toute la maison. Tu nous fais du bien. Même au grand-père. Tu nous l'as ressuscité.

Le vieux Joanny, auprès duquel Christine passait de longs moments, avait demandé le matin même qu'on le plaçât dans un fauteuil sur la terrasse du premier étage !

— Tu ne dois pas me remercier, maman. C'est vous, au contraire, qui me faites du bien. J'étais fatiguée en arrivant ici. Même plus. Mais je te raconterai plus tard.

— Ne dis rien, ma fille. Même si je ne comprends pas, je ressens. Si tu es heureuse avec nous, c'est mon plus grand bonheur.

Dès le début de son séjour, Christine avait remarqué que lorsque le nom de Judicaël apparaissait dans la conversation, Marguerite faisait tout pour la détourner. Elle devait avoir envie d'en parler seule à seule avec sa fille mais sa pudeur maladive l'en empêchait et Christine n'avait pas eu le courage de faire les premiers pas. Pourtant, elle aussi, en ressentait le besoin.

Depuis son départ de Saint-Jean, Judi l'avait appelée à deux reprises, s'étonnant de sa longue absence, s'inquiétant de son silence. Au téléphone, la seconde fois, Christine s'était montrée évasive, froide. A tel point que Judi avait dit :

— Tes parents sont près de l'appareil ?

Marguerite était à portée de voix mais, tant pour elle que pour Judicaël, Christine avait répondu d'un ton plus haut qu'à son habitude :

— Non, Judi, mes parents ne sont pas près de moi. Et s'ils y étaient, cela n'aurait aucune importance. Je te l'ai déjà dit, j'ai besoin de rester à Saint-Jean. De réfléchir sur beaucoup de choses. Sur toi, sur moi. Quand cela sera fait, je te parlerai.

Christine avait entendu Judi s'affoler, questionner, supplier tandis qu'elle apercevait la silhouette de sa mère quitter furtivement la pièce voisine. Elle avait raccroché brusquement et avait rejoint Marguerite dans le jardin, où elle tricotait furieusement.

— C'était Félix Judicaël, avait dit Christine le plus naturellement du monde. Il commence à m'agacer sérieusement. C'est tout juste s'il ne me demande pas des comptes !

Marguerite, sans interrompre le mouvement rapide des aiguilles, l'avait regardée avec un sourire triste, puis, la voix peu assurée, avait hasardé :

— Peut-être en a-t-il le droit...

— Il n'a aucun droit sur moi. Et maintenant moins que jamais.

Marguerite avait plongé le nez sur son ouvrage, sans saisir l'occasion offerte, puis, après quelques secondes, s'était levée.

— Je vais préparer le thé.

Christine avait soupiré. Elle se sentait frustrée. Elle aurait tant voulu parler à sa mère comme à une amie, lui raconter Judi, lui confier sa lassitude d'une vie dont Marguerite ne connaissait que les anecdotes brillantes qui passionnaient maman Joséphine, lui annoncer sa décision d'en finir avec sa liaison. Car, cette fois, elle y était résolue. Et sa rencontre avec François Galli n'y était, pensait-elle, pour rien.

Sa visite à Litrica, le surlendemain de la décoration d'Albert, s'était déroulée d'une façon inattendue. Christine supposait et, peut-être inconsciemment, espérait la confirmation du sentiment violent qu'elle avait cru ressentir en présence de François au « Sand et Musset ». Pour protester contre l'assurance qu'avait montrée le jeune homme, elle était arrivée très tard à Litrica, à l'heure où François allait quitter le chantier. Il n'avait paru ni déçu ni satisfait. Ils avaient dîné très tôt et Christine avait fait les frais de la conversation. François s'était montré curieux de son métier, de l'ambiance qui régnait à *L'Univers*, du milieu politique dans lequel elle évoluait. Il l'avait fait parler, se montrant, de son côté, charmant, disert, cultivé, attentionné même. Comme des dizaines d'hommes qu'elle connaissait... Il l'avait ramenée à La Chapelle sitôt le dîner terminé. A la porte de la villa, il lui avait serré la main en lui disant qu'il aimerait la revoir.

— Je vous téléphonerai. Mais cette fois, si vous acceptez, venez à l'heure. Je vous ai fait une promesse lors de notre première rencontre. Je ne pouvais la tenir ce soir. Par votre faute.

Son regard s'était fait moqueur. Elle avait souri, puis était rentrée, un peu déçue. Rassurée aussi. Un coup de foudre l'aurait fait douter de la sincérité et de l'honnêteté de son attitude à l'égard de Judi, tandis que ce soir-là, en se couchant, elle avait su que la saison Judi était irrémédiablement terminée. Même si François ne téléphonait pas et qu'elle ne dût jamais le revoir.

Pour la première fois depuis longtemps, Christine s'était sentie libre. Et parfaitement sereine. Sinon heureuse.

Et puis François avait téléphoné...

***

La baraque préfabriquée est montée sur roues pour que l'on puisse la déplacer selon l'avancement du chantier. Ils sont une douzaine assis sur des bancs de bois, de part et d'autre d'une planche mal rabotée, posée sur des tréteaux, qui sert de table de conférence. L'air est bleu de la fumée des cigarettes. François Galli est assis au centre. Sur une planche, un contre-calque est à demi deplié.

— Tout avance bien, dit François. J'ai pourtant un problème de cote. Tu as livré un terrain à 1,30 et sur mon plan je l'ai à 1,20 avec au maximum + 10 ou — 10.

Le responsable du terrassement a un petit costume étriqué brun avec une cravate à larges dessins. Il ergote un peu, se justifie. François écoute avec attention.

Christine est debout au fond de la baraque, près d'un

casier métallique gris débordant de dossiers. Personne ne s'occupe d'elle. Elle observe.

Elle est arrivée vers 16 heures au volant de la Jaguar qu'Albert lui a prêtée pour aller à Litrica, qui se trouve sur le littoral à une dizaine de kilomètres du centre de Saint-Jean. Sur la route nationale à quatre voies, elle a poussé la voiture à six mille tours en cinquième et lorsqu'elle en est descendue, elle sentait encore dans les reins le poids de son corps plaqué par l'accélération au siège de cuir. Elle a eu peur lorsque l'aiguille est montée à 187 km/h mais elle est fière d'avoir tenu quelques secondes. Elle a dompté l'animal. Et lorsqu'elle a vu François dont la tête dépassait d'un groupe d'hommes au bord de l'étang de Litri, elle n'a pu s'empêcher de penser à une autre sorte d'exploit, et qui lui fait peur aussi : apprivoiser ce drôle de bonhomme qui la fascine et à qui elle obéit depuis leur première rencontre avec une docilité contraire à sa nature.

Lorsqu'il l'a aperçue, François s'est détaché du groupe et est venu vers elle avec un grand sourire spontané qui lui a dilaté le cœur.

— J'ai une réunion de chantier, a-t-il dit, mais c'est très bien. Allez, venez, suivez-nous, écoutez, regardez. Vous comprendrez mieux ensuite tout ce que je veux vous dire. Après la réunion, je vous emmènerai dans la Bastide, là où tout est terminé.

Puis il est reparti à grandes enjambées vers les hommes qui l'attendaient. Sans se soucier de son approbation. Comme la première fois.

Elle s'est promenée sur les bords de l'étang dans le vacarme des grues et des pelleteuses dont les flèches jaunes rayent le ciel uniformément bleu. Elle a été captivée par ces mâchoires qui arrachent à l'étang des tonnes de pierres et de boue et façonnent la rive pour la transformer en quais où dans quelques mois s'amarreront les voiliers de plaisance. Chacun de ces monstres antédiluviens qui rugissent et crachent une fumée noire de leurs minces cheminées — les Cadillon, les Bucyrus Erié, les Caterpillar — portent tous, outre leurs marques de fabrique, les flèches stylisées de Vaugondran. On retrouve ainsi son empreinte sur chaque baraquement, sur les portières de chaque camion, sur les combinaisons olive de chaque conducteur d'engin. Même sur les casques de protection des manœuvres. Vaugondran. Partout Vaugondran.

Pour la première fois Christine foule avec plaisir le terrain boueux d'un chantier de son père. Un de ces chantiers qui, il n'y a pas si longtemps, lui faisaient horreur. Le terrain affleure l'eau. Il est mangé d'une végétation sablonneuse, herbes sèches et coupantes, épineux, qui griffe son ensemble de toile « jean » et souille ses moccassins. Elle y patauge avec bonheur. Elle ne voit ni les travailleurs nord-africains, vêtus de costumes en loques — ils n'ont pas, comme les ouvriers français, de vêtements de travail fonctionnels et pratiques —, qui lancent de brefs regards en coin à cette silhouette blonde moulée de toile bleu ciel ni les maçons italiens qui sifflent sur son passage. Elle ne s'intéresse pas encore à cette Bastide, sorte de petite île de rêve à quelques mètres de l'extrémité est de l'étang, où des maisons aux façades multicolores se blottissent l'une contre l'autre. Elle les verra tout à l'heure.

Elle a très vite envie de le retrouver. Alors elle revient vers la baraque mobile où les « professionnels » se sont entassés.

François parle. Il martèle ses mots.

— Nous arrivons à un sol plus meuble. On doit décupler les mesures de sécurité. Pour la grue, il faut faire un talus, tassé très soigneusement. Un travail bien fait pour assurer la sécurité totale de la grue et des grutiers.

Il s'adresse au représentant d'Albert — département « entrepreneur » —, que Christine a eu l'occasion de croiser dans les bureaux du quai du Port. L'homme est assis au bord du banc. Il porte un pantalon de toile, des rangers et un gros pull de laine bleue — ras du cou — qui découvre une nuque ravinée, pain brûlé. Sa tête est ronde, rasée, comme poncée.

— J'ai 30 % de sécurité dans mes talus, proteste-t-il.

François frappe le contre-calque du plat de la main.

— Et moi je veux plus. C'est peut-être de l'argent gagné pour votre patron mais c'est de la sécurité en moins. Je ne marche pas. Je ne travaille pas de cette façon. Pas avec des margoulins. Et si vous voulez que je le dise à votre patron, j'y suis prêt.

L'homme au crâne rasé baisse la tête et griffonne quelque chose sur un calepin graisseux. Les rides de son cou se déplissent comme la peau d'un lézard.

— M. Vaugondran sera d'accord, affirme un petit jeune homme à la peau blême et aux lèvres trop rouges.

Celui-là aussi Christine l'a aperçu quai du Port. C'est encore un représentant d'Albert, mais sur le plan promotion. Ses lèvres perpétuellement humides et l'élégance anglaise qu'il affecte lui avaient été immédiatement antipathiques. « C'est le fils d'un copain, avait dit Albert, il ne sait trop quoi en faire. Alors je lui rends service. »

— Quant au problème d'étanchéité, poursuit le jeune homme d'une voix aiguë, je le soumettrai à M. Vaugondran.

— Il faudrait une réponse rapide, dit l'étancheur.

— Je verrai, répond le petit jeune homme d'un air important. Messieurs, je dois vous quitter. J'ai un rendez-vous.

Lorsqu'il quitte la baraque il salue Christine d'une façon appuyée. François le suit de l'œil et attend qu'il se soit éloigné.

— Ce que je vais vous dire est valable pour chacun d'entre vous. Demandez-moi tout ce que vous voulez mais ne passez pas par le promoteur. Nous, on se comprend mais lui, par manque de technicité, il s'affole. Moins on lui pose de questions, moins on lui demande de choses, plus il est content. Ainsi, il croit qu'il n'y a pas de problèmes. Nous, on règle ça en quatre coups de cuiller à pot tandis que lui panique.

Il ne dit même pas quelque chose dans le genre : « Si M. Vaugondran, le véritable promoteur, était là, il comprendrait car, lui, c'est un technicien. » Non. Rien. Christine pense qu'il fait son numéro pour l'impressionner. Pour bien marquer qu'ici il dirige tout. Même pas. Il n'a pas un regard pour elle et tous, autour de la table, paraissent approuver son conseil. On sent qu'un véritable sentiment de confiance les unit.

La réunion dure depuis une heure et demie. François la dirige mais chacun parle, donne son avis, précise un détail. Christine est passionnée. Elle comprend mieux à travers les dialogues qui s'échangent à quel point le titre de maître d'œuvre que l'on donne à l'architecte sur un chantier est justifié. Il place les pièces du puzzle. Il est responsable et chacun se sent responsable devant lui. L'entreprise de bâtiment comme le bureau d'études V.R.D. — voies et réseaux divers —, l'entrepreneur comme le bureau Securitas, le conducteur de travaux comme le chef de chantier.

— Le terrassement est terminé, poursuit François, une partie des quais aussi. On peut commencer la construction de la deuxième tranche. Je vous préviens, je serai intraitable sur les cotes. Les cotes extérieures, je m'en fous. Ce qui m'intéresse, c'est le respect absolu des cotes intérieures. Je ne veux pas un centimètre en moins dans une terrasse, dans une chambre, dans un placard.

Il pique un cigarillo à son homme de confiance, Luciano. Un beau « mec », mâle, avec des épaules, un teint mat et les pattes longues qui grisonnent sur les oreilles. Et qui note tout ce qui se dit à une allure vertigineuse sans dire un mot.

— Encore que les placards, je m'en fous, dit François en aspirant la fumée. J'ai droit à 5 % de tolérance globale et à 3 % d'erreur — pas plus — sur l'ensemble des appartements. Ne l'oubliez pas. Encore une fois, je serai intraitable.

Il se penche sur le contre-calque et chacun suit attentivement son crayon qui court sur le plan.

— Le parking sera à l'extérieur. Là. Loin des habitations. Il faudra qu'ils marchent ces feignants. La réception de la butte sera pour lundi. N'est-ce pas, Stéphane ? Tu ne l'oublies pas ?

— Non, monsieur. Mais je n'ai pas de planning pour les bâtiments de la tranche C.

Il tutoie tout le monde et tout le monde le vouvoie. Naturellement. Il a de l'autorité sans être autoritaire.

— Le bureau d'études te donnera demain les plans techniques et le planning. On part ici d'un mur de 35 de haut puis on passe à 70 et à 95, selon les cotes, pour la terrasse. Ici, il faut coffrer. Et on coule lundi.

Le responsable du bureau d'études béton armé confirme en levant le pouce.

— On ne peut couler de biais, assure le conducteur de travaux.

Le chef de chantier approuve de la tête.

— Mais si, regarde.

François prend le cahier du chef de chantier. Quelques mots. Quelques traits rapides de sa main sûre. Les doigts épousent le corps du crayon. Une main professionnelle semblable à celle d'un virtuose dont on ne mesure la beauté que sur le clavier. Galli explique. Il répond. Il sait tout. Il est surtout disponible. Il suscite les questions et les critiques.

— Les plans bâtiments, vous les avez reçus ?

— Oui, on commence lundi aussi, dès le tassage de la terrasse, dit le chef de chantier.

— Bon, faites vite. Il me faut l'appartement témoin meublé et équipé le plus vite possible pour qu'on puisse commencer les ventes de la seconde tranche. Sans témoin, ça ne marche pas.

» On est bien d'accord ?

C'est le leitmotiv. Il est revenu tout au long de la réunion. Suivi d'un temps pour permettre une question ou un éclaircissement.

— Autre question ?

C'est fini. Chacun se lève dans un grand râclement de pieds lourdement chaussés sur le parquet boueux de la baraque. Christine est sortie la première. François serre des mains, fait quelques pas avec le conducteur de travaux, puis la rejoint.

— Pas trop ennuyée ?

— Non. Un peu nébuleux au début mais passionnant ensuite. Vous m'avez fait votre grand numéro !

François la regarde. Il paraît déçu.

— Vous me connaissez bien mal. Mais vous apprendrez, je l'espère. En effet il m'arrive de faire mon numéro. Mais toujours avec des promoteurs ou des financiers et encore uniquement lors des premières rencontres. Je « joue » le jeune architecte de génie, dans le vent. J'ai même mon press-book. Je parle avec enthousiasme et contentement de mes réalisations importantes, passées, en cours et futures. Je leur dis que j'ai beaucoup d'idées et de projets — ce qui est vrai —, je leur laisse entendre que je n'ai pas tellement besoin d'eux — ce qui l'est moins. Encore qu'aujourd'hui je leur fasse une fleur en acceptant d'étudier un projet pour eux. D'autres m'attendent, me veulent. Aussi riches, aussi impatients. Il faut qu'ils le sachent. C'est un numéro que je fais pour me vendre, pour expliquer qui je suis, ce que je suis. Croyez-moi, lorsque je fais ce numéro, ce n'est pas un besoin, mais une nécessité.

» Avec ceux-là...

Il désigne du pouce le groupe qui s'éloigne vers le parking.

— ... ce n'est pas la peine. Ce sont tous des techniciens. Ils n'ont pas besoin de numéro. Ils ont besoin de confiance et me jugent sur pièces. Je travaille avec certains d'entre eux depuis des années.

François prend Christine par les épaules et serre très fort. Ses mains lui font mal mais elle souhaite qu'elles ne la quittent pas.

— Quant à vous... je n'ai rien à vous vendre. Simplement tenir ma promesse, réaliser un désir instinctif qui m'a saisi dès que je vous ai vue : vous faire comprendre et, qui sait ? partager la passion qui me guide. Pour cela, il faudra autre chose qu'un numéro !

Ses yeux bruns ont à nouveau cette grande douceur qui a ému Christine au « Sand et Musset ».

— Vous m'expliquerez Bellini ? dit-elle tout bas.

Il sourit et découvre des dents blanches, enfantines, presque transparentes. Elle remarque ses incisives aiguës. Un carnassier.

— Le jour tombe vite.

Il a lâché les épaules, la prend par le bras d'un geste naturel et l'entraîne vers le parking où la Jaguar rutile au soleil couchant.

— Je vais d'abord vous montrer ce que j'ai fait. Ensuite je vous dirai pourquoi je l'ai fait ainsi. Puis nous dînerons. Et nous boirons un peu. Et peut-être, alors, je vous parlerai de Bellini.

Elle serre le coude au corps pour sentir la chaleur de sa main contre sa poitrine. Elle accorde son pas au sien. Elle ne dit rien. Elle est heureuse.

***

Il parlait avec passion et ne lui faisait grâce d'aucun détail.

Christine avait tout vu. Les maisons de pêcheurs aux couleurs tendres, comme fanées par le soleil — ocre foncé, gris bleuté, rouge terre de Sienne —, soulignées, exaltées par le bleu dur, le gris foncé, le blanc éclatant des volets, clos pour la plupart.

— Les villages de vacances ont une vie éphémère, regretta-t-il. Trois maisons sont encore habitées. Quatre avec la mienne, car je me suis réservé un studio à Litrica.

Elle avait vu le grand canal qui séparait l'îlot, que François appelait la Bastide, de la terre ferme et le charmant pont en dos d'âne, rose pâle, qui le franchissait. Et les terrasses étroitement imbriquées aux petits toits à pans coupés, couverts de tuiles vieillies. Un village de rêve où chaque maison ouvrait sur un quai privé côté canal et lagune, et sur la placette côté intérieur.

— Une *piazzetta* comme on en trouve à Venise au détour d'une église ou d'une *scuola,* remarqua Christine.

— A Venise, *piazzetta* est un mot réservé à la Piazzetta, entre les colonnes de saint Marc et saint Théodore et le palais des Doges, dit François, mais c'est vrai, Venise m'a inspiré. Pour les couleurs fanées et le canal. Cet îlot n'existait pas à l'origine. C'était l'extrémité est de l'étang de Litri. Je n'ai pas voulu construire mon village en ligne, sagement, le long de l'anse. J'ai creusé ce canal pour que l'eau fût partout présente. Pour ramasser les maisons les unes sur les autres comme dans nos villages provençaux. Transformer la nature est une de mes passions. Surtout lorsqu'elle est bête et plate comme c'était le cas ici. La seule ligne droite doit être le plan d'eau.

Les maisons s'appuyaient les unes contre les autres comme pour se soutenir, dans un savant désordre. Mais aucune terrasse ne donnait sur une autre, aucune fenêtre n'ouvrait sur l'intimité du voisin. Rien n'était gratuit dans ce chaos apparent d'où l'alignement était banni, où les voûtes succédaient aux recoins, où, à chaque pas, la vision de l'ensemble changeait.

— Mes ouvertures, mes fenêtres, mes terrasses, je les ai calculées avec soin pour que, de chaque appartement, on puisse avoir trois ou quatre regards possibles sur l'extérieur.

Il désigna une façade mauve pâle, en décroché par rapport à la suivante.

— Cette petite fenêtre rectangulaire, toute en hauteur, très étroite, peut vous sembler ridicule et inutile mais elle permet, d'un escalier intérieur, une vision sur la placette et en particulier sur ces deux saules qui ne sont pas plantés par hasard. Tout ici n'est que ricochet. Pas une demeure n'est semblable à l'autre. Pas d'uniformité cafardeuse.

François reprit le bras de Christine. Ils avancèrent dans un long couloir voûté qui débouchait sur l'étang. L'eau frisait sous la brise et brouillait l'image des maisons qui s'y reflétaient. Le silence n'était troublé que par le clapotis de la lagune qui léchait d'un mouvement régulier la pierre polie du quai. Christine frissonna. Ce village désert, ces couleurs passées, cet ensemble recherché et précieux entouré de terrains vagues et de chantiers lui rappelaient le décor planté en plein air tout au fond des studios de la Victorine, à Nice, pour le film *La Folle de Chaillot*, et abandonné depuis. Elle le lui dit.

— Vous avez en partie raison. Quand je suis arrivé ici, la première fois, tout n'était que garrigue et marécage. En trois mois j'ai construit le premier « témoin ». Ç'a été un tour de force. On a travaillé jour et nuit. Comme pour une générale ou un film. Ensuite, j'ai fait le dragage, les quais, le pont et, en six mois, pas un de plus, on a construit les soixante-six logements de la première tranche de Litrica. Dans six mois, le chantier où vous m'avez retrouvé tout à l'heure sera lui aussi un village. Et dans cinq ans, les trente-cinq hectares de la presqu'île seront bâtis. Avec des villas, puis des petits villages comme celui-là et d'autres maisons en avancée sur la mer. Albert m'a annoncé la nouvelle hier. La dérogation a été signée par le ministre. Ici, nous n'en sommes qu'au début. Et au début, tout ensemble paraît un décor. Mon rôle, l'essentiel de ma fonction, est de tout prévoir pour que les gens qui vont pénétrer dans ce décor se rendent très vite compte qu'il y fait bon vivre. Dès qu'ils s'en aperçoivent, le décor disparaît et il ne reste que mon œuvre. Fécondée par la pénétration. Tout comme dans l'acte d'amour.

Une dernière fois, le soleil embrasa la lagune, puis disparut de l'horizon. Ils revinrent lentement sur leurs pas. François avait posé son bras sur les épaules de Christine. Naturellement. Tout comme il lui avait saisi le coude sur le chantier. D'une voix assourdie par l'intensité de sa passion, il lui raconta le combat qu'il livrait avec et pour les hommes qui allaient habiter son œuvre.

La définition de l'architecture reste toujours l'art de construire en fonction des volumes, de l'espace, etc. Il y ajoute, lui, une notion essentielle : l'homme. C'est cela qu'il voulait lui faire comprendre. Il hait l'architecte qui veut faire une architecture telle qu'elle « devrait » être, en oubliant l'homme qui va y vivre, sa condition sociale.

— Brasilia, dit-il, était parfaite pour les ambassadeurs, mais pour les *peones* il fallait faire Chandigarh, avec des chemins pour les ânes et les mulets et pas simplement des autoroutes pour voitures américaines.

Et la plupart des gens pour lesquels il construit sont, intellectuellement, des *peones*.

— Ils sont désarçonnés devant le nouveau, devant le neuf, convint Christine. A part ceux qui admirent le neuf à tout prix. J'en vois beaucoup dans le milieu que je fréquente à Paris. Ils n'y comprennent rien. Mais ils ont une hantise : la peur de manquer le train, de ne pas « être dans le coup ».

— Ceux-là sont méprisables, dit François.

Il se reprit.

— Même pas. Inintéressants. Je refuse de travailler pour eux. C'est en cela que le succès libère. Travailler pour qui l'on veut. Là est la vraie liberté. Et moi, je travaille pour les premiers. Les *peones*. Mais il faut beaucoup d'amour.

Il explique que sa création, pour être reçue, ne doit pas être brutale. Elle doit correspondre à ce que les gens attendent, sans le savoir.

— Vous ne voulez pas violer mais convaincre.

Il la regarda. Avec reconnaissance.

— C'est exactement cela. Je suis contre l'architecture dictatoriale. Il faut faire évoluer sans cesse le « jouir » de l'homme en lui faisant prendre conscience de la définition de ses besoins. En lui suggérant différentes possibilités dans tous les domaines. Pour faire comprendre, il faut faire entrer dans. Ne jamais faire subir. Que je fasse Litrica ou les Hauts de Saint-Jean, je ne l'oublie jamais.

Il avait recours à des astuces pour que les gens pénètrent « dans » sa création. Il faisait même des concessions. Il concevait avec une technique qui lui donnait quinze ans d'avance, puis estompait ces quinze ans par trop révolutionnaires pour que l'homme qui manquait de culture ne se heurtât pas à un blockhaus intellectuel dont il n'avait pas la clef.

— Et pourtant, dit Christine, que vous le vouliez ou non, vous imposez votre création.

— Il m'arrive d'imposer mais c'est le résultat d'une

réflexion. Tout créateur est un fasciste car il impose sa vision. Ici, ma vision de la maison individuelle. Aux Hauts de Saint-Jean, celle que j'ai de la vie dans un grand ensemble. Pour compenser ce fascisme, je me dois d'être le plus réceptif possible aux effluves, aux ondes qui m'entourent.

Ils parlèrent longtemps, assis sur le muret du pont en dos d'âne, les jambes dans le vide. L'odeur des herbes de la montagne qui commençait tout près, de l'autre côté de la nationale, se mêlait à celle, douceâtre, de la lagune.

Rarement, tant dans sa vie professionnelle que dans sa vie sentimentale, Christine s'était trouvée aussi spontanément qu'avec François sur la même longueur d'onde d'un être inconnu quelques jours auparavant. A nouveau passait entre eux ce courant mystérieux et rare qu'elle avait ressenti lors de leur première et brève rencontre au « Sand et Musset » et qu'elle, ou il, n'avait pas voulu, ou pu, rétablir au cours de ce qu'elle appelait déjà leur rendez-vous manqué, lorsque, volontairement, elle était arrivée trop tard sur le chantier.

Tandis que François parlait, elle sentait se former en son tréfonds un curieux conflit. Elle était heureuse et secrètement flattée de la confiance qu'il lui témoignait en livrant si profondément sa conception du métier-passion qui était sa vie même, et en même temps agacée — elle, dominante — de se sentir dominée. Et d'avoir plaisir à l'être.

Christine-dominante réagit la première. Elle devait provoquer.

— J'apprécie Litrica et l'esprit dans lequel vous concevez votre métier. Mais...

Elle eut envie de dire « pardonnez-moi » mais se retint.

— ... jamais je ne pourrais y vivre. Plus précisément jamais je ne voudrais y vivre. Ces maisons les unes sur les autres. Cette placette qui doit jouer le rôle de forum pour vacanciers en mal de conversation... Pour moi, les vacances, c'est un mas isolé au milieu de la garrigue, des pins et des chênes verts. Et pas cette promiscuité que votre architecture provoque immanquablement.

Elle était avide de sa réaction. Elle se fit attendre. Il tira une cigarette, l'alluma. Et ne pensa pas à lui en offrir tant sa réflexion semblait intense.

— Le luxe suprême à notre époque, dit-il enfin, c'est l'espace et la solitude. Mais tout le monde ne sait pas en profiter. Souvenez-vous : l'homme a besoin de paroles et de bruit. C'est ainsi que j'ai connu le son de votre voix.

» On ne peut pas mettre impunément un homme qui travaille toute la journée chez Renault, avec des milliers de décibels dans les oreilles, au milieu de la forêt de Fontainebleau le soir venu. Ce serait criminel. Il faut une acclimatation. De même qu'il est criminel de condamner à la retraite des gens qui n'y sont pas préparés. A mon avis, ces ruptures sont immorales.

» L'essentiel pour l'homme, c'est l'équilibre, la véritable cellule familiale. Je n'oublie jamais les contraintes et les agressions qu'il subit et je tente de lui apporter la paix dans son cycle familial ou personnel. Je lui permets, à l'intérieur de ma création — qu'elle soit grand ensemble ou village de vacances —, d'avoir son isolement d'être. Dans une société bien faite, chaque membre de la cellule familiale devrait avoir la possibilité de s'isoler. Aujourd'hui, dans nos grandes villes, la voiture devient le seul endroit où l'on puisse encore le faire. Pourquoi une secrétaire veut-elle sa voiture ? Pour ne pas être « raccrochée » dans le bus, le métro ou sur le trottoir. Si elle n'est pas agressée, elle sera aimable toute la journée.

Il raconta que, quelques jours plus tôt, alors qu'il faisait des achats dans un grand magasin de Saint-Jean, il avait assisté à une vente réclame-surprise. Le speaker annonçait soudain : « Pendant vingt-cinq minutes, 20 % de baisse au rayon rideaux, ou à celui de la lingerie. » Personne n'était prévenu. Et François avait été témoin de la ruée des clientes sur le rayon et de la surprise, puis de l'effroi qui s'étaient peints sur le visage de la vendeuse. Le soir, cette fille était bonne à mettre à l'asile. Et l'on s'étonnerait qu'excédée par l'agression elle eût giflé ses gosses en rentrant à la maison !

— Un architecte tel que je le conçois, poursuivit-il, ne doit pas dessiner un appartement pour huit personnes avec une seule salle de bains prise d'assaut tous les matins parce que les huit partent travailler à la même heure. Des névroses familiales naissent dans la salle de bains ! Et l'architecte en est directement responsable. L'agression commence alors dans l'appartement même ! Tout cela, je dois le saisir, le comprendre et y penser. Ne pas perdre le contact avec la réalité sociale est essentiel dans ce métier.

— Je suis d'accord avec vous. Mais vous parlez des Hauts de Saint-Jean et non de Litrica. Et vous ne répondez pas à ma question.

— D'abord, ce n'était pas une question mais votre avis. Moi aussi j'aime l'isolement, le bastidon provençal — quand il n'est pas reconstitué —, la garrigue et l'odeur du thym, mais pour cela il faut une certaine culture que tous les hommes devraient acquérir. On donne bien des cours d'auto-école, pourquoi ne pas donner des cours pour habiter ? Cela étant dit, tout le monde n'a pas les moyens financiers de s'isoler. J'ai conçu Litrica pour que l'homme en vacances puisse s'isoler. En sortant de l'uniformité. Aucune maison n'est semblable à l'autre — et cela demande du travail — mais en effet il y a un forum. Pour une raison très simple : dans la mesure où l'homme a le loisir de s'isoler, une fois reposé, il a envie de se retrouver avec les autres. Chaleureusement. Je lui donne ces deux possibilités indispensables : lui permettre des retrouvailles avec lui-même et ensuite avec les autres. Il en a besoin, il ne les subit pas. Nous-mêmes, vous et moi, Christine, avons ce même besoin, malgré notre culture, notre forme de vie, notre indépendance de caractère. Autrement, serions-nous là, depuis plus de deux heures à parler de nos conceptions, de notre métier et de ce qu'il peut apporter à l'homme, au travailleur ?

» Si nous allions dîner ?

La nuit était tombée sans qu'ils s'en fussent aperçus. Le canal était éclairé par des bornes lumineuses qui accentuaient le relief des maisons aveugles. La surface de l'eau était striée d'éclairs argentés.

— Les poissons de l'étang se sont habitués à mon canal, dit François. Eux aussi profitent du progrès. La lumière attire les insectes et les ablettes chassent de nuit !

— Où m'emmenez-vous ? demanda Christine.

— Dans une vieille grande maison, en haut d'un vieux village perdu dans la garrigue, les pins et les chênes verts, comme vous les aimez. Où j'ai un vieux copain qui fait une bonne vieille cuisine de chez nous. Et où nous serons seuls.

Ils éclatèrent de rire comme deux enfants. Cette fois, c'est Christine qui prit son bras. Une Christine-dominée, et heureuse de l'être, qui laissait aller, lourde, sa hanche contre la sienne.

CHAPITRE XVII

Ils abandonnèrent la voiture au pied des remparts. A cette heure, le vieux village fortifié était déjà endormi et ils gravirent des ruelles désertes chichement éclairées de lumignons dans l'odeur du thym, du romarin et des arbres de la forêt toute proche mais invisible, tapie dans l'ombre sur le versant opposé du vallon, comme une grosse bête silencieuse et palpitante. Le faîte des toits de guingois se détachait sur un ciel de cristal piqué d'or. Une étoile filante le raya le temps d'un éclair et Christine fit le vœu puéril que cette nuit ne se terminât jamais. En cet instant, il lui semblait que le temps et même la mémoire de ce qu'était jusque-là sa vie fussent abolis. Elle se sentait parfaitement heureuse et sans souvenirs. Le léger halètement de son compagnon, comme elle essoufflé par l'effort, la chaleur de sa main ferme et sûre dans la sienne, suffisaient à son bonheur.

— Encore un effort, dit François, l'Oustau se mérite.

Il marchait d'un pas lent et régulier de montagnard, rythmé comme un métronome, que Christine s'efforçait de suivre.

Enfin ils parvinrent à une longue plate-forme qui dominait les remparts et la campagne avoisinante où, dans l'ombre, se devinaient le damier des cultures en terrasses et le serpent plus sombre de la route en lacet. Ils passèrent devant une étable dont ils reçurent en plein visage le remugle puissant et atteignirent l'Oustau, où brillait une faible lumière.

C'était une vieille auberge rustique dont la façade de grosses pierres de pays, patinée par le soleil et le mistral, était à demi mangée de vigne vierge flamboyante.

François et Pierrot, le patron, s'embrassèrent comme des joueurs de rugby, avec de grandes claques sonores sur le dos.

— Que je suis content de te voir, mon François ! Depuis des semaines je ne t'espérais plus.

— Tu es devenu trop célèbre et la cohue des touristes ne m'enchante guère.

— C'est vrai. La semaine dernière, c'était encore bourré à craquer. J'avais une tablée de vieilles Américaines qu'on aurait dit une volière. Mais maintenant, c'est fini. On va pouvoir vivre en paix jusqu'à l'année prochaine.

Vivre en paix, pour Pierrot, c'était avoir les pieds à l'aise dans des savates éculées, circuler en chemise et bretelles, comme ce soir, sans prendre garde aux taches qui constellaient sa brioche et mitonner des petits plats à son goût qu'il condescendait à partager avec les rares clients qui montaient jusqu'à son nid d'aigle. En deux mois et demi il avait « fait sa saison » et se souciait peu de développer son affaire pour mener cette « vie de chien » tout au long de l'année.

Il se tourna vers Christine et s'inclina cérémonieusement.

— Mademoiselle.

Il la détailla rapidement, puis adressa un clin d'œil à François, appuyé d'un geste approbateur de la tête qu'il ne chercha nullement à dissimuler à la jeune femme.

— Eh bien, mes petits, installez-vous. Vous avez le choix.

Sous les massives poutres de chêne, la salle basse, blanchie au lait de chaux, était déserte à l'exception d'un petit homme sec, en tricot de marin, qui buvait un verre de vin au comptoir près de la porte d'entrée. En habitué, François se dirigea vers une table face à la cheminée monumentale où se consumaient un tapis de braises.

— Je n'attendais plus personne, dit Pierrot en jetant dans l'âtre une brassée de sarments. Mais il va repartir.

Il activa le feu au soufflet et bientôt la flambée embauma la pièce.

— Rien de tel pour mettre en appétit ! Voilà ce que je vous propose : pâté de grives, une bonne cargolade — c'est un ragoût d'escargots à ma façon — et un bœuf aux carottes que plus il est réchauffé meilleur il est. Un rosé pour faire passer le tout ?

— Tu nous prends pour tes Américains, s'esclaffa François.

— Bon, je vois. Il me reste quelques bouteilles de nuits que tu ne m'as pas encore bues.

— C'est plus sérieux.

Au comptoir l'homme sec, en tricot de marin, observait le couple avec intérêt.

— Ho ! Justin, lui cria Pierrot du fond de la salle. Tu ne crois pas que ce serait l'heure, si tu veux m'apporter quelque chose demain ? Ton verre est pour moi.

L'homme approcha un doigt de sa casquette et sortit sans dire un mot. Derrière lui, Pierrot tira les verrous et aveugla la porte vitrée avec une vieille couverture de l'armée.

— A cette heure-ci, dit-il, il ne pourrait venir que des emmerdeurs. Restons entre nous. Ce Justin, quel phénomène ! C'est un ami d'enfance et je ne l'ai jamais vu travailler.

— Comment vit-il ? demanda Christine que la faconde du bonhomme et l'attachement qu'il témoignait à François amusaient et touchaient à la fois.

— Chasseur sans fusil, pêcheur sans filet. Il maraude, braconne. Il a des copains pêcheurs à qui il doit donner un coup de main. Toujours est-il qu'il m'apporte assez régulièrement des merveilles. Du gibier, des poissons épatants, des petits oiseaux, des écrevisses. Tiens, les escargots de ce soir, c'est lui.

Il apporta la bouteille de nuits, la déboucha avec componction, remplit les verres, dont un petit pour lui, et trinqua avec ses hôtes.

— C'est autre chose que le rosé, même de chez nous, convint-il. A votre santé, les amoureux !

Il but une gorgée qu'il retint en bouche, gonflant alternativement ses joues couperosées avec un gargouillis de goûteur professionnel.

— Oui, c'est du bon.

Puis il dirigea sa bedaine vers la cuisine d'où parvinrent des bruits de casseroles entrechoquées.

— C'est ici que vous amenez vos petites amies ? dit Christine.

— Non. Ici je n'amène que des amis. Des vrais. Il ne faut pas galvauder les endroits privilégiés. Il faut se garder des enclaves secrètes où l'on peut se retrouver soi-même.

— Merci de m'y faire pénétrer. Mais pourquoi votre ami nous a-t-il dit : à votre santé les amoureux ?

— Il est très perspicace. Peut-être même prédit-il l'avenir...

Ils mangèrent de bon appétit la solide cuisine de Pierrot et commandèrent une deuxième bouteille de nuits.

— J'aime ce vin, dit Christine. J'aime sa couleur, son odeur virile et la chaleur qu'il procure. Mais je n'aime pas le vocabulaire sophistiqué des œnologues ou des sommeliers.

— Vous en parlez en homme, simplement, tout comme vous mangez. Vous êtes très belle, Christine, et vous le savez, mais vous n'utilisez aucune des coquetteries des jolies femmes. C'est ce qui m'a donné envie de vous connaître mieux. De parler avec vous. De me confier aussi. A ce jeu, vous excellez. Je n'ai pas dit à dix personnes ce que vous savez sur ma conception de mon métier.

Avec sérieux et précaution, il remplit à nouveau les verres. « Avec le sérieux qu'il apporte à toute chose », pensa Christine.

— Dommage que vous soyez si belle, Christine. J'aurais aimé être votre ami.

— Et pourquoi non ?

— Parce que, chez les hommes, une jolie femme n'a

pas d'amis. Que des amants. Qui l'ont été, le sont ou le seront. Ou le désireront à la folie. Pour être amis, il faut savoir beaucoup de choses l'un sur l'autre. Il faut bien se connaître. Se confier.

— Apprenons.

Par-dessus la table il prit sa main, carrée, aux ongles ras.

— Essayons, accepta-t-il. Mais le jeu est dangereux.

— Vous m'avez dit la première fois ne pas craindre les cicatrices.

Etait-ce le nuits ou bien le désir de se livrer, en paroles, à l'homme qui l'attirait d'une façon si impérieuse ? Christine, tellement secrète, se surprit à raconter sa vie, ses espoirs avides, son travail acharné pour réussir, pour conquérir un monde qui la fascinait. Elle évoqua aussi les jeux sordides de l'aristocratie nouvelle, selon le mot de Judi. Elle raconta même Judi, leur liaison moribonde et la crise morale qu'elle traversait, comme si, en révélant ses faiblesses, elle voulait fournir à François une arme de choix. Mais il accueillait ces confidences comme un don précieux auquel il donnait, par de courtes remarques, une phrase par-ci, par-là, un poids dont elle lui fut reconnaissante. Puis elle commença de l'interroger et elle comprit mieux ce qui, d'instinct, la séduisait tant chez ce grand garçon aux traits lourds mais dont les yeux avaient, en la regardant, des profondeurs insondables.

Son itinéraire était surprenant et agité de passions profondes. Dès l'adolescence, François Galli avait été guidé par la fuite en avant. Il avait passé son bac en indépendant pour avoir, quinze jours avant l'examen, « cassé la gueule » à un surveillant. Son diplôme en poche, il avait été séduit par la peinture et la sculpture tout en suivant le programme de la section architecture d'une école technique.

— J'y suis entré major mais je l'ai quittée avant la fin. Je refusais les adultes et la vie toute tracée que je pourrais mener à Saint-Jean au sortir de l'école.

Dessinateur chez un architecte — le bifteck... —, il s'était lancé à corps perdu dans la recherche picturale, musicale, théâtrale. Et ce fut le succès. Expositions, spectacles à Paris, à Copenhague, à Londres. Il était parti du figuratif pour arriver à un abstrait recherché, presque la toile vierge.

— Je recherchais l'absolu. Un Américain, A. Reinhardt, qui suit ce chemin que j'ai abandonné, en est arrivé au noir intégral parfaitement lisse, sans la trace du moindre coup de pinceau, où l'on ne distingue que de très légères nuances dans les noirs. Moi je me suis heurté au mur. Devant mes toiles informes, je ne pouvais aller plus loin.

Et puis le contact humain lui manquait. La non-compréhension des autres devant la recherche picturale empêchait l'action directe. Son action n'était entendue que par quelques *happy few*.

— J'ai fait un transfert de l'art plastique à l'architecture. Je m'apercevais que la peinture et la sculpture ne m'apportaient pas de communication directe avec le public.

— Vous avez besoin d'être compris, dit Christine.

— Pas tellement d'être compris. J'ai besoin que l'on « utilise » ce que je fais. Si les gens avaient compris le dixième de ce que je faisais en peinture, je serais resté peintre. Mais cette compréhension est réservée à une élite. Il n'y a pas d'utilisation fondamentale. Dans la création du peintre que j'étais il y avait des ordres de priorité politico-artistiques. Quand j'ai été rappelé en Algérie, en 1956, ce que j'ai vu m'a bouleversé, m'a révolté. J'ai beaucoup peint. Mais j'étais non-violent, j'ai eu une réaction de fuite adolescente devant le problème algérien. A mon retour en France, n'ayant de communication qu'à travers le « monde » de la peinture et les filières galeries-marchands, j'ai refusé de m'enfermer dans ma tour d'ivoire, de chercher, de travailler et de me faire plaisir pour faire jouir un individu sur mille, qui seul me comprendrait — cet individu, comme par hasard, n'ayant pas de soucis matériels. Cela ne correspondait pas à mes origines profondes.

François était né à La Chapelle dans une famille pauvre.

Ses grands-parents maternels avaient même émigré aux Etats-Unis vers 1885.

— Ma grand-mère était femme de chambre et mon grand-père palefrenier. Ils sont remontés au nord, près de Chicago, à St. Paul, dans le Minnesota. Ils étaient économes et en passe de faire fortune. Ils avaient même acheté un petit terrain quand mon grand-père a décidé de retourner au pays. Il ne s'habituait ni à la bière ni au « whiskey », comme on disait là-bas. Son vin lui manquait. Et ma mère est venue au monde à La Chapelle au lieu de St. Paul ! J'aurais pu naître Américain et je suis né Italien, car elle a épousé un maçon venu des Pouilles. Il a même travaillé pour votre grand-père. Nous voilà presque avec un lien familial ! Je n'ai gardé aucun souvenir de lui. Il buvait tant qu'un jour maman, excédée, l'a fichu dehors ! Il n'a jamais reparu à la maison. La vie a été rude mais ma mère m'a élevé avec, quand ça allait trop mal, l'aide des voisins. C'est ainsi que, tout gamin, j'ai connu Fleury Thévenet et que, par la suite, il a eu beaucoup d'influence sur le fils unique que j'étais.

» Voilà comment je suis devenu architecte. De gagne-pain, l'architecture est devenue le mode d'expression qui satisfait chez moi le besoin essentiel de création. Il m'a équilibré politiquement. C'était enfin l'Art destiné à être consommé par le plus grand nombre. Car il n'y a pas une œuvre architecturale qui ne soit pas utilisée — d'une manière ou d'une autre — alors qu'il y a des milliers de peintures dans les greniers.

Ainsi, après un bref séjour aux Beaux-Arts, « où il n'avait rien à apprendre », François était entré dans le cabinet d'un jeune architecte marseillais où il avait trouvé un esprit, un travail qui, disait-il, l'avaient « emballé ».

— C'était merveilleux. On menait une vie monastique, on travaillait sans arrêt, mais il y avait la mer. Quand nous étions fatigués, nous partions tous piquer une tête. J'ai beaucoup appris. Je suis devenu chef d'agence et quand je me suis aperçu qu'il n'y avait plus personne à qui je puisse demander des ordres, je suis parti voler de mes propres ailes. Seule ma mère m'a cru capable de réussir. « Un jour, raconte-t-elle à ses amies, il a décidé qu'il était peintre et il est devenu peintre. Il vient de m'envoyer une carte de visite toute neuve où on lit : François Galli, architecte. Alors, il deviendra architecte. »

Elle avait eu raison. Les commandes s'étaient succédé. Une boutique, puis une villa, puis une usine, puis un petit village de vacances.

— Et votre père est arrivé sur le marché. Lui, il m'a fait tout de suite confiance.

— Et vous n'aviez aucun diplôme, remarqua Christine. Si les Steiner et autres Desvignes-Benettes l'avaient su !

— Ils n'ont rien regretté depuis ! Rassurez-vous, mes immeubles et mes maisons tiennent debout. J'avais une connaissance technique très poussée et j'ai travaillé sans cesse. Puis je ne m'entoure que de techniciens très sûrs. Mon rôle est de dire : cela doit être possible. Et cela devient possible. Je suis un agent provocateur d'idées technologiques. Et puis tout est dans la nature. On ne fait que réinventer. Les tours qui ont révolutionnné l'Amérique et nous gagnent maintenant... vous les retrouvez dans la nature. Une stalagmite, n'est-ce pas une tour ?

» Mon problème était que l'on me fît confiance bien que je ne fusse ni diplômé du gouvernement ni reconnu par le conseil de l'ordre. Tenez, ces simples mots me révoltent. Conseil de l'ordre ! Je suis contre leur morale. En vertu de quoi cet ordre est-il apte à interdire de créer ? Dans le domaine de l'inconnu qui est celui de la création, la notion d'ordre casse la créativité. A l'époque, ç'a été une aventure. Comme faire l'Amazonie avec un paquet de cartouches. Et Albert m'a permis de prouver ce que je valais. Je ne l'oublierai jamais. Et je lui pardonne pour cela toutes ses petites combines. Je ne vous peine pas, Christine ?

— Non, dit-elle en souriant, je les connais mieux que vous encore !

— Cela ne me gêne pas. Je me sens du système et je refuse d'y entrer.

Il remit sa main sur celle de la jeune femme.

— Vous le voyez, nous avons des points communs... chacun notre système. J'ai aimé votre jugement sur l'aristocratie nouvelle. Vous refusez d'y entrer.

— Vous me jugez avec indulgence. Disons que j'ai décidé d'en sortir. Définitivement. Et, sans le savoir peut-être, vous m'y aidez beaucoup.

Depuis longtemps les braises rougeoyantes s'étaient éteintes. Il ne restait plus des sarments qui se tordaient joyeusement qu'un tas de cendres tièdes. Dans leurs verres, le marc du patron avait succédé au nuits. Christine ne se sentait pas grise mais merveilleusement lucide. En face de cet homme tout devenait clair et facile. Certes, le jeu des confidences comportait des risques. Mais cette fois, lui semblait-il, elle les prenait sans hésiter. Pour qui serait la cicatrice ? Y aurait-il seulement blessure ?

— Et les femmes, dit-elle en penchant la tête en arrière ce qui tendit son chemisier sur sa poitrine, n'ont-elles aucune place dans votre vie ou n'allez-vous pas jusqu'au bout de la confidence ?

— Dans ce domaine je reste très prudent. J'ai une vieille cicatrice qui gratte encore.

De l'index il se toucha le front, puis le cœur.

— Mais je ne sais si elle est ici, ou là.

François avait épousé Renée à l'époque du mur. En 1957. Alors qu'il travaillait chez l'architecte marseillais et arrivait en recherche picturale au bout de l'impasse. Il changeait de vie et elle s'était trouvée à la croisée des chemins.

— J'ai toujours beaucoup travaillé, recherché, occupé, créé, dit François. Beaucoup consommé aussi. J'exigeais, et j'exige toujours, beaucoup des autres. Peut-être trop. Elle travaillait dans une agence de publicité. Nous avons très vite eu un enfant. Une fille. Elle a six ans cette année. C'est la seule chose positive que j'aie tirée de mon mariage.

— Pourquoi cet échec ?

— Je l'aimais et elle m'aimait. Mais sans doute pas assez. Elle a refusé de quitter son travail lorsque je me suis installé à mon compte. Elle ne voulait pas rester à la maison. Elle ne savait pas tenir un balai. La vaisselle lui soulevait le cœur. Elle voulait s'affirmer dans son métier. Conserver son indépendance, disait-elle. Elle ne comprenait pas que je la veuille près de moi. Tout le temps.

— Mais elle avait raison. Vous vouliez en faire une femme-ombre.

François eut un sourire triste. Sa voix avait repris un ton voilé, sourd.

— Pas du tout. Je ne voulais pas d'une femme-ombre, mais d'une femme-près-de-moi, une femme-avec-moi. Ramasser les poussières, monter l'escalier, aller, venir, préparer les repas, partager les soucis et les joies immédiates sont pour moi les choses les plus précieuses de l'intimité d'un couple. La sentir dans l'appartement, voir son visage s'encadrer dans l'embrasure de la porte et dire : « Je sors faire mes courses. » Entendre la porte claquer à son retour et le remue-ménage dans la cuisine, pouvoir tout de suite lui soumettre une trouvaille, une idée nouvelle, avoir son avis, c'était cela que je voulais. Je ne peux pas tolérer de domestique dans mon intimité.

— Je ne vous aurais pas cru si réactionnaire. L'homme au travail et la femme à la cuisine ! Juste bonne à remplacer la domestique dont vous ne voulez pas supporter la présence !

Christine paraissait surprise. Le sourcil nettement réprobateur. Cette fois, François rit à pleines dents, d'un rire joyeux, enfantin.

— Je lui proposais une vie de couple. Une vraie vie de couple et non ces rencontres le matin, le midi et le soir qui sont le lot de la majorité. Mon métier me le permet. Vivre ensemble, partager sa vie, comme elle partagerait la mienne... Me donner en permanence ce contact confiant dont j'ai tant besoin dans mon travail créateur.

Discuter du moindre projet, le critiquer aussi, donner son avis... Voilà tout ce que je lui proposais. Mais il faut beaucoup d'intelligence et beaucoup d'amour pour le comprendre et l'accepter. En égale. En souveraine. Et non en femme-ombre ou en femme-indépendance. Un couple, un vrai. C'est rare. C'est miraculeux. C'est fragile au début, comme du verre filé, mais avec le temps et l'expérience, cela devient, cela doit devenir du béton armé. Vous me comprenez mieux, Christine ?

— Oui, pardonnez ma remarque. Je vous avais mal entendu. Mais il faut en effet beaucoup d'amour..., dit-elle, pensive.

Un long silence s'établit. Ils finirent à petites gorgées le marc qui râpait la gorge tandis que leurs pensées s'entrecroisaient, s'entrechoquaient. Saurait-elle, elle, si un jour il le lui proposait ? A peine posée, elle se rendit compte que la question était résolue. Pour la première fois, elle admirait un homme. Pour son talent de créateur mais aussi, mais surtout, pour son intransigeance. Il voulait tout mais il donnait tout.

— Nous étions trop loin l'un de l'autre, poursuivit-il, nous nous sommes séparés. Et s'il y a cicatrice, c'est d'orgueil. J'ai manqué ce que j'avais entrepris. Et je n'en ai pas l'habitude.

— Pas d'autres tentatives ?

La réponse fusa, franche, brutale.

— Oh non ! De brèves rencontres, souvent avec des professionnelles parce qu'elles sont professionnelles ! Il est des propositions que je n'ose renouveler trop souvent. Mes exigences sont sans doute exagérées. Et dans ce domaine, l'échec est loin de me stimuler.

Il prit un temps, puis ajouta :

— Vois-tu, Christine, en amour comme dans mon métier, je rêve de mettre en harmonie mes idées, mes réalisations et les gens à qui elles s'adressent.

Il l'avait tutoyée sans affectation, comme il tutoyait les

hommes de son chantier. Elle en ressentit un petit choc au cœur. Très agréable.

— Et ce n'est pas facile, poursuivit-il. Mais j'espère. Un jour viendra où le beau n'ira plus uniquement aux riches et où je trouverai la seconde moitié de mon couple idéal. Tu le sais depuis notre première rencontre : je ne crois pas au hasard, mais au destin.

Il se leva, comme s'il en avait trop dit, s'étira sans gêne et disparut dans la cuisine où Christine l'entendit échanger quelques mots avec Pierrot. A son tour elle se leva et se dirigea vers la porte. Il avait mis fin au dîner comme il l'avait invitée : sans lui demander son avis. Comme s'ils se connaissaient de toujours. Lui avait-il fait la cour ? Etait-il seulement capable de la faire à une femme ?

— Tu viens ?

Il ouvrit la porte et s'effaça. Elle reconnut les odeurs de la nuit et celle de l'étable. Ils descendirent en silence la première ruelle, avec précaution, en se retenant l'un à l'autre, tant la pente en était raide. La nuit était fraîche et il la sentit frissonner à travers le mince blouson de toile bleue. Il se débarrassa de sa veste et la lui posa sur les épaules, puis lui prit la main. Elle le remercia d'un sourire et serra très fort sa main dans la sienne.

— Pourquoi m'avoir dit tout cela, François ? Pourquoi à moi ?

— Le destin avait ménagé notre rencontre. Mon instinct a fait le reste. Et j'ai bien fait de le suivre. Tu t'es confiée autant que je l'ai fait. Nous savons presque tout l'un de l'autre. Peut-être parce que nous étions disponibles.

— Il me manque pourtant quelque chose.

— Quoi ?

— Bellini.

— Tu ne veux pas le garder pour la prochaine fois ?

— Non, la prochaine fois nous parlerons de nous.

Il lui baisa le poignet là où la veine bleue battait doucement. Un baiser léger et rapide qu'elle n'attendait pas. Puis il expliqua.

— Il y a, à l'Accademia de Venise, une salle privilégiée. La salle IV. Une petite pièce aux murs blancs, presque une cellule. Et sur ces humbles murs rien que des chefs-d'œuvre. Cosimo Tura, Mantegna, Memling... et Bellini. Les Vierges de Giovanni Bellini ! Et parmi celles-ci une *Vierge à l'Enfant bénissant* dont je suis tombé amoureux au premier regard. Chaque jour j'allais la revoir. Ma première visite de la matinée était pour elle. Cette fréquentation assidue me valut la suspicion du gardien, qui ne me quittait pas des yeux, et quelques scènes de jalousie de ma femme que j'avais emmenée à Venise pour une dernière tentative de conciliation. Avec elle j'ai échoué. Il me reste le souvenir ébloui de Bellini et de cette Vierge énigmatique et sereine. Dès que je t'ai aperçue au « Sand et Musset », tu me l'as rappelée irrésistiblement.

Christine ne répondit pas. Son cœur battait à se rompre.

— J'aimerais aller à Venise avec toi, poursuivit François. Nous verrions les admirables Carpaccio à San Giorgio degli Schiavoni et les majestueux Tintoret à la Scuola di San Rocco. Au premier étage, un gardien te donnerait un large miroir pour que tu admires sans fatigue les détails et les splendeurs du plafond. Ensuite, nous déjeunerions dans une *trattoria* près du Rialto ou dans un de ces petits bistrots au marché aux poissons. Ce serait l'hiver, avec du brouillard et quelques heures d'un soleil inoubliable. Il n'y aurait pas de touristes, que des Vénitiens, ceux qui passent sur le ponte della Pagia sans un regard pour le pont des Soupirs. Puis nous irions à Torcello en *vaporetto,* avec de vieilles paysannes revenant du marché, leurs paniers d'osier pleins de légumes frais. L'île est plate, désolée, grise dans la brume. Nous longerions le canal de brique jusqu'à la cathédrale et l'église San Fosca. Et dans le ciel il y aurait des vols de canards sauvages. Nous reviendrions transis mais nous resterions à l'avant du *vaporetto* pour voir la Salute et San Marco sortir de la brume et venir à notre rencontre. Et je te serrerais contre moi pour te réchauffer. Puis nous descendrions à la calle Vallaresso et nous n'aurions que l'embarcadère à franchir pour nous retrouver à notre G.Q.G., notre grand quartier général, le Harry's Bar, où nous saurions toujours nous retrouver si d'aventure nous nous étions séparés. On nous servirait des dries pour nous réchauffer avant le dîner. Et les garçons pleins d'attentions — ils aiment les jolies femmes — te proposeraient de la *galantina di cappone*, des *cannelloni verdi « della casa » et des scampi alla carlina*. On nous apporterait d'autorité une bouteille de Venegazzu, car tu aimes le bon vin et nous aurions déjà nos habitudes. Et nous donnerions des surnoms aux habitués — le commendatore, le batracien — qui nous salueraient en nous découvrant à notre table préférée, toujours la même. Et tous les jours le mince Cipriani s'inclinerait devant toi, avant de te serrer la main le dernier jour, car il est timide et bien élevé. Et il nous regarderait, à la dérobée, en souriant. Heureux, en seigneur vénitien, de nous voir si heureux et de ne pas nous en cacher. Puis, après une *grappa* de Frioli, nous rentrerions lentement au Danieli en traversant la Piazza déserte. Ou plutôt, nous habiterions au Gritti où nous aurions une grande chambre avec un balcon sur le Grand Canal. Et nous ouvririons grande la fenêtre.

Ils étaient arrivés à la voiture, près de la porte fortifiée éclairée par une vieille lanterne de fer forgé. Christine s'arrêta en pleine lumière et leva son visage lisse, lui offrant le lac limpide de ses yeux confiants.

— Tu es belle, murmura François.

Il sentit sa poitrine contre la sienne, haletante.

— Embrassez-moi, dit Christine.

Il l'embrassa. Longuement. Comme elle ne l'avait jamais été. Et comme il lui sembla qu'il ne l'avait jamais fait.

Il prit son visage entre ses mains et le piqueta de baisers légers. Autour des lèvres, au coin des yeux verts déjà griffés de fines petites rides, sur la plage bistre qui s'étend, émouvante, sous la paupière inférieure, sur la tempe où la peau paraît transparente.

— Tu ressembles à Venise, dit-il. A celle d'Henri de Régnier,

Car sinueuse et délicate comme l'œuvre de ses fuseaux,
Venise ressemble à l'agate avec ses veines de canaux.

» Nous irons ensemble. Comme je désire que tu m'aimes, Christine ! Plus encore que je ne te désire.

Elle se serra contre son corps exigeant. Combien elle l'aimait ! Depuis la première seconde de la première minute de leur première rencontre. Mais maintenant, tout était clair et pur, comme le ciel de Provence qui les recouvrait.

Elle l'étreignit sans l'embrasser, avec le désir que leurs deux corps n'en fissent plus qu'un.

— François... oh ! François. Allons au Gritti, François ! Chez vous. Sur la lagune. Ce sera mon Gritti à moi. Si vous le voulez bien...

Elle chercha ses yeux, fit une moue tendre.

— Comme je t'aime, dit-il.

Ils roulèrent très vite dans la nuit. François la laissa conduire. Sa main lourde, déjà possessive, posée sur la sienne. Ensemble ils passèrent toutes les vitesses. Vers l'oubli. Vers l'apaisement. Ils ne dirent pas un mot. Ils n'en avaient plus besoin.

CHAPITRE XVIII

L'enquête se révélait fructueuse et fertile en personnages peu communs. D'abord Vaugondran. Alain Garrot, qui avait répondu à son invitation et était arrivé méfiant — sinon plein de préventions à l'égard du promoteur —, avait découvert un géant bonhomme, bon vivant, truculent et somme toute très sympathique qui lui avait raconté sa vie sans fard, plutôt fier de ses humbles origines et de sa réussite « à l'américaine », tout en engloutissant les épaisses tranches de foie gras et l'énorme langouste grillée constituant le repas à la « bonne franquette » qu'il avait offert au journaliste dans le cadre splendide du parc fleuri de la Maison.

A peine avait-il forcé la note du dynamisme.

— Avec moi, faut que ça tourne. Je fais bouffer deux cent cinquante familles. Alors, il ne faut pas s'arrêter ! Toujours aller de l'avant.

Avec mille précautions, Alain Garrot, s'aidant de l'article de *La Liberté*, avait orienté la conversation sur les liens qui unissaient l'entrepreneur à la politique qui se menait à l'hôtel de ville. A sa grande surprise, Vaugondran n'avait pas éludé la question. Au contraire !

— Bien sûr que j'ai des amis à l'hôtel de ville. Lebrun et M. Des Essarts-Galibert, pour qui j'ai une immense estime. Sans eux je ne pourrais rien faire, monsieur Garrot.

Rien de grand, rien d'important. Savez-vous ce qu'est un plan d'urbanisme ?

— Pas exactement.

— Il régit l'urbanisme d'une commune. Et il comporte deux documents : le plan d'aménagement, qui est un document graphique avec les dessins des emplacements, et le programme d'aménagement, qui est un laïus décrivant ce qu'on peut faire sur ces emplacements. Pour construire, il faut que le plan d'urbanisme soit approuvé. Or le mécanisme administratif est tellement complexe qu'entre le moment où le plan est établi — et son étude demande à peu près deux ans — et le moment où il est approuvé il se passe quatre ans ! Et déjà il y a un nouveau plan en route pour pallier les insuffisances du précédent ! Vous pouvez contrôler ce que je vous dis, monsieur Garrot, j'affirme qu'il n'y a pas une ville de France qui ait un plan d'urbanisme approuvé à jour ! Par exemple, à Saint-Jean, le plan de 1949 fait force de loi, mais celui sur lequel on travaille est celui de 1960, qui a été établi grâce aux dérogations que M. Des Essarts, ou le préfet, ou même le ministre ont accordées après étude. Vous le voyez, un entrepreneur-promoteur comme moi doit avoir des amitiés. Si l'on veut construire et surtout avancer, il faut des « amis ». C'est la faute à la loi qui est mal faite. Tant qu'il n'y aura pas une véritable loi d'orientation foncière qui couvrira toute la France par des plans d'occupation des sols définissant les densités et remplaçant ces plans d'aménagement locaux, il faudra se débrouiller sur place. Comme je fais. Mais attention ! En toute honnêteté. Moi, je n'ai rien à cacher !

» J'ai déposé une plainte contre ces salauds de *La Liberté* qui font des allusions malveillantes. J'ai même vu le juge Noël, à qui j'ai donné copie de toute ma comptabilité, de toutes les opérations que j'ai montées depuis plus de cinq ans ! Si Saint-Jean n'avait pas un homme politique influent et décidé comme M. Des Essarts, qui sait prendre ses responsabilités et n'hésite pas à intervenir auprès du préfet ou du ministre, M. Judicaël, notre ville n'aurait jamais connu une telle expansion. C'est que chaque fois qu'on fait une opération d'importance, la collectivité en bénéficie ! On participe sacrément aux frais d'équipements publics, aux écoles, aux voiries, aux égouts, aux crèches, à l'éclairage, que sais-je encore ? Voyez ce qu'on a fait d'une colline à chèvres comme les Hauts de Saint-Jean. Je vais commencer un grand programme sur la pointe de Litri ; eh bien, dans cinq ans, ce désert de garrigues sera habité, servira à quelque chose et apportera une prospérité nouvelle aux gens des environs. C'est cela le progrès.

Vaugondran avait paru sincère au journaliste. Visiblement, il n'était pas sur ses gardes ou alors il était un admirable comédien.

— Moi, j'aime construire, avait-il poursuivi avec enthousiasme. Aller de l'avant. C'est pourquoi je suis devenu promoteur. Je pourrais me contenter de faire tourner mon affaire de construction. Elle suffit, je vous prie de le croire, à me faire vivre, et bien, et à assurer la croûte de mes employés. Mais dans ce pays, c'est à croire qu'on n'aime pas le dynamisme. Ce n'est pas une sinécure d'être promoteur. Jadis, c'était un homme qui avait de l'argent personnel et montait une affaire. Mais aujourd'hui, c'est autre chose. Vous pensez bien que je ne pourrais pas monter un truc comme les Hauts de Saint-Jean ou Litrica tout seul. Je suis un prestateur de services. Je fais de la prospection de terrains, je les sélectionne. Puis je fais procéder à des préétudes urbanistes, financières et architecturales. L'échange d'idées, il se fait entre le promoteur et l'architecte. Un gars comme Galli, avec qui je travaille tout le temps car il a tous les jours des idées nouvelles et qu'il est bourré de talent, me produit des projets qui me servent à trouver des financiers et à les convaincre de la bonne rentabilité de l'affaire.

— On dit aussi que vos financiers sont toujours les mêmes, avait avancé Garrot.

— J'ai commencé avec eux et ils ont fait de bonnes affaires avec moi. Alors ils me font confiance. Pourquoi j'irais me casser la tête à en trouver d'autres ? Il faudrait que je sois vicieux. Bien sûr, des types comme ceux de *La Liberté* trouvent cela suspect. C'est normal. Ils sont contre notre démocratie et contre le capitalisme. Mais là où ils ne sont pas honnêtes c'est quand ils oublient de dire ce que certains peuvent faire grâce à moi.

— C'est-à-dire ?

— Prenons le cas de François Galli. Je vous ai dit tout le bien que j'en pensais. Au début, j'ai eu du mal à l'imposer à mes financiers car il était de gauche. Il est plus ou moins communiste. Moi, je m'en fous. Je ne vois qu'une chose : c'est un grand architecte. Avec moi il gagne de l'argent ce qui lui permet, un exemple entre autres, de concevoir une école ultra-révolutionnaire comme celle qu'il a faite à La Chapelle pour son ami Thévenet. Et cela pour rien ! Moi, je trouve cela formidable. Mais *La Liberté* n'en souffle mot !

» On pourrait m'attaquer, monsieur Garrot, et l'on pourrait attaquer M. Des Essarts si, comme dans une commune qui n'est pas bien loin d'ici mais dont je ne vous dirai pas le nom, la mairie ne faisait travailler que des entreprises qui lui sont liées. Dans cette commune, en dix ans, il n'y a que la famille du secrétaire général de la mairie à qui l'on ait vendu des terrains et des sources communales. A Saint-Jean, je ne suis pas le seul à travailler ! Là encore la loi est mal faite. Et je vous le dis tout net. Imaginons que dans la commune dont je vous parle le type se fasse prendre, il écopera de six ou sept mois de prison et de 10 000 F d'amende au plus alors qu'il a fait pour plus de dix millions de prévarications ! Dix millions lourds ! Un milliard d'anciens francs. Pas mal, non ? Moi, je ne mange pas de ce pain-là !

Il avait pris Alain Garrot par la manche et le secouait pour ponctuer ses paroles.

— Vous voulez que je vous dise, monsieur Garrot, j'aime travailler et je travaille beaucoup. J'aime réussir et on ne me le pardonne pas. J'ai un tort, aux yeux de certains, c'est de gagner de l'argent et de ne pas m'en cacher. On vit dans un pays où des types riches à milliards roulent en DS noire pour ne pas « choquer », pour ne pas montrer leur richesse. Comme s'ils en avaient honte, comme s'ils avaient gagné leur argent malhonnêtement. Dans notre pays, on dirait que la réussite est répréhensible. J'ai été en Amérique pour étudier les méthodes de construction. Eh bien, là-bas, on vous présente des gens en vous disant : un tel pèse tant de millions de dollars. Ils sont heureux et fiers de leur réussite. Moi, je suis comme eux. Je travaille comme un fou et j'ai du pif ! Reproche-t-on ses gains au financier qui joue à la Bourse et a le flair de trouver à bas prix un paquet d'actions qui, quelques années plus tard, vont faire un bond extraordinaire ?

— Certains journaux parisiens ont parlé de pots-de-vin, de « dons » aux caisses électorales, insinua Garrot.

Vaugondran s'indigna.

— Certains journalistes voient le mal partout. Je ne dis pas cela pour vous, monsieur Garrot, j'aime bien les journalistes, d'ailleurs ma fille préférée est également journaliste.

— Je sais, dit Alain. Elle est très brillante !

— Ça, j'avoue que j'en suis fier ! Mais pour en revenir à ces échos perfides il ne faut pas les prendre au sérieux. Mon ami Lebrun me le disait encore il y a quelques jours : tout cela est en rapport avec la campagne électorale. Remarquez qu'il y a peut-être des villes où ça se passe comme cela.

Alain Garrot avait cru déceler moins de sûreté dans la voix. « Il douille certainement, pensa-t-il, mais peut-on réellement le lui reprocher ? C'est Des Essarts qui est une fripouille. »

— Moi, avait conclu Vaugondran, je ne fais que des affaires en règle avec la loi. La preuve c'est que je n'hésite pas à déposer plainte quand on me diffame directement. Et que je donne spontanément tous mes comptes à la justice. Encore une fois, trop réussir nuit. Si M. Des Essarts-Galibert...

Il disait « M. Des Essarts-Galibert » avec un respect un peu forcé.

— ... si M. Des Essarts-Galibert est l'objet de tant d'attaques, c'est parce que lui aussi a trop bien réussi dans sa ville. Sous sa gestion, Saint-Jean est devenu une métropole et non plus la petite ville de province où l'on vivotait !

Alain Garrot avait gardé de ce déjeuner l'impression que Vaugondran travaillait dans les limites de la loi et savait admirablement en exploiter les faiblesses, mais avec trop de bonheur tout de même pour que sa « chance insolente » — comme disait Simon — ne dût rien à un petit coup de pouce politique. Le personnage était étonnant mais ce n'était pas à partir de lui que Garrot aurait le plus petit commencement de preuve.

Sa visite à Alfred Calleau, l'ancien propriétaire de la colline où avait été édifié l'ensemble des Hauts de Saint-Jean, si elle avait été moins agréable que le déjeuner avec Vaugondran, s'était révélée beaucoup plus intéressante.

Fleury Thévenet avait dit du vieillard : « Il n'a pas très bonne réputation, mais je n'écoute pas les ragots. Renseignez-vous. » Garrot avait suivi son conseil.

Alfred Calleau était un vieux misanthrope de soixante-dix ans qui vivait retranché dans un mas du XVIIIe siècle, route de la Craie à La Chapelle. En fait de mas, il s'agissait d'un petit château, car le vieux possédait une fortune considérable en terres et en troupeaux. Il ne s'était jamais marié mais vivait avec une gouvernante dont il avait fait son héritière. En 1957, la gouvernante était morte. Il ne l'avait pas remplacée mais, avaient dit à Garrot les voisins, qui ne semblaient guère l'apprécier, « on voit des filles venir parfois à la tombée de la nuit. Et pas du bon genre ! Si c'est pas malheureux, à cet âge-là ! ».

Perlapère, mis à contribution, avait interrogé discrètement certaines de ses « amies nocturnes ». La chance l'avait servi. Kim, la ravissante Indochinoise, sa « préférée », avait entendu parler du bonhomme par Germaine, qu'on appelait Lulu, une des protégées de Marco, le chauffeur de taxi,

« une vieille, avait dit Kim, elle a au moins le double de mon âge ». C'est au début de l'année 1958 que Germaine était montée la première fois au Mas de la Craie. Elle s'en souvenait avec précision car elle s'y était présentée sur ordre de Marco avec la consigne de ne pas faire payer le vieux et de lui dire simplement que c'était un « cadeau de son ami Vaugondran ». Elle y était retournée à plusieurs reprises, parfois avec une autre « collègue », et toujours gratuitement. « Un vieux vicelard qui pue autant que ses chèvres, avait-elle dit à Perlapère. Elle avait de l'estomac la gouvernante de rester avec ça jour et nuit ! » Le manège avait duré plus d'un an et puis, soudain, « ça n'avait plus été gratuit ». Germaine ignorait pourquoi. Le vieillard avait pourtant continué à faire monter des filles au Mas de la Craie. « Mais on ne se bouscule pas pour y aller », avait conclu Germaine avec une moue dégoûtée.

Alain Garrot, qui commençait à avoir une petite idée de la façon dont les terrains des Hauts de Saint-Jean avaient été arrachés à Alfred Calleau, avait pourtant besoin de plus de détails. Le nom de Vaugondran fut le sésame qui lui permit de forcer la retraite du vieillard. Calleau était grand, maigre, sec comme un buis et répandait en se déplaçant une forte odeur de bouc dont toute la maison, sale et mal entretenue, semblait imprégnée.

— Un filou ! Un escroc ! s'emporta aussitôt le bonhomme, il m'a roulé dans la farine ! Et pourtant je le connaissais bien. Je connaissais même son père. A cette époque, les Vaugondran, c'était honnête et tout.

Alain lui avait expliqué qu'il enquêtait sur la façon dont avait été construite la résidence des Hauts de Saint-Jean et sur la personnalité de son promoteur.

— Ben, je vais vous en dire, moi, sur la personnalité de cette fripouille. Ça a commencé en 1957, après la mort de ma pauvre Julie.

Vaugondran était venu le voir et avait essayé de lui acheter une colline de huit hectares à la limite de Saint-Jean et de La Chapelle. Un terrain caillouteux, parsemé de pins, où poussait une herbe rare que broutaient ses moutons.

— Ça valait des sous parce que c'était pas très loin de la ville, avait expliqué le vieillard, mais pas tant que ça, parce qu'on n'avait pas le droit de construire dessus. C'était pas, paraît-il, dans la bonne zone de je ne sais plus quel plan. On m'avait dit cela à l'hôtel de ville. De toute façon, je ne voulais ni construire ni vendre. Je n'avais pas besoin d'argent. Je vis de peu. Mais Vaugondran est revenu à la charge. Bref, comme je l'aimais bien, je l'ai pas foutu à la porte. On buvait une chopine ensemble. Quelquefois, c'était lui qui l'apportait. Puis il m'a rendu quelques petits services et je me suis dit que puisque ça lui faisait tant plaisir je pouvais lui vendre cette colline. Des terrains, c'est pas ça qui me manque. Et que mes moutons ou mes chèvres aillent paître là ou ailleurs, je m'en fichais.

Alain Garrot avait retenu un sourire. Il savait de quels « petits services » le vieillard récompensait Vaugondran.

— Alors vous lui avez vendu le terrain ?

— Oui. C'est à ce moment qu'il y a eu un micmac qui aurait dû me faire dresser l'oreille. Vaugondran m'a dit, pour une raison embrouillée dont je ne me souviens plus, qu'il ne pouvait pas acheter lui-même et il m'a présenté un de ses amis, un certain Natura, qui me plaisait pas beaucoup. Mais Vaugondran m'a dit que Natura ou lui c'était pareil. Et comme il m'avait rendu service, je ne pouvais pas moins faire. Natura m'a offert un prix, j'en voulais un autre. Ça s'est arrangé.

— A combien ? demanda Garrot.

Le vieillard eut un regard méfiant, puis il lâcha comme à regret :

— Il m'offrait 2 000 au mètre carré. Moi, je voulais 3 000. Je les ai eus.

— Anciens francs ?

— Bien sûr. En 58, il n'y avait pas encore les nouveaux francs.

— Ça a fait une belle somme. Deux cent quarante millions d'alors.

— Oui, mais c'était un beau terrain.

— Vous êtes sûr des chiffres ?

— J'ai le contrat de vente. Comme ça faisait une certaine somme, Natura, dès que j'ai été d'accord, a constitué une société civile immobilière à qui j'ai vendu mon terrain.

Il avait montré à Garrot l'acte officiel qu'il avait serré dans une boîte à biscuits soigneusement enfermée dans un buffet provençal à double corps.

— Vous n'avez pas fait une mauvaise affaire, constata le journaliste.

— C'est ce que j'ai cru pendant deux ans, bien que, comme par hasard, une fois le contrat signé, je n'aie plus entendu parler de Vaugondran. Puis voilà qu'un jour je passe près de mon ancien terrain, c'était..., attendez donc, fin 59 ou début 60. Un vrai remue-ménage, des pancartes partout, des tranchées, des ouvriers qui posaient des canalisations. Je me suis renseigné. Ces filous s'étaient débrouillés à céder la moitié du terrain à la municipalité, au prix qu'ils l'avaient acheté, ça devenait une zone verte, comme dit la mairie... Mais ils avaient obtenu une contrepartie ! Et une belle ! Les quatre hectares restants étaient déclarés constructibles et la municipalité en décidait la viabilisation. Quand ce terrain était à moi, on ne pouvait rien en faire. Dès qu'il passe entre les mains de Natura, donc de Vaugondran, l'interdiction est levée ! Vous trouvez pas cela bizarre, vous ? Moi, je dis qu'avec la complicité du maire, le beau Des Essarts, ils m'ont arnaqué. Car ça devenait de l'or, mon terrain. Vaugondran y a construit les Hauts de Saint-Jean et il a fait une fortune sur mon dos, cette ordure. Allez savoir combien Natura a revendu ce terrain à la SOCOJEAN !

La question était intéressante et Alain Garrot s'était promis d'y répondre dans le plus bref délai. Il devenait indispensable de rencontrer le représentant des souscripteurs des Hauts de Saint-Jean, le colonel Laurent.

*
**

On était à dix jours des législatives et la campagne électorale battait son plein. On ne pouvait ouvrir un poste de radio sans entendre sur l'O.R.T.F. ou Radio-Monte-Carlo — le seul poste périphérique que l'on pût prendre aisément à Saint-Jean — les déclarations ronflantes des leaders des grands partis. Les tables rondes succédaient aux débats et aux interviews. *L'Echo* soutenait ouvertement Des Essarts-Galibert, sans trop forcer, tant le résultat du scrutin ne faisait aucun doute pour le député maire. Bon prince — et nouveau rallié à la majorité —, Des Essarts faisait, dans les colonnes de son journal, la part belle à Renaud Miller, l'ancien suppléant de Félix Judicaël, qui se présentait dans la deuxième circonscription de Saint-Jean.

A examiner les murs de la ville, on aurait pu croire que la bataille électorale était plus serrée. Les afficheurs semblaient déchaînés et recouvraient chaque nuit les placards des candidats adverses par ceux de leur parti. Pas un mur des points névralgiques de la ville n'était épargné. On collait sur les arbres, les lampadaires, même sur les vitrines, et à l'aube, on pouvait voir des commerçants furibonds ou désabusés gratter d'un couteau plus ou moins vengeur les traces du passage des commandos frénétiques de la colle et du pinceau.

Dans cette débauche d'affiches, le portrait de Des Essarts-Galibert dominait. Pourtant, lorsqu'il arriva sur le parking du supermarché des Hauts de Saint-Jean, ce ne fut pas le visage paterne du député maire qui attira l'œil d'Alain Garrot mais une affichette jaune vif dont il ne pouvait, de loin, que lire le titre : « Halte au scandale des promoteurs ! ».

Il gara sa voiture dans la seconde rangée du parking et s'apprêtait à aller voir de plus près l'origine de ces placards lorsque deux DS, dont un break, s'arrêtèrent dans de grands crissements de freins. Six hommes en descendirent en voltige comme dans un film policier, bientôt suivis des deux chauffeurs. Du break, ils sortirent pots de colle et affiches et sans se soucier des quelques clients du supermarché qui les observaient avec étonnement, ils entreprirent d'arracher les affichettes jaunes et de les remplacer par le portrait de Des Essarts. Trois coups de pinceau du colleur, deux hommes déroulent l'affiche, la lissent rapidement, à nouveau trois coups de pinceau pour fixer la bobine du maire. A la suivante. Ils évoluaient avec habileté et promptitude. Des professionnels.

Dissimulé derrière la première rangée de voitures, Garrot ne perdait pas un de leurs gestes. Lorsqu'ils eurent terminé, c'est à la vitrine du supermarché et aux postes à essence de la station-service attenante qu'ils s'attaquèrent.

Un petit homme rond au teint olivâtre sortit du magasin en glapissant.

— Mais qu'est-ce que vous faites ? Vous êtes fous !

Un jeune gars bronzé, en blue-jean et tee-shirt, se détacha du commando et s'avança vers le petit homme en blouse blanche, tandis que ses compagnons poursuivaient leur tâche, indifférents.

— Qu'est-ce que tu veux, pépère ? dit le jeune gars.

— Je suis le patron et vous n'avez pas le droit d'afficher sur ma vitrine ni sur les pompes.

— Le droit, on le prend, pépère. T'avais qu'à ne pas laisser ces saloperies sur tes murs.

— Vous n'avez pas le droit ! s'obstina le petit homme au teint olivâtre.

La gifle claqua. Sèche. Sonore.

— T'as compris maintenant, pépère ? On fait ce qu'on veut !

— Mais pourtant j'ai donné à la collecte ! gémit le patron en se tenant la joue.

— Eh bien, ça suffit pas. Gaffe-toi. Ça te coûtera encore plus cher si on retrouve encore ces cochonneries. Ou si nos affiches ne sont plus là demain. Compris, pépère ?

Devant le jeune gars calme et méprisant, le petit homme en blouse paraissait terrorisé.

— Je... je... je me plaindrai, dit-il pourtant. A votre chef. A la police.

Cette fois, la gifle fut accompagnée d'un direct au foie qui l'envoya rouler au sol.

— En route, dit le jeune gars sans se soucier de sa victime.

Comme à la parade, le commando rembarqua dans les DS, qui démarrèrent en faisant hurler les pneus.

Les pompes et la vitrine du supermarché étaient recouvertes d'affiches.

Alain Garrot sortait de sa cachette lorsqu'il aperçut un taxi stationné à cheval sur le trottoir, une Mercedes blanche à glaces fumées qui s'ébranlait doucement à la suite des DS. En découvrant le journaliste, le client du taxi se rejeta brusquement en arrière. Trop tard. Garrot avait reconnu Antoine Lebrun.

— Ah ! les salauds ! les voyous ! dit le patron en se relevant, aidé par le journaliste.

Garrot le soutint jusqu'à son bureau, à gauche des caisses du supermarché, tandis que les clients, qui n'avaient pas fait un geste pour intervenir, s'apitoyaient bruyamment sur son sort et flétrissaient unanimement la conduite de ces « bandits ». Ah ! la politique, ce n'était pas une chose belle à voir ! Ceux-là, le dimanche suivant, voteraient unanimement pour Hervé Des Essarts-Galibert qui faisait de si grandes choses pour sa ville « et ne devait pas être au courant des méthodes — déplorables, certes — de ses jeunes militants énervés ».

Garrot leur ferma la porte au nez tandis que le petit homme au teint olivâtre s'effondrait dans un fauteuil de cuir.

— Monsieur, je ne sais comment vous remercier. Je suis Albert Pérez, ce magasin est à moi.

D'un index potelé il explora avec précaution sa lèvre supérieure qui avait éclaté sous la seconde gifle et la tamponna d'un mouchoir délicat.

— Mon nom est Alain Garrot. Je suis journaliste.

Pérez lui serra la main comme s'il lui avait sauvé la vie. Le brave homme tremblait encore d'émotion.

— Vous avez vu, dites, vous avez vu ? La putain de leurs os ! Des gangsters, des *coulos*... et lâches avec ça !

Il reprenait son assurance. Son accent fleurait bon Bab-el-Oued.

— Vous êtes d'Algérie ? demanda Alain.

— D'Alger même. Vous connaissez ?

— Oh, oui !

— Je tenais un grand magasin, à Belcourt, rue de Lyon. Tout de suite après le Champ-de-Manœuvre. Je suis ici depuis deux ans. Bientôt trois.

— Vous connaissez les hommes qui vous ont attaqué ?

— Eux, non. Mais je connais les collecteurs de fonds de leur parti.

— Comment cela, collecteurs de fonds ?

— Ceux qui passent avant la campagne pour avoir de l'argent. Ils vous demandent de la publicité pour le journal électoral ou froidement, comme ç'a été mon cas, de l'argent liquide.

— Et vous avez donné ?

— Bien sûr. Cinq mille francs ! Un demi-million ancien ! A un type que je connais : Marco, un chauffeur de taxi qui est un des hommes de confiance de M. Lebrun, l'adjoint au maire mais surtout trésorier de la Fédération du M.C.G. du Rhône-Maritine.

— Vous êtes sympathisant du M.C.G. ?

— Rien du tout, monsieur. Moi, je suis sympathisant de la paix chez moi. La politique, je n'y connais rien. Et je ne veux rien y connaître. Ah ! si vous saviez...

Il tira une bouteille de cognac d'un placard.

— Après ces émotions, faut que je me remonte. Vous en voulez une goutte ?

— Non, merci.

Il avala d'un trait le petit verre qu'il s'était servi, claqua la langue et reboucha la bouteille. La chaleur de l'alcool fit apparaître deux petites taches roses sur ses pommettes verdâtres.

— A Alger, monsieur Garrot, je croyais avoir tout vu. A cette époque, la purée, je payais à tout le monde pour avoir la paix. Au F.L.N., puis à l'O.A.S. Et quand ça n'a plus été possible de faire des affaires, je suis revenu en métropole. Après cet enfer, je me disais : la France a du bon. Le soleil et la tranquillité, c'est tout ce que je demande. Et voilà que je trouve un pays de gangsters.

Alain l'arrêta de la main.

— Tout de même. Vous exagérez.

— Pas du tout. C'est le racket organisé. Et pas par des truands. Encore que, ici, on ne fasse pas grande différence entre ce qui est la politique et les maquereaux qui la servent ! Ainsi, mon magasin...

— Un beau centre commercial, avec la clientèle de mille logements à la porte.

— C'est vrai, c'est bien situé. C'est pour cela que j'ai acheté si cher le terrain, mais rien que pour avoir l'assurance d'être relié par une bretelle à l'autoroute, j'ai versé deux briques en dessous de table. Et deux autres pour accélérer le permis de construire. En liquide.

— A qui ?

— A celui qui m'avait vendu le terrain et qui m'a assuré être bien placé à l'hôtel de ville. Ça, il m'a pas menti. La bretelle s'est faite dans le meilleur délai et j'ai eu en plus l'autorisation pour la pompe à essence. Mais tout de même j'ai payé ce terrain six cent mille francs. Soixante millions ! C'est quelque chose. Surtout avec l'imposition de ne pas construire sur cette bande de terrain un bâtiment de plus de six mètres de hauteur. Pour ne pas gâcher la vue des habitants des Hauts de Saint-Jean. En outre, je dois garantir le passage des locataires et celui des lignes téléphoniques enterrées. A part un centre commercial je ne vois pas ce qu'on pouvait construire d'autre. Heureusement que mon affaire tourne bien ! A cette heure-ci c'est calme. C'est une chance, car se faire tabasser en public ça fait toujours mauvais effet. Mais vous verriez cela la matinée et à partir de 17 heures, c'est bourré ! Je serais plutôt content de l'affaire s'il n'y avait pas ces mœurs de fils de pute !

— C'est à la société de construction des Hauts de Saint-Jean que vous avez acheté votre terrain ?

Pérez le regarda, surpris.

— Ah ! non. Je les connais même pas. Moi, j'ai acheté à l'agence Natura, avenue Charles-de-Gaulle, qu'avec une adresse comme ça j'aurais déjà dû me méfier. A nous autres, ce nom-là, il porte pas chance !

Ainsi on retrouvait Angelo Natura au début et à la fin de l'opération foncière. Agissait-il à son propre compte ou comme prête-nom ?

— Je fais une enquête sur les Hauts de Saint-Jean, dit Alain Garrot, accepteriez-vous que je parle de votre aventure, monsieur Pérez ?

— Mais bien sûr, monsieur Garrot. Surtout après ce que ces voyous viennent de me faire.

Ils bavardèrent un moment, évoquant des souvenirs d'Algérie, puis au moment où Garrot prenait congé, Albert Pérez se ravisa.

— Tout bien réfléchi, ne parlez pas trop de moi. Ces histoires de dessous de table, c'est pas bien légal. On ne peut rien prouver. Et puis je ne voudrais pas avoir d'autres ennuis. Vous savez, moi, la paix avant tout ! Je vais garder leurs affiches jusqu'aux élections. Et après, je serai tranquille. C'est juste une mauvaise période à passer.

— Mais les six cent mille francs, c'est exact ?

— Ça oui. Et prouvé par les papiers chez le notaire. J'ai acquitté les droits.

C'est ce qui importait au journaliste. Qu'était un minable dessous de table auprès des fabuleux bénéfices que semblait avoir réalisés la société d'Angelo Natura sur un terrain où, cinq ans auparavant, paissaient encore les chèvres du vieux Calleau ?

***

Le colonel Laurent alignait chiffres et preuves avec une rigueur et une précision toutes militaires.

— Il m'aura fallu attendre la retraite pour livrer ma plus belle bataille, cher monsieur Garrot. Mais celle-là, je la gagnerai.

Le bureau était tapissé d'ouvrages techniques et de droit d'où dépassait une forêt de signets. Laurent les désigna du doigt.

— Et voilà mes plus sûrs alliés. Aujourd'hui, je suis presque aussi calé qu'un procureur et un juge d'instruction. Cela m'a demandé quatre ans. Et beaucoup d'obstination. Aux premières réunions du conseil d'administration, où je représentais les souscripteurs, je ne comprenais rien, comme la plupart des membres qui y siègent. Des potiches. Ils sont quatre à diriger réellement le jeu : le vieux Steiner, qui s'appuie sur sa fortune et sa réputation ; l'avocat Desvignes-Benettes, qui utilise ses relations pour aplanir les rares difficultés qui se sont présentées, et le duo Lebrun-Vaugondran, qui connaissent leur métier à la perfection et savent se servir des moindres ficelles pour faire du fric. Inutile de vous dire qu'il m'a été impossible de vérifier les comptes. C'est un embrouillamini absolument extraordinaire.

— Il y a bien un commissaire aux comptes ? demanda Garrot.

— Oui, mais il est aux ordres du promoteur. J'ai pourtant réussi, au fil des mois, à obtenir quelques éléments de base et un faisceau de présomptions qui vont, je l'espère, se transformer en preuves et étayer mes accusations.

— Que leur reprochez-vous exactement ?

Oh ! ils étaient forts, très forts. En apparence, on ne pouvait pas leur reprocher grand-chose. Le programme des Hauts de Saint-Jean était une incontestable réussite. A 2 000 francs le mètre carré, prix définitif, ces appartements étaient encore une affaire.

— La construction est épatante, avoua le colonel, l'architecture est agréable à habiter, pleine de trouvailles. On peut le dire, et je le dis, et aucune des mille familles que je représente ne me contredira : il fait bon vivre aux Hauts de Saint-Jean. C'est là qu'ils sont habiles. Diaboliquement habiles. Que peut-on reprocher à des gens si bien, qui vous ont construit un appartement épatant — juste un peu plus cher que le prix prévu, mais qui n'en fait pas autant ? — et qui vous le livrent à peu près dans les délais ? Rien. Les rares propriétaires qui ont revendu l'ont fait avec un confortable bénéfice tant les Hauts de Saint-Jean ont bonne réputation et sont devenus un quartier résidentiel recherché dans une ville surpeuplée ! Il faudrait avoir l'esprit vraiment chicanier, comme me le reproche si souvent Vaugondran au cours des conseils d'administration, pour ne pas s'estimer satisfait.

Eh bien, le colonel Laurent l'avait, cet esprit chicanier, et surtout il avait été révolté par l'attitude franchement méprisante des promoteurs lors des conseils. A leurs yeux, le représentant des acheteurs devait tout admettre, ne rien vérifier, les croire sur parole. Le président Baptiste Fabien, préfet en retraite, le commissaire aux comptes, ancien collaborateur et ami du préfet du Rhône-Maritime, le général Bastard, avec ses cinq étoiles et sa Légion d'honneur sur canapé qu'il triturait du pouce pour s'assurer qu'elle était toujours là, posaient-ils des questions ? Jamais. Ils faisaient une confiance aveugle à Vaugondran, à Lebrun et à leur conseiller juridique et financier, Me Desvignes-Benettes, dont la belle assurance les rassurait. Pour autant qu'ils aient jamais été inquiets ! Alors, pourquoi Laurent n'en faisait-il pas autant ?

— Jusqu'à l'achat, puis la vente, de la bande de terrain où est construit le supermarché, je n'avais rien de précis à leur reprocher, expliqua le colonel, si ce n'est de m'avoir démontré qu'en restant dans le cadre d'une loi mal faite et à condition de choisir ses amis dans les allées du pouvoir plutôt que dans celles de l'opposition on peut réaliser « le plus honnêtement du monde » de fabuleux bénéfices.

Il n'y avait guère d'éléments nouveaux pour le journaliste dans le long récit que lui fit le colonel Laurent. Il apprit tout de même que grâce aux dérogations obtenues du sous-secrétaire d'Etat au Logement et approuvées par le préfet Chypre et par le député maire Hervé Des Essarts-Galibert, le coefficient d'occupation au sol, qui, dans la zone des collines de Saint-Jean, était de 0,8, était passé à 2. Ce qui avait permis au promoteur de construire sur les quatre hectares 64 000 m^2 d'appartements au lieu des 25 600 autorisés à l'origine.

Familiarisé par Fleury Thévenet à la technique des coûts de construction et au calcul des prix de revient, Alain Garrot put suivre sans trop de difficulté les longues opérations auxquelles se livra Laurent pour démontrer que, sans dérogation, l'affaire rapportait aux promoteurs et à leurs financiers la déjà coquette somme de six millions cinq cent mille francs mais que, grâce à la dérogation, ce bénéfice passait à quarante millions cinq cent quatre-vingt-neuf mille francs !

— De six cent cinquante millions à plus de quatre milliards anciens, s'exclama le colonel, cela vaut la peine d'avoir des relations puissantes et de les arroser ! Elles ou leur parti...

— A quoi tient pareille différence ?

— Principalement au fait tout simple que, dans les dépenses, le prix d'achat du terrain reste fixé à quatorze millions nouveaux, qu'il y ait quatre cents ou mille logements. Mais restons en nouveaux francs même si les chiffres sont moins spectaculaires.

En confrontant leurs renseignements, le colonel et le journaliste établirent les faits suivants :

Albert Vaugondran, entrepreneur avisé, prospecte les terrains encore libres sur la commune de Saint-Jean. Il décide Alfred Calleau à vendre huit hectares de pins et de cailloux à un certain Angelo Natura, dont Vaugondran dit lui-même « c'est comme si c'était moi », pour deux millions quatre cent mille francs.

Les relations entre M. Vaugondran et le maire de Saint-Jean, M. Des Essarts-Galibert, sont si bonnes que ce dernier décide de racheter la moitié du terrain à M. Natura, qui, âme excellente et rare, décide de son côté de ne pas faire de bénéfice. Voilà quatre hectares que la ville acquiert à bon compte (un million deux cent mille francs) pour en faire un espace vert... en attendant une meilleure exploitation. Une petite signature de M. Des Essarts et les quatre hectares de cailloux encore en possession de M. Natura deviennent par miracle constructibles. La municipalité, pour le remercier de n'avoir pas fait de bénéfice sur sa première vente, lui accorde la viabilisation pour la deuxième tranche. Voilà M. Natura à la tête d'une petite fortune. Qu'il va réaliser immédiatement.

M. Vaugondran, au nom de la SOCOJEAN — société immobilière de construction créée pour l'occasion —, prend une option sur les quatre hectares de M. Natura, qui ne saurait vendre à quelqu'un d'autre que son ami Vaugondran. Le promoteur commence alors ses tours de table, qui sont vite faits puisque ses financiers habituels, la banque Steiner, la De Vanves et Me Desvignes-Benettes, répondent à son premier appel.

— J'ai le pourcentage exact des participations, dit Laurent en fouillant dans une chemise : Steiner, 25 %, De Vanves, 25 %, Lamarck, un richissime industriel, 20 % Desvignes-Benettes — qui représente une série de « petits » prêteurs — 20 %.

— Cela fait quatre-vingt-dix, remarqua Garrot.

— Complétés par Vaugondran et Lebrun, qui, non contents d'être entrepreneurs, financent l'affaire pour 5 % chacun.

Les deux hommes, penchés sur leurs papiers, poursuivirent l'analyse des faits. Garrot prenait des notes...

La SOCOJEAN, désormais sûre de sa trésorerie, achète les quatre hectares viabilisés à la société civile immobilière d'Angelo Natura à raison de 350 F le mètre carré. Soit quatorze millions, que Vaugondran promoteur et représentant principal de la SOCOJEAN paye sans ciller, alors que Vaugondran, personne privée, a obtenu les huit hectares du vieux Calleau pour six fois moins ! Bénéfice net pour Natura : douze millions huit cent mille francs !

— Je suis persuadé, intervint Laurent, que Natura n'est que le prête-nom de Vaugondran et de Lebrun.

— L'attitude de Vaugondran ne s'explique pas autrement, dit Garrot. Et il semble que celle de Lebrun, constructeur mais aussi responsable des bâtiments communaux et âme damnée de Des Essarts-Galibert au M.C.G., ait été essentielle dans la transformation de ce terrain à chèvres en zone d'aménagement concerté.

— Je n'ai pas de certitude mais de fortes présomptions, ajouta Laurent. Seuls l'examen de la comptabilité de M. Natura et la destination qu'il a donnée à ses douze millions huit cent mille francs de bénéfice pourraient nous éclairer. Ce sont des informations que ni vous ni moi ne sommes en mesure d'obtenir.

— Je peux téléphoner à Natura pour une interview. Et, au cours de la conversation, me faire une idée et de l'homme et de l'affaire.

— L'homme est un truand, comme vous le savez, mais protégé par ceux-là mêmes qui devraient le combattre. Je reste persuadé que Des Essarts a touché une grosse somme pour décider la transformation du terrain en Z.A.C.

— Il serait aussi imprudent ?

— Des Essarts n'apparaît pas. On verse directement à la caisse du M.C.G. Je tiens le renseignement d'un de mes amis, un industriel qui s'est installé récemment à Saint-Jean. Tout passe par Lebrun et des cabinets d'études fantômes à qui l'intéressé règle des émoluments considérables dont la plus grande partie passe directement dans la trésorerie du parti.

— Des Essarts serait-il personnellement désintéressé ?

— Pas tant que cela. Mon ami a été convaincu par Lebrun que quelques actions anonymes de sa société feraient grand plaisir à Des Essarts et arrangeraient bien des choses. Il s'est exécuté et ne s'en est pas repenti. Il n'a eu aucun problème local et a même obtenu pour sa nouvelle usine un emplacement de choix sur la route de l'aéroport. Il n'est pas le seul dans son cas et m'a confié que cette pratique était habituelle dans certaines villes de notre beau pays ! Pour l'affaire qui nous occupe, seul un juge d'instruction courageux et fouineur pourrait obtenir une certitude. Et encore.

» Poursuivons...

Une étude architecturale établie selon le coefficient d'occupation au sol en vigueur — soit 0,8 — montre que l'opération est rentable, mais dans des limites relativement modestes. C'est alors qu'intervient le second miracle.

— Et cette fois, ils frappent haut, explique Laurent. Même le préfet ne peut donner la dérogation. Il faut l'obtenir du ministre. Apparemment un jeu d'enfant pour Vaugondran et surtout pour Desvignes-Benettes, dont la principale charge au sein de la SOCOJEAN est d'aplanir les difficultés. Il y parvient avec une belle maestria, qu'il fait d'ailleurs payer fort cher car, outre sa participation au bénéfice final, ses émoluments de conseiller juridique et financier de la SOCOJEAN sont considérables. Comme je m'en étonnais un jour auprès du président de la société, le préfet Fabien me répondit que, sans interventions efficaces, Vaugondran, Lebrun et leur architecte Galli ne pourraient pas avancer. Bref, ils avancent. Et à pas de géant.

Le colonel Laurent était persuadé que Vaugondran, agissant en qualité de promoteur, avait soumis un projet dont le prix de revient était inférieur à celui qu'il avait l'intention de réaliser.

— J'ai réussi à me procurer sur le chantier un contre-calque et des instructions de l'architecte qui ne correspondaient pas au projet soumis pour obtenir le Crédit foncier. A 1 500 F le mètre carré d'appartement, Vaugondran bénéficiait de l'aide de l'Etat. S'il avait annoncé dès le départ 2 000 F, il ne l'aurait pas obtenue. De même qu'il n'aurait pas suscité l'engouement du public. Tout est truqué depuis le début. Mais là encore tout est légal. Je ne peux pas attaquer. Ceux qui ont déposé plainte auprès de la Sûreté n'en ont jamais entendu parler. Il y en a eu trois. La mienne est la quatrième.

Mais Laurent avait pris la précaution de la déposer directement auprès du procureur Dordogne.

— Pourquoi attaquez-vous puisque vous me dites vous-même que tout cela est légal et que la SOCOJEAN bénéficie de puissantes protections politiques ?

Laurent eut un curieux sourire qui creusa encore son visage basané.

— Ils ont commis une faute grave. A croire constamment aux miracles qui parsèment leur vie professionnelle, Vaugondran et ses amis sont devenus imprudents. Ils ont sous-estimé l'adversaire. J'ai connu cela à l'armée, mon cher monsieur Garrot. Nous avons passé notre temps en Indochine, puis en Algérie, à sous-estimer les Viets et les fells. Vous voyez où cela nous a menés. Mais je crois au Dien Bien Phu de Vaugondran. Et je serai son Giap !

« Giap » expliqua également que la bande de terrain achetée fort cher avait été revendue pour une bouchée de pain, assortie d'impositions qui justifiaient — selon Vaugondran — l'effondrement du prix initial.

— Et l'on retrouve Natura, dit le journaliste après avoir raconté au colonel sa conversation avec Pérez, le patron du supermarché.

— Natura, toujours et partout, renchérit Laurent. L'interlocuteur privilégié de Vaugondran.

» Récapitulons. Natura vend une bande de terrain qui permet à la SOCOJEAN l'accès à la route nationale. Coût : cent quatre-vingt mille francs. Il la rachète, quelque temps plus tard, dix mille francs. Bénéfice net : cent soixante-dix mille francs. Et il a toujours le terrain, qu'il revend, cette fois, six cent mille francs après avoir obtenu — nouveau miracle, cette histoire en est pleine — le permis de construire un supermarché et une bretelle de raccordement à l'autoroute. J'ignore combien, au départ, M. Natura avait payé ce terrain mais deux ventes successives lui laissent un bénéfice de sept cent quatre-vingt mille francs. Soixante-dix briques de naguère ! Voilà qui me donne des arguments pour faire ouvrir une enquête sur les fabuleux profits de la SOCOJEAN et la gestion pour le moins curieuse de Vaugondran et C°. Car rien n'empêchait la société de revendre ce terrain directement à Pérez et ainsi de diminuer de six cent mille francs le coût total de l'opération ! C'est le type même de l'escroquerie au détriment des souscripteurs. J'avais déjà les faits. Il me manquait le prix de vente à Pérez. Voilà qui ne va pas manquer d'intéresser le juge Dordogne !

» Je veux arriver, poursuivit-il, à faire inculper les associés de la SOCOJEAN de tromperie sur la marchandise. Ce sera pour une fois dans le sens contraire ! D'habitude les promoteurs promettent monts et merveilles aux acheteurs et, à la livraison, on s'aperçoit que les promesses étaient châteaux en Espagne. Dans notre cas, il a promis moins bien, à un certain prix, et il a donné mieux, mais un tiers plus cher. Merci de vos renseignements, monsieur Garrot, notre entretien n'aura pas été inutile.

Rentré chez lui, Alain Garrot mit de l'ordre dans ses notes, y ajouta le compte rendu de l'entretien qu'il avait eu au journal avec le brave souscripteur Achille Fericy — celui qui, avec sa femme, Fernande, avait pu « faire face » aux rallonges exigées par Vaugondran et avait obtenu son appartement — et, à l'aide des renseignements du colonel Laurent, entreprit de se livrer à un calcul approximatif des sommes que l'opération avait rapportées à chacun des groupes financiers de la SOCOJEAN.

Le programme des Hauts de Saint-Jean avait coûté, en achat de terrain et construction, quatre-vingt-sept millions trois cent quarante mille francs. Selon la loi, il avait suffi au promoteur de trouver le financement de 20 % de cette somme pour lancer le programme. Soit dix-sept millions quatre cent soixante-huit mille francs et la garantie par Steiner, De Vanves, Lamarck et Desvignes-Benettes de couvrir les frais jusqu'à l'achèvement du programme. Il fallait ajouter dans la colonne « dépenses » les huit millions soixante et onze mille francs des honoraires du bureau de l'architecte, du bureau de contrôle, de l'assurance du maître d'ouvrage et de la publicité. Coût total de l'opération quatre-vingt-quinze millions quatre cent onze mille francs couverts en partie par le Crédit foncier et par les versements des souscripteurs. Prix de vente des mille logements et des huit cents parkings : cent trente-six millions. Bénéfice net quarante millions cinq cent quatre-vingt-neuf mille francs ! Merveilleuse affaire.

Le groupe Steiner et la De Vanves gagnaient chacun plus de dix millions sans compter l'exclusivité des prêts aux souscripteurs, étalés sur quinze ou vingt ans. A 10 % ! Les « petits » Vaugondran et Lebrun, pour une participation de 5 %, tiraient un bénéfice de plus de deux millions chacun. Auquel s'ajoutait celui de leur entreprise, chargée de la construction ! Lamarck et Desvignes-Benettes voyaient leurs capitaux s'augmenter de plus de huit millions et de l'avis même de Laurent, les honoraires de conseiller juridique de l'avocat étaient somptueux.

Et tout cela était légal. Il suffisait d'avoir des amis à certains points essentiels du circuit : mairie, préfecture, ministère. La SOCOJEAN les avait.

Ces faits étaient-ils suffisants pour justifier, aux yeux du procureur Dordogne, l'ouverture d'une instruction ? Rien de moins sûr.

En revanche, ils étaient suffisants pour faire du *Roman des Hauts de Saint-Jean* une démonstration sur « l'Art et la Méthode à appliquer pour faire légalement de fabuleux bénéfices », qui passionnerait le public bien que Garrot doutât de plus en plus qu'elle parût un jour dans le journal de Steiner et de Des Essarts.

Il se prépara à l'épreuve de force contre Dieufils avec d'autant moins d'inquiétude que le rédacteur en chef de *L'Univers* lui offrait à Paris la place de grand reporter qu'il inaugurerait par sa série sur les Hauts de Saint-Jean. Sans vergogne, Garrot avait proposé le titre de Dieufils, que la direction de *L'Univers* trouvait excellent.

CHAPITRE XIX

A la veille du premier tour des élections législatives, Perlapère, qui avait ses entrées au palais de justice comme il les avait à la Sûreté ou dans les bars louches de la Comédie, annonça la nouvelle à son ami Garrot. Le juge d'instruction Noël était chargé par le procureur Dordogne d'ouvrir une enquête sur les Hauts de Saint-Jean.

— Je le tiens de son assistante, qui est une copine de la Fac de lettres, dit Perlapère. Elle faisait en plus son droit et travaille aujourd'hui avec le petit Noël. Tu sais qu'il en veut, celui-là. D'après ma pote, il est décidé à aller jusqu'au bout. Il en a ras le bol des interventions de la politique dans les affaires. C'est lui aussi qui s'occupe de la plainte en diffamation de Vaugondran. Il passe ses nuits à éplucher sa comptabilité. Cette fois, ça pourrait aller mal pour nos bons amis.

— Tu crois que je pourrais rencontrer le juge Noël ?

— Impossible. C'est un pète-sec. Jeunot mais aussi peu coopératif avec la presse qu'il l'est avec les poulets ou avec les hommes politiques. C'est le genre maniaque de l'indépendance de la justice. Par contre, je pourrais t'arranger quelque chose avec le vieux père Dordogne. Ne lui parle surtout pas de l'ouverture de l'instruction sur les Hauts de Saint-Jean. C'est *top secret*.

— Ne t'en fais pas. Dis-lui que je fais une enquête générale sur la construction et que je voudrais qu'il démonte pour moi le mécanisme des diverses façons qu'ont les promoteurs de plumer le pigeon. Pour le reste, je verrai sur place.

Lorsque, le lundi après-midi, Alain Garrot arriva au palais de justice, le résultat des législatives à Saint-Jean était définitif et sans bavure. Hervé Des Essarts-Galibert et Renaud Miller étaient élus au premier tour. Des Essarts, avec une confortable majorité devant le candidat socialiste, qui n'avait pas déployé une bien grande activité durant la campagne. Miller passait de justesse, mais au premier tour. Alors que Judicaël, aux législatives précédentes, ne l'avait emporté qu'au second.

« Victoire de la majorité » avait titré *L'Echo* sur ordre de Des Essarts. Pour la première fois depuis 1945, le député maire faisait passer son attachement tout neuf à la majorité avant celui pour le M.C.G., sa « vieille » maîtresse ! Des Essarts préparait avec soin son entrée dans le gouvernement, prévue après le second tour, et désamorçait d'avance les critiques que ne manqueraient pas d'adresser les vieux gaullistes orthodoxes au chef du gouvernement.

Avec cette élection de maréchal et l'ombre d'un portefeuille qui se profilait à l'horizon de son avenir immédiat, jamais Hervé Des Essarts-Galibert n'avait paru plus puissant. On pensait à lui pour la Santé, l'Education nationale ou même la Justice, écrivaient les commentateurs de la presse du soir !

« Qu'il devienne garde des Sceaux et je ne donne pas cher de l'avenir du procureur Dordogne et du juge Noël », pensa Garrot en gravissant les marches de marbre qui conduisaient à la colonnade du premier étage.

Le bureau du procureur et ceux des juges d'instruction ouvraient sur un couloir, lui-même protégé par une porte dérobée, à gauche du bureau de renseignements, sur laquelle on pouvait lire « entrée strictement interdite ». La porte ne se débloqua que lorsque Garrot eut annoncé son rendez-vous et que le secrétariat du procureur l'eut confirmé.

Dordogne acceptait de le recevoir tandis que Natura, que le journaliste avait vu à son agence de la rue Grande le matin même, l'avait proprement foutu à la porte en lui conseillant de « s'occuper de ses affaires s'il tenait à garder la santé ».

Garrot fut surpris de l'aspect amène du magistrat. Il ne s'imaginait pas le procureur sous ces traits bonasses et paternes. Dordogne avait un beau visage calme, charnu, aux rides profondes, entouré d'une crinière léonine d'un blanc éclatant. Son costume gris s'ouvrait sur un gilet rebondi où reposaient ses mains croisées. Une silhouette de grand-père bon vivant et plein d'indulgence.

D'entrée, Dordogne se montra loquace. Il brossa pour le journaliste un vaste panorama des méthodes de construction en France et passa en revue les différents types de promoteurs sur les activités desquels il avait eu à se pencher durant ces dernières années. Rien de très nouveau pour Alain Garrot si ce n'est de découvrir dans le discours du procureur une immense lassitude et beaucoup de scepticisme sur le rôle que jouait la justice dans le monde de la construction.

— Sur cent affaires, dit-il, vingt sont saines et quatre-vingts sont plus ou moins gravement irrégulières. Parmi ces quatre-vingts, cinquante sont des escroqueries. Et sur ces cinquante, une ou deux, à peine, arrivent au parquet.

— Pourquoi cette indifférence ? Le Français a pourtant la réputation de ne pas aimer se faire rouler ! Et au restaurant, il recompte souvent son addition.

— Comment voulez-vous qu'il contrôle une société civile immobilière ? Les complications sont telles, les compromissions tellement secrètes ! En confidence, je peux vous dire que des magistrats eux-mêmes s'y sont laissé prendre. Je ne vous dirai pas lesquels mais croyez-moi sur parole !

— Et eux-mêmes n'ont pas porté plainte ? Ce sont pourtant des orfèvres !

— Ce sont avant tout des hommes comme les autres, qui ne roulent pas sur l'or et qui savent très exactement ce qu'est la justice. S'il y a plainte, ce n'est pas cela qui poussera le promoteur à livrer l'appartement au prix fixé. A l'extrême, si l'on prouve l'escroquerie caractérisée — et pas seulement l'imprudence dans les affaires —, le promoteur fera au maximum cinq ans de prison, sera nourri aux frais de la société et il ne donnera pas l'appartement. Voilà pourquoi il y a si peu de plaintes. Le souscripteur se moque que le promoteur soit en prison s'il n'a pas son appartement. Et une fois qu'il a son appartement, il est tellement soulagé qu'il ne va pas attaquer !

— Pourtant certains le font, dit Garrot en pensant au colonel Laurent.

— Oui, certains. Mais les preuves sont très difficiles à réunir. Surtout si notre « client » est un gros poisson. Ces types-là sont entourés de conseillers parfaitement rodés à ces affaires complexes. Le parquet les « sent », les « renifle » — j'en connais personnellement un ou deux mais ni moi ni mes juges ne pourront jamais les « coincer ». Ils utilisent la loi et sont pour la plupart dans le sérail politique, où les services qu'ils ont rendus ou ceux qu'ils demandent sont étroitement liés. On ne peut rien démontrer contre eux sauf si, par chance, on tombe sur un document lors de perquisitions ou si un cadre renvoyé fait des révélations.

— Et leur comptabilité ? dit Garrot.

— On la contrôle par acquit de conscience mais elle est en général parfaitement en règle.

Garrot décida de lancer une petite pointe dans la direction des Hauts de Saint-Jean.

— Monsieur le procureur, au cours de mon enquête on m'a parlé de frais de cabinets d'études entièrement truqués, de pots-de-vin, de villas somptueuses construites à certains hommes politiques en échange de leur bienveillante attention, est-ce vrai ?

Dordogne jouait avec son stylo, le regard attentif. Il réfléchit un instant avant de répondre.

— Cela n'est pas impossible. Actuellement, un juge d'instruction travaille sur un dossier où il fait certaines découvertes semblables.

— Les Hauts de Saint-Jean ? lâcha Garrot.

— Tt... tt... tt..., monsieur, pas de noms. Ni celui-là ni un autre. Vous m'avez posé des questions générales et je vous ai répondu globalement. Ensuite, vous voulez savoir si une situation bien particulière est plausible. Je vous dis : oui. Rien de plus. Je vais maintenant vous prier de m'excuser, j'ai beaucoup de travail. Je suis ravi de vous avoir rencontré, monsieur.

Garrot, en lui serrant la main, n'en fut pas si sûr !

***

Les enquêteurs du tribunal de commerce commencèrent le même jour à éplucher la comptabilité de la Société civile immobilière Angelo Natura et celle de la société de construction d'Antoine Lebrun. Les deux hommes apprirent ainsi l'existence de la plainte déposée par le colonel Laurent contre la SOCOJEAN et celle de Vaugondran contre *La Liberté*.

Lebrun, écumant de rage, eut une scène terrible avec Vaugondran au siège de la S.A., quai du Port.

— Tu ne pouvais pas te tenir tranquille, nom de Dieu ? hurla Lebrun. Monsieur a ses humeurs et attaque *La Liberté* sans m'en parler, alors que l'article me vise en premier lieu ! Mais, triple crétin, c'est tout ce qu'ils attendaient, ces fumiers. Est-ce que Des Essarts attaque *La Liberté*, lui ? Non, car il a oublié d'être bête, tandis que toi !

— C'était mon devoir, protesta Vaugondran. On ne peut pas laisser publiquement insulter sa famille sans protester. C'est une question d'honneur.

— Belle famille, oui ! Ton connard de fils n'a jamais été capable de faire autre chose que des imbécillités. Et pour protéger l'honneur de Monsieur, on nous met dans la panade jusqu'au cou.

— Tu n'entres pour rien dans cette affaire. Et ma comptabilité est en règle. C'est la preuve formelle de la diffamation de *La Liberté* à mon égard.

— Comptabilité en règle ! Mais, mon pauvre Albert, tu déconnes complètement. Toutes les comptabilités sont en règle. Mais à la suite de la plainte de Laurent ils vont les vérifier point par point. Et peut-être que si tu ne t'étais pas jeté dans la gueule du loup en déposant ta plainte et ta comptabilité, celle de Laurent n'aurait pas été aussi facilement acceptée par le parquet. En outre, il y a un curieux dans le circuit : Alain Garrot.

— Je le connais, c'est un type charmant. Nous avons déjeuné ensemble.

Lebrun crut qu'il allait avoir une attaque. Il respira bruyamment à plusieurs reprises, puis, calmé, il entreprit de savoir exactement ce que son associé avait bien pu raconter au journaliste.

— Mais tu te rends compte, Albert, de ce que tu lui as dit !

— Rien d'autre que le mécanisme de la construction en France. Et puis tu m'agaces avec tes scènes. Tu dramatises tout.

— Et le contrôle de nos comptes, ce n'est pas dramatique, non ? Ton Garrot, ce si charmant garçon, voulait rencontrer Angelo pour avoir des explications sur l'achat, puis la vente du terrain des Hauts de Saint-Jean. Angelo l'a foutu à la porte et, quelques heures plus tard, on a le tribunal de commerce sur le dos. Ça ne te semble ni inquiétant ni dramatique, cette coïncidence ?

— Tu mélanges tout, Antoine. Tout à l'heure, c'était ma faute, maintenant celle de Garrot. Nos affaires sont régulières. Desvignes-Benettes nous l'a suffisamment répété.

— Oui, elles sont régulières mais certains frais vont peut-être paraître disproportionnés.

— Ah ! tu as beau jeu de venir me dire cela. Si toi et ton M.C.G. de malheur n'étiez pas si gourmands !

— Ça va... ça va. On ne va pas s'engueuler des heures là-dessus. Nous devons reprendre les choses en main. Tout est allé très vite. Ça nous échappe un peu. Je préviens Des Essarts. Téléphone à Desvignes-Benettes. Et ne parle pas trop ! Il faut passer à la contre-offensive. Je vois deux hommes à neutraliser en premier lieu.

— Qui ?

— Garrot et le juge Noël. Ils sont beaucoup trop curieux à mon goût. Garrot n'est pas très dangereux. Des Essarts s'en chargera. Avec Noël, ça va être une autre paire de manches. Tout bien réfléchi, ne téléphone pas à Desvignes-Benettes : je vais monter à Paris et lui expliquer l'affaire de vive voix. Si l'on peut court-circuiter le petit juge, on ne peut le faire que de là-bas.

Le visage de Vaugondran s'était défait, comme si, à retardement, il s'apercevait de la portée de ses imprudences.

— Judicaël aurait pu nous être utile, murmura-t-il.

— Pourquoi aurait pu ? Il va nous être utile.

Vaugondran s'essuya le front comme pour en effacer les rides.

— Je ne sais trop si par contrecoup il ne va pas m'en vouloir. Christine l'a plaqué pour filer le parfait amour avec Galli. Ils ne se quittent plus. Et moi qui étais si content de la voir de retour à Saint-Jean !

Lebrun réconforta son ami qui s'était laissé tomber dans un fauteuil.

— Ne te tracasse pas, Albert. Judicaël, on le tient heureusement par autre chose que ta fille.

Vaugondran eut un geste fataliste. Il avait soudain perdu toute sa vitalité.

— Fais pour le mieux à Paris, dit-il. Moi, je vais affronter Noël. Il m'a convoqué cet après-midi.

— Dis-en le moins possible. Joue les imbéciles.

— Je crois que tu viens de le prouver. Je n'aurai aucun mal.

— Allons, Albert, tu sais que je me mets facilement en colère, mais ça ne dure pas. Je t'ai dit toutes ces choses pour te faire réagir devant le danger. Mais je ne les pense pas. Reprends-toi, nous en avons vu d'autres ! C'est une péripétie. Notre grande affaire, ce sera Port-Litri. Et ce n'est pas un petit juge qui va nous empêcher de la réaliser. N'oublie pas : faut qu'ça tourne !

*
**

Charles Vaugondran portait encore un pansement, maintenu sur le nez par une large croix de sparadrap. Son œil droit, tuméfié, avait repris des proportions normales, mais l'ecchymose présentait un decrescendo de couleurs, du violet sombre au caramel clair. « Un magnifique coquart », remarqua le juge Noël. Il avait convoqué le jeune homme, à la suite de la plainte déposée par son père contre *La Liberté de Saint-Jean,* et Simon Gavarni, auteur de l'article incriminé. Or, depuis une heure, le jeune Vaugondran confirmait point par point les éléments que Gavarni donnait sur Jeunesse Nouvelle.

— Notre mouvement agit au grand jour, nous sommes déclarés et agréés par les autorités. Nous sommes un parti politique comme les autres et nous avons participé ouvertement à la campagne électorale...

— Avec des arguments frappants, coupa le juge Noël.

Le jeune homme ricana. Le rictus qui lui tordait la bouche exprimait tout le mépris du monde.

— Et ça ? Et ça ? dit-il en montrant les blessures de son visage, je me le suis peut-être fait en heurtant mon armoire à pharmacie. Il me semble que dans ce cas précis vous confondez agresseurs et agressés. Victimes et bourreaux.

Noël fit un geste d'apaisement.

— Disons que vous ne reculez pas devant l'affrontement face aux militants d'autres partis !

— Nous ne nous en cachons pas. Nous sommes prêts à affronter les pourris. Physiquement s'il le faut. Nous sommes des citoyens honnêtes, les derniers éléments sains de cette société. Jeunesse Nouvelle prône la protection de la famille contre les manœuvres qui visent à sa destruction. Nous luttons pour un véritable renouveau national. Nous sommes contre le patronat fasciné par le profit — et, croyez-moi, je sais de quoi je parle — et nous sommes contre les syndicats, professionnels de la lutte des classes.

— Et les groupes armés du commandant Dalmon ?

— Encore des sottises, des arguments communistes contre nous. Il n'y a pas de groupe armé mais une association de préparation militaire, dirigée par un héros, mon oncle, qui s'élève avec force contre les doctrines qui tendent à la disparition de la nation. Tous ces jeunes qui nous suivent sont la hampe d'un drapeau tricolore que nous voulons voir flotter bien haut et non être remplacé par un drapeau rouge ! Le commandant Dalmon veut insuffler à nos compagnons pleins d'idéal un esprit nouveau. Il veut en faire les défenseurs de la loi et de l'ordre. Voyez nos ennemis... ceux qui m'ont agressé, par exemple... ils corrompent tout : la police, l'armée, la justice...

— Je vous en prie, monsieur Vaugondran.

— Vous le savez bien, monsieur le juge, le fric est roi. Et ces capitalistes avides ne se rendent même pas compte qu'ils font le lit du communisme. Nous sommes le dernier bastion de l'Occident chrétien.

— Pourquoi n'avez-vous pas déposé plainte contre vos agresseurs.

— Je sais ce qu'elle deviendrait.

— La preuve du contraire vous est donnée ici. La plainte de votre père suit son cours. Vous ne vous y joignez pas ?

— Je n'ai rien à voir avec lui ni avec ses semblables !

Son visage s'était fermé et, renversé dans le fauteuil, il attendait avec une patience affectée la suite des questions.

— Sauriez-vous reconnaître votre agresseur ?

— Pas ici.

La provocation était flagrante.

— Vous vous dites défenseur de l'ordre, mais je constate que vous ne voulez pas nous aider.

— Nous ne parlons pas du même ordre, monsieur le juge, et je n'ai pas porté plainte.

— Votre père l'a fait.

— Pour lui. Pas pour moi. Je vous ai déjà dit ce que j'en pensais. Je hais autant l'internationale capitaliste que l'internationale communiste. Vous pensez bien que je n'interviendrai pas plus pour Vaugondran père que pour *La Liberté*. Je les mets dans le même sac. D'autres questions ?

— Non, monsieur Vaugondran, vous pouvez disposer.

Noël se plongea dans ses papiers et ignora le jeune homme qui sortait, le sourire aux lèvres.

***

Albert Vaugondran n'avait eu aucune nouvelle de Lebrun ni de Me Desvignes-Benettes lorsqu'il se rendit à la troisième convocation du juge Noël. Ce jeune homme glabre, l'œil sévère derrière ses lunettes cerclées d'or, le glaçait. Il était pourtant d'une politesse parfaite et son air d'adolescent — il avait à peine la trentaine et encore sur le visage le rose de l'enfance — n'aurait pas dû impressionner à ce point un homme d'action habitué à mener ses affaires et son personnel d'une poigne de fer. Autant Vaugondran avait su mettre Garrot dans sa poche — quoi qu'en eût dit Lebrun —, autant il se sentait gauche et impuissant face à ce petit juge distant qui ne semblait faire cas ni de sa réussite, ni de sa fortune, ni de ses relations. Un type d'un autre monde qui ne donnait aucune prise et ne paraissait rien connaître de l'influence des maîtres de Saint-Jean. Les noms de ses amis Des Essarts, Lebrun, même celui de Judicaël — un ministre ! — qu'Albert avait lâchés au hasard de leurs précédentes conversations l'avaient laissé de marbre.

En passant devant les toilettes du palais de justice, Albert dut se raisonner pour ne pas y entrer. Il ressentait la même trouille profonde, celle qui prend aux tripes et noue l'estomac, qu'à la Libération. Et s'ils le laissaient tomber ? Si tout devait s'écrouler ?

Il entra dans le bureau de Noël avec le sourire contraint qu'il avait, à la communale, lorsqu'il était convoqué chez le directeur.

Le juge l'attendait debout. Un costume sombre qui effaçait ses maigres épaules lui donnait l'apparence d'un premier communiant chétif. En s'asseyant, Vaugondran s'aperçut avec inquiétude de la présence d'un greffier qui enroulait une feuille sur sa machine.

— Je dois vous faire part, monsieur Vaugondran, d'une conversation que j'ai eue avec votre fils Charles. Il confirme tout ce que M. Gavarni a écrit au sujet de Jeunesse Nouvelle. Seules les interprétations sur les buts de ce mouvement divergent mais comme il est autorisé par la loi nous devons exclure ce sujet de la plainte que vous avez déposée contre *La Liberté*. La maintenez-vous ?

Il parlait doucement, d'une voix sympathique qui mit Albert en confiance.

— Naturellement.

— Je dois vous dire également que votre fils a refusé de porter plainte contre ses agresseurs.

— C'est son affaire. Moi, je défends mon honneur de commerçant, d'entrepreneur. *La Liberté* porte contre moi des accusations graves alors que le gouvernement m'a décoré de la Légion d'honneur pour les efforts que j'ai déployés dans le domaine des constructions sociales. Je ne peux laisser passer une telle diffamation.

— A votre guise, monsieur.

— D'ailleurs, je vous ai apporté les preuves de ma bonne foi. Tous mes livres, mes comptes...

Noël approuva de la tête et feuilleta négligemment le dossier ouvert devant lui.

— Je reconnais que spontanément vous m'avez confié votre comptabilité. Je l'ai vérifiée avec attention.

Il prit un temps et regarda Vaugondran bien en face.

— Aidé en cela, je dois également vous le dire pour être parfaitement honnête, par l'administration des finances.

— J'ai toujours été en règle avec elle. Je paye mes impôts. Et je paye gros...

— Vous gagnez gros aussi.

— Ce n'est pas défendu. J'aime travailler, moi. J'aime que ça tourne !

Vaugondran reprenait de l'assurance. Il sortit sa pipe et

sa blague, se carra dans son fauteuil et croisa les jambes.

— Vous permettez ?

— Je vous en prie, monsieur Vaugondran, je fume moi-même beaucoup. Cela me calme et m'éclaircit les idées.

Il alluma une cigarette tandis que Vaugondran bourrait sa pipe à petits coups précis.

— En m'apportant votre comptabilité vous avez prévenu mes désirs. Vous n'ignorez pas qu'une plainte a été déposée par M. Laurent, représentant des souscripteurs des Hauts de Saint-Jean, contre la SOCOJEAN, dont vous êtes le directeur général et le promoteur.

— Cela ne me regarde pas. Le président-directeur général est le préfet Fabien.

— Je sais. C'est lui le responsable judiciaire. Croyez que nous ne manquerons pas de le voir. Mais vous êtes, ainsi que M. Lebrun, l'un des principaux prestataires de service de la SOCOJEAN, qui a construit les Hauts de Saint-Jean sur un terrain acheté à M. Angelo Natura. Et à ce titre vos comptabilités respectives m'intéressent beaucoup. Parlons de la vôtre, monsieur Vaugondran, et de celle de la SOCOJEAN.

— De la mienne si vous le voulez bien. Encore une fois, la SOCOJEAN a un p.d.g. et un commissaire aux comptes.

Noël se fit conciliant et n'insista pas.

— Donc dans la comptabilité de la Vaugondran S.A. et dans la partie qui concerne les travaux et les services effectués pour le compte de la SOCOJEAN, je ne comprends pas très bien à quoi correspondent certains frais généraux. Par exemple, ces honoraires fort importants versés à la Compagnie auxiliaire de construction et commercialisation immobilières, la C.A.C.C.I.

Le soulagement qui se peignit sur le visage de Vaugondran n'échappa point au juge, qui l'observait avec intérêt.

— C'est très simple. Vous vous intéressez aux affaires immobilières et de construction ?

— Certes.

— Vous connaissez la complication et l'imbrication étroites qu'il y a entre certaines sociétés promotrices et les prestataires de service.

Une lueur amusée passa dans le regard froid de Noël.

— Elles dépassent souvent le sens commun, convint celui-ci.

— Eh bien, pour ne pas contrevenir, par inattention, à la loi, certaines sociétés comme la mienne s'adressent à des cabinets d'études qui vérifient toutes ces opérations complexes. Disons que c'est une garantie supplémentaire que nous nous offrons. La C.A.C.C.I. est la plus sérieuse à Saint-Jean.

— Ses honoraires sont élevés.

— A la mesure de la garantie qu'elle nous offre.

— Et ils passent en frais généraux.

— Vous ne voudriez tout de même pas que je paye des impôts là-dessus !

— Vous avez également un conseil juridique, Me Desvignes-Benettes. Ses honoraires, je le constate, sont aussi à la mesure des conseils qu'il vous prodigue.

Vaugondran acquiesça.

— C'est le meilleur avocat d'affaires de Paris. Il connaît tout le monde.

— Oui, c'est bien utile.

Vaugondran mordit le tuyau de sa pipe. Avec son air patelin et confiant, le petit juge le menait sur un terrain dangereux. Il se promit d'éviter les réponses trop spontanées.

— Ne croyez-vous pas que la C.A.C.C.I. fasse double emploi avec les conseils de Me Desvignes-Benettes ?

— Deux garanties valent mieux qu'une. La preuve, j'ai été le promoteur et j'ai construit avec mon ami Lebrun le plus bel ensemble de Saint-Jean et on nous met en accusation comme des malfaiteurs !

Noël ne releva pas la sortie.

— Autre chose, monsieur Vaugondran, mes collègues des finances et moi-même avons trouvé trace d'une part importante de travaux effectués, avec votre ami Lebrun... Vous travaillez toujours avec M. Lebrun ? s'interrompit-il.

— Oui. C'est un ami en qui j'ai confiance. Tous mes programmes importants je les partage avec Antoine.

— Donc, reprit Noël, vous avez construit avec votre ami Lebrun une villa « le Clos-Royal » — une très belle villa puisque les travaux se sont montés à trois millions cinq cent mille francs. C'est une somme pour une villa. Trois cent cinquante millions d'anciens francs ! Mais disons que par rapport aux opérations importantes que vous avez l'habitude de mener, celle-ci est insignifiante. Pourquoi l'avoir faite avec M. Lebrun ?

— Ça s'est trouvé comme cela.

— Bien, admit le juge. Mais nous avons constaté que ni vous ni Lebrun n'avez déclaré ces travaux.

— C'est simplement parce que nous n'avons pas encore été réglés. Nous ne voulions rien dissimuler. La preuve, c'est que tout est dans nos livres.

Vaugondran répétait « la preuve » avec une insistance triomphante qui laissait Noël sceptique.

— L'administration appréciera, dit-il simplement.

Puis il laissa s'écouler un long temps qu'il employa à rechercher un élément qui semblait lui échapper.

— Ah ! voilà. Depuis combien de temps avez-vous construit cette villa ?

Vaugondran fit mine de rechercher dans sa mémoire en mordillant sa pipe de plus en plus nerveusement.

— Deux ans... deux ans et demi.

— Avez-vous l'habitude d'accorder un si long délai à vos débiteurs ?

Vaugondran eut un geste évasif.

— Il ne me semble pas, continua le juge Noël. M. Laurent m'a rapporté que certains souscripteurs des Hauts de Saint-Jean, incapables de faire face aux augmentations que leur réclamait le promoteur, c'est-à-dire vous, monsieur Vaugondran, se voyaient dans l'obligation de « passer la main » — ce serait votre expression — à des clients plus fortunés que vous teniez obligeamment à leur disposition. Nous parlerons de ces augmentations de prix...

— Justifiées par l'augmentation du coût de la vie, l'interrompit Vaugondran avec vivacité.

— ... lorsque nous évoquerons les affaires de la SOCOJEAN, poursuivit le juge Noël, imperturbable. Pour l'instant restons-en au « Clos-Royal », le bien nommé. Vous avez donc consenti, ainsi que Lebrun, un prêt à long terme exceptionnel à votre client ?

— Je ne peux pas faire pour tout le monde ce que je fais pour un ami.

— Et comment s'appelle cet ami richissime ? Car une villa de trois cent cinquante millions n'est pas à la portée de n'importe qui...

Un bruit sec. Le tuyau de la pipe avait éclaté entre les lèvres du promoteur.

— M. Judicaël, murmura-t-il en récupérant les morceaux de bakélite.

Noël paraissait prodigieusement intéressé.

— Le sous-secrétaire d'Etat au Logement, n'est-ce pas ?

— Oui, dit Vaugondran qui fourra précipitamment sa pipe inutilisable dans sa poche.

— Lebrun et vous lui faites une très grande confiance.

— Je vous l'ai dit, c'est un ami.

— Ah, oui ! J'oubliais.

Noël prit quelques notes tandis qu'à ses côtés le greffier malmenait sa machine.

— Il tape tout ce que je dis ? s'inquiéta Vaugondran.

— Et tout ce que je dis moi-même, précisa Noël. Une plainte a été déposée contre la SOCOJEAN et je l'instruis, monsieur Vaugondran. Je vous entends à titre de témoin, directeur général, promoteur et entrepreneur au service de la SOCOJEAN et vous relirez et signerez vos déclarations dans la mesure où elles vous sembleront conformes à la vérité.

Et il ajouta :

— C'est la justice. A propos de la villa de votre ami M. Judicaël, je vous engage vivement à vous faire payer par chèque. Pour qu'il reste une preuve. A moins, bien sûr, que vous ne fassiez don de cette villa à votre ami. En ce cas, n'oubliez pas d'en faire passer le coût dans votre déclaration... et non en frais généraux.

Vaugondran ne répondit pas.

— Je n'ai pas pour l'instant d'autres questions à vous poser concernant les prestations de service de votre société à la SOCOJEAN.

L'entrepreneur se leva. Noël l'arrêta de la main.

— Un instant encore, je vous prie. Si j'ai bien compris, vous ne souhaitez pas parler de la SOCOJEAN en dehors du responsable pénal et du commissaire aux comptes ?

— Exactement.

— Le hasard fait que j'ai convoqué MM. Fabien et Lesourd cet après-midi. Je suis sûr que vous ne refuserez pas de participer à notre entretien. Ainsi la justice ira plus vite et donnera à la plainte de M. Laurent, qui vous semble, si je ne me trompe, injustifiée, le sort qu'elle mérite.

Noël souriait de toutes ses dents. Plus enfantin que jamais. Vaugondran le regarda, interdit. Il avait envie de l'étrangler. Il fallait se reprendre. Ne rien montrer du désarroi dans lequel le plongeait cette proposition apparemment anodine et qu'il ne pouvait refuser sans paraître suspect.

— Bien sûr, accepta-t-il à regret. Plus on ira vite, mieux ça vaudra.

— J'en étais persuadé, monsieur Vaugondran. Et je vous remercie sincèrement de votre coopération.

» Introduisez, dit-il au greffier.

Baptiste Fabien entra majestueusement. Il portait son éternel costume bleu marine au revers éclairé par la rosette sur canapé. Il alla directement au-devant de Noël, la main tendue.

— Mon cher juge...

— Monsieur le préfet...

Le beau visage rose et potelé du préfet Fabien n'exprimait aucune inquiétude. Seulement l'assurance de l'ancien haut fonctionnaire teintée d'une légère condescendance à l'égard du jeune magistrat qui le convoquait. Lesourd le suivait, plus rabougri, plus effacé que jamais. Il salua le juge Noël d'un signe de tête et se dirigea vers une chaise, laissant le fauteuil au préfet Fabien, qui eut pourtant un mouvement de surprise en découvrant Vaugondran.

— Je ne vous présente pas, messieurs, vous vous connaissez tous.

Et de sa voix égale et douce, le juge Noël expliqua aux nouveaux arrivants la teneur de la plainte déposée par le colonel Laurent contre la SOCOJEAN. Face à l'ancien préfet, il s'exprimait avec une déférence qui rassura Vaugondran.

— L'enquête administrative, dit-il, et les expertises montreront si, comme le prétend M. Laurent, la SOCOJEAN a construit délibérément des logements d'une qualité supérieure à celle promise par le promoteur, manœuvre qui aurait entraîné une augmentation considérable du prix de revient. Le rapport du Crédit foncier ne semble pas partager cette thèse ; aussi, si vous le voulez bien, messieurs, nous l'écarterons momentanément pour nous intéresser à différentes rubriques concernant les frais généraux. J'ai quelques questions à vous poser à ce sujet. Je m'adresserai donc à M. le préfet Fabien qui, comme président-directeur général de la SOCOJEAN, en est civilement et pénalement responsable. Si, naturellement, M. le commissaire aux comptes et M. le directeur général veulent intervenir, ils seront les bienvenus. A l'issue de notre... entretien...

Il avait failli dire confrontation.

— ... M. le greffier vous fera lire et signer vos dépositions.

D'une voix bien timbrée, Baptiste Fabien refit sans hâte l'historique des Hauts de Saint-Jean et insista sur la remarquable réalisation due au talent de François Galli, qui se révélait « l'un des plus grands architectes de notre temps », et sur la qualité de la construction. Il fit remarquer avec beaucoup d'habileté que le rapport qualité-prix faisait de la résidence des Hauts de Saint-Jean l'une des plus grandes réussites immobilières non seulement du Rhône-Maritime, mais de la France entière.

— Nous avons donné à des souscripteurs souvent modestes des appartements de luxe, conclut-il avec satisfaction, pour un prix à peine supérieur à des Logeco. Comme le faisait remarquer notre ami David Steiner lors d'une de nos dernières réunions...

— Cela n'est pas mis en doute, interrompit le juge. Il existe pourtant certains points que je voudrais éclaircir avec vous et qui constituent l'essentiel de la plainte de M. Laurent.

Le préfet Fabien eut un mouvement désapprobateur du menton qui fit trembloter sa fossette. Il détestait être interrompu.

— Les frais généraux de la SOCOJEAN ont été, semble-t-il, considérables, poursuivit Noël, ignorant la mimique de l'ancien préfet. Les traitements de ses administrateurs, par exemple, sont loin d'être négligeables. Je vois que M. Fabien avait un salaire mensuel de 15 000 francs.

— C'est le traitement moyen d'un président-directeur général, rétorqua Fabien. La responsabilité de loger mille familles est lourde.

— Je constate également qu'une somme importante, passée en frais généraux, a été versée à un journal : *Saint-Jean 64*. C'est, si je ne me trompe, le journal électoral du M.C.G.

— Exact, dit Fabien plein d'assurance.

— Comment peut-on expliquer que M. le commissaire aux comptes ait laissé passer une pareille somme ? Sept cent mille francs !

Lesourd était recroquevillé sur sa chaise. Terrorisé.

— Je vous écoute, monsieur Lesourd.

— Eh bien, voilà... Ce journal constituait pour nous un support publicitaire très important.

— Soixante-dix millions anciens de publicité à un seul journal, électoral de surcroît, c'est-à-dire, par définition, éphémère, me semble beaucoup, releva Noël avec une ironie marquée. J'ai noté que le responsable de la publication de *Saint-Jean 64* est un certain M. Lebrun. Est-ce votre ami Lebrun, l'entrepreneur, monsieur Vaugondran ?

— Oui et non, dit Vaugondran qui se sentait de plus en plus mal à l'aise.

— Expliquez-vous.

— Mon ami Lebrun, vous ne l'ignorez pas, est trésorier de la fédération du Rhône-Maritime du M.C.G. Cela n'a rien à voir avec ses affaires de construction.

— Dans le cas qui nous intéresse, il semble qu'il ait eu un rôle privilégié ! Enfin, passons. Nous éclaircirons ce point avec M. Lebrun. Je vous ferai remarquer tout de même que ces sept cent mille francs ont été versés en plusieurs tranches dont la première bien avant que le journal ne parût.

— Nous misions sur l'avenir, dit Baptiste Fabien.

— J'entends bien, monsieur. Mais un avenir lointain. Je ne suis pas publicitaire, pourtant un simple calcul de date montre qu'à l'époque où parut le journal tous les appartements des Hauts de Saint-Jean étaient souscrits. Et la plupart livrés. Passons à autre chose. Monsieur Fabien, qu'est donc cette Compagnie auxiliaire de construction et commercialisation immobilières à laquelle vous avez versé des sommes non négligeables ?

D'un air important, Fabien infligea au « petit juge » une leçon sur les garanties que devait prendre une société aussi importante que la SOCOJEAN.

Sans grande surprise, Noël retrouva dans le discours du préfet les termes mêmes employés par Vaugondran pour vanter les mérites de la C.A.C.C.I.

— Cette société pèse lourd sur la place, constata-t-il lorsque Fabien eut terminé. Et si j'ai bien compris, toutes les affaires sérieuses, tout au moins toutes celles qui ont joué un rôle dans l'édification de la résidence des Hauts de Saint-Jean, se sont adressées à elle.

— Evidemment, laissa tomber Fabien avec la condescendance du maître pour le néophyte.

— Puis-je vous demander, monsieur Fabien, pourquoi une bande de terrain permettant l'accès à la route nationale, achetée cent quatre-vingt mille francs, a été revendue à son vendeur pour seulement dix mille francs ?

— Elle n'avait plus d'intérêt pour notre société. Nous avons acheté le passage piétons et V.R.D., voies et réseaux divers, et l'interdiction de construire à plus de six mètres. Nous pouvions nous en débarrasser...

— ... entre les mains de la société de M. Angelo Natura, enchaîna Noël, qui l'a revendue, lui, avec un fabuleux bénéfice.

Fabien signifia sèchement que cela ne le concernait pas.

— D'ailleurs, poursuivit Noël d'une voix toujours égale, si je me permets de vous parler de M. Angelo Natura qui vous a vendu ce merveilleux terrain des Hauts de Saint-Jean ainsi que la bande d'accès, c'est non seulement parce qu'il sait faire de fort jolis bénéfices, mais parce que lui aussi, en homme conscient des charges qui pèsent sur lui, a voulu prendre toutes les garanties nécessaires en s'assurant des services de la C.A.C.C.I. Il lui a versé trois millions trois cent mille francs. Pourtant, l'opération qu'il menait était d'une simplicité biblique. Il avait eu le flair d'acheter un terrain dont personne ne voulait, il a eu ensuite la chance que la mairie — sous la signature de M. Des Essarts... — le transformât en Z.A.C. C'était suffisant pour faire une fortune. A votre avis, monsieur Fabien, pourquoi donner une aussi grosse part d'un bénéfice parfaitement légal à une société d'études qui ne pouvait pas lui apporter grand-chose ?

— Je n'en sais rien, fit Fabien, agacé. Demandez-le-lui.

— Intéressante suggestion, monsieur, que je n'ai pas manqué d'appliquer. Malheureusement, M. Natura s'est montré évasif. L'examen de sa comptabilité montre en outre qu'il a reversé le restant de ses fabuleux bénéfices à de mystérieux commanditaires, que nous trouverons bien.

Vaugondran était devenu blême et transpirait à grosses gouttes. Fabien s'agitait dans son fauteuil. Noël, les sourcils froncés, semblait se livrer à de savantes déductions.

— M. Natura a été... disons un interlocuteur privilégié de la SOCOJEAN. Grâce à cette opération des Hauts de Saint-Jean, il a gagné beaucoup d'argent. Cela ne vous a pas gênés qu'il fût un repris de justice ? C'est de notoriété publique.

— Des erreurs de jeunesse, plaida Vaugondran.

— S'il ne s'était pas amendé, il ne serait pas l'ami de M. Des Essarts, ajouta timidement le commissaire aux comptes.

— C'est vrai, dit le juge. Il a des amis influents, M. Natura !

— Est-ce tout, monsieur le juge ? demanda Fabien en passant un doigt entre son col et son cou congestionné.

— Une ou deux questions encore, je vous prie. Connaissez-vous un certain Puzzi ?

— Jamais entendu parler.

— Et vous, messieurs.

— Non, dit Vaugondran.

Lesourd se contenta d'agiter la tête en signe de dénégation.

— Marco Puzzi, ajouta Noël. D'après mes renseignements, il s'agirait d'un ami de M. Lebrun.

— Ah ! Marco, dit Vaugondran. Bien sûr, c'est un ami de Lebrun.

— Un très bon militant du M.C.G., insista Noël.

— Oui, je crois, dit Vaugondran.

— Qui s'occupe de l'affichage ?

— Peut-être bien.

— Je crois que cela aussi est de notoriété publique.

— Quel rapport avec notre affaire ? dit Fabien avec impatience.

Noël ménagea son effet avec art. Il prit une fiche dans un dossier, la parcourut attentivement, puis la lut à haute voix :

— Marco Puzzi, né le 10 octobre 1924 à Saint-Jean, chauffeur de voiture de place. Arrêté le 12 mai 1959 pour proxénétisme et complicité d'entôlage. Relâché le 14 mai faute de preuves sérieuses. Il a de la chance, ce M. Puzzi ! Peut-être a-t-il aussi des amis.

Il classa avec soin la fiche signalétique.

— Ah ! j'oubliais. M. Marco Puzzi est également directeur général de la Compagnie auxiliaire de construction et commercialisation immobilières. La C.A.C.C.I., c'est lui.

Le silence se fit dans le minuscule bureau. Un silence à couper au couteau. Même le greffier s'était arrêté de taper. Sur leurs sièges, les trois hommes paraissaient effondrés.

— La C.A.C.C.I., poursuivit Noël sans élever la voix, était une officine. Une plaque sur un appartement douteux. Elle a reçu des centaines de millions. Elle était en outre société éditrice du journal que vous avez financé pour le compte du M.C.G. Il ne faut pas être grand clerc pour deviner la destination des capitaux versés si généreusement sur le dos des souscripteurs. J'ai convoqué M. Marco Puzzi. Malheureusement, celui-ci est malade. A Madrid. Et ne peut se déplacer. Il faudra tout de même que vous vous expliquiez sur votre... disons légèreté, messieurs. Pour ne pas dire plus.

» Encore une question, monsieur Fabien, lorsque vous avez acheté ce terrain à M. Natura, le coefficient d'occupation au sol était de 0,8. Vous avez reçu l'autorisation de passer à 2. C'est bien cela ?

— Oui, balbutia Fabien.

— Et comment cela ?

— Je ne sais pas.

— Mais vous ne savez rien, monsieur Fabien ! Et vous, monsieur Lesourd ?

— Non plus. Je faisais confiance.

— Dans cette affaire, tout le monde faisait confiance à tout le monde. Et vous avez eu raison. Jusqu'à aujourd'hui cela vous a réussi. Vaugondran, vous n'avez, vous non plus, aucune idée ?

Cette fois, il n'avait pas dit monsieur. Cela finit de démoraliser Albert.

— Les constructeurs, dit-il, ont demandé une dérogation à la mairie. On a reçu un avis favorable.

— De M. Des Essarts ?

— Oui.

— Et puis ?

— De la préfecture. Le préfet Chypre a été d'accord lui

aussi et a transmis notre demande au ministre, qui l'a acceptée.

— Vous possédez, bien sûr, les documents en archives ?

— Oui.

— Et qui a signé cette dérogation ?

— M. Judicaël.

Vaugondran prononça le nom d'une voix si basse que le greffier dut le lui faire répéter.

Noël écarta les mains pour souligner combien cette réponse lui paraissait évidente. Puis il referma lentement les dossiers qui encombraient son bureau et les empila près du téléphone.

— Je crois que cela suffit pour aujourd'hui. Evidemment, nous nous reverrons pour de plus amples explications. Vous pouvez sortir, messieurs. Le greffier vous apportera vos dépositions que vous signerez dans la pièce à côté.

Il se leva brusquement et se tint debout, parfaitement immobile, les mains appuyées sur le bureau, le visage sans expression.

Ils se retirèrent en silence, évitant son regard.

CHAPITRE XX

Thomas Desvignes-Benettes écrasa son « Punch n° 1 » après en avoir tiré deux bouffées, puis reprit sa marche dans le grand salon. L'atmosphèse était tendue. Hervé Des Essarts se tenait dans un fauteuil à haut dossier près de la colonne de porphyre qui supportait un buste en bronze de César, cadeau de Mima. Il se pencha et éteignit avec soin le cigare qui fumait encore dans le cendrier de cristal. Lebrun, assis de l'autre côté du guéridon recouvert d'une lourde soie jaune paille, se triturait le nez, en proie à de sombres pensées.

La pièce baignait dans une demi-pénombre qui permettait à peine de distinguer les couleurs somptueuses du tapis de la Savonnerie et les ors des boiseries du XVIIe fraîchement rechampies. Desvignes-Benettes revint s'asseoir devant le guéridon. Le quatrième fauteuil était vide. L'avocat le désigna de la tête.

— Vous n'auriez pas dû être aussi dur avec ce pauvre Judicaël, dit-il à son beau-père. Il est parti désespéré.

— Comme si vous aviez l'habitude de prendre des gants avec lui ! Il faut le secouer de temps en temps. Vous l'avez fait pour l'affaire de Litri et ça a réussi. Qu'il se débrouille pour arrêter cette information contre lui. Je m'en lave les mains. Que j'intervienne en ce moment et ça ferait le plus mauvais effet. Souvenez-vous, mon cher Thomas, que je n'ai pas que des amis au gouvernement. J'ai eu des assurances, c'est vrai, mais tant que je ne tiendrai pas mon portefeuille, je ne lèverai pas le petit doigt. Et puis quelle idée de répondre à l'invitation du juge ! Le petit Noël lui a fait un grand numéro de gaulliste pur et droit et voilà ce crétin qui s'effondre. Alors qu'il n'avait qu'à faire le mort. Le petit juge se serait dégonflé.

— Je ne crois pas, intervint Lebrun. Il est décidé et va même très loin. Il a demandé l'inculpation de Fabien et de Marco et une ouverture d'information contre Natura, Judicaël et Marucci.

— Que vient faire le commissaire là-dedans ? demanda Desvignes-Benettes.

— Noël lui reproche de ne pas avoir transmis trois plaintes déposées contre la SOCOJEAN, pour nous rendre service. Il l'accuse également d'avoir couvert Marco dans l'affaire de l'affichage. C'est Marco qui avait assommé le fils d'Albert. Ses empreintes figuraient sur une barre de fer trouvée par les flics.

— Comment Noël a-t-il découvert cela ?

— Il a un copain dans le service de Marucci. Serpat, un officier de police. Ils avaient tout deux fait leur droit et se sont connus dans le même bureau en Algérie pendant leur service militaire. Le hasard les a réunis à Saint-Jean. Noël avait choisi la magistrature et Serpat la police.

— Marucci aurait pu se méfier, dit Des Essarts.

— Tu es bon ! Marucci avait Serpat à l'œil car il ne semblait pas approuver ses méthodes d'investigation, mais il ne pouvait pas se douter qu'il connaissait Noël. Il ne l'a appris qu'après son entrevue avec le juge. Ça a bardé mais Noël avait les photocopies des plaintes et du rapport de police sur l'accident. Il a accusé Marucci d'entraves à la justice dans le cadre des deux plaintes qu'il instruit. Celle de Laurent contre nous et celle d'Albert contre *La Liberté.*

— Celui-là, dit Desvignes, quelle mouche l'a piqué ?

— Ne revenons pas là-dessus, dit Des Essarts. Ce qui est fait est fait.

— Et l'enquête de Garrot ? s'inquiéta Lebrun.

Des Essarts eut une moue désabusée.

— Dieufils l'a bloquée à temps. Garrot a fait un charivari du diable. Nous n'avons pas de chance avec les jeunes en ce moment. Un jeune juge, un jeune flic, un jeune journaliste !

— Il voulait du fric ? demanda Desvignes-Benettes.

— Même pas. Il voulait à tout prix passer son enquête. Elle était d'ailleurs très bien faite. Il a su habilement démonter le mécanisme des Hauts de Saint-Jean. Et je dois dire que je n'y paraissais pas. Quelques allusions seulement. Je l'ai convoqué, j'ai essayé de le raisonner et de lui faire comprendre l'inopportunité de sa série. J'ai même été jusqu'à lui dire mon désir de restructuration de *L'Echo* et la place que je lui réservais. Celle de Dieufils.

Lebrun le regarda, étonné.

— Tu veux le larguer ?

— Tu es fou ! C'est mon œil de Moscou. Non, je le nommais directeur des informations et Garrot rédacteur en chef. Il a du talent mais rédacteur en chef à trente-trois ans ce n'est pas mal. Eh bien, il a refusé. Il m'a fait une grande scène, a invoqué la clause de conscience. Bref, je lui ai donné ses indemnités et nous nous sommes séparés à l'amiable.

— Et s'il vend ses papiers à quelqu'un d'autre ? dit Lebrun.

Des Essarts et Desvignes-Benettes eurent le même rire, synchronisé par des années de complicités de toute sorte.

— Si c'est à un torchon d'échos politiques, aucune importance, dit Desvignes-Benettes. Si c'est à un journal sérieux, de grande information, nous avons tous les moyens de l'arrêter. Pour nous, le gros morceau n'est pas Garrot, mais Noël. Il faut absolument neutraliser ce petit juge, mon cher Hervé. Félix nous l'a bien dit : il est coincé de tous les côtés.

— On n'a qu'à lui faire des factures bidons, hasarda Lebrun.

— Plus possible depuis que Vaugondran a signé sa déposition, poursuivit l'avocat. Judicaël doit soit payer, soit accepter un don, soit rendre la villa. Dans tous les cas, avec une information ouverte contre lui, il devra s'expliquer. Et sa carrière politique est foutue. Non, mon cher Hervé, il faut absolument que vous interveniez à Paris.

Des Essarts se rencogna dans son fauteuil. Il n'était que refus. Desvignes-Benettes se sentit soudain envahi d'une bouffée de colère.

— Mais enfin, je ne vous comprends pas, Hervé. Que vous vous moquiez du sort de Judicaël, soit, mais s'il y a information, puis inculpation, nous serons tous dans le coup.

— Qui, tous ?

Les deux mots le cinglèrent comme un fouet.

— Vous, moi, Lebrun, Vaugondran, même le M.C.G., votre parti chéri ! Surtout le M.C.G. !

Une fois de plus, Lebrun, dont le visage était moite et la barbe déjà bleue, envia la maîtrise du patron. Etait-elle feinte ou réelle ?

Des Essarts restait étonnamment calme, accoudé au bras du fauteuil, la main caressant machinalement la joue soignée, le regard dans le vague. Il semblait ignorer la colère de son gendre.

— Prenons les choses dans l'ordre, dit-il, dans l'ordre de mes préférences. D'abord moi. Je n'apparais nulle part. Dans toute cette affaire, je n'ai fait que transformer le terrain des Hauts de Saint-Jean en Z.A.C. Ce qui est le rôle d'un maire. Et j'ai suivi de mon bureau de l'hôtel de ville la réalisation d'un ensemble qui honore ma ville.

— Et le secteur rénové de la Marine, et ce splendide appartement ? persifla Desvignes-Benettes.

— Je l'ai acheté, mon cher. Je me suis même endetté.

— Auprès de vos beaux-frères Steiner, peut-être ?

— Parfaitement. J'ai le droit d'emprunter à la banque Steiner. Au même titre que les souscripteurs des Hauts de Saint-Jean.

— Et les « petits chocolats » ? Et les autorisations d'implantation en échange d'actions ?

Desvignes-Benettes énumérait avec une joie féroce les multiples prévarications de son beau-père.

— Elles sont au porteur, mon cher. Et la banque Steiner gère merveilleusement bien mes intérêts. Passons au second point qui m'importe : le M.C.G. Il est exact que la SOCOJEAN a payé le journal de Lebrun. Opération publicitaire parfaitement justifiée au regard de sa diffusion.

— Vous oubliez la C.A.C.C.I. !

— Seul Marco pourrait donner des preuves, mais il est à Madrid et y restera. Fabien et Natura pourront toujours dire qu'ils se sont fait escroquer par un bureau d'études auquel ils faisaient confiance. Personne ne prouvera les rapports de la C.A.C.C.I. avec le M.C.G. A ce propos, il faudra remercier Marucci de nous avoir prévenus à temps pour Marco.

— Lui aussi sera inquiété. Il a une information aux fesses.

Des Essarts calma d'un geste l'inquiétude de son gendre.

— Il y aura une enquête administrative, car il est chef de la Sûreté, ne l'oubliez pas. Et c'est le contrôleur général de la police qui la mènera. Mon cher Hermès, que j'ai fait rester à Saint-Jean, ne me refusera pas ce service. Il n'aime pas beaucoup Marucci mais je saurai lui faire comprendre où est son intérêt. N'est-ce pas, Antoine ?

Lebrun approuva de la tête. De plus en plus admiratif.

— Reste Judicaël, poursuivit Des Essarts. Pauvre Félix ! Je n'y peux rien. Il a été imprudent.

— On connaît vos relations avec lui, dit sèchement Desvignes-Benettes.

Plus l'avocat s'énervait, plus Des Essarts donnait à son débit une onctuosité de prélat.

— Je connais tant de monde dans la politique ! soupira-t-il. L'affaire aurait été désagréable si Judicaël avait été un élu M.C.G. Or il fait partie de l'ancienne majorité !

— Que vous ralliez. En entrant au gouvernement.

— J'en conviens, mais, mon cher Thomas, une certaine panique, que je trouve injustifiée, vous embrouille les idées. Cela m'étonne. Vous avez toujours eu un esprit si cartésien. Je vous l'ai dit, et vous le savez, je n'ai pas que des amis dans l'ancienne majorité et je ne serais pas fâché de la voir affaiblie au moment où je lui apporte le sang neuf du M.C.G.

Certains collègues de Judicaël, surtout ceux du 13 Mai, m'agacent un peu avec leurs manières de donner des leçons de civisme à tous ceux qui ne partagent pas leur docilité.

Lebrun se retint d'applaudir mais sa physionomie débordait d'enthousiasme servile pour cette diabolique dialectique. Il avait sacrifié son précieux Marco, envoyé en exil doré à Madrid, mais Des Essarts n'hésitait pas à lâcher un ami de vingt ans. Et qui lui avait rendu d'autres services !

— Puisque mon sort n'arrive, si j'ai bien compris, qu'en dernière place de vos préoccupations, dit Desvignes-Benettes, vous pourriez au moins vous souvenir que votre fille est ma femme.

— Ah ! je vous en prie, Thomas, jusqu'ici vous avez toujours eu la décence de ne pas mêler Sylvie à nos conversations d'affaires.

— C'est tout de même ma femme.

— Le « tout de même » est parfaitement de mise ! Pour ce que vous l'avez rendue heureuse, ma fille ! Vous la trompez sans vergogne avec le moindre jupon qui passe.

Desvignes-Benettes pâlit et regarda Lebrun, qui ne savait plus où se fourrer.

— Je peux parler devant Lebrun, poursuivit Des Essarts, qui, pour la première fois, se départit de son calme olympien. C'est un ami fidèle, lui. Et il comprend aussi bien que moi ce que vous mijotez. Vous n'apparaîtrez jamais dans cette enquête. Je sais trop les précautions dont vous vous entourez. Vous voulez simplement vous servir de ma fille comme moyen de chantage pour me faire intervenir en faveur de Judicaël qui vous a bien servi et peut le faire encore. Cette fois, vous allez trop fort. Je ne l'admets pas. Je regrette simplement que vous ayez l'impudence de mêler votre vie personnelle à nos affaires. Et d'une façon particulièrement méprisable. Mais cela ne m'étonne pas, car vous êtes méprisable, Thomas Desvignes-Benettes !

Des Essarts ne pouvait plus contenir sa colère. La prudence aurait voulu qu'il s'arrêtât, qu'il n'aggravât pas par des paroles inconsidérées une situation déjà tendue. C'était au-dessus de ses forces. Lorsque Thomas avait prononcé le nom de Sylvie, il avait revécu en un éclair le moment atroce où Lebrun l'avait mis en garde contre les relations féminines douteuses que sa fille entretenait lors de ses séjours à Saint-Jean.

— Je ne vous pardonnerai jamais ce que vous avez fait à Sylvie, à mon enfant, à ce que j'avais de plus cher au monde...

La volte-face était spectaculaire. L'impassible Des Essarts était devenu une bête enragée. Ses yeux injectés de sang exprimaient une haine incommensurable.

— J'avais confiance en vous, je vous considérais comme mon fils, à Londres. Je vous ai donné une jeune fille vive, enjouée, adorable, heureuse. Vous en avez fait une... une...

Desvignes-Benettes eut un mauvais sourire.

— Une gouine... une partouseuse, compléta-t-il en accentuant à dessein la brutalité des termes. Si je la trompe, c'est au moins avec des filles. Et voilà qu'elle a les mêmes goûts, votre petite, votre charmante Sylvie !

— Assez, Thomas, assez !

Des Essarts était livide. Il se leva d'un bond et saisit le lourd cendrier de cristal. Lebrun s'interposa.

— Voyons, Hervé ! Calme-toi ! Ça ne sert à rien. Rassieds-toi. Là... là... voilà.

Desvignes-Benettes n'avait pas fait un geste de défense et regardait son beau-père avec une pitié méprisante.

— Il faut que vous le compreniez une fois pour toutes, monsieur Des Essarts-Galibert. Je ne peux ni ne veux risquer que Judicaël parle. Je ne veux pas que mon nom soit cité dans cette affaire. S'il y a enquête, s'il y a scandale, ce sera suffisant pour me griller auprès de mes principaux clients. Même si je ne suis pas inquiété. Pensez-y. Vous êtes dans le même cas. Lamarck, la De Vanves, pas plus que vos beaux-frères Steiner, ne seront très heureux de voir leur nom apparaître dans les journaux. Ils veulent bien gagner de l'argent mais sans éclaboussures. Vous pouvez peut-être vous permettre de prendre un risque, Hervé, pas moi.

— Qu'est-ce que vous voulez que ça me fasse ? cracha Des Essarts. Vous êtes une ordure. Et je vous écraserai.

— Dans ce cas, nous ferons la chute ensemble. Je ne vous l'avais jamais dit, mon cher Hervé, mais j'ai en lieu sûr la comptabilité parallèle du Service. Puisque vous avez entière confiance en M. Lebrun, vous lui expliquerez ce que cela signifie. Et votre responsabilité est autrement importante que la mienne. Vous serez ministre, j'en suis sûr, mais si je tombe, vous passerez en Haute Cour.

Il sortit tranquillement un cigare d'un étui de cuir patiné, l'alluma, puis se leva.

— Marco est hors de circuit, dit-il, reste Judicaël. Sans lui, le juge ne peut rien prouver. Débrouillez-vous comme vous voudrez. Le plus sûr moyen est que Noël soit dessaisi. Et de classer le dossier ! Sur ce, messieurs, je vous souhaite une bonne nuit. Qui porte conseil !

***

C'était vraiment une sacrée pluie. Des tonnes et des tonnes d'eau qui zébraient le paysage et venaient s'écraser sur le pare-brise avec une telle violence que, même à la vitesse supérieure, les essuie-glaces ne parvenaient pas à lui donner une vision claire de l'autoroute. Ç'aurait pu être agréable de rouler vite, sous la pluie d'octobre, bien à l'abri dans la confortable Pallas gris métallisé, dont le tableau de bord était suffisamment éclairé pour une lecture rapide mais pas assez pour distraire l'attention. Le moteur tournait rond et répondait à la moindre sollicitation. Longtemps, ç'avait été une de ses grandes joies. Rouler vite tout seul, dans la nuit, comme ce soir, voir les feux de position des autres voitures apparaître, puis grossir dans le cône des phares à iode, et doubler très rapidement et les voir disparaître dans le rétroviseur. Oui, ç'avait été une de ses grandes joies. A combien d'années-lumière ? Tout paraissait si loin et sans intérêt. Il exécutait les manœuvres qu'exigeait la puissante voiture avec des gestes mécaniques, tout comme il appuyait machinalement sur l'allume-cigare et en approchait le bout incandescent de la cigarette qu'il tenait entre ses lèvres, sans quitter des yeux le ruban luisant de l'autoroute qui s'enfonçait entre les monts du Lyonnais. Dieu que tout était loin ! Le visage souriant de Christine, ses joues pleines et sa bouche orange, avide de tout goûter, de tout embrasser, et celui du petit juge, le regard sévère derrière ses lunettes d'or qui ne parvenaient pas à le vieillir, et ses dents éclatantes qui apparaissaient à chaque mot tant il articulait, comme pour faire comprendre la gravité des faits à un enfant gâté et capricieux qui était ministre. Tout cela se brouillait dans sa mémoire, comme le pare-brise sous les trombes d'eau. Et la face bronzée de Des Essarts, avec sa moue désabusée et son allure d'éternel sportif toujours jeune, toujours en forme, le vieux compagnon qui le lâchait, sans risques, avec un demi-sourire un peu peiné et un geste rassurant de sa main manucurée. Tu sauras bien te débrouiller. Oui, ç'aurait été agréable de rouler vite, bien à l'abri de la pluie, dans l'habitacle chauffé s'il n'y avait pas eu ces visages altérés qui se succédaient, et parlaient, et disparaissaient, et revenaient sans cesse. S'il n'y avait pas eu ces mots de rupture, de menace, de scandale qui tourbillonnaient à ses oreilles. S'il n'y avait pas cette clef, ouvragée comme celle d'un coffre-fort, qu'il touchait dans la poche poitrine de sa chemise comme un talisman devenu maléfique, cette petite clef plate qui ouvrait, rue Elzévir, sur le bonheur et qu'elle lui avait rendue, les yeux troublés de larmes, dernière aumône à l'homme déjà oublié. Déjà remplacé. Il ne voulait pas reprendre l'appartement. Il était à elle. Mais elle avait insisté. Alors il avait accepté les papiers signés, tout prêts, en règle. Et la petite clef plate qu'il touchait dans sa poche poitrine. Il renverrait les vêtements, les livres, les affaires. Ce n'était pas utile. Elle partait en haute mer et larguait les amarres. Et abandonnait les épaves du passé. Il devrait faire de même et, à la traversée de Villefranche, tourner à gauche. Il s'engagerait dans les collines du pays des pierres dorées, il traverserait les vignes rougeoyantes, débarrassées de leurs raisins, il apercevrait le toit d'ardoise du beau château de Jarnioux et le chemin caillouteux qui monte à la ferme où, enfant, il allait à la tombée de la nuit chercher le lait encore mousseux, puis il s'arrêterait au hameau, bien au-dessus du village, au haut de la colline. Il laisserait la Pallas sur le bord de la petite route et prendrait le chemin creux qui mène à la maison basse où habitait le père Lacombe. Une vieille maison de célibataire, avec des odeurs de pêches, de marc et de vin nouveau. Le père Lacombe était mort et il le remplacerait. Le hameau avait besoin de son ermite. Et il aurait un vieux veston d'alpaga noir, lustré, élimé, et il mettrait les vieux cols hauts en celluloïd, et il aurait son verre, qu'il ne laverait jamais, retourné sur la planche au-dessus de l'antique cuisinière. Et il n'irait jamais voir personne. Et ne verrait que ceux qui voudraient le voir. On l'apercevrait lors de ses longues promenades solitaires dans les champs et les vignes des collines mafflues. Et l'on dirait c'est le père Judi, un original, brave homme mais qui n'a besoin de personne. Et il serait heureux. Enfin. Soulagé des fardeaux qu'il traîne depuis si longtemps. Ce serait sa haute mer à lui. Et le soir venu, il se noierait dans la brume qui naît au fond du val et monte à l'assaut des collines, et il disparaîtrait aux yeux du monde. Il aurait la vieille lampe à pétrole du père Lacombe, il la réglerait soigneusement pour qu'elle ne fume pas et, assis sur la chaise paillée, les jambes étendues vers la cuisinière ronflante, il relirait un à un tous ces livres qu'il n'avait jamais eu le temps de relire. Et, serein, il attendrait la mort. Sans rien entendre des échos extérieurs d'une vie affolée qu'il aurait rejetée. Il oublierait Mary-Aymone, et ses enfants dont il ne savait rien. Pauvre Mary-Aymone ! Plus de scènes à faire, plus de chantage à exercer. Qu'elle s'ennuierait alors ! Elle aurait tout le temps de vérifier interminablement les comptes de ses frères qui la volaient en exploitant l'usine de leurs parents. Elle n'aurait plus Christine à lui reprocher. Elle n'aurait plus aux joues les couleurs de la colère et se fanerait, jaune, jaunâtre, jaunasse, dans son salon Empire, avec ses vieilles amies-ennemies intimes. Et elle ferait à loisir d'affreux bourgeois de ses deux garçons aux mollets roses.

Et il s'en foutrait éperdument, lui, dans ses collines dorées, près de la vieille lampe du père Lacombe. Et il vivrait dans sa cuisine, retiré, indifférent, et il n'y aurait personne pour le lui reprocher. Et la carcasse de la vieille Pallas pourrirait sur le bas-côté de la petite route. Les gitans l'auraient peu à peu dépiautée. Les roues, les enjoliveurs, les phares, le moteur, les sièges. Et il verrait tout cela avec un sourire amusé. La tôle rouillée serait le dernier vestige de son autre vie. Pourtant, qu'est-ce qu'il avait aimé conduire ! Et faire la guerre ! Et faire l'amour ! Et tout cela ne l'intéressait plus. Même plus l'amour. Christine s'en était aperçue et c'est pour cela, c'est sûr, qu'elle avait pris la haute mer. Simplement. Sans tricher. Elle, il ne l'oublierait pas. Il se la rappellerait toujours avec plaisir, avec tendresse. Sa seule halte dans un monde truqué. Parce que tout était truqué. Depuis le début. Depuis la guerre. Depuis le Service. Il ne s'en était pas aperçu car il aimait faire la guerre comme il aimait faire l'amour. Mais quand il s'en était aperçu, il avait accepté. Truqueur parmi les truqueurs. Pour jouer sa partition. Pour être dans le coup. Pour participer. Même la politique. Surtout la politique. Elle aussi il l'avait aimée, la politique, mais il ne savait jamais se retirer quand on lui révélait le truc. C'était l'engrenage... S'il voulait de l'essence ? Oui, bien sûr, sans quoi se serait-il arrêté devant la pompe ? Pauvre gars ! il est transi. Et comique avec ses cheveux de paille collés par la pluie. L'eau et l'huile, ça va. Les pneus aussi. Un bon pourboire pour lui faire oublier ce gros type grisonnant, bien au chaud dans sa Pallas et qui touche machinalement une clef plate dans la poche de sa chemise. Comme il dit, sale temps ! La Pallas est repue et elle se lance à l'attaque pour redoubler ceux qui l'ont doublée. Elle tourne rond et troue la nuit de ses deux grands yeux jaunes, conquérants. C'était un bon lieu, confortable et tout, cet habitacle étanche et bien chauffé, pour faire un bilan. Quelle drôle d'idée, la politique ! Comment y était-il arrivé ? Au départ, ç'avait été l'aventure, comme le Service pendant la guerre. Les complots. Le 13 Mai. Les amis de la guerre et puis ceux de Mary-Aymone, qui étaient tous dans le coup. Et le fric s'en était tout de suite mêlé. Il n'a jamais su lui résister. Pas assez costaud. Au début, il a toujours cru aux histoires qu'on lui racontait. Le bien de l'Etat, celui de la nation. Mais après, quand il sait que tout est truqué, que la lutte contre les communistes, que le Renouveau de la France, que tout cela c'est un truc, il n'est jamais assez fort. Il profite. Comme les autres. Plus que les autres. Il aurait suffi de pas grand-chose, une génération, et Christine aurait eu son âge et il l'aurait rencontrée en Angleterre ou à Alger et il l'aurait épousée. Comme Desvignes-Benettes avec Sylvie. Mais lui, il aurait su préserver son bonheur. Il était fait pour être paysan ou commerçant. Une vie calme, tranquille, sans les tentations du pouvoir. Trop tard. « C'est toujours comme ça. On meurt. On ne comprend rien. On n'a jamais le temps d'apprendre. On vous apprend les règles et, à la première faute, on vous tue. » Qui est-ce qui avait dit ça ? Ah, oui. Hemingway dans... Dans quoi déjà ? *L'Adieu aux armes.* C'était bien cela. *L'Adieu aux armes.* Qu'est-ce qu'il avait aimé ce bouquin ! Il l'avait lu en 1932. A sa parution. Avec la préface de Drieu La Rochelle. Et il l'avait relu souvent. Jusqu'à la guerre. Depuis... Ça aussi c'était un bouquin qu'il avait envie de relire à la lumière tremblotante de la vieille lampe du père Lacombe. C'est vrai qu'il l'avait aimé, ce bouquin. Comme il avait aimé faire l'amour et faire la guerre. L'aimerait-il encore maintenant que l'amour et la guerre étaient passés ? Maintenant qu'il n'aimait plus rien de tout cela. Il faudrait voir. Il faudrait tout revoir. Les lieux qu'on a aimés, où l'on a été heureux. Mais les lieux changent comme les femmes vieillissent, comme les amis vous trahissent ou disparaissent. Ce qui est un peu la même chose car au bout du compte on se retrouve seul. Tout seul. Et ça fait fichtrement mal quand on n'est pas assez costaud. Et que, de quelque côté qu'on se tourne, c'est bouché. Il arrive un jour où l'on ne saute plus dans le vide quand le chef de stick dit « Go ! ». Le brouillard fait peur et l'on pense à l'ennemi qui attend, le doigt sur la détente, que se distingue votre corps qui pendouille bêtement, au-dessous de la corolle. Là, c'est fichu, on ne vaut plus grand-chose. C'est la preuve qu'on est amoché. Jusque-là, il n'avait jamais été amoché. Même pas pendant les missions du Service. Il avait eu un sacré pot. Et il en avait pourtant aidé plus d'un à mourir. Mais lui, rien. Jamais rien. Prendre beaucoup de risques et ne jamais être amoché, ce n'est pas normal. Il se le disait souvent. Même après avoir connu le truc. Il y a des risques aussi chez les truqueurs. Beaucoup de risques. Qu'est-ce qu'il y a même de plus risqué que le pouvoir et l'argent ? Et puis un jour, brusquement, sous la pluie, comme le lieutenant Henry quand sa Catherine est morte, on s'aperçoit qu'on est amoché. Salement amoché. Et que votre Christine est partie, et que votre Mary-Aymone vous attend, plus jaune que jamais, les lèvres pincées, dans son grand salon Empire, enfermée dans sa maison avec ses comptes, son fric et ses reproches. Et que vos amis n'en sont pas. Et que même la vieille lampe du père Lacombe c'est un rêve impossible. Quand on n'ose plus sauter au bord de la trappe, quand on n'a plus envie de faire face, quand on se réfugie près d'une femme pour le réconfort et plus pour l'amour, qu'est-ce que c'est, Bon Dieu, si ce n'est pas être amoché ? Il ne reste plus qu'une vie automatique. Une série de réflexes bien rodés qui vous échappent comme de prendre la sortie de l'autoroute à Melun, de traverser la ville endormie et de prendre la direction de Montereau sur la 5 *bis* bordée de platanes, puis de hêtres et de frênes après Sivry. Et si... ? Ce serait un bon tour à leur jouer à Mary-Aymone, à Des Essarts, à ce petit juge avec ses petites lunettes qui vous conseille — en toute bonne foi — de démissionner avant que le scandale rejaillisse sur un Etat dont il admire tant le chef. Et puis cela ou la lampe du père Lacombe quand on n'a plus le courage de faire face ?

Maintenant fermement le volant de la main gauche, il déboucla sa ceinture de sécurité, appuya à fond sur l'accélérateur et dirigea la Pallas sur le gros boqueteau de frênes, au milieu de la ligne droite...

— Il a dû perdre le contrôle de sa voiture, dit l'un des deux gars qui revenaient du Châtelet en camionnette.

Ils sortaient de l'auberge où ils avaient fêté leur association dans une affaire de tracteurs dont ils attendaient la fortune. Ils avaient tout vu de l'accident et relevèrent le corps qui avait été éjecté sous le choc et gisait sur l'asphalte mouillé.

— Il est mort ! dit le premier des deux gars, qui avait une lampe électrique.

— Il n'est même pas amoché, dit l'autre. Pourtant, avec un choc pareil !

Il lui ferma les yeux d'un geste léger.

— Il avait l'air d'un brave type, dit-il encore.

— Oui, vraiment. Une vraie bonne gueule de brave type.

Et ils prévinrent la gendarmerie du Châtelet. Ni l'un ni l'autre n'avait reconnu Félix Judicaël. Le sous-secrétaire d'Etat au Logement passait rarement à la télévision.

ÉPILOGUE

La rue Payenne, au cœur du Marais, avait été dégagée par ordre de la préfecture et son accès était réservé, ce soir du 4 décembre, aux riverains et aux invités de la réception qu'offrait en son hôtel particulier Me Thomas Desvignes-Benettes. Une douzaine d'agents de police en gants blancs réglaient le ballet des voitures puissantes dont les moteurs ronronnaient doucement tandis que leurs passagers, en smoking et robe du soir, franchissaient le double battant de la porte cochère.

Vers 22 heures, le commissaire du quartier vint s'assurer pour la seconde fois de la tenue du service d'ordre. Jusque-là, Honoré Casalta s'était réjoui d'avoir échappé à l'enfer des VIIe, VIIIe, XVIe arrondissements et même Neuilly, quartiers de prédilection de tout ce qui compte à Paris. Le IIIe était, au contraire, un bon quartier d'artisans, de petits commerçants, d'ouvriers bien calmes, bien tranquilles. Et voilà qu'il devenait à la mode et que des personnalités s'installaient dans les vieux hôtels du XVIIe siècle magnifiquement rénovés !

Casalta préférait une bonne manifestation rue Saint-Antoine ou à la Bastille, avec banderoles et slogans, à ces réceptions mondaines que certains ministres « honoraient de leur présence ». Surtout quand le ministre de l'Intérieur figurait parmi les invités ! Les manifestants ne se plaignaient jamais de l'organisation, ou plutôt personne ne se souciait de leurs protestations alors que le moindre incident, au cours d'une soirée comme celle-ci, prenait des allures d'affaire d'Etat dont, en général, le malheureux commissaire du quartier faisait les frais.

En soupirant, Casalta vérifia que les gardes républicains en grande tenue se tenaient toujours, sabre au clair, de chaque côté du porche et sur le perron de l'entrée principale. Les malheureux étaient au garde-à-vous, le regard éteint, le visage bleu de froid sous le casque étincelant. En raison de la présence de trois ministres, le général commandant la Ire région militaire avait donné l'ordre de piquet d'honneur. Casalta n'avait jamais entendu parler de cet avocat, Desvignes-Benettes, mais le coup de téléphone qu'il avait reçu du chef de cabinet du ministre de l'Intérieur prouvait l'importance de ses relations !

Rassuré par sa ronde, le commissaire alla se réchauffer au bistrot qui faisait le coin de la rue Payenne et de la rue du Parc-Royal. La plupart des clients étaient agglutinés derrière les glaces embuées qu'ils essuyaient d'un revers de main pour voir passer les imposantes voitures qui roulaient au pas et tenter de reconnaître au passage un visage célèbre. Casalta haussa les épaules, s'approcha du zinc et commanda un café-calva au patron qui lui serra la main.

— Ils sont comme des papillons. Attirés par tout ce qui brille, dit le commissaire en désignant les badauds.

— Oui, maugréa le patron, un Auvergnat moustachu, brun de poil et de peau. Et pendant ce temps-là ils ne boivent pas ! Heureusement que j'ai les chauffeurs, sans quoi j'aurais fermé depuis longtemps.

Au fond de la salle, les chauffeurs du Tout-Paris politique et mondain, sanglés dans leur costume bleu marine, poursuivaient des conversations commencées quelques jours plus tôt, lors d'une autre réception où ils avaient conduit leurs patrons.

— Ils se connaissent tous, remarqua le bistrot en servant le calvados.

— Comme leurs maîtres, dit le commissaire. Deux ou

trois cents personnes qui se retrouvent toute l'année aux quatre coins de Paris, conduits par les mêmes chauffeurs, servis par les mêmes extras.

— Je me demande quel plaisir ils peuvent bien trouver à toujours revoir les mêmes gueules, dit l'Auvergnat en lissant sa moustache.

— Ils se racontent les mêmes histoires qui tournent autour des mêmes sujets, dit le commissaire. La politique, la fesse et l'argent.

L'Auvergnat eut un gros rire et servit un autre calvados.

— La tournée du patron.

Dans le salon somptueux où se pressait le gros des invités, Edgar, le maître d'hôtel de Desvignes-Benettes, sentait le plastron empesé de sa queue de pie ramollir sous l'effet de la chaleur. Il s'épongea tout en poursuivant du regard son inspection. Il fallait avoir l'œil à tout. Surveiller les extras, vérifier l'état des buffets, contrôler que les inspecteurs en smoking de location veillaient bien aux plus précieuses pièces de la collection dont Desvignes-Benettes n'avait pas voulu priver ses invités. « Attention aux petites toiles et surtout aux bibelots ! » avait-il recommandé aux flics désabusés. Ils avaient l'habitude des grandes réceptions et étaient sans illusions sur les invités, quels qu'ils fussent.

— Edgar, un Chivas pour M. le ministre et un autre pour moi-même.

— Bien, monsieur le ministre. Voilà, monsieur le ministre.

Hervé Des Essarts-Galibert portait le smoking avec beaucoup d'élégance. A son revers, la brochette des décorations cliquetait au moindre mouvement. Il tenait familièrement par le bras un petit homme mince et chauve qui venait d'être nommé sous-secrétaire d'Etat au Logement.

— Mon cher Monnier, je suis heureux que vous ayez accepté l'invitation de mon gendre.

— J'avoue que j'étais assez étonné puisque je n'ai pas le plaisir de connaître Me Desvignes-Benettes. Et puis votre petit mot est arrivé.

— Venez, que je vous présente Thomas.

Desvignes-Benettes parlait peinture avec une blondinette de dix-huit ans aux lèvres pulpeuses et dont le regard brillait tandis qu'il racontait l'histoire équivoque de l'admirable toile de Chabaud qui ornait son bureau. Elle adorait Chabaud et brûlait de contempler la jeune prostituée au regard noir.

Des Essarts s'inclina galamment.

— Pardonnez-moi, mademoiselle, de vous enlever mon gendre. Je vous le rends aussitôt.

Puis se tournant vers Monnier.

— Mon cher ministre, permettez-moi de vous présenter Me Desvignes-Benettes. Thomas, voici Michel Monnier.

Et prenant à nouveau le petit homme par le bras il ajouta en souriant :

— Nous sommes les « nouveaux » du gouvernement.

— Mon cher Des Essarts, il n'y a aucune comparaison entre mon demi-maroquin et votre portefeuille de l'Education nationale !

— J'entre avec vous dans le cabinet remanié mais il se trouve que je connais très bien l'importance considérable du sous-secrétariat d'Etat au Logement. Ne le mésestimez pas. Vous l'ignorez peut-être, mais votre prédécesseur, Félix Judicaël, était un de nos meilleurs amis. Peut-être notre meilleur ami, n'est-ce pas, Thomas ?

Desvignes-Benettes arbora le visage de circonstance. Ses traits réguliers s'étaient assombris au souvenir des liens profonds qui l'unissaient à Félix Judicaël.

— Nous nous sommes connus pendant la guerre, dit-il d'une voix sourde.

— Aux Services spéciaux ? demanda Monnier.

— Oui. Nous servions sous les ordres de M. Des Essarts, qui est devenu mon beau-père.

— Félix était un homme rare, dit gravement Des Essarts. Allier le courage physique à l'intelligence, faire passer avant tout le service de l'Etat, sont des qualités qui se perdent. C'était un ami irremplaçable.

— Avoir tant risqué et mourir stupidement dans un banal accident de la route ! dit Monnier avec componction. Connaissant maintenant vos liens avec mon malheureux prédécesseur, je suis d'autant plus touché de votre invitation, maître.

— Vous êtes l'ami et, désormais, le collègue de M. Des Essarts, considérez donc cette maison comme la vôtre. Edgar, un whisky pour M. le ministre. Je serais très heureux de vous revoir. Hervé, vous organiserez bien un de ces petits dîners dont vous avez le secret, où il y aura moins de monde qu'ici. Je vous prie de m'excuser mais mes devoirs d'hôte m'appellent. Je dois m'occuper de mes invités.

Desvignes-Benettes serra chaleureusement la main du nouveau ministre et s'éclipsa tandis que Des Essarts présentait MM. Lebrun et Vaugondran, les plus importants constructeurs de Saint-Jean.

— Mon ami Vaugondran a réalisé cette merveille qui s'appelle les Hauts de Saint-Jean, dit Des Essarts.

— Très, très remarquable, dit Monnier. Je n'ai pas visité, mais les photos et les reportages que j'ai pu voir étaient concluants.

— L'intérêt que M. Vaugondran a toujours porté aux logements sociaux de ma ville lui a d'ailleurs valu la reconnaissance de l'Etat, ajouta Des Essarts-Galibert en désignant le revers du smoking de Vaugondran. C'est notre pauvre Judicaël qui l'avait décoré.

— Sa compréhension était rare, dit Vaugondran. Si M. Lebrun et moi-même pouvons nous enorgueillir de certaines réalisations importantes, c'est grâce à lui.

— Et que préparez-vous de beau, messieurs ?

— Un grand projet de village de vacances sur une pointe admirable, au bord de la mer, expliqua Des Essarts, à Port-Litri. Il faudra que vous soyez mon invité à Saint-Jean, mon cher Monnier. Vous verrez tout ce que nous avons fait. Et tout ce qu'il reste à faire. Mais je suis sûr, et là ce n'est plus le ministre qui parle, mais le maire de Saint-

Jean, que vous saurez nous prodiguer vos conseils... comme Judicaël.

— Pour l'instant, mon cher ministre, c'est plutôt vous qui pourriez m'aider. Je ne connais rien aux problèmes de construction...

Des Essarts et Monnier s'éloignèrent et les paroles du nouveau ministre se perdirent dans le brouhaha. Vaugondran et Lebrun restèrent seuls au milieu d'inconnus gonflés d'importance et qui formaient de petits groupes furieusement jacasseurs.

— Je n'aime pas beaucoup les mondanités, dit Vaugondran. A Saint-Jean encore, ça va. Mais ici...

— Je suis comme toi, mais c'est ici que l'on rencontre les nouveaux ministres.

— Des Essarts et son gendre ont l'air rabibochés.

— Ils ont une capacité d'oubli qui me stupéfie. Mais oublient-ils ? Ils ont surtout besoin l'un de l'autre. Regarde Desvignes qui s'éclipse avec sa blondinette. Quel as, celui-là !

— Nous avons tous besoin de quelqu'un, dit Vaugondran, songeur.

Il pensa soudain à Christine. Et il l'envia. Elle avait encore l'âge de tout quitter, de tout « plaquer » comme elle disait, sur un coup de tête. Le journal, les coulisses politiques, les compromissions.

— Christine se marie ? demanda Lebrun.

— Quelle importance ? dit Albert. Ils sont heureux. Ils vivent ensemble. Peut-être se marieront-ils. Je m'en soucie peu. Galli est un type bien et il aime Christine, qui en est folle. C'est ce qui m'importe. Je vais peut-être te paraître ridicule, Antoine, mais j'aimerais bien être grand-père. Qu'ils se marient, je m'en fous. Mais j'aimerais qu'ils aient un enfant.

— Je te comprends. On n'a jamais parlé de cela ensemble, mais je peux te dire que le jour où j'ai eu un petit-fils a été le plus beau jour de ma vie. J'ai oublié tout le reste, les affaires, le parti...

— On se bagarre, on veut réussir. On réussit. On en

veut encore plus. Et on finit par oublier les choses essentielles.

— Il faut en profiter quand on est jeune. Après, c'est trop tard. Il y a l'engrenage...

— Oui. Faut qu'ça tourne. Et on fait tout pour cela. Tout de même, pauvre Judicaël ! Il en a rendu, des services, et il n'y aura personne pour le regretter !

— Non, personne. Sa disparition était le dernier service qu'il pouvait rendre.

Lebrun aperçut Des Essarts qui, près du buffet, lui faisait signe. Il tenait toujours Monnier par le bras.

— Excuse-moi, Hervé m'appelle. Il va falloir que je me réhabitue à l'appeler M. le ministre. Au moins en public !

Il ne se dit rien de plus important, ce soir du 4 décembre, à la réception de l'avocat Desvignes-Benettes, rue Payenne, dans le Marais, à Paris, où, excepté quatre personnes, aucun invité ne connaissait l'existence du juge Noël, qui, à cette heure, prenait l'avion pour La Réunion.

La Réunion où l'on s'attendait à des troubles graves et où l'on allait avoir besoin d'un jeune magistrat intègre, capable de mener la lutte contre la subversion.

Personne non plus ne se souciait, dans le bel hôtel du Marais, de l'arrivée à Paris d'un jeune et brillant journaliste de province qui venait d'entrer à *L'Univers* et qui, à cette heure, remâchait sa déception dans un petit studio du quartier de l'Opéra. On l'avait félicité pour le sérieux et l'objectivité de son enquête sur les Hauts de Saint-Jean. Elle donnait la preuve éclatante qu'il était digne de faire partie d'une des plus brillantes rédactions de la capitale. Mais il comprendrait sûrement que dans la conjoncture actuelle, en raison des personnalités mises en cause et du récent remaniement ministériel, la direction de *L'Univers* ne pouvait se permettre de la publier. Qu'il se rassure, il aurait l'occasion de faire ses preuves.

— Faites-en un roman, mon vieux, lui avait dit son nouveau rédacteur en chef en lui offrant le traditionnel pot de bienvenue. Vous n'aurez qu'à changer les noms. Vous avez déjà le titre...

Ils ne savaient rien de tout cela, rue Payenne. Surtout pas qu'Alain Garrot, en ce soir du 4 décembre, avait résolu de suivre le conseil. Ils le sauraient bien assez tôt.

Déjà, son écriture fine et nerveuse couvrait les premières lignes d'un cahier d'écolier :

Rigueur, goût, raffinement. Jean-Marc Raffin-Rabutard eut un soupir de satisfaction en entrant dans son bureau où flottait encore une légère odeur de peinture. Le tabac de la moquette s'alliait subtilement au daim blond du canapé qui occupait un angle de la vaste pièce. Un profond fauteuil et une table basse de Giacometti...

TABLE DES MATIÈRES

Chapitre premier 11
— II 34
— III 58
— IV 76
— V 91
— VI 120
— VII 144
— VIII 169
— IX 190
— X 212
— XI 221
— XII 240
— XIII 262
— XIV 277
— XV 301
— XVI 324
— XVII 343
— XVIII 358
— XIX 382
— XX 405

Epilogue 419

Achevé d'imprimer
le 28 février 1975
sur les presses de l'Imprimerie
Carlo Descamps à Condé-sur-l'Escaut
pour le compte du
Club pour Vous — Hachette

Edition n° 1903 — Impression n° 858
ISBN 2-245-00150-8